江戸文学と出版メディア

——近世前期小説を中心に

冨士昭雄【編】

Edo Literature in Publication Media

笠間書院

目次

江戸文学と出版メディア
——近世前期小説を中心に

Ⅲ　出版メディアとその周辺

＊　　＊　　＊

江戸文学と出版メディア——近世前期小説を中心に

序に代えて

近世文学と出版流通機構

冨士昭雄

本書の標題の「江戸文学」とは、文学史における上方文学と対比した江戸文学の意ではなく、広く江戸時代文学の意である。本書には、副題に示すように近世前期小説、いわゆる仮名草子や浮世草子を中心に、個々の作者・作品と、出版流通機構―版元・読者との問題を、今日的な新しい視座から捉え直した、意欲的な論考を収める。

一　近世の社会状況

わが国の古代から中世までは、公文書や記録類を始め、物語や日記などの文芸作品は、すべて筆写本で行われ、文字の読めない人には音読の形で伝達された。しかし近世では、儒書や歌書などの学問的な書物から小説や絵草紙などの娯楽的な読み物まで、大量に出版され、販売されることになり、社会的にも文化的にも情報流通の様相が一変した。そのような近世の出版流通機構が成立する社会状況をまず顧みたい。

十七世紀初頭、徳川幕府が全国の諸大名を統括して幕藩体制が確立し、太平の世となると、天下の三箇津《さんがのつ》といわれる京・江戸・大坂《おおざか》を始めとして、諸藩の城下町や港町などの都市が発達した。まず江戸は慶長八年（一六〇三）幕府開設以後、政治の中心地として急激に発達した。参勤交代の制度により諸藩の武士が駐在し、一大消費都市となる。享保九年（一七二四）には、町方の人口は四十六万四千五百七十七人、在府の武士は五十万人、総人口約百万の大都市となった。[1] 大坂は、元来豊臣秀吉が広く海外に関心を持ち、既に海外貿易で実績のある堺の商人を呼び寄せて、城下町の経営に当たらせた所であり、近世では幕府直轄の特別都市となった。古来の都として伝統のある京都に近く、瀬戸内海や淀川の水運の便もあり、交通の要衝の地である。そこで諸国の藩米や物産が集散し取引され、天下の台所として繁栄した。元禄十二年（一六九九）の大坂の人口は、三十六万四千一百五十四人という。[2]

また近世初頭、徳川家康により金貨（大判・小判）、銀貨（丁銀、豆板銀）、銅貨（銭）の三貨が鋳造され、全国一律の貨幣経済が布かれた。この三貨の流通に当たっては本両替・銭両替の両替商が台頭した。また多額の貨幣を安全かつ円滑に流通させるために為替も活用された。幕府や諸藩は、俸禄を始め諸経費の支出に貨幣が必要なので、領内の年貢米や物産を、江戸や大坂に輸送し、諸藩の蔵屋敷などから出入りの商人を通して用立たせた。大坂の掛屋・蔵元、江戸の札差などの大商人がその役に当たった。また都市の商品の流通には各種の問屋《といや》・仲買《なかがい》の活動があった。要するに貨幣経済が布かれ、交通も発達し物産の流通が盛んになると、京・江戸・大坂を中心に商業が著しく発展した。町人は蓄財・融資により次第に経済的な力をつけ、様々な事業を興すことが出来るようになった。

さらに家康は、幕藩体制を維持するために士農工商の身分制度を布いた。武家の支配を合理化するために思想的規範として儒教を重んじた。家康は儒学を藤原惺窩《ふじわらせいか》に学び、その弟子林羅山《はやしらざん》を重用したので、朱子学を正統視した。そうして幕府は文治政策を採り、学問を奨励した。江戸には官学（昌平黌《しょうへいこう》）が設けられ、諸藩には藩学（藩校)、民間には私塾や寺子屋が設けられた。京都の私塾では伊藤仁斎の古義堂、江戸は荻生徂徠《おぎゆうそらい》の蘐園社《けんえんしゃ》(訳社《やくしゃ》とも)、大坂では中井甃庵《なかいしゅうあん》の懐徳堂などが知られる。ところでこれら官学・私塾の教科書は漢籍(儒書・史書)であり、庶民の寺子屋では謡本《うたいぼん》・往来物などであった。武士より庶民に至るまで次第に識字率が高まるにつれて、広く国書や文芸書、あるいは通俗的な読物の需要が増すことになった。

以上の様々な社会情勢から、中世までの筆写本での読書時代から印刷物(刊本)での読書時代へと発展することになる。

二 古活字版の時代

わが国の古代から中世までは、主として筆写本の時代であった。ただし、一部の仏教寺院では、信仰上の発願供養のため、教典の印刷事業が行われていた。

早く奈良時代には百万塔陀羅尼《だらに》の印刷事業があった。これは称徳天皇(孝謙上皇重祚《ちょうそ》)の勅令で、戦没者の追善供養のため祈禱文を一枚刷りにし、百万の木造の三重小塔に納める事業で、七年の歳月を経て、神護景雲《じんごけいうん》四年(七七〇)、法隆寺や奈良の大寺など十大寺に各十万基ずつ奉納された。現在は法隆寺にその一部のみ伝存する。

平安時代には奈良興福寺で教典が印刷され、春日版《かすがばん》という。鎌倉時代には各宗の寺院で教典が印刷された。東大寺版・西大寺《さいだいじ》版・法隆寺版・東寺版・高野《こうや》版・叡山《えいざん》版などという。

また鎌倉中期から室町末期にかけて、臨済宗の京五山・鎌倉五山の禅林で、宗学の研鑽《けんさん》を積むため、内典の教典や禅籍が印刷された。また外典《げてん》の漢籍まで印刷された。多くは舶載の宋・元・明代の刊本の覆刻本《ふっこくぼん》である。これらを五山版という。

要するに古代から中世までの印刷（Printing）は、仏教の各宗寺院で、宗教活動の一つとして木版印刷が行われたもので、営利を目的とする書肆《しょし》（版元）からの出版（Publication）ではない。またその版式は整版という。整版は、草稿の行数などを整え、浄書した版下を版木に裏返しに貼って彫り込み、その整った版面に墨を塗り、料紙を置いて、その背面を馬楝《ばれん》で摺った印刷方法をいう。

これに対し安土《あづち》・桃山時代には、外国から二系統の銅活字印刷の技法が伝わり、わが国の印刷文化がが変貌する。

第一の系統は、キリスト教の布教と関連し、天正十八年（一五九〇）、日本イエズス会巡察使ヴァリニャーノが、西洋の活字印刷機を持ち込んだ。そうして翌十九年から慶長十六年（一六一一）までの二十年間、天草《あまくさ》や長崎などで、キリスト教義書のほか一部わが国の語学書や辞書などを印刷した。これをキリシタン版という。方式は洋文字の銅活字で横組みにし、料紙の両面に印刷した。また国字本では活字を縦組みにし、料紙の片面に印刷した。国字本では二字ないし三字の連続活字も創始している。特に注目されるのは、慶長十五年（一六一〇）京都で印刷された『こんてむつす・むんち』で、本書だけは銅活字ではなく、木活字を使用し、馬楝《ばれん》で摺るという東洋の方式をとっている。なお本書は従来銅活字本とみられていたが、近年森上　修により、「木活字で日本印刷機（一丁掛け植字盤）で摺った」という、当事者メスキータ宣教師の書簡を引用する精細な論考で訂正された。(3)

第二の系統は、豊臣秀吉の文禄の役《えき》（一五九二）の際、朝鮮から東洋式の銅活字印刷の技法が伝った。それは釘止めした組版の界線・柱刻などの間に蜜蠟の固着剤を流し込み、そこに銅活字を並べ固定する。その版面に墨を塗り、料紙を置き、紙背を馬楝《ばれん》で摺って印刷する方式である。また規範になる朝鮮本も将来した。

そこで以上の舶来の印刷技法に啓発されて、わが国でも活字印刷が行われた。すなわち、(一)朝廷の勅版、(二)将軍家康の出版、(三)民間の私家版である。

(一)勅版では、後陽成天皇の勅命で、文禄二年（一五九三）『古文孝経』が刊行された。ただし現存しない。また慶長二年（一五九七）から同八年（一六〇三）にかけて、漢籍の『錦繍段《きんしゅうだん》』『勧学文《かんがくぶん》』や四書、あるいは『長恨歌琵琶行《ちょうごんかびわこう》』など九種、国書の『日本書紀神代巻《じんだいのまき》』『職原抄』の二種が、木活字で刊行された。慶長勅版という。次いで後水尾《ごみずのお》天皇の勅命で、元和《げんな》七年（一七二一）『皇朝事宝類苑』が刊行された。版式は従来銅活字版とされたが、近年、木活字版と改められた[4]。元和勅版という。

(二)家康の出版では、家康が慶長四年（一五九九）から同十一年（一六〇六）にかけて、伏見円光寺の僧閑室元佶《かんしつげんきつ》に命じて、漢籍の『孔子家語《こうしけご》』『貞観政要《じょうかんせいよう》』、さらに国書の『吾妻鏡《あずまかがみ》』などを木活字で刊行させた。伏見版という。さらに家康は、晩年隠栖した駿府《すんぷ》（静岡市）において、元和元年（一六一五）金地院崇伝《こんちいんすうでん》や林羅山を参画させ、元和元年（一六一五）から翌二年にかけて、仏書の『大蔵一覧集《だいぞういちらんしゅう》』、漢籍の『群書治要《ぐんしょちよう》』を、銅活字で刊行させた。駿河《するが》版《ばん》という。

(三)私家版では、小瀬甫庵《おぜほあん》の甫庵版などもあるが、特に注目すべきは嵯峨本《さがほん》である。嵯峨本は本阿弥光悦《ほんあみこうえつ》、及びその門流の書体による木活字版で、京都の嵯峨で刊行されたものである。嵯峨の豪商角倉素庵《すみのくらそあん》も出版に協力したかともいわれる。光悦は刀剣鑑定の家系の出身で、書は寛永三筆の一人とされ、蒔絵《まきえ》や陶芸などにも優れ、近衛《このえ》・三条西・烏丸《からすまる》などの公家《くげ》や細川幽斎《ほそかわゆうさい》などの歌人とも交流があった。嵯峨本は、胡粉地《ごふんじ》に色染め、雲英《きら》摺《ず》りの美麗な料紙に、名筆による連続活字で印刷し、装訂にも意匠をこらす。堂上《とうしょう》公家や上流歌人を対象とした出版である。木活字版の『伊勢物語《いせものがたり》』『方丈記』『徒然草《つれづれぐさ》』『観世流謡本《うたいぼん》』などがあり、一部整版の『三十六歌仙』などもある。従来の印刷文化が、経典や漢籍を主流としてきた中に嵯峨本がわが国の古典文学を重視して刊行した意義は大きい。

ところで以上の活字版印刷は、当時の技術の限界もあり、植字した一組版で百部ほど印刷しては解体して、次の組版を作る状況で、大量出版には適さなかった。しかし近世も先の第一章で述べたように、寛永年間（一六二四〜四三）になると、武家社会から民間に至るまで読者層が増え、漢籍にかぎらず和書や諸雑著の出版を待望するようになった。そこでわが国古来の木版印刷（整版）が見直されることになった。整版は版木を彫る手間がかかり費用も要するが、需要が多ければ採算がとれる。また版木が残っているので、重版が出来る利点があった。さらに一般読書人が漢籍を読解するために、送り仮名や返り点などを施した加点本（付刻本とも）の需要が高まる情勢の下では、行間に種々の詰め物をする活字版より、以上の諸点を一枚の版木に彫る整版の方が重宝である。また挿絵などの印刷の上からも整版が便利である。

そこで寛永期の京都には整版印刷を職業とする版元が登場し、活字印刷がと絶えることになった。そうして近代の金属活字印刷が興るまでは、この整版印刷時代が続いた。なお近世後期に一部で活字版印刷がだされたので、安土・桃山時代から寛永期にかけての約五十年間を古活字版の時代と呼ぶ。

三　本屋の台頭と発展

前述の古活字版印刷は、善本の百部程度限定の出版という文化事業であり、ごく限られた上層特権階級の文化圏で享受された。それが寛永前期（一六二四〜三三）になると、多種多様の書籍の刊行を望む一般庶民の要望に応えるべく、大量出版に適した古来の整版印刷が見直された。そして営利を目的とする出版元が登場する。出版メディアの誕生である。

ところで出版元は、当時「本屋・版元・書肆《しょし》」などという。中でも「本屋」が一般的に用いられた。当時の「本屋」は出版のほか販売も兼ねており、現在の本屋とまぎらわしいが、本稿では「本屋」を主として用いたい。この出版元としての本屋のほか、当時も古本屋・貸本屋が存在した。また漢籍・仏書・歌書など、学問的な書を出版し取扱う「物の本屋」、小説・絵草紙など通俗な書を出版し取扱う「草子屋」、あるいは後期の江戸では「地本問屋《ぢほんといや》」などという業種の別があった。

近世前期の出版事業は、上方とりわけ京都が中心となる。京都は応仁の乱（一四六七〜七七）後の室町末期に、商人や手工業者により町衆という自治組織ができる。また土倉《どそう》・酒屋など、質物による金融業で裕福な町民も存在した。そして花の都として伝統的な文化の都市である。新興の政治都市の江戸の方は、上方出版の書籍類の売り捌《さば》き所で、近世前期は京都の本屋の出店などを通して書物が流通した。

本屋（ここは物の本屋）　『人倫訓蒙図彙』

京都の本屋は、早くは慶長十三年（一六〇八）に『五家正宗《ごけしょうじゅう》賛《さん》』など禅籍を出した中村長兵衛尉《ちょうべえのじょう》や、同十四年に『古文真宝《こぶんしんぽう》後集《こうしゅう》』の漢籍を出した本屋長七など数軒が知られる。前掲の書はまだ古活字版で、やがて寛永期の整版印刷の時代になると、たちまち多くの本屋が登場する。

寛永期の本屋の数は、奥野彦六の『江戸時代の古版本』によると百一軒だが[5]、この数の中には著者や編者名もあり、今少し減る。都の錦の浮世草子『元禄大平記』（元禄十五年・一七〇二）巻六の三によると、——

京都の本屋七十二間（軒）は、中古よりさだまりたる歴々の書林、孔門《こうもん》七十二賢《けん》にかたどり、其《その》中に、林・村上・野田・山本・八《や》尾・風月・秋田・上《うへ》村・中野・武村《たけむら》、此《こ》の十間（軒）を十哲《てつ》と名付けて、もつはら世上にかくれなく、いづれもすぐれし人々なり。

都の錦は寛永ごろからの本屋は七十二軒あるが、そのなかでも老舗《しにせ》が十軒あるとその名前を挙げている。今、その本屋を次に紹介する。

「林」は、右の本文の後に「林九兵衛」とある。林九兵衛《くへえ》は、名は義端、堂号を文会堂という。伊藤仁斎及び伊藤素庵の弟子で漢学の素養がある。浅井了意の仮名草子『狗張子《いぬはりこ》』の序文を記し、同書の相版元の一人でもある。また浮世草子『玉櫛笥《たまくしげ》』『玉箒子《たまははき》』の作者でもある。

なお「林」で忘れられない本屋は、出雲寺《いづもじ》和泉掾《いずみのじょう》で、ここで特に紹介しておきたい。出雲寺家の初代は林元眞で、林道春《どうしゅん》（羅山《らざん》）の縁者ともいわれ、もと酒造家でのち書物屋を営む。現在の当主所蔵の由緒書によれば、和泉掾《じょう》を受領し、禁裏の書物御用を勤めたという。

二代目時元は明暦三年（一六五七）、和泉掾を受領。京都の歌書所として歌書を出版した。また江戸に出店を置き、のち幕府の御書物師として『武鑑』の出版を担当した。幕府の御用達《ごようたし》として代々続く。(6)

さて前掲都の錦の例文に戻ると、「村上」とあるのは、平楽寺《へいらくじ》村上勘兵衛のことで、代々法華宗書籍の書肆として著名である。

「野田」は野田弥兵衛。「山本」は金屋《かなや》山本長兵衛で謡本専門。「八尾」は、八尾甚四郎。「風月」は、風月庄左衛門、沢田氏、儒書・医書専門の店。「秋田」は秋田平左衛門。「上村」は上村次郎右衛門。「中野」は中野小左衛門、真言宗の仏書専門の店。「武村」は武村市兵衛、山崎闇斎及びその一派の編著書専門の店である。

板（版）木屋　『人倫訓蒙図彙』

表紙屋　『人倫訓蒙図彙』

大坂の出版業は、京都や江戸より遅れ、寛文《かんぶん》期（一六六一～七二）に始まる。大坂が経済都市としての規模を整えるのには歳月を要したことや、近辺の京都から出版物を入手する点では江戸より容易であったためでもあろう。実は寛文期とそれに続く延宝期（一六七三～八〇）は、大坂に限らず京・江戸でも経済の隆盛期であり、文化面の出版事業も質・量共に目覚ましい発展を遂げた。書籍《しょじゃく》目録類が初めて出版されたのもこの時期である。

大坂の出版の早い例としては、寛文十一年（一六七一）の山口清勝編『蛙井集《あせいしゅう》』だという。同十三年（一六七三）の西鶴編『生玉万句《いくだままんく》』もこれに次ぐ。大坂の出版事業はこのような俳書から興った。そうして俳諧師でもある西鶴の『好色一代男』は、彼の俳諧仲間の荒砥《あらと》屋の資力により刊行され、その好評を得た後、『諸艶大鑑《しょえんおおかがみ》』以下の西鶴本二十四点は、このような大坂の新興の本屋から出版された。

四　貸本屋の役割

近世の本屋（版元）は、現在の出版社・印刷所・新刊書店の三者の役を兼ねていた。すなわち、作者の原稿を受け取った版下書き（筆耕《ひっこう》）が、一定の行数などを按配《あんばい》しながら清書し、それを彫り師（彫工《ちょうこう》）が版木に彫り、刷り師が刷り上げ、製本担当者が本に仕立てた。しかし出版事業が進展してくると、『人倫訓蒙図彙《じんりんきんもうずい》』（元禄三年・一六九〇）巻六の挿絵のように、印刷担当の版木屋、製本担当の表紙屋などが登場した（前頁図参照）。また出版書肆は、今日の出版社の販売部のように、新本を店頭で売ったり、他店へ卸したりした。新本は客が店頭に来ないと売れないし、客も一読すれば済む場合もある。様々な条件から案出されて、本屋が貸本屋を始め、一定の期限に見料を定めて貸し出すことになった。後には古本屋が貸本屋を兼ねたりした。さらに本屋の主人が藩邸などの屋敷へ出向いたり、行商人として地方へ巡回する者も現れた。

出版流通機構の解明の一例として、紀州徳川家の付家老《つけがろう》三浦家に仕えた儒医、石橋生庵《せいあん》（名は辰章）の日記、『家乗《かじょう》』を参照したい。

『家乗』は、生庵が三浦家の二代目為時、三代目為隆に仕えた寛永十九年（一六四二）から元禄十年（一六九七）までの日記で、当時の文学芸能に関する記事が多く貴重なことが、近年尾形仂により発見された[7]。また長友千代治は、『家乗』の記事から、生庵が、江戸の藩邸、あるいは和歌山の屋敷で、出入りの本屋から購入する場合もあるが、多く貸本屋から借りて読書している状況を報告している[8]。また長友は、参勤交代で江戸滞在中の生庵の読書が、国元とは違って、新刊の浮世草子や、娯楽本などが多く読まれていることを指摘している。

ここでは西鶴本の読書を取り挙げる。なお、貞享元年（一六八四）の生庵は四十三歳、侍読の相手、三代目三浦為隆は二十九歳であった。

『家乗』の西鶴本の記事（抄出）

貞享元年（一六八四、天和四年二月二一日、貞享と改元）

五月二六日　好色一代記《ママ》（男）八巻借り、六月九日返す。

七月一一日　諸艶大鏡《ママ》（鑑）好色二代男侍読、十七日返す。

貞享三年（一六八六）

閏三月二二日　五人女侍読。江戸本郷八百屋於七吉祥寺侍童小野川吉三郎天和二年冬、○大坂天満樽屋妻於千間男麹屋長左衛門貞享二春、二十三日　五人女侍読。京大経師妻於佐牟間男手代茂右衛門貞享元年○播磨姫路清十郎○薩摩鹿児島源五兵衛但馬屋妹夏　琉球屋娘末無

元禄元年（一六八八、貞享五年九月三〇日、元禄と改元）

五月一九日　好色一代女五巻借りる。

一〇月一一日　永代蔵拝借し、一六日侍読。

一〇月二〇日　男色大全《ママ》（鑑）十巻侍読。

元禄二年（一六八九）

閏正月九日　新可笑記五巻侍読、一〇日侍読。

三月七日　武家《ママ》（道）伝来記借り、九日、一〇日侍読、二四日返す。

四月三日　桜陰比事五冊侍読。

元禄五年（一六九二）

八月二日　永代蔵借り、三日返す。

元禄六年（一六九三）

四月二七日　新可笑記侍読。

ところで右の西鶴本の読書は、いずれも江戸の藩邸でのことである。また来訪した貸本屋は、平四郎・九右衛門の名が見える。西鶴本は大坂の本屋から出版されたが、和歌山より遠隔な江戸の地で、きわめて早く手に触れているのに一驚する。

次のように西鶴本は、刊行後短期日に江戸に運ばれ、一藩邸の儒医生庵に読まれているのである。最も短い例では、『五人女』の二箇月半後、『桜陰比事』の三箇月足らず、『新可笑記』の三箇月後、『諸艶大鑑』の三箇月後となる。これに次いで短いのが、『永代蔵』の九箇月後、『一代男』の一年七箇月後、『男色大鑑』の一年九箇月後、『一代女』の一年十一箇月後となる。西鶴本の世評が高かったためか、何れも早い時期に読まれている。

この理由を考えると、一章で述べたように江戸に在府の武士は五十万、識字の武士に限っても相当な数になる。文武奨励とはいえ平和時であるから余暇がある。訪ねて来る新本の行商本屋、貸本屋を通して読書の機会は多かったといえる。

先に挙げた西鶴本も、江戸での販売を前提として、江戸の売り捌《さば》き元となる本屋と契約し、刊行時にその本屋名を相版元として掲げているのである。例えば『五人女』『武道伝来記』『新可笑記』『桜陰比事』は、大坂の出版元のほかに江戸の万屋清兵衛の名を掲載する。『日本永代蔵』は大坂の版元のほかに江戸の西村梅風軒の名を掲載する。さらに『諸艶大鑑』は再版時に江戸の参河屋久兵衛の名を入木して加え、『男色大鑑』は再版時に万屋清兵衛の名を加えている。

江戸は武家中心の政治都市である。西鶴の武家物、『武道伝来記』『武家義理物語』『新可笑記』などは、そのような江戸の武家の読者を想定して出版されたとされているが、(9) その通りである。現在も各地の諸大名ゆかりの図書館には、西鶴の武家物がよく所蔵されているのである。また『家乗』をみると、西鶴の好色本や町人物もよく読まれ、主君へ侍講までしている。ただしその好色本類は、貸本屋を通しての気軽な享受であったことがわかる。
次に版元が大坂である西鶴本の新本が、わずか二、三箇月のうちにどのような経路で江戸の読者に読まれているのか、考えてみたい。

大坂から江戸までは陸路百三十里、幾山河のある東海道を、荷馬（駄馬）しかない交通機関で、大量の書物を傷めずに運ぶのは容易なことではない。そこは幸い、大坂から江戸へ海上を大廻《おおまわ》しの船があった。菱垣廻船《ひがきかいせん》で、当初は約三百石積み、後には六百石から千石積みまであり、上方の物産の木綿《もめん》・油・酒・紙・畳表《たたみおもて》など様々の商品を、消費都市江戸に輸送した。寛文期（一六六一～七二）には樽廻船《たるかいせん》が登場した。二百石から四百石積みの小早船で、後発なので、菱垣廻船と協定を結び、酒樽を中心に運んだが、船足が速いので、酒以外の荷を托す荷主も出たといわれる。

これは近世後期の例証だが、文政二年（一八一九）の『商人買物独案内《あきんどかいものひとりあんない》』によると、大坂の心斎橋筋を中心に唐本や和本の「書物江戸《えど》積《づみ》問屋《どいや》」が十八軒もあったことが分かる。江戸積みとは、大坂から「下り本」という上方の書物を江戸へ送る業務をいう。文運東遷の後期にも依然と続いたわけで、近世前期ではもっと活況を帯びていたと思われる。

要するに菱垣廻船により大量の書物が、上方の出版地から江戸へ着実に運ばれたこと、江戸の売り捌き元の介在で、直ちに江戸市中の本屋や、とりわけ貸本屋に卸されて、読者へ早く提供されたことが考えられる。

近世後期の貸本屋の存在は大きいのだが、山東京伝《さんとうきょうでん》は自作の読本『双蝶記《そうちょうき》』の序文で、次のように誌《しる》す。

板（版）元は親里なり、読（ん）でくださる御方様は婿《むこ》君なり、貸本屋様はお媒人《なかうど》なり。

行商の貸本屋　『吉原恋の道引』

いはば作者から産まれた読本は、版元という親元から離れて、直接読者に渡るのではなく、貸本屋の仲介、お陰をもって読者に届けられるのだというのである。それにしても作者京伝の物言いはやや卑屈であるが、貸本屋は仲人だというその役割をみてみよう。

浜田啓介は、「馬琴に於ける書肆、作者、読者の問題」において、[10]天保十年（一八三九）前後の『南総里《なんそうさと》見八犬伝《みはっけんでん》』五冊の価格は、銀十八匁ないし二十三匁で、米価一石の約四分の一に相当し、一般大衆が直接買える値段ではない。他方、文化五年（一八〇八）の貸本屋組合の資料によると、[11]当時の江戸の貸本屋の数は六五六軒である。問題の『八犬伝』の単年度の刊行部数は、六五〇部から七五〇部である。版元は、およそ購入してくれる貸本屋の数を目安として出版していることを、解明している。

馬琴の『八犬伝』は全九輯九八巻一〇六冊から成り、文化一一年（一八一四）初輯刊行から好評を博し、作者は次々と書き継いで、完結したのは実に二十八年後の天保一三年（一八四二）であった。『八犬伝』は、各冊錦絵の摺《すり》付《つけ》表紙に口絵を掲げ、本文中には数々の精緻《せいち》な挿絵を掲載する。当然経費もかかり、書価も高くなる。しかし大半の貸本屋が購入してくれることが判明すると、長期出版を可能にすることができた。読者も安い見料で堪能《たんのう》できた。作者としても、貸本屋を通して更に大勢の読者がつくことは、作者冥利に尽きることで、前述のような挨拶を述べたようだ。

貸本屋の見料は、時代や土地柄にもよろうが、長友千代治によると、[12]河内柏原《かわちかしわら》の名家、三田《さんた》家の二代目久次（浄賢）が、享保五年（一七二〇）前後、行商本屋から借りた場合、売値が銀二匁五分《ふん》の『清水物語《きよみずものがたり》』の見料が銀一分五厘、売値八匁の『西行撰集抄』が三分五厘であったという。一つの目安となろう。

なお近世後期だが、高木　元によると、[13]江戸読本の蔵版元を精査すると、その大半が貸本屋であるという。これも大いに参考になる。

五　メディア研究の問題点

近世以前の文学研究では、現存する古写本の中から最善本を確定する、いわゆる本文批判の研究が重視され、現在ではほぼ完成している。近世文学研究では、出版された作品の初版・後版などの書誌的研究が基礎作業として重視され、主要な作品ではほぼ達成された。しかし近世の作品の種類・分量は多く、依然この基礎的作業は続けられている。

とりわけ近年は、個々の作者・作品と出版メディア（出版流通機構）の研究が重視され、着実にその成果が顕れている。すなわち、作者が小説原稿の公刊を出版元に依頼し、出版元がそれを出版し、本として読者に販売するというのは、流通の典型である。しかし、営利目的の出版元が、売れ筋の本を察知して、執筆を作者に注文したり、本の体裁を工夫する場合もある。要するに作者・出版元・読者、この三者間の多様な交渉を含めて、作品の出版流通機構を解明しようとするのが、昨今の研究の動向である。また幕藩体制下での出版規制・禁令の問題、作者の印税などの問題、出版元仲間の規制の問題なども併せて究明されている。

出版メディア研究は、現在広く出版文化史、あるいは近世の町人文化史や経済流通史など、多方面から研究がなされており、近年の鈴木俊幸の労作(14)『近世書籍研究文献目録』に著録されている通りである。

しかし近世文学からの究明は、あくまでも文学作品が基幹であることを忘れてはなるまい。作品があって作者の問題も出てくる。仮名草子の作者は、公家や武家に仕えたお伽衆・儒者・医者・僧侶・連歌師・俳諧師で、一部商人も加わる。近世初期にはまだ作者名を作品に明記しない。例えば『犬枕』『恨の介』『竹斎』『仁勢《にせ》物語』『浮世物語』『元のもくあみ物語』などがそうである。ただし他の資料から、『竹斎』の作者が富山道冶《とみやまどうや》（医者）、『浮世物語』の作者が浅井了意《りょうい》（僧侶）などと、着実に明らかになっている。

本章で問題にしたいのは、作者が本屋（版元）を兼ねている場合の研究である。古活字版時代では、『信長記《しんちょうき》』や『太閤記』等の著者小瀬甫庵《おぜほあん》が、自らその著作を刊行しているが、これは甫庵が関白豊臣秀次に仕えた背景があること、本人が儒医であったことなどで、私家版の刊行が可能であったようだ。しかしこれはここでは問題にしない。整版時代の営利を目的とした本屋の主人が作者を兼ねている場合の、作者と作品の相関研究に注目したいのである。

この問題の最も早い例が、中村幸彦の「八文字屋本版木行方」、「自笑其磧確執時代」の研究である(15)。次いでは野間光辰の「江島其磧とその一族」等の究明がある(16)。さらに長谷川強の其磧《きせき》と自笑《じしょう》の確執期に関する論考があり(17)、八《はち》文字《もんじ》自笑（八文字屋八左衛門）と江島其磧との確執問題は一応解明されている。

次に西村市郎右衛門が問題になる。俳号未達《みたつ》という俳諧師で本屋も兼ねていた。西鶴に対抗して『宗祇《そうぎ》諸国物語』『好色三代男』を自作刊行したことはよく知られている。彼の浮世草子は十数点であるが、近年『西村本小説全集』が出て重宝である(18)。この西村未達の出版活動、並びに同時期の本屋作者、林文会堂義端については中嶋隆の

解明がある。(19)

その他、浮世草子の本屋作者には、山の八《やつ》こと山本八左衛門（和泉屋《いずみや》）、西沢一風こと正本屋九左衛門《しょうほんやくざえもん》、東の紙子《あずまのかみこ》こと奥村政信（奥村屋）等がある。

さて仮名草子に戻れば、浜田啓介は、近世初頭成立の『恨の介』『露殿物語《つゆどの》』『薄雪物語』『恋塚物語』、さらに未刊の『わらひ草のさうし』などが、いずれも謡曲・御伽草子・浄瑠璃『十二段草子』などからの表現を摂取している点に着目し、これらが京の絵草子屋で作られたのではないかと仮説を立てた。(20) 前掲の仮名草子が同趣の先行文芸から類似の表現を活用する点は、中世文学・近世文学の多くの研究者が個別に論究されたところだが、浜田はそれらを十分に吟味検討して立論しており、説得力に富む。例えば岡見正雄は、原写本が絵草子屋に持ち込まれ、そこで幾部も作られ売り出されたものかと推察し、その絵草子屋は扇屋の城殿和泉掾《きどのいずみのじょう》のような業態であろうかという。(21) 浜田は、前述の典拠となった御伽草子類が、豊臣秀頼周辺から御下り本として大名家や周辺の者に下された事例を参照し、その御下り本は、大名家を除外すると、絵草子類を取扱う草子屋に渡ったのであろうと推論している。仮説とはいえ説得力に富み、傾聴に値する。

なお、これら近世前期の文学と本屋の研究に関しては、宗政五十緒・長友千代治・市古夏生等々の研究成果があるが、後掲の「参考文献」を参照されたい。

以上要するに作者と出版書肆の問題等々、今後もメディア研究が興趣尽きないテーマとなるであろう。

（1）本庄栄治郎『人口及人口問題』日本評論社、一九三〇年。
（2）注（1）参照。
（3）森上　修「慶長勅版『長恨歌琵琶行』について（下）──わが古活字版と組立式組版技法の伝来──」『ビブリア』九七号、一九九一年三月。
（4）わが国の古活字版印刷は、豊臣秀吉の文禄《ぶんろく》の役《えき》（一五九二）後、朝鮮の活字印刷機具を武将が持ち帰り、朝鮮の印刷技法を倣ったというのが従来の通説であった（新村　出「活字印刷術の伝来」『南蛮広記』岩波書店、一九二五年所収など）。しかし、近年森上修らにより以下のように改められた（**注3**の文献等）。朝鮮の活字版印刷は、固定した匡郭内に蜜蠟《みつろう》の固着済を敷き詰め、そこに界線部材・柱刻や金属活字を植える。（蠟を溶解して解体するので、活字は金属製で、脚部が台形で短く、底面は凹形である）。他方、日本の古活字版では、組版は匡郭・界線・柱刻を一版ごとに解体し組み直す。（日本の古活字版は大半が木活字版だが、金属活字も脚部は四面垂直で、やや長い）。右の組版に前述の活字や込め物を植え込む。摺刷《しょうさつ》法は、わが古来の木版（整版）摺刷で印刷する。実は前述の組版の方法は、キリシタン版に倣ったらしい。ただし、キリシタン版の印刷方式は、例の九州に持ち込んだ西洋式印刷機で行なっており、日本とは異なる。ところが例外が一例あり、慶長十五年（一六一〇）、京都で印刷された最後のキリシタン版『こんてむつす・むんち』は、日本の木版の摺刷方式で印刷されている（森上修）。（船載の西洋の印刷機はキリシタン禁制下にあり、京に運ばれなかったと思われる。慶長十九年幕府のキリシタン禁令で、最後の宣教師がこの印刷機をマカオに運んだといわれる。）なお、この森上　修説は、大内田貞郎により追認され（「古活字版のルーツについて」『ビブリア』九八号、一九九二年五月）、今では定説化した。（例えば『日本古典籍書誌学辞典』岩波書店、一九九九年）。また森上は、九州の宣教師が京へ往反した際、文化を好尚した関白豊臣秀次時代に、堂上公家の知遇を得ていた。そこで勅版の印刷事業が企図された背景には、キリシタン版の影響があったかと論及している。
（5）奥野彦六『江戸時代の古版本』東洋堂、一九四四年。増訂版は臨川書店、一九八二年。
（6）宗政五十緒『近世京都の出版文化の研究』同朋舎出版、一九八二年。また、藤実久美子「書物師」横田冬彦編『芸能・文化の世界』吉川弘文館、二〇〇〇年。
（7）『家乗』は近年発見された資料で、尾形仂により紹介された（「寸言・一儒家の日記から（一）〜（三）」『文学』五〇巻一一号〜五一巻一号、一九八二年一一月号〜一九八三年一月号）。和歌山大学紀州経済史文化史研究所編『紀州藩石橋家　家乗』（清文堂出版、一九八四年）で影印出版。
（8）長友千代治、「『紀州藩石橋家　家乗』の読書記事」『歴史公論』一一三号、一九八五年四月、翌年六月補訂。並びに『家乗』の「読書記事抄録」と共に、自著『近世の読書』青裳堂書店、一九八七年に収録。
（9）野間光辰「西鶴と西鶴以後」『岩波講座・日本文学史』第一〇巻、一九五九年。
（10）浜田啓介「馬琴に於ける書肆、作者、読者の問題」『国語・国文』二二巻四号、一九五三年四月号、のち自著『近世小説・営為と様式に関する私見』（京都大学学術出版会、一九九三年）に補訂収録。
（11）文化五年（一八〇八）の貸本屋組合の資料とは、『画入読本外題作者画工書誌名目集』で、慶応義塾大学国文学研究室編『国文学論叢第一輯　西鶴研究と資料』（至文堂、一九五七年）に翻刻収録。
（12）長友千代治「河内柏原三田家と行商本屋」『近世の貸本屋』東京堂出版、一九八二年。
（13）高木　元「江戸読本の形成」『文学』五六巻九号、一九八八年九月号。後に『江戸読本の研究　十九世紀小説様式攷』ぺりかん社、一九九五年に収録。
（14）鈴木俊幸編『近世書籍研究文献目録』ぺりかん社、一九九七年。
（15）中村幸彦「八文字屋本版木行方」『国語・国文』一〇巻二号、一九四〇年二月号。「自笑其磧確執時代」『天理大学学報』第六輯、一九五二年一月。上記二点は、いずれも『中村幸彦著述集』第五巻（中央公論社、一九八二年）に収録。
（16）野間光辰「江島其磧とその一族」『国語・国文』二四巻一一号、一九五五年十一月号等。自著『近世作家伝攷』（中央公論社、一九八五年）に収録。
（17）長谷川強「『今川当世状』の成立――江島其磧時代物考序説――」『国語・国文』二六巻七号、一九五七年七月号等あり、自著『浮世草子の研究』（桜楓社、一九六九年）に収録。
（18）西村本小説研究会編『西村本小説全集』上巻・下巻、勉誠社、共に一九八〇年。
（19）中嶋　隆『初期浮世草子の展開』若草書房、一九九六年。
（20）浜田啓介「草子屋仮説」『江戸文学』八号、一九九二年三月。自著『近世小説・営為と様式に関する私見』（京都大学学術出版会、一九九三年）に収録。
（21）岡見正雄「御伽草子―絵草子の問題に関して」全国大学国語国文学監修『講座日本文学』第六巻（中世編Ⅱ）、三省堂、一九六九年。

参考文献

川瀬一馬『古活字版の研究』私家版、一九三七年。増補版、日本古書籍商協会、一九六七年。

中村幸彦『中村幸彦著述集』第四巻・第五巻・第六巻・第一四巻、中央公論社、一九八二〜八七年。

長澤規矩也『図解和漢印刷史』汲古書院、一九七六年。

長谷川強「元禄の文学のゆくえ・概説」、尾形仂編『近世の文学（上）』有斐閣、一九七六年。

今田洋三『江戸の本屋さん　近世文化史の側面』（NHKブックス）、日本放送出版協会、一九七七年。

諏訪春雄『出版事始　江戸の本』毎日新聞社、一九七八年。

鈴木敏夫『江戸の本屋（上）』（中公新書）中央公論社、一九八〇年。

谷脇理史「出版ジャーナリズムと西鶴」『西鶴研究研究論攷』新典社、一九八一年。

長友千代治『近世貸本屋の研究』東京堂出版、一九八二年。

宗政五十緒『近世京都の出版文化の研究』同朋舎出版、一九八二年など。

大庭　脩『江戸時代における中国文化受容の研究』同朋社出版、一九八四年。

長友千代治『近世の読書』青裳堂書店、一九八七年。

渡辺守邦『古活字版伝説』青裳堂書店、一九八七年。

浅野　晃編『元禄文学の状況』（浅野　晃「京都の出版文化」、今田洋三「江戸の出版文化」、多治比郁夫「大坂の出版文化」、市古夏生「物の本の世界」などを収録）（「講座元禄の文学」第五巻）勉誠社、一九九三年。

長友千代治『近世上方作家・書肆研究』東京堂出版、一九九四年。

中嶋　隆『西鶴と元禄メディア　その戦略と展開』（NHKブックス）、日本放送出版協会、一九九四年。

谷脇理史『西鶴　研究と批評』（「西鶴と自主規制・出版取締令との問題に関して」などを収録）若草書房、一九九五年。

長友千代治「商業出版の開始」岩波講座『日本文学史　七』岩波書店、一九九六年。

中野三敏『書誌学談義　江戸の板本』岩波書店、一九九五年。

高木　元「書肆・貸本屋の役割」岩波講座『日本文学史　一〇』岩波書店、一九九六年。

市古夏生『近世初期文学と出版文化』若草書房、一九九八年。

藤実久美子『武鑑出版と近世社会』東洋書林、一九九九年。

江本　裕『近世前期小説の研究』若草書房、二〇〇〇年。

羽生紀子『西鶴と出版メディアの研究』和泉書院、二〇〇〇年。

長友千代治、『江戸時代の書物と読書』東京堂出版、二〇〇一年。


（以上単行本に限った）。

I 仮名草子と出版メディア

一　竹斎の視点

入口敦志

はじめに

『竹斎』の主人公は竹斎である。また『竹斎』は竹斎という号を持つ富山道冶《とみやまどうや》という人物によって書かれたものとされている。つまり竹斎という人物が竹斎という作中人物を描いているということになる。この場合登場人物竹斎は限りなく作者に近く、作者の分身ともいえるものとして描かれていることになろう。一方、かつては烏丸光広が『竹斎』の作者であるとする説もあった。その場合は、モデルがあったにせよまったく新しい人物を創造して一編の草子をつくりあげたということになる。

道冶にせよ光広にせよ作者が誰であったかということは本稿の考察の目的ではないが、作中人物竹斎の描かれ方がどのようなものであるか、また『竹斎』のなりたちはどのようなものであるのか、ということについて古活字本『竹斎』に即して考察を加えてみたい。

一　和歌を詠むにらみのすけ

『竹斎』において従者にらみのすけが、主人公である竹斎に次ぐ重要な登場人物であることはいうまでもない。しかし実際ににらみのすけが文中に登場してくる箇所は必ずしも多くはなく、名前そのものがでてくるのはこの長編の草子の中に一五例、一つのはなしの中で登場するものをまとめると一一箇所に過ぎない。さらにその一一箇所はある一定の傾向を示しており、にらみのすけが作り出された構想を考えるにあたって一つの指標になるのではないかと考えられる。整版本でのにらみのすけに関する増補についてはすでに石井裕子の論考（「『竹斎』考」『二松学舎大学人文論叢』三九号、一九八八年七月）が備わるが、ここではまず古活字本中のにらみのすけの登場する場面の確認からはじめたい。

（1）冒頭。にらみのすけの人物紹介。〈この箇所に2例〉

（2）京内参りの最後。〈1例〉

○（3）琵琶湖を船で渡る折の「あとよりも」の歌。〈2例〉

（4）名古屋での療治咄の最後。〈1例〉

○（5）八橋での「五つ六つ」の歌。〈2例〉

○※　整版本では浜名の橋での「潮も無き」の歌をにらみのすけが詠んだことにする。

○（6）小夜の中山での「寝ぶたやな」の歌。〈1例〉

○（7）宇津谷峠での「ひもじさに」の歌。〈2例〉

○（8）清見が関での「主殿と」の歌。〈1例〉

○（9）清見寺での竹斎の発句に「薬香薷の」の脇句をつける。〈1例〉

○（10）富士川の渡しを渡る。〈1例〉

○※　整版本では「富士川の」の歌をにらみにすけが詠んだことにする。

○（11）藤原の宿での「藤原は」の歌。〈1例〉

○※　整版本では三島での「我は世に」の発句に竹斎が脇句を付ける

以上がにらみのすけの登場箇所のすべてである。上に○を付けたものは和歌などの韻文にかかわることをしめす。一見してわかることは、大半が和歌や付句などを詠むことにかかわっている点であり、古活字本では一一カ所の内七カ所になる。○のつかない四カ所の内（11）の富士川の渡しの場面は、古活字本では、

すこし有けるぬのこをば、ふるかみにつゝみつゝ、竹斎もにらみのすけも、うしろにおひなから、川のあさせを渡りしか、一首のこしをれを、つらねけり、

はななかすふしかわみつのあさせには

匂ひてわたるひともありけり

（古活字本『竹斎』　以下古活字本からの引用文は特にことわらないかぎり十一行本による。読点は私に補った。）

となっている。この文脈では竹斎が詠んだ歌かにらみのすけの詠んだ歌なのかは明確ではないが、『竹斎』の他の部分では特に読み手を明記していないものは竹斎の詠じたものと読むのが自然であって、ここも素直に読めば竹斎の詠んだ歌と解釈できる。しかし、整版本のおなじ箇所は、

ちくさいもにらみのすけも。せ中にたはらおひながら。かちにてふじ川わたりけるが。うしろよりにらみのすけ、一しゆかくぞ聞えける、

ふじかはのなみにも花やうかふらん

にほひてわたる人もありけり

（寛永整版本『竹斎』 以下整版本からの引用文は特にことわらないかぎり寛永版による。句点は原本のまま。読点は私に補った。）

と、文章や和歌にかなり手が加わっているが、はっきりとにらみのすけが詠んだということを書いている。同様の加筆は、浜名の橋での「潮も無き」の歌が整版本ではにらみのすけの歌にされているなど他にも認められる。

古活字本と整版本との異同はともかく、数から見ればにらみのすけが歌を詠む人物として設定されていることは間違いないだろう。おそらく古活字本とは別の人物の手によって改訂・増補された整版本で歌を二首にらみのすけの詠んだものにし、連句を一つ付け足すというのは、古活字本でのにらみのすけに歌を詠む人物として設定されていることをくみとってのことではなかったか。

更ににらみのすけの歌に関しては注目すべき点がある。それは、にらみのすけが歌を詠んだ場所である。順にたどっていけば琵琶湖・八橋・小夜の中山・宇津谷峠・清見が関・清見寺・藤原の宿とすべて東海道の道筋であり、それ以外の場所では一首も詠んではいない。『竹斎』全体を通してみても、歌自体がこの東海道の道中に集中しているというわけではなく、京内参りの部分にも多くあり、また江戸見物や名古屋の療治の箇所でも多くの歌が詠まれている。にもかかわらず歌を詠むために創造されたといっても過言ではないにらみのすけが、東海道筋だけで歌を詠んでいるというのはどういうことなのであろうか。このことは整版本でも同様であり「寛永整板本においては、より活躍の場を与え」（石井裕子、前出）られたはずのにらみのすけの歌が、浜名の橋、富士川の渡し、三島とやはり東下りの途次でしか増やされていないことも、古活字本でのにらみのすけの扱い方の特徴を受け継いでのものと考えるべきであろう。

二　竹斎を旅へと促すにらみのすけ

では、歌と関わらない残りの(1)(2)(4)の部分でのにらみのすけはどういうはたらきをしているのか。冒頭の(1)は竹斎の人物紹介に続くにらみのすけの紹介であるが、その最後の部分をみてみよう。京を離れて諸国をめぐりたいがどうかという竹斎の問いに対するにらみのすけの返答は次のようなものである。

仰のごとく、かゝるうきすまひをしたまはんより、ひとまついなかへもくたり給ひて、いつくにも心のとゝまり給ふ所にすませ給ふへし、此にらみの助も、いつくまても、御ともつかまつらん（古活字本『竹斎』）

このにらみのすけの言葉に促されて、竹斎は名残の京内参りへと出かけていく。ここでは、あれこれと迷っている竹斎を旅へと誘う役割をにらみのすけが担っている。

さて、そうして京内参りへと旅立った竹斎であるが、にらみのすけの「いづくまでも御供仕らん」という言葉とはうらはらに一人で京内をめぐることとなる。京から東下りの旅に出立するまで、つまり京内参りのあいだはにらみのすけは文章中には登場してこない。このことは二種類の古活字本はもちろんのこと、写本、各整版本とも共通している。

ところが、整版本に付されている挿絵には京内参りの図中、竹斎のうしろに従者が一人必ず描かれている。おそらくこれがにらみのすけであろう。いま問題にしているのは寛永版の整版本であるが、そこには清水寺から下向し、豊国社参をし、北野へ参詣し、蹴鞠を見物する竹斎とうらみのすけ主従が描かれており、さらに天和版の挿絵では大仏殿とおぼしき建物へとむかう主従を描き、それぞれに「ちくさい京うちまいり」「にらみのすけ」と説明が書き込まれている。さらに江戸での挿絵も京内参りと同様の傾向を示す。第一節で確認したように江戸見物においても文章中にはにらみのすけは登場しないのだが、寛永版の挿絵では江戸城の天守閣を望む竹斎のうしろにも、隅田川に浮かぶ竹斎の乗る船の上にもにらみのすけが描かれている。天和版には隅田川の絵はないが、寛永版同様江戸城を望む竹斎のうしろににらみのすけが描かれ、大仏殿の挿絵と同じく「にらみのすけ」という説明がはいる。

もう一度確認するが、古活字本はもちろん京内参りの挿絵ににらみのすけを描いている整版本でさえ、本文を読む限り京内参りのあいだにはにらみのすけは一度も登場しない。江戸見物においても同様である。整版本ではかなり自由な増補や改訂がなされており、前節でみたように東下りの道中においてはにらみのすけに関わる増補をしているのであれば、京内参りにおいても江戸見物においても同様ににらみのすけの歌やはなしなどを増補できたはずである。しかし、文章中においてはにらみのすけは京内参りにも江戸見物にもまったく出てくることはない。

さて、少し先走ってしまったが、冒頭部分の次ににらみのすけがあらわれるのは京内参り最後の場面である。

にらみの介申けるやうは、とてもくたり給ふへき事なれは、しこくうつして何かせん、いそき御下りあれといふままに、三条大橋うちすきて（古活字本『竹斎』）

と、竹斎を東下りの旅へとうながす。冒頭と同様にここでもにらみのすけは、逡巡するかのように京内をふらふらとめぐっている竹斎を旅へといざなう役割をはたしている。

さらに、東海道を東へと下っている途中、竹斎は名古屋にとどまりいろいろな療治をおこなうのだが、その間ににらみのすけは一度もあらわれず、名古屋での療治の最後の咄のさらに最後の部分にやっと登場する。井戸のなかに落ちた子供を吸膏薬ですいあげようとして失敗した竹斎は人々と乱闘に及ぶのだが、その折に、

いつくよりか来たりけん、にらみの介ひよつと出、まかせたりといふまゝに、大はたぬきにはたぬいて、てき

のあしかと見ちかへて、竹斎かすねをむすととり、ゑいやつといひてひくほとに、何かはたまるへき、竹斎のつけにかへりける（古活字本『竹斎』）

と、さらに騒ぎを大きくしてしまう。どこにいるのかわからなかったにらみのすけは、まさに「いつくよりか」「ひよつと出」てくるのである。そのあと竹斎は、

かくて月日をくりしに、三とせになるはほともなし、（略）いのちのほともおはりの国にすみはてはやと思ひしに、こゝにもこゝろのとまらねは、又ゆくすゑもしらくもや、かすみと共に立出て（古活字本『竹斎』）

と東海道をさらに東へと下っていく。

この名古屋でのはなしに登場するにらみのすけは直接竹斎を旅に誘うような言動をするわけではないのだが、やはり京での二回の登場と同様の位置にあらわれてきていることは注目すべきであろう。ここでも竹斎が東へと下っていくきっかけとなる事件にのみにらみのすけがかかわっており、竹斎を旅へと促すはたらきをしているものと考えたい。事実竹斎はにらみのすけの登場に促されるようにして東下りの旅を再開する。

『竹斎』におけるにらみのすけの役割については以上の二点に尽きよう。ひとつは東下りの道中で和歌を詠むものとして、もうひとつは竹斎を旅へとうながすものとして構想されているということである。重要な役割を担ってはいるがその登場する場面は全体からみれば限られていてかなり少なく、極論してしまえば、にらみのすけは道行きの和歌のためだけにつくられた人物であるとさえいえるのである。

三　「竹斎」という呼称

『竹斎』のなかで京都北野社での見聞記と名古屋での療治咄はそのつくりがよく似ている。北野では「又ある方

を見てあれば」という決まり文句を用いて、連歌や蹴鞠、相撲などの小さな場面を次々とつないでいく。また、名古屋では「又さる人の事なるに」というこれまた決まった定型の文句を用いて療治咄をつないでいくのである。どちらもそれぞれのはなしはひとつひとつ独立しており、相互に関係を持つことはなく決まり文句で並列されているにすぎない点もよく似ている。

ところが、それぞれの文章はある点において決定的に違っている。結論を先にいえば、竹斎の視点が異なっているのである。北野での見聞は竹斎その人の視点からみた見聞であり、一方名古屋での療治咄では第三者からの視点で竹斎の行動が描かれるのだが、そのことを文章に即してみてみよう。まずは北野での一例。

又ある方をみてあれは、連歌座敷とうち見えて、唐筆たいくわりんのふんたいに、色よきくわいしをおりかさね、執筆と見えしわか男、ゐもんけたかく引つくろひ、いんきんけにもさし出て、宗しやう座上になをりけれは、連歌はしまりぬ、(略) 此竹斎も立よりて、歌道はしらねとこしおれを、一しゆつらねにけり、

なかみしかしらさるほとのれんかしか

しやうすにあふてたけくらへする(古活字本『竹斎』)

ある方をみて歩きそこへ立ちよるのは竹斎であるが、文章だけを読めば、一人称の見聞記のように読める。ここでは腰折和歌を一首詠むときに、竹斎という名前の上に「此」という文字がついていることに注意しておきたい。

では、名古屋ではどうか。

又さる人の事なるに、らくはをいたして有やとて、竹斎むかひに参りたり、竹斎これを見るよりも、「らくはいくたひしたる」ととひけれは、きのふのひるの事なるに、里かよひをいたすとて、五六度らくはをいたしけり、竹さい申けるやうは、「くすりもはりもむやくなり、思ひ出したる事あり」とて、ふすまぬのこを取か

けて、枕たかくいたさせて、「たゝねよ〳〵」とてせめかゝる、いたさはいたしねいられす、「これはいかに」ととひけれは、「かゝることくのわつらひ」は、むかしもありしわつらひとて、ふところよりもうちよりまさの、うたひの本をとり出し、「あれ見給へやひと〳〵よ（略）いしよにはつるゝりやうちをは、此竹斎はせぬ」といふ、あたりの人々よこてをへたと打、「あれ程物しりの竹斎なれは、りやうちにおろかはあらし」といふ（古活字本『竹斎』）

ここでの竹斎は北野での場合と異なり、一人称の竹斎ではなくあくまで作者によって語られる作中人物の竹斎として描かれている。

もうすこし細かくみてみよう。この名古屋での療治咄には「竹斎」ということばが五つある。最初の三つは地の文にあらわれたもので、最初のものは目的語として使われ、あとの二つは主語として使われている。四つ目は「此竹斎」というかたちであらわれるが、これは竹斎自身のことばの中にあらわれおり自称のことばととるべきもの。最後の一つはあたりの人々のことばの中にでてきており、これは作中の第三者からみた竹斎をさす。ここに『竹斎』における「竹斎」ということばの使われ方すべてがあらわれている。

このうち、「此竹斎」は名古屋での療治咄にもう一例ある。

其時竹斎てうにのり、ゐんけんこそはいひにける、此竹さいわかき時、かたのごとくがくもんをそいたしける、よみおくいしよはとれ〳〵そ、先一はんにたいせいろん、みやくきやうのうとくうんきろん（略）やふれかみこのていなれは、たゝおのつからくされなわの、いひかひなくそなりにけり（古活字本『竹斎』）

ここでの「此竹さい」も竹斎自身のことばの中にあらわれており、先の落馬の療治での例とおなじく自称のことばである。名古屋での療治咄の中には後掲の表でわかるように「竹斎」が三四例、「此竹斎」が二例あるのだが、竹斎のことば中には「此竹斎」だけしかあらわれず、ほかの三四例の「竹斎」はすべて、地の文か第三者のことばのなかにでてくる。このことから『竹斎』においては「此竹斎」が自称のことばとしてつかわれていると考えられるのである。

ここで整理のために、古活字本での「竹斎」ということばの出現数をおさえておく。ただし、にらみのすけの場合と異なり数が多いため、便宜的に部分に分けてまとめた数を示す。

この表からわかるように「竹斎」という呼び名は圧倒的に名古屋での療治咄に多くあらわれ、そのほかには発端と道行きの部分にしか出現しない。北野見聞においては「竹斎」という主人公としての呼び名や第三者から呼ばれるものはあらわれず、すべて「此竹斎」かあるいは「此法師」という自称のことばとしてでてくるにすぎない。京内参りと江戸見物にいたっては「竹斎」という語そのものが一度もあらわれてこないのである。

	竹斎	此竹斎	此法師
発端	1	0	0
京内参り	0	0	0
北野見聞	0	4	1
道行き※	4	3	0
療治咄	34	2	0
江戸見物	0	0	0

※名古屋の前後を一緒にした数。

この数と出現の片寄りからも、北野での見聞は竹斎が見聞したはなしを竹斎自身が語るかたちをとっており、名古屋での療治咄はその竹斎が登場人物として作者によって語られていることが明らかであろう。発端の部分は竹斎とにらみのすけの人物設定をしているのであるから、竹斎を紹介するかたちで作者がかたるのは当然といえる。だとするとむしろ問題となるのは、地の文に「竹斎」と「此竹斎」が混在している東下りの道行きなのである。

四　ゆれる視点

東下りの道行きにあらわれる「竹斎」と「此竹斎」は順番につぎのとおりで

ある。

（2）やまひもきゆるあはつかはらを、にらみの介とちくさいと、しう〳〵二騎にてすきゆけは

（い）此竹斎もすくなる歌こそならすとも、せめてはこしをれ成共、一首つらねはやと思ひて、

（ろ）まことにらうせうほんらいさたむるさかいなしと書ける法文をおもひ出して、此竹斎も一首つゝくりけり、

（7）つたのほそみちを、にらみの助と竹斎は、あなたへはふらりしやらり、こなたへはふらりしやらりと、わけまよひける有様は

（9）竹斎これを見るよりも、あたりの人々申けるは、わつらひは何そととひけれは、ほつくをそいたしける、

くわくらんをするかのふしのやまゐかな

にらみの助やかてつけにけり、

くすりかうしゆのしろはあしから

（は）すこしあさみの有けれは、此竹斎もかちにてわたらはやと思ひつゝ、

（10）すこし有けるぬこのをは、ふるかみにつゝみつゝ、竹斎もにらみのすけもうしろにおひなから、川のあさせを渡りしか

「此竹斎」としてでてくる（い）（ろ）（は）は第三節で確認したようにここでも自称のことばとして読むことができる。問題となるのは残りの「竹斎」であるが、これはすべてにらみのすけとの対で使われていることがわかる。それぞれに付けた数字は第一節で確認したにらみのすけの現われる箇所と同じところであることを示している。そのうち（2）（7）（10）の三例は「と」あるいは「も」によって竹斎とにらみのすけが並列されまさに対として扱われており、（5）は単純に名前を並列しているわけではないが、竹斎の発句に対してにらみのすけが脇をつける

というかたちでやはり対になっているもの。つまり自称の「此竹斎」以外の「竹斎」はすべてにらみのすけとの対で使われているのである。

第一節と第二節で確認したとおり、にらみのすけはこの東下りの道行きにしかあらわれない。つまり、ここで竹斎が「竹斎」として作者に語られているのは、にらみのすけとの対照としての必要からであることは明らかであろう。にらみのすけによって竹斎が旅へと誘い出されたように、にらみのすけという人物が作中に持ち込まれることによって「竹斎」という客体としての名前がまさに誘い出されたのである。

しかし一方では一人称としての「此竹斎」という用いられ方もあるという具合に、視点に着目した場合少々混乱したものとなっており、作者の視点はあるときは竹斎とおなじであり、またあるときは「竹斎」を作中人物として語るというように揺れている。

おわりに

『竹斎』のもともとの文章は、京内参りと江戸見物の部分ように語り手と見聞する人物が一致した紀行文であったと考えられる。その時点では語る竹斎と語られる竹斎は分化しておらず、東下りの道行きも京内参り同様の文章でできていたと想像される。それはたとえば、途中に和歌を織りこみ、道行き文をもって綴られた文章をもつ『徳永種久紀行』として知られる紀行文と同様のものではなかったか。そこににらみのすけという郎党を加えることによって、語り手が作中人物として客体化され「竹斎」という名前を与えられたと考えるのである。そしてその客体化が竹斎のはなしとしての療治咄を持ち込むこととなり、さらには整版本での竹斎不在の増補にまでいたったのであろう。つまり、古活字本の『竹斎』もすでに数次の増補改訂を経たものではなかったかということなのである。

この結論はまた、『竹斎』の文章そのものを細かく検討することによっても導き出される結果でもあるのだが、それは稿を改めて述べることにしたい。

二　『三河物語』識語改変の理由

――写本への統制の可能性――

大澤　学

徳川家代々とそれに仕えた大久保氏の事跡を記した『三河物語』は、著者である大久保忠教《ただたか》自筆本が残っている。その自筆本識語の年月日は巻上・中に

元和八年壬戌卯月十一日

巻下に

元和八年六月日

とあるが、自筆本を検討すると、元は巻上が、

寛永二年乙丑七月十八日

とあったものを改書したものであり、巻中は年月日の改書はなく、巻下は

寛永三年丙寅六月十日

とあったものを改書していることが指摘されている。(1)また本文中に寛永期の史実が記されていることもすでに指摘

があり、本書の成立が元和八年（一六二二）であるとは考えられない。むしろ後述のように寛永三年（一六二六）以降にも増補・訂正がおこなわれていると考えられるのである。ではなぜ著者は年月日をわざわざ「元和八年」に改変したのであろうか。

一　自筆本以外の諸本

『三河物語』の自筆本以外の写本群は、大きく分けて二種類ある。これを久曾神は「改変本」「初稿本」、齋木は「第一類」「第二類」と呼ぶ。私の見解は久曾神のものに近いのであるが、「改変本」「初稿本」という名称は以下の論述で混乱を招きかねないので、ここでは「第一類」「第二類」という名称を使用することにする。

第一類は豊臣氏滅亡までの内容を持ち、上巻冒頭の文が自筆本と全く異なる。また自筆本と比較して引用文の欠落が目立ち、序・跋も省略されている。久曾神はこれを自筆本の改変であると考え、齋木は草稿の姿を示すものであると考える。上巻冒頭部分を見る限りは、自筆本がすでに指摘されているように『曽我物語』の引用で源氏の起源を記述しているのに対し、第一類は余計な記述を排してかなり整理された形になっており、少なくともこの部分は久曾神の言うように後人の改変と考えるほうがよさそうである。これ以外にも第一類は多くの改変があると思われ、自筆本の成立過程を考える上では看過できないものの、諸本の整理がなされていない現状では、成立時期を考える上での傍証となりにくい。ここでは第二類に絞って検討を進めたい。

第二類は筑波大学図書館所蔵の『大久保忠教自記』と題される二冊本で、自筆本の巻上・中にあたる部分の写本である。巻上識語には、

寛永二暦乙丑七月十八日

の年月日があり、これは自筆本巻上の改変前のものと一致する。自筆本では改変の見られない巻中識語の年月日が、第二類では、

寛永二年乙丑九月廿八日

とあり、元和八年ではない。本文も第二類は自筆本に拠っているのは明らかであり、さらに自筆本の訂正が第二類でも訂正されている箇所、第二類では訂正がなく、自筆本のみ訂正を加えられている箇所があることから、増補・訂正途中の自筆本が第二類の祖本であることは間違いないと思われる。

自筆本の巻中にない寛永二年の年月日が第二類にあることについて、久曾神は自筆本巻中末尾の部分が第二類とかなり相違することに基づき、忠教が巻末二枚ほどを浄書し直したために自筆本に寛永の年月日が残らなかったと考える。これに従えば、自筆本は

上巻　寛永二年七月一八日
中巻　寛永二年九月二八日
下巻　寛永三年六月一〇日

にそれぞれ一旦の成立をみたということになる。以上により、第二類は自筆本『三河物語』の初期の段階に写されたと考えられるが、その時期は寛永二年頃の可能性が高く、元和八年と断定するのは無理があるようである。「元和八年」とは何なのか。

二　先学の諸説

元和八年は従来草稿の成立時期と考えられてきた。齋木一馬は次のように言う。

本自筆本の成立は元和八年ではあり得ず、初めに記された寛永二年より三年へかけての頃と見られるが（自筆本の中巻の識語にのみ初めから元和八年と記されているのは、恐らくはこの部分が、清書のため書き改められたためであろう）、厳密には（自筆本に自記本転写後の補入・訂正が見られることなどから）それより更に下るものといわなければならない。但し、ここに注意すべきは、これらの抵触部分（大澤注・史実が寛永期である部分）は、いずれも後年の増補・修正にかかると認められる部分であって、草稿本の脱稿が元和八年であるとすることと矛盾するものではないと思うのである。（『三河物語・葉隠』所収「『三河物語』考」一九七四年）

現状の第一類をもって初稿に当てることには前述のように無理があるだろう。もちろんさらに遡って現在は伝わっていない「初稿」を想定し、それが元和八年に成立したと考えることは不可能ではない。しかし仮に元和八年成立の「初稿」が存在したとしても、その「初稿」を改訂した自筆本が寛永二〜三年に成立していながら、なぜその年月日を元和八年に戻さなければならなかったのか。通常年月日は増補・訂正後の年月日を記すのが普通であり、あえて正さずに草稿の年月日を残すということはあり得ても、わざわざ草稿の成立時点に書き直すということは、特別な事情がない限りは行わないのではないか。

また久曾神昇はこの点について次のように述べる。

訂正などを加へた為におくらすといふことは容易に考へられるが、遡らせるといふことは不自然である。その間に如何なる変動が生じた為であらうか。江戸幕府に関する重大事項としては、元和九年七月将軍の更迭があり、同年九月前将軍秀忠の太政大臣昇進、寛永元年十一月女御徳川和子の立后などがあるが、それらは本書の執筆時期を変更させるべき理由となるものではない。（中略）さて思ふに、忠教は六十歳まで無学であり、それより奮起して文字を学習したと伝称するが、それが果たして事実に近いとするならば、元和五年頃よりのこととなり、元和八年は学習をはじめて僅《わず》かに三年後であるが、寛永二年はすでに六年後となる。従って此の如き事情を推察すれば、執筆をはじめた年時を、特に意識的に伝へる意図であつたかも知れない。（『原本三河物語』所収「三河物語の書誌」一九六〇年）

久曾神の述べるように、この改変は明らかに「不自然」であり、何らかの理由がなければおこなわれないものであろう。だが、それは「執筆をはじめた年時を、特に意識的に伝へる意図」であったのだろうか。執筆を始めた時期を明記するなら、跋文の中にそれを加えることが可能であり、通常脱稿時期を記す場所に書く必然性はないのではないか。学習を始めて時を経ていないことも同様に明記可能であり、年月日を変えるという方法で示す必要もないと思われる。

本書の執筆の意図を著者忠教は次のように述べる。(2)

此の書物に各々御譜代衆之御事、あらまし書きて、我が一類之儀、くは敷《しく》書き申す事は別之儀に非ず。甥・子供、又は一類之者供、御譜代久敷《ひさしき》御主様御ゆらいを、後には存ず間敷《まじき》と思ひて、しらせん為に、我が遺言として書きて、子供にくれ申す事なれば（巻中跋）

さて又、子供どもよくよくきけ。此のかき付は、後之世に汝共が御しうさまの御ゆらいをもしらず。大久保一名の御譜代久敷をもしらず。大久保一名之御ちうせつをもしらずして、御主さまへ御ぶほうかうあらんと思ひて、三でうの物の本にかきしるす成。（巻下）

本書は晩年を迎えた著者が、大久保一族と徳川家のかかわりを子孫に（そしておそらくは世間に対しても）遺言として残そうとしたものと考えてよいであろう。だがそうすると、年月日をわざわざ元和八年にする必然性は全くないのではないか。むしろ後年の補訂に従って年月日を繰り下げ、できるだけ晩年の忠教の意思が反映されていることを

示したほうが、子孫に残すには効果的だろう。巻下跋文中には、

我は早七十に及に罷成

という、少々文の変な部分があるが、この部分も改変されており、下の文字は久曾神によれば、

我は今年六十七に罷成

と判読できるという。久曾神・齋木が指摘するように、大久保忠教は寛永三年に六七歳であり、年月日を元和八年とするならば、六三歳とせねばならないはずである。この点を久曾神は「四年減ずべきを、錯覚で加算してしまったのではあるまいか」齋木は「不用意な誤記」というが、そうであろうか。小林賢章が言うように[3]、この部分の改変は忠教七〇歳以降、寛永六年以降なのではないか。本文を補訂していた忠教は、跋文中のこの年齢も補訂時点では事実に反することに気づき、「訂正」したのではないか。

忠教は寛永十年成立の自筆釈教和歌でも「七十四ニシテ是ヲ書」と記しており[4]、四年前の時点でも安易に年齢を偽って記したとは思えない。すると補訂は少なくとも寛永六年前後まではおこなわれていたということになる。だがそうすると、明らかに補訂時の年月日と相違する「元和八年」という年に改書した理由が、ますますわからなくなってくる。

三　改変の理由

では年月を元和八年に改変した理由とはいったいなんなのであろうか。元和八年の持つ意味とは何なのであろうか。前引部分で久曾神が述べているごとく、元和九年七月に将軍が秀忠から家光に代わっている。寛永期の忠教にとり、現将軍の家光ではなく、前将軍秀忠の治世であったということである。わずか数年の差ではあるが、この代

替わりの持つ意味は大きいのではないか。

高木昭作は第二類の写本に下巻の内容が欠けている点について、「推理以前の想像に過ぎない」とことわりつつも、

原本（自筆本）は「相国」「将軍」「大将軍」「家康」などという呼称で家康を指し、「権現」は家康が神に祠られるくだりに数回使っているに過ぎない。これは担当者の印象に過ぎないのであるが、元和から寛永にかけては、まだ家康は「大相国」などと一般に呼ばれており、神としての呼称で呼ばれるようになるのは、寛永を過ぎてからのことではないだろうか。すでに知られているように、病的なまでに強烈な家康崇拝者・家光による日光東照社の大造替、各地に於ける東照社の分祠などが寛永期に進行しているからである。

そうだとすれば、本書のように代々にわたって戦陣をともにして来た中で培われた忠教の、いわば血の通い合った主従観と、体制の創始者として批判の許されぬ絶対の権威を獲得した家康に対する後代の見方、この二つの齟齬が、流布本の脱落部分となって現れたのではないか。（「三河物語の成立年について」『東京大学史料編纂所報』五号、一九七一年三月）

と述べる。自筆本の巻下部分が忠教の意思により転写を許さなかったかどうかについては確証はない。しかし巻下の前引部分に忠教自身が『三河物語』を「三でう（帖）」と言っていることから考えても、もともと本書は三巻構成を予定していたことは間違いないであろう。巻中の跋では、

此の書物は門外不出に候間、他人は見申す間敷けれ供、若し百に一つも落ちりて、人之御覧じも在らば、其の御心得之為に此の如くに候。我がゐこに、我が一名・一類、又は我が身之事を書置きたると思召し有る間敷候。子供へ之遺言の書物なれば、我が一名・一類、又は我が身之事を書かざれば、子供のがつてんがすみ申す間敷

候間、此の如く候。

とある。「門外不出」と言っておきながら、明らかに子孫以外の読者を意識しており、忠教はあらかじめ本書の流布を意識していたと思われる節がある。忠教が転写を許した時、巻下が完成していたかどうかは知る由もないが、巻下の転写を許さなかったのは著者自身であった可能性はある。となると、著者は巻下の危険性を意識していたということになる。

また家康に対する考え方が、家光と忠教でかなりの差があったことは間違いないのではないか。以下のように、忠教は家康批判ととらえることもできる記述もしているのである。

立花《たちばな》之左近はぜゞ之城を責て、御てき申したる者成を、命を御たすけ成され候儀さへばく大なる御おんに候に、召出されて過分之御知行を下されて、御用に罷立つべき者と御意之候儀は、平人之ふんべつに及ばず。先ず、指《さ》しあたつて御用にたたざるは、御敵を申したるが一せう。其上、御用に罷立つ間敷と思召しても、今度御敵を申さぬ人は、重ねても御用に立つ事は治定成るに、何れも何れも御用に立ちたる衆より、立花におおく下されけ候儀は、御てきを申上げたる御ほうびか。然る時んば、御敵を申せば、知行をもとる物か。（巻下）

また有名な「御旗崩れ」の一件は、大坂夏の陣で家康本陣の旗が崩れたかどうかをめぐって、忠教と他の人々との論争を記したものである。家康は忠教の強情に激怒したが、忠教はそれにも屈せず、本陣の旗は崩れなかったと言い張った。もちろん忠教が家康に敬意を抱いていたことは本書からうかがえるところであり、その忠誠を疑うべきではないだろう。ただ、こうした記述が家康の神格化を進める家光の怒りに触れる可能性はあったのではないだろうか。

忠教は秀忠に対しては、

公方様の御ことばのおもき一つに、天下もおだやかに、たせいもしづまり、国土あんおんにして、たみもゆたかにさかへ、目出度き御代とぞ申しけり。(巻下)

と賛辞を述べてはいるものの、形式的なものである。家光には、

目出度き御家形《やかた》成るべきぞ。我は年寄之儀、夕さりをもしらず。此のかき物に後引合せて、子供ども見よ。つかな蛇は一寸を出して其の大小をしり、人は一言をもつて、其の賢愚をしるということは、当将軍様之御事成。御ざうたん之おもむきを承りしよ。御武辺ならぶ人有る間敷ぞ。御譜代久敷召しつかわれ申せば、御代も御ちやうきうに目出度き成。(巻下)

と、その武勇の人であろうことを称賛しているが、「御ざうたん(雑談)のおもむき」から武辺へ結びつける忠教の記述を見る時、家光への媚びのようなものと、その裏にある反発を感じるのは読み過ぎであろうか。一方で、

おもへば世もまつせに成て、神もましまさぬかと思ひ奉る成。然れ共子供よくきけ。只今は御主様之御かたじけなき御事はもふとうなし。さだめて、汝共も御かたじけなく有る間敷。其をいかにと申すに、他国之人を御心おきなく、御ひざもとちかく召つかわされ、又は、何の御譜代にもあらざる者を、御譜代と仰せられて、御心おきなく召つかわされ、汝共が様に、御九代迄召つかわされける御譜代をば、しんざん者と成されて、斗《はかり》立《たて》の三斗五升俵之三年米を弐百俵、三百俵づつ何れもに下されて、何とて恭く存知奉るべき。然れ共、其の儀を御ふそくに存知奉らで、よく御ほうかう申し上ぐべし。御こんがうをなおし申せと御意ならば、弐百俵之事はさておきぬ、弐俵下されず候ても、御ざうり取りに成とも、御馬取り成ても、御家を出てべつの主取り有る間敷。只今こそ我等先祖をすてさせ給へ、信光様より此の方相国様迄、御代々の御なさけわすれずして、只今のかなしき事をば、信光様より御代々、相国様迄への御ほうかうと思ひ奉り、何とやうにも御奉公申上げ奉れ。

（巻下）

と、重用されない無念から、秀忠・家光批判ととれる発言をしている。「只今は御主様之御かたじけなき御事はもふとう（毛頭）なし」とは、かなり厳しい言葉である。さらに「さだめて、汝共も御かたじけなく有る間敷」というのは、自分のみではなく、子供たちをも巻き込みかねない表現といっていいのではないか。「御主様」は、元和八年なら秀忠を、寛永年中であれば家光を指すことになるのは言うまでもない。

こうした記述を理由として、忠教が何らかの制裁を幕府から受ける可能性はあったのではないか。あるいは、忠教が家光の家康神格化に大きな違和感を感じ、自分の家康に関する記述で何らかの制裁を受けるかもしれない、という恐れを抱く状況が、忠教に感じられたということはないだろうか。こうした恐れにより、忠教は本書の成立をわずか数年にしろ繰り上げて、前代の秀忠のもとで成立したことにしたのではないか。

四　出版取締令との関連

現存する最も古い出版取締令は明暦三年（一六五七）のものである。

一　和本の軍書類、もし板行仕る事これ有らば、出所以下書付け、奉行所へ指上げ、下知を請くべき事。（「上下京町々古書明細記」『日本都市生活資料集成』一所収、三一書房、一九七七年　により、私に書き下した。）

これ以前にも何らかの取締令が出されていた可能性はあるが、それにしても出版取締令はあくまでも出所のはっきりしない軍記や流言蜚語等を取り締まることを目的としたものであり、写本についての取り締まりを目的とはしていない。もし右のような法令が寛永期に出ていたとしても、『三河物語』は刊本でない以上、忠教はこうした出版取締令により直接処分される可能性は低かっただろう。だが谷脇理史が想定するように[5]、右の法令が軍記をめぐる武家からのクレームに対処すべく出されたものであったとしたら、写本で流布する『三河物語』にもそうしたクレームがつけられる可能性は十分にあったのではないか。巻上の序で、

此書物をくがいへ出す物ならば、御譜代衆忠節之筋目、又は、はしりめぐりの事をも能《よ》くせんさくして書くべきが、是は我が子供に我が筋をしらせんために書置事なれば、他人之事をば書かず。其によつて、門外不出と云成。

巻下に、

何れも、大久保共ほどの御譜代衆はあまた候間、べつの衆之事は是にはかきおくまじけれ共、ふでのついでにあらあらかきおく成。各々のは定めて其家々にてかきおかるべければ、我々は、我が家之筋をくわしくかきおく成。

とあるように、忠教はわざわざ本書の執筆目的が「我が家の筋」を書くことにあり、「ふでのついでに」他の譜代の武家の言動に触れたにすぎないことを強調しており、そうしたクレームがつくことを警戒している様子である。

宮武外骨『筆禍史』（一九一一年）・今田洋三『江戸の禁書』（一九八一年）に載るように、天和二年（一六八二）、諸国巡見使に随行した記録二冊の写本を売ったことにより、江戸山伏町の正木惣右衛門が処罰されたという。また越後高田藩の御家騒動を書いたことで、一音という僧が流罪になっている。時代は寛永期より下るものの、いずれも写本での流布である。当然といえば当然であるが、幕府は写本であっても実際に社会的影響が出るような著作には統制を加えたということであろう。寛永期にそうした例があったかどうかは定かではないが、何らかの問題が生じれば、寛永期にも写本に対して統制が加えられる可能性はあったと考えるのが自然なのではないか。

『三河物語』の家康についての記述は「不敬」ととらえようとすればとらえられる性質のものである。家光に対

する記述も、そうした見方は可能であろう。一族の不遇に対する反発は、他の軍記と比べても十分攻撃的であると言える。さらに、他の譜代の武家についての記述は、言及された武家から内容への不満・抗議といったものが出される可能性もある。こうした点によって、現政権からの何らかの圧迫が忠教に加えられる可能性はあったろう。そうした危惧を感じ、忠教は自分の写本に対して弁解する余地を残すための工夫をしておいたのではないだろうか。

五　三浦浄心《じょうしん》の場合

仮名草子作者、三浦浄心の著作は、刊行が確認できる『北条五代記』『見聞軍抄《けんもんぐんしょう》』『そぞろ物語』『順礼物語』の四作品すべてが寛永一八年（一六四一）前後に集中して刊行されていると考えられる。(6) それ以外には写本でのみ伝わる『慶長見聞集《けんもん》』がある。浄心は寛永二一年没であり、これらの著作が寛永一七年ごろまで書き溜められて、浄心自身の手で編集・刊行されたと考えるのが自然であろう。ところがこれらの著作中には「慶長十九年当年」という記述がしばしば登場する。だが一方で『三河物語』の場合と同様に、著作中には寛永期の史実が現れる。その数は『三河物語』以上であるといっていい。このため従来は慶長一九年（一六一四）に一旦成立した草稿を、寛永期に本人あるいは友人が編集して刊行したものであると考えられていた。

これに対して私は、「三浦浄心の著作と『吾妻鏡』」（『国文学研究』九六集　一九八八年一〇月）において浄心の著作中に多量に引用される『吾妻鏡《あづまかがみ》』（鎌倉時代末成）が寛永三年刊の製版本であることから、その著作の多くが寛永期の成立であることを示し、「三浦浄心の著作における慶長十九年」（『近世文芸研究と評論』三二号　一九八七年六月）「『北条五代記』寛永版の訂正」（『江戸文学研究』所収　一九九二年）において、編者は三浦浄心自身と考えられ、「慶長十九年当年」の記述が見られるのは、これらの著作が豊臣氏がまだ存在しており、徳川幕府の覇権が十分ではなかったと思われる、慶長一九年の成立であると見せかけることにより、幕府の干渉を受けることを避けようとしたのではないか、と推測した。前記四刊本については明暦以降の出版取締令に照らしてみて、以上のような推測をすることも可能であると考える。だが近世初期の江戸市街の雰囲気を伝える『慶長見聞集』については、世相に触れることが多く、刊行には問題があると判断して写本でのみ流布させたようである。

しかし、そこにも「慶長十九年当年」の記述が前記四刊本以上に多出するのである。明暦以降の出版取締令と同様のものが寛永期にあったと仮定しても、この事実の説明はつかない。浄心は写本でのみ流布する『慶長見聞集』にも、おそらくは用心のため「慶長十九年当年」という語句をちりばめなければならなかったと思われる。とすると、刊本ほどではないにせよ、写本にも何らかの統制が加わる可能性があった、あるいは浄心はその可能性を感じていた、ということになるのではないだろうか。

共に写本のみで伝わる『慶長見聞集』の著者三浦浄心と『三河物語』の著者大久保忠教は、立場は違うものの、二人とも寛永期を生きた軍記作者であり、幕府に対する屈折した感情を持つ人物であった。浄心は『慶長見聞集』において成立を幕府の覇権確立以前の慶長一九年に見せかけようとし、忠教は『三河物語』の成立を将軍秀忠時代の元和八年に見せかけようとした。全く立場の異なる二人が写本において警戒を示すのは、将軍家光のもと、寛永六年以降に何らかの統制を受ける可能性を感じさせる状況があったのではないか。そして両者がそれぞれの立場と感覚で比較的「安全」と思われた成立時期が、浄心の慶長一九年であり、忠教の元和八年だったのではないだろうか。

以上については確証となるものはなく、憶測の上に憶測を重ねたものにすぎない。また両著とも著者は明らかで隠しようがなく、果たして成立年月を繰り上げる程度の工作で幕府の追及を逃れられるものなのか、という根本的な疑問もぬぐい去ることはできない。しかし、『三河物語』識語改変の合理的な理由を考える時、以上のような解釈をせざるを得なくなるように思われるのである。

（1）久曾神昇・中田祝夫・林史典『原本三河物語』勉誠社・一九六〇年、齋木一馬　日本思想大系26『三河物語・葉隠』岩波書店・一九七四年。以下の『三河物語』諸本の書誌はこの二著による。
（2）以下の引用は『原本三河物語』により、原文を読みやすく改めてある。
（3）小林賢章「用字法から見た『三河物語』の構成」『待兼山論叢』一〇号・一九七七年二月
（4）齋木一馬「大久保彦左衛門忠教自筆の釈教和歌の釈義」『日本歴史』二五三号　一九六九年六月
（5）谷脇理史「仮名草子・浮世草子の方法の一側面――自主規制・出版取締り・カムフラージュ――」『説話論集』四集　一九九五年
（6）朝倉治彦「『順礼物語』解説」古典文庫二七四冊　一九七〇年

三 『可笑記』と『甲陽軍鑑』——序説——

深沢秋男

一 『可笑記』・『甲陽軍鑑』の成立年と刊行年

『可笑記』巻三の二十三は、人を家に招く時の心得を説いた一段である。

「……此外、四書七書、かながきの養生論、つれ〱、甲陽軍鑑《かうやうくんかん》、すゞり、れうしの類置たるもよし。……」(1)

作者・如儡子《にょらいし》は、教養書の一つに『徒然草』と共に『甲陽軍鑑』を加えている。

『可笑記』は寛永六年(一六二九)に執筆開始され、同一三年に一応、稿が成なり、同一九年(一六四二)に初版が刊行されたものと推測される。(2)

『甲陽軍鑑』の成立は、天正一四年(一五八六)の記述をもって終わっているので、これが一応、成立時期として考えられているが、現存写本では、元和七年(一六二一)に小幡景憲が「原本甲陽軍鑑」を整理したものが最も古いとされている。(3)

『甲陽軍鑑』の刊本では、「明暦二稔丙申十一月吉旦　○二条通玉屋町村上平楽寺開板」の刊記をもつ、明暦二年(一六五六)版や、「万治弐己亥年仲秋吉辰／洛陽寺町誓願寺前／安田十兵衛開板」の刊記の万治二年(一六五九)版が早い頃の刊本として、明治以後の翻刻等の底本に使用されてきた。(4) 近世初期の書籍目録を見ると、東寺所蔵の万治二年の写本『万治筆写新板書籍目録』に「……明徳記　承久記　甲陽軍鑑　見聞軍鈔……」と出ており、(5) 寛文無刊記の『和漢書籍目録』の「軍書」の項には「廿三冊　甲陽軍鑑／六冊　同末書／五冊　同秘要抄」とあり、寛文一〇年（一六七〇）九月、江戸・西村又右衛門、京都・西村又左衛門から出された『増補書籍目録　作者付大意』には「廿三冊　甲陽軍鑑　高坂弾正書／六冊　同末書　同／九冊　同下巻末書　同／十四冊　同結要本　同／十九冊　同管見抄　馬場道誉作／十冊　同評判　伊奈与波知老／五冊　同秘要／三十五冊　同評判奥儀抄　高坂作　評浅井氏／四十三冊　信玄全集／二冊　甲乱記　勝頼滅亡ヲ記……」(6) とある。

これらの『甲陽軍鑑』の写本・版本の伝存状況から考えると、『可笑記』の作者は『甲陽軍鑑』の写本を利用したことになる。ところが、近時、酒井憲二の調査研究によって、明暦二年版・万治二年版よりも早い無刊記本の存することが明らかとなった。(7) 酒井は『甲陽軍鑑』の版本を次の如く分類している。

Ａ―１　無刊記十行本（元和寛永中刊・片仮名付訓）
Ｂ―１　無刊記十一行本（寛永前期刊・平仮名付訓、Ａ―１の改版）
Ｂ―２　（Ｂ―１の次印）
Ａ―２　（Ａ―１の後印）
Ａ―３　明暦二年本（Ａ―２に刊記を入木）「明暦稔丙申十一月吉旦　○二条通玉屋町村上平楽寺開板」
Ｃ―１　（Ｂ―２の覆刻・有匡郭）
Ｃ―２　万治二年本（Ｃ―１に刊記を入木）「万治弐己亥年仲秋吉辰／洛陽寺町誓願寺前／安田十兵衛開板」
Ｃ―３　（Ｃ―２の刊記変更）第二行「山口茂兵衛蔵板」

D―1　甲陽軍大全本（A系統の加筆評注）延宝七年序　延宝八年叙
D―2　元禄七年版（D―1の次印）「元禄七甲戌年正月吉祥日／皇都書林桃花堂板」
E―1　信玄全集本　寛文年間刊（A系統の改編）
E―2　（E―1の改版）
F　甲陽軍鑑伝解本　元禄十二年刊（D―1の改版）「元禄十二歳己卯十一月吉且／松会三四郎梓」
G　甲陽軍鑑全集本　元禄十二年刊（E―1の改版）「元禄十二己卯稔孟春上旬／村上勘兵衛開版」
H―1　元禄十二年小本（C―2の改版）「元禄十二己卯年正月吉日／江戸赤坂伝馬町／駿河屋伝左衛門／同又兵衛／版行」
H―2　（H―1の後印）嘉永年間刊

『甲陽軍鑑』の写本・版本の伝存状況は右の如くである。如儡子は、寛永六年（一六二九）に『可笑記』を書き始めた時、『甲陽軍鑑』のどのテキストを使用したのであろうか。如儡子は若くして、笈を負い諸国を修業し、書写した写本は数百巻に及んだと伝えられている。(8) 元和七年（一六二一）には成立していたとされる『甲陽軍鑑』の写本を見ている可能性も無しとはしない。しかし、明暦・万治（一六五五～六一）の刊本以前に無刊記の版本が出版されていた事が明らかとなり、その刊行時期も、無刊記十行本が元和・寛永年中（一六一五～四四）、無刊記十一行本が寛永前期（一六二五～三三）、とする酒井の説に従うならば、如儡子は、やはり、これらの刊本を使った可能性の方が大きいと言えよう。従って、刊本の中では、A―1・B―1、さらに、B―2・A―2も含めて、これらの内のいずれかのテキストを使用した、という事になるが、今、いずれとも即断し得ない。無刊記十行本は、前田育徳会尊経閣所蔵本の影印本が、酒井憲二の解題で、一九七九年に全四冊本として勉誠社から刊行されている。以下、具体的な考察は、この無刊記十行本を主として使用し、他の諸本も適宜参照したいと思う。

なお、『甲陽軍鑑』の構成は、巻一〜巻二十と、起巻第一・品一〜品五十九、との二通りあるが、より細かく範囲を限定出来るという点から、本稿では、起巻第一・品一〜品五十九、に従って示すことにする。

二　『可笑記』と『甲陽軍鑑』関係一覧

『可笑記』と『甲陽軍鑑』の関係を最初に指摘したのは、同時代の仮名草子作者・浅井了意《りょうい》の『可笑記評判』である。『可笑記』刊行から十八年後の、万治三年（一六六〇）のことである。近代になってからでは、一九六五年の清水茂夫と、一九七四年の田中伸の研究がある。了意・清水・田中の指摘した章段を整理し、私見をも加えて一覧表にすると以下の如くである。

〔注〕評　判＝浅井了意（『可笑記評判』万治3年2月）
清　水＝清水茂夫（「甲陽軍鑑の周辺」『甲斐史学』特集号、一九六五年10月25日）
田　中＝田中　伸（『可笑記大成』笠間書院、一九七四年4月30日）
無記名＝深沢秋男

可笑記			甲陽軍鑑
巻一	序		起巻第1の1
	1	熒惑星の出たる事	品8〔田中〕・起巻第1の3
	12	身の丈低く、容貌の美醜を嘆くまじき事	〔評判〕品7等
	14	世の無常なる事	品4
	20	家老の分別にて悪き主君を善くすべき事	〔評判〕品51

	23	剛は柔なるに負るという事	品4
	30	善人に親しみ交わるべき事	品2の64・品53
	31	侍に四の病ある事	〔評判〕品11・12・13・14〔田中〕
	32	侍の善悪は主君による事（評判・本文ナシ）	品2の17
巻二	1	大将軍陣中にて酒を給わる事	品34〔田中〕・品9
	7	人に交わる道に本反ある事	品2の8
	21	三人の童、物語の事	品2の53
	23	諸侍つね〴〵心得べき事	〔評判〕品11・品15・品14・品40上
	24	親の敵を打つべき事	品40下
	30	少しの忠功にも恩賞を与えるべき事	〔評判〕品56
	34	玉巵無当という事	〔評判〕品7等
	37	ぬす人にさま〴〵ある事	品7
	38	無常を観じて臆病を覚ますべき事	品4
	41	少年より武芸をつとむべき事	〔評判〕品6
	42	侍の剛臆は軍将の心による事	〔評判〕品40下・品53、品24下・品37
	44	侍は心だて万事やさしくあるべき事	品24・品27・品37・品40上
	48	喧嘩口論の掟の事	〔評判〕品47・品1の17・品16

巻三	20	人を殺すは罪業なる事	品40下
	23	人を振る舞うべきしな〴〵の事	〔清水・田中〕
	32	万事過たるは及ばずという事	起巻第1の6・品2の28
	39	平野久助武士道に外れたる事	〔評判〕品40上〔田中〕
	41	よき主君あしき主君の事	品2の32
巻四	18	山本勘介甲陽に属せし事	〔評判〕品7・品11・品24〔清水・田中〕・品25・品26・品27
	21	子を生立る心得の事	品1
	37	横目衆の事	〔清水・田中〕
	44	合戦に篭城無益なる事	〔評判〕品17
巻五	29	乱舞を好み過したる事	品1の20
	30	名大将城郭を構えざる事	品39〔清水〕
	73	心と心を取替えたき事	〔評判〕品55

三　浅井了意の出典の指摘

浅井了意には、『可笑記』に一段一段批評を付加した『可笑記評判』があり、『可笑記』の出典に関しても、少なからず指摘している。それは『徒然草』『保元物語』『太平記』『論語』『孟子』『大学』『礼記』等、百余箇所にも及んでいる。[9] これは、当時盛んに行われていた、古典の注評釈と批評書類の相次ぐ刊行という時代背景とも関連しているものと思われるが、これだけ『可笑記』の内容の源泉を指摘した了意の活動は『可笑記』研究史の上からみても十分留意しなければならない。『可笑記』と『甲陽軍鑑』との関連に関しても、前掲の関係一覧に示す如く、かなりの章段について、出典としての指摘をしている。もちろん、了意は研究者ではないし、出典の指摘が目的でもないので、『甲陽軍鑑』の巻五だとか、品三十だとかの指摘まではしていない。それを確認するのは、近代の我々のなすべき事である。

◎巻一の31（『評判』巻二の4）

「▲むかし、ある人の云るは、さふらひに四つの病あり。つよみ過たると、よはみ過たると、利発過たると、たはけ過たると、此四つ也。……」（『可笑記』一の31）

「評曰、甲陽軍鑑にいはく、我国をほろぼし、我家をやぶる大将四人まします。第一番には馬嫁なる大将。第二番には利根過たる大将。第三番に憶病なる大将。第四番につよ過たる大将。これを沙汰しては、二大将と成、といへり。この四大将批判したる筆勢をとりて、侍の四病をかきあらはせりとみえたり。」（『評判』二の4）

『評判』の指摘する『甲陽軍鑑』の侍の四病の条とは、品11・品12・品13・品14の事である。

「我国を亡し。我家を破る。大将。四人まします。第一番には。馬嫁なる大将。第二番に。利根過たる大将。第三番に臆病なる大将。第四番に。つよ過たる大将。是をさたしては。二大将と成。」（『甲陽軍鑑』品11）

両者を比較してみると、漢字・仮名、用字の違いが見られる程度で、大きな異同は無い。『評判』が『甲陽軍鑑』のテキストを手元に置いて批評を加えていることがわかる。

◎巻三の39（『評判』巻六の14）

「▲むかし、さる人の云るは、甲州武田信玄公の御さきてを仕られたる、山県三郎兵衛と云る、めいよ無双の侍大将の申されけるは、たとひ、二度三度、てがらのおぼへしたる侍成とも、武士道ぶせんさくならば、よき侍とはいはれまじ。其子細は、此山がたが寄騎に、越後牢人大熊備前、又、甲州譜代平野久介と云者あり。一とせ、上州みのわ城責の時、させる用ありて久介をからめでへつかはす。そこにて、久介一番やりをつき、手からを仕る。信玄公、御ほうびにあづかる。又、備前のかみは、大手の門の内へ責入、よき敵と引くみ、首取て帰る。あまりに、ふかいりして、くみうちしたるゆへに、さし物をとられたり。やすからぬ事に思ひ、又、取て返し、城の内へおしこみ、さし物を取かへすのみならず、さし物取たる敵のくびをも取て帰る。信玄公、無類至極の高名と、ぎよかん有て、墨くろなる御感状に、同心七拾騎そへて下されけり。しかるに久助、此事をねたみそねみて、備前をあさけりひはう仕る間、武士道をしらぬ比興者と思ひ、せつかんいたし、追出し候へは、目安をしたゝめて、信玄公へうつたへ申上候へ共、さほど侍道ふせんさくの奴めは、たとひ五度三度のてがらあり共、憶病者と同し事、此御せんさくにて花ぬりをいたし、御掟をもつて、あはうはらひに追放仕り候へは、それがしのむこにて候信州阿曳か所へまいり、帰参のわひ言を心かけ罷あり。そこにても又、侍道ふせんさくにて、あびきか内の、丸田と申侍のてがらをあざけり、けんくはをいたし、さんくに切つけられ、百姓のかぶらをゝく穴の中へにげこみ、最後ことのほか、みくるしかりしよし、申来ると、物語なり。侍道ぶせんさくと云は、じひの心なく、ぎりをしらず、をのが身にじまんして、人をそねみあざけり、人をわるかれと思ひて、へうりを云、不行儀どうよくなどをいふ。」（『可笑記』三の39）

この巻三の39は、次に掲げる『甲陽軍鑑』品40上を、易しく書き替えたものである。

「一　山県三郎兵衛。土屋にかたりていはく。兵にも。無穿鑿なる侍は。家中さだちて。あしゝ。其謂は。平野久助といふ。我等同心。大略の者なりしが。上州みのわにて。某そなへを。二つにわけ。小菅五郎兵衛を。将にして。侍七十騎のうちに。右平野久助も入て。搦手を。をさへ。又一方は。ほうばう寺の。一の門へ。押よせ。我等下知仕る。敵剛の武士共にて。追手からめ手共に。ついて出。勝負の時。旗本城意安。加勢に参《マイラ》れ。城内の。やじま。と鑓をあはせ。手ををひ。引とらるゝ。此方。ちとめてくちの時。越後牢人大熊備前。我等同心の時。敵に指物をとられ。をしこみ。指物とりたる敵を。うち。指物に。敵のしるしを。そへて。帰る。無類の働き是なり。と信玄公。ほめなさるゝ時。右申平野久助も。からめ手にては。此者一人。鑓をあはせ。是も信玄公。御褒美被〻下候へ共。場所のかはりたるに。大熊備前を。たゞ物。そねみ。種々の事を申て。大熊をそしれは。我手前あかる。と無案内なる。穿鑿故。彼久助を。追出し候へば。目安を書て。信玄公へ。申上る。件の様子。某も。言上いたせは。信玄公。左様の者は。必無穿鑿にて。縦手柄あり共。めてくちなる。侍にも。同前なりとて。御内儀を得。扶持をはなせは。我等聟にて候。信州あいき所へ。はしりこみ。山県三郎兵衛に。侘言ありて。給はれとて。備をかりて。居ながら。あいきうちの。丸田と云侍の。手柄したるを。右の通に。様々いひて後。喧嘩をいたし。しかも。散々。ふりあしうて。在郷のかぶあなへ。迯入。殊外《コトサラ》。最期わろく。相果候。とかく無穿鑿なる者は。一段よき様にても。終に仕形あしく候へは。武士は。穿鑿に極たり。山県土屋に。物語申され候なり。」(『甲陽軍鑑』品40上)

浅井了意は「第十四　平野久助武士道にはづれたる事」と表題を付加して、次の如く批評している。

「評曰、侍道ぶせんさくといふ事、惣じて弓馬、兵法、鑓鉄炮等を、よく煅煉したるは武芸といふものなり。……平野久助が事、日比山県が寄騎なりければ、さだめて常〻も、そねみねたむ心だて有つらん。大熊が事ひとつにて追放せしは、是、山がたが片口者なり。只、せつかん歟、追こむるかにて然るべし。日比の科、重々にて有べし。其故は、阿曳か所にて、丸田をあざけりし者なれば、さこそあしき者成へし。さて、丸田に切まくられ、蕪穴に逃こみてころされけるは、日ごろは、よき大将の下にて心をはげまされ、みのわの城にて一番やりをもいれたるらめ。牢人になりてからは、気をくれ力おちて、未練にも成ものとや。不敏の事也。……」長文であるので、一部省略したが、了意は『可笑記』のこの段が『甲陽軍鑑』品40上に拠っている事を当然の事として批評している。この巻一の31と巻三の39は、『評判』が『可笑記』の出典を指摘した代表的な章段である。紙数の関係で具体的な検討は別稿に譲り、他の章段に関しても、以下簡略に整理しておく。

◎巻一の12（『評判』巻一の12）

「第十二　身の長短《たけひき》く形の好醜《よしあし》を歎くまじき事」身長の長短、容貌の美醜は持って生まれたものであるから、これを嘆くべきではない、という一段であるが、『評判』は「わが朝、古しへはしらず。かの山本勘介がごとき、勢ひきく一目にして、しかもちんばなりけれども、軍法のほまれ世にたかし。」と『甲陽軍鑑』に拠ったと思われる一条を付加している。

◎巻一の20（『評判』巻一の20）

「第廿　家老の分別にて悪き主君をよくなす事」『可笑記』は、主君の悪しき点も、家老の才覚によって改められるものだ。故に家老の面々は、この点を心得るべきである、と説くが、『評判』は、主君によって直る者と直らない者がある、と批判して、その例として武田勝頼の『甲陽軍鑑』の条を付加している。

◎巻二の23（『評判』巻三の22）

「第廿一《ママ》　諸侍つねぐ心得へき事」侍の心得に関して説いた一段であるが、『評判』は「次に、刀わき指鑓など、我が得手なる物を用意してもつへし、といふ事、をのれが得もせぬ道具は何にかせん。此事は甲陽軍鑑によくしるしをきたり。……次に、分別、工夫、遠慮、堪忍の差別の事、甲陽軍鑑によくしるしをかれり。」と記している。この段で了意は、『甲陽軍鑑』品14の多々良樋五左衛門の臆病振りや、品40上の平野久助の事を付加している。他に、品15や、品2の16・品2の86・品5・品16等の記述を指しているものと思われるが、「よくしるしをきたり。」の表現は適切ではない。あるいは、了意には『甲陽軍鑑評判奥儀抄』の著作があったとも推測されるので(11)、このような書き方になったのかも知れない。

◎巻二の30(『評判』巻四の6)

「第六　少の忠ありとも恩賞を給はるべき事」主君たるもの、家臣の僅かな忠功にも情をかけ、恩賞を与えるべきであると言う。これに対して『評判』は、深田に落ちた鷹を助けた家臣の事を記し、さらに『甲陽軍鑑』品56の武田勝頼の家臣・横田甚五郎に対する扱いを掲げ、恩賞を与えるのも、時と場合による、と批評している。

◎巻二の34(『評判』巻四の10)

「第十　玉卮無当といふ事」『可笑記』は、宋国の脩玉を例にして、主君がよき臣下を採用出来ないのは、欲深く仁義を弁えないからであると記すが、『評判』は、「今川の氏真公の、山本勘介をかゝへられさりしを、信玄公、約束に、一倍の知行をとらせて、かゝへられたりしこそ、名将の、人を知給ふとは、今の世までも申す事なれ。」と『甲陽軍鑑』に伝える武田信玄の名将振りを付加している。

◎巻二の41(『評判』巻四の17)

「第十七　小年より武芸をつとむへき事」子供の手習いから始まって、馬術・弓鉄砲などの武芸全般の躾けについて説いているが、山口軍兵衛、鹿沼又左衛門、豊臣秀吉、武田信玄、武田勝頼、直江山城守、最上義光、鎮西八郎、平の清盛、佐藤四郎兵衛忠信等を例として挙げている。これらは多く『甲陽軍鑑』から採っていると思われるが、『評判』は、さらに、品6の北条氏康、武田信玄、長尾輝虎、織田信長、徳川家康、里見義弘、等を追加して批評している。

◎巻二の42（『評判』巻四の18）

「第十八　侍の剛臆は軍将の心による事」この一段は、当世の主君は諸牢人を召し抱えるべきで、その場合、忠功の侍のみを求めていては、最も近い戦は大坂の陣であり、もう三十年も前の事になる。そこで手柄を立てた侍と言えば五十歳近いものとなる。そのような老人ばかりでは、麒麟も老いれば駑馬の例えであるから、もっと若い牢人を採用すべきである、と主張したものである。これに対して『評判』は、若侍は実戦で鍛えた経験が無いので、日頃は手柄立てをと考えていても、いざその場になると思うように働けないものである。従って、若い侍よりも、たとえ優れていなくとも、経験のある老い武者の方がはるかに増しである。と批評し、品40下・品53に拠って、俵藤太の末孫・蒲生忠三郎の事、武田家家臣の馬場美濃守・山県三郎兵衛の話を付加している。

◎巻二の48（『評判』巻四の24）

「第廿四　喧吪口論の掟の事」『可笑記』は、織田信長・羽柴秀吉以来、諸大名は喧嘩両成敗と定めているが、これは非道の仕置きであり、法度の滅亡である、と主張している。これに対して『評判』は、「聞えがたし」と反論しているが、ここでも、品47の赤口関左衛門・寺川四郎衛門の具体例を付加している。

◎巻四の18（『評判』巻七の18）

「第十八　山本勘介甲陽に属せし事」武田の名将・山本勘介に関して、『可笑記』は品7に拠ってやや簡略に記しているが、『評判』は、さらに、品11・品25・品27等に拠って「七百廿一人うちとられぬ」「敵の兵百九十三人をうちとる。」など、引用的に『甲陽軍鑑』を使用している。

◎巻四の44（『評判』巻八の22）

「第廿二　大事の合戦には籠城詮なき事」「▲むかし、さる人のいへるは、大事の合戦には粮をすて、舟をしつむるはかりことあるべし。かならす籠城などの分別あるべからす。」これが『可笑記』の全文である。『評判』は、『平家物語』の中でも籠城して運を開いたのは、楠正成のみであると述べ、「武田信玄公の御一代の間、甲州一国に、城墎の事さのみ依用おはしまさず。」と品17に拠って四十一行に亙って詳しく述べている。

◎巻五の73（『評判』巻十の30）

「第卅　心と心を取替度事」『可笑記』は「……世間、諸大名の御上をみるにも、或は、けいせいこめくらなどのもてあそふ、しやみせんをすきこのみて身上破滅し、又、諸侍をうちたゝき、引張切なとにする事をこのみて身上破滅し……」と諸大名の横暴振りを批判している。『評判』も「評曰、諸侍をうち、引張切なとにせられん事、大なるひが事也。」と応じて、以下、品32の長尾景虎の行動、品55の武田勝頼の所業を具体的に紹介している。

以上、『可笑記評判』の記述によって、『可笑記』と『甲陽軍鑑』の関連する章段を列挙してみたが、巻一の31、巻三の39の如く、この段は『甲陽軍鑑』に拠っていると指摘している段は意外に少なく、他の諸段は、単なる出典の指摘に止まらず、さらに詳しく、『可笑記』の言わんとするところを、具体例を『甲陽軍鑑』から示して、これを付加する、というものが多い。結果的には、『可笑記』は『評判』によって、一層『甲陽軍鑑』的色彩を濃くするものとなっている。これは、『評判』の著者・浅井了意に『甲陽軍鑑評判奥義抄』の著作があった事とも関連しているのであろう。

『評判』が「評曰……」として『可笑記』に付加した「評判」の内容を分析してみると、「解説的なもの」が一三四段、「批評的なもの」が一〇二段、「批評を省略したもの」が四九段となる。(12) 解説的な章段が全体の半数に及んでいる訳で、この事からも、『評判』が『可笑記』の解説書的な性格を持っている事が判るのであり、この傾向は『可笑記』と『甲陽軍鑑』の関係についても言い得ることである。

『可笑記』の作者は手許に置きたい書として『徒然草』と『甲陽軍鑑』を挙げている。そして、その意図の通り、この二書を大いに利用している。しかし、中世の無常観に貫かれた随筆や、戦国時代の軍学書に盲従している訳では決してない。如儡子の先行書の利用の仕方は、実に自由自在である。決してとらわれてはいない。『甲陽軍鑑』を知識としてとらえている『評判』の著者、浅井了意との差異はここにあると考えている。これらの具体的な検討は、清水茂夫と田中伸の研究への吟味と共に別稿としたい。

（1）『可笑記』の本文は『可笑記大成――影印・校異・研究――』（田中伸・深沢秋男・小川武彦編著、笠間書院、一九七四年4月30日発行）に拠った。また、『可笑記評判』は、近世文学資料類従・仮名草子編・21・22・23（深沢秋男解題、勉誠社、一九七七年1月25日・2月25日・3月25日発行）に拠り、『甲陽軍鑑』は、古典資料類従・20・21・22・23（酒井憲二解題、勉誠社、一九七九年3月20日発行）に拠った。これらの引用に際して、振り仮名は特別なもの以外は省略した。

（2）『可笑記』の諸本及び書誌的考察は、拙稿「『可笑記』の諸本」（『近世初期文芸』第十二号、一九九五年12月）に詳述したが、『可笑記』の諸本の刊年は、次の如く推測することができる。『可笑記評判』は厳密には『可笑記』の一本ではないが、『可笑記』の本文の大部分を収録しているので、参考として末尾に加えた。

1、寛永十九年版十一行本（寛永十九年九月刊、刊記に拠る）
2、寛永十九年版十二行本（寛永十九年九月以後刊）
3、無刊記本（寛永十九年九月以後、万治二年〔または元年〕以前刊）
4、万治二年版絵入本（万治二年正月刊、刊記に拠る）
5、可笑記評判（万治三年二月刊、刊記に拠る）

二本松藩士・大鐘義鳴は、天保十二年（一八四一）成立の著書『相生集』で、如儡子の子孫（第九代・英盛か）から、写本『可笑記』を閲覧させてもらい、その跋文には「……寛永六年の秋の頃に思ひ初て、拙き詞をつゞり初め……」（長泉寺所蔵本）とあったと記している。寛永十九年版十一行本の奥書の末尾には「于時寛永十三／孟陽中韓江城之旅泊身筆作之」とある。

（3）酒井憲二『甲陽軍鑑大成　第四巻　研究篇』（汲古書院、一九九五年1月15日発行）

（4）一八九三年の『甲陽叢書』、一九三三年の『甲斐叢書』、一九三四年の『甲斐志料集成』等の戦前は万治二年版を底本とし、一九六五〜六六年に出された、磯貝正義・服部治則の校注した『戦国史料叢書3〜5』（人物往来社発行）は明暦二年版を底本としている。

（5）彌吉光長『未刊史料による日本出版文化史　第四巻　江戸出版史――文芸社会的結論』（ゆまに書房、一九八九年7月20日発行）に拠る。

（6）慶応義塾大学附属研究所斯道文庫編『江戸時代書林出版書籍目録集成』（井上書房、一九六二〜六四年発行）に拠る。

（7）注（3）に同じ。

（8）「或書にいはく、親盛及び秋盛も倶に孫呉の学に志深く、親盛年若かりしより笈を負て四方に遊学し、みづから抄録する所の書数百巻、今に子孫に伝けるとなり。」（二本松藩士・大鐘義鳴著『相生集』長泉寺所蔵本）。

（9）拙稿「『可笑記評判』について」（『日本文学の研究――重友毅博士頌寿記念論文集――』文理書院、一九七四年7月15日発行）。「『可笑記』に及ぼす『徒然草』の影響」（『学苑』五二九号、一九八四年1月）

（10）拙稿「『可笑記評判』とその時代――批評書の出版をめぐって――」（『文学研究』三三号、一九七一年7月）

（11）浅井了意に『甲陽軍鑑評判奥義抄』の著作があったことは、前掲の寛文一〇年（一六七〇）の『増補　書籍目録　作者付大意』に「三十五冊　同（甲陽軍鑑）評判奥義抄　高坂作　評浅井氏」とあるところから、推測し得る。また、北条秀雄氏も『改訂増補　浅井了意』（笠間書院、一九七二年3月28日発行）で、「確実に了意の作と認めうるもの」としておられるが、現在、伝存も所在も明らかではない。

（12）注（9）の、拙稿「『可笑記評判』について」参照。

四　近世中期における『清水物語』

柳沢昌紀

はじめに

『清水物語《きよみずものがたり》』（寛永一五年刊・一六三八）は、かつて文学史において、教訓的著作、教化的のもの、啓蒙教訓の書などと分類されることが常であった。しかしながら、江本裕は、本書の本質を「ほぼ新しい秩序の確立した寛永期の政治体制の中での、為政者並びに四民の最上部に位する武士のあるべき姿を論さんとする」ものと指摘した（『近世前期小説の研究』若草書房、二〇〇〇年、五三ページ）。また三浦邦夫は、それを「同時代の政治の在りようとその当路者への批判にあった」と読み解いた（『仮名草子についての研究』おうふう、一九九六年、八八ページ）。

筆者は、『清水物語』の創作意図を、確立しつつあった幕藩体制下の社会矛盾を指摘して、現政権による、その是正を促すことであったと理解する。そして、学問論や排仏論は、同体制の構成員に受け入れらるべきものとして記されたのではないかと考えている。[1]その当世政治論に敏感に反応したのが『可笑記《かしようき》』（寛永一九年刊・一六四二）の作者・如儡子《にょらいし》であり、排仏論等に異議を唱えるべく書かれたのが『祇園物語』（寛永末年・一六四四頃刊）や『夢物語』[2]（寛永末年頃成立か）であった。近世前期において本書が広く読まれた理由も、これによりほぼ推測できよう。

ところで、寛永一五年の初版刊行から時を経て、その創作意図が内実を失った時、具体的に言えば、浪人払い令や武家奉公構いの政策、および将軍上洛に伴う町家への祝儀等の政策により、多くの「牢人」が困窮するというような状況が過去のものとなった時、『清水物語』はどのように享受されていったのであろうか。本邦における最初のベストセラーとも呼ぶべき本書のその後について、以下、二、三の事例を紹介し、いささか私見を述べてみたいと思う。

一　元禄二年求版本

かつて筆者は、『清水物語』の版種を分類整理し、それぞれの本文の性格について考察したことがある。(3) その際、本書の国立国会図書館本（ろ／二／二九）に次のような識語《しきご》が付されていることを報告した。(4)

此書凡三板、正保弐年五月吉日御書物屋出雲寺和泉掾、又一板は元禄二巳己歳九月吉旦洛陽錦小路新町西へ入町永田長兵衛開板、其一板は此本也。此本尤古板、今を去ること一百九十五年也。

天保二年辛卯六月望記　　保科諮

「保科諮」とは、西条藩奉行の保科伯成。国会図書館本には「寛永拾五戊寅十月吉旦開之」という刊記があるから、伯成は『清水物語』に、寛永一五年版、正保二年（一六四五）出雲寺《いずもじ》和泉掾《いずみのじよう》版、元禄二年（一六八九）永田長兵衛《ながたちようべえ》版の三版があると認識していたことになる。

先の報告の時点では、後二者に相当する伝本は確認できなかったが、今回幸いにして、元禄二年の刊記を持つ本にめぐり合えた。まずは、この本について略解題を記す。

（A3）柳沢蔵

大本二冊。

表紙　原表紙の表皮のみを用いた改装栗皮《くりかわ》表紙。二五・〇×一八・二糎（上下を裁断してあるか）。

題簽　上巻表紙左肩に子持枠《こもちわく》題簽「清水物語」（文字を墨にてなぞっている）、下巻は剥落。

序　上巻一丁表。

内題　「清水物語《きよみつものかたり》上」（上巻二丁表）、「清水物語《きよみつものかたり》下向《げかう》」（下巻一丁表）。

版心　「清水上　　二（〜三十四終）」（上巻一丁には版心題・丁付ともなし）、「清水下　　一（〜〔三〕十四〔終〕）」（下巻五丁と九丁の丁付は殆ど刷れておらず、同一八丁と一九丁の版心題はいずれも「下」が削られ「清水」のみ、同二一丁の丁付は「二十一」、同三四丁は後表紙見返しにされているものの版心題・丁付ともわずかに墨付あり）。

匡郭　なし。

印面高さ　上巻二一・五糎（二丁表本文初行）、下巻二一・二五糎（一丁表本文初行）。

本文　毎半葉一一行、行一九字内外、句読点・振仮名付刻。

丁数　上巻三四丁、下巻三三丁。

刊記　下巻後表紙見返しに本文が二行あり、さらに四行分ほど余白をおいた後に、

元禄二巳己歳九月吉旦
洛陽錦小路新町西へ入町
書林　　永田長兵衛開板

とある。

印記　なし。
備考　下巻一三丁と一五丁は（A1）諸本（慶應義塾図書館甲本（一一〇X／二三五）ほか）と別版。濁点等の書入
あり。虫損直し済。

『清水物語』には、寛永一五年の刊記を持つ版が三版ある。そのうち一版が初版で、あとの二版は初版の覆刻版という関係にある。筆者は、初版をA版、覆刻版をそれぞれB版、C版と呼ぶことにした[5]が、所掲本はA版の板木を用いている。

A版には、寛永一五年の刊記が記された本（A1）と、その刊記

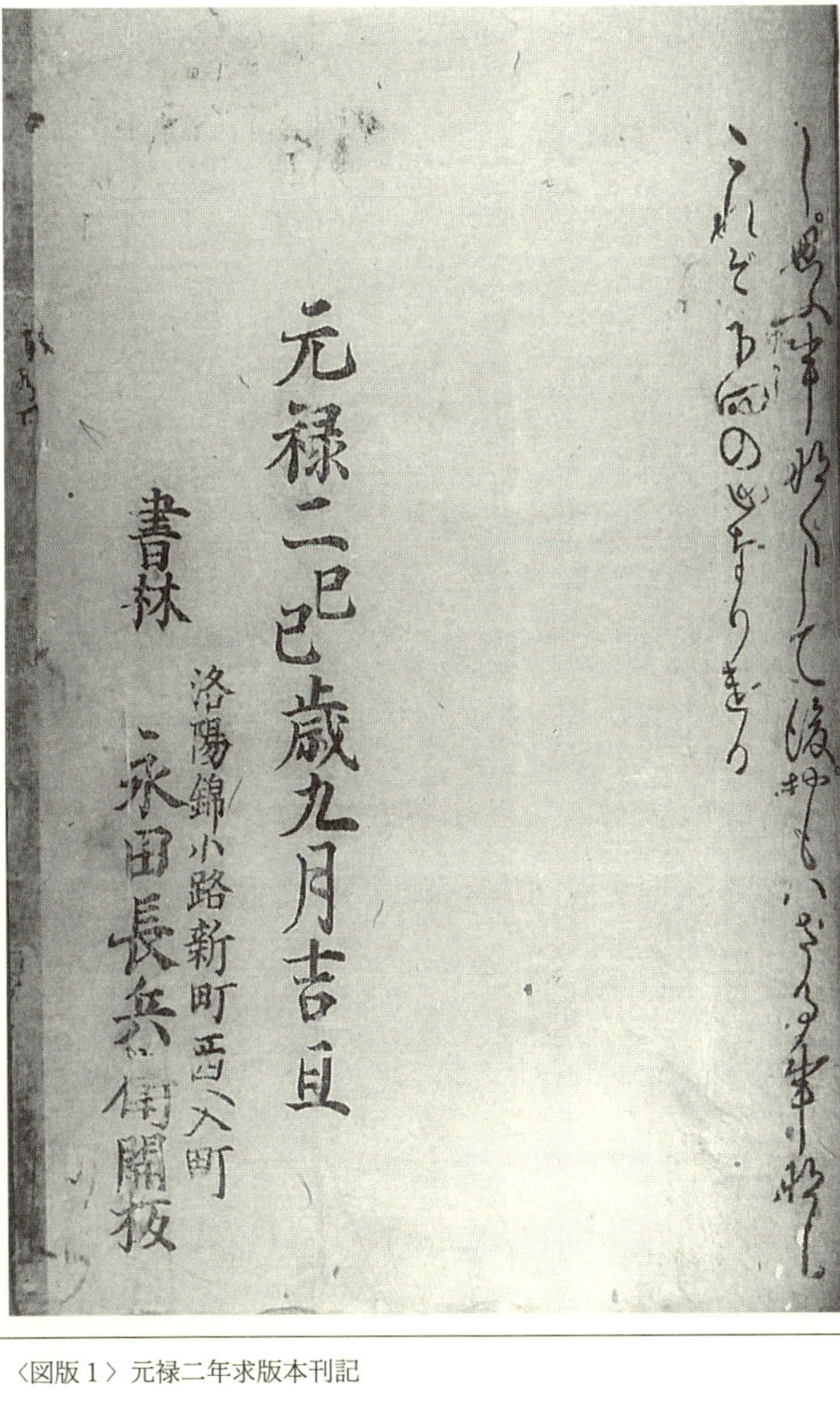
元禄二己巳歳九月吉旦
書林
洛陽錦小路新町西へ入町
永田長兵衛開板

〈図版1〉元禄二年求版本刊記

が削られて下巻の一三丁と一五丁のみがかぶせぼりの別版になっている補修本（A２）とがある。所掲本は、備考に記したごとく、下巻一三丁と一五丁が（A１）諸本とは別版で、（A２）諸本と同版であった。

そこで（A２）諸本のうち、京都大学附属図書館谷村文庫本（四―四〇／キ一）、早稲田大学図書館甲本（へ一三／一七〇三）と刷りの状態を比べてみた。が、刷りの前後はなかなかわかりづらい。字面高さは、所掲本のほうが（A２）諸本よりほんの少し低く、また筆画の欠けた部分もやや多いように思われたが、決定的というほどではない。最終的な判断は留保せざるを得ないが、一応所掲本を（A３）とすることにした。

寛永一五年に板元名の記載なく刊行された『清水物語』A版は、その後「寛永拾五戊寅十月吉旦開之」という刊年記が削られ、恐らくは磨滅の度合が激しかった下巻一三丁と一五丁の板木を覆刻新調して印行され続けた。その板木は、元禄二年に京都錦小路新町西へ入町で営業していた書肆・永田長兵衛に移り、さらに摺られ続けたものと推測できるのである。

永田長兵衛は、寛文年間からの営業が確認できる京都の本屋で、現在も下京区花見町西洞院西入に真宗関連書中心の版元・永田文昌堂として店を構えている。鈴木敏夫によれば、古くから西本願寺、浄土宗光明寺、真宗仏光寺などの御用板元で、各寺の蔵版書の出版を委任されていたという（『江戸の本屋』上、中公新書、一九八〇年、五〇ページ）。また、元禄五年には同じ京都の西村市郎右衛門、坂上勝兵衛、八尾市兵衛と連名で『広益書籍目録《こうえきしょじゃくもくろく》』を、同一二年には西村、八尾と連名で『新版増補書籍目録』を刊行している。これらの書籍目録の「仮名和書」の部には、「二一（冊―柳沢補）　清水物語　意林庵作」と、本書の名が記されている。さらに享保一四年（一七二九）には『新撰書籍目録』を、宝暦四年（一七五四）には同名の新刊書目録を、いずれも単独で出しており、永田が京都出版界において重鎮ともいうべき立場にあったことが窺えるのである。

同家は、三代目長兵衛の頃、幕府御書物屋をつとめた出雲寺和泉掾と縁戚関係になったという（『江戸の本屋』上、五〇ページ）。三代目は隠居して調兵衛を称し、四代目から調兵衛を名のったとのこと（井上隆明『改訂増補 近世書林板元総覧』青裳堂書店、一九九八年、五三一ページ）。元禄五年の書籍目録の刊記には「永田調兵衛」とあるから、『清水物語』を求版したのは、恐らく三代目の時ではなかったかと思われる。

前述の保科伯成の識語には、「正保弐年五月吉日御書物屋出雲寺和泉掾」という刊記を持つ本があることも記されていた。出雲寺やその親戚の永田が『清水物語』を蔵版したというのは、実に興味深いことである。なぜなら本書には、前述のとおり、一連の浪人払い等による「牢人」の窮状などを描き、幕府の政策を批判した箇所があるからである。筆者は残念ながら、いまだ出雲寺の刊記を持つ本を目にしていない。が、それは、覆刻版のC版である正保二年杉田勘兵衛求版本（C２）を再求版したもの、もしくは杉田求版本をもとにして出雲寺が新たに刻した未知の版ではないかと考えている。[6] もしこれが正しいとすれば、出雲寺の『清水物語』蔵板の時期は、正保二年（一六四五）ではなく、もっと下ることになる。

「御公儀之儀は申すに及ばず、諸人迷惑仕候儀、其外何にても珍敷事を新板に開候はば、両御番所え其趣申上げ、御差図を受、御意次第に仕るべく候」（『御触書寛保集成』二二二〇号）という町触れが出されたのは、寛文一三年（一六七三）五月のことであった。こうして出版取締が厳格化されていく中で、幕政批判の要素を持つ、かつてのベストセラー『清水物語』の板木は、幕府と近しい京都の有力書肆の手に帰するところとなったのである。

二　奈良絵本

ところで、『清水物語』には絵入本がある。これも既に報告したことがあるが、[7] 日本大学総合図書館本（九一三・

五一／A八九a）が現在知られる唯一の伝本である。しかも同本は、残念なことに下巻のみの端本《はほん》で、一緒に刊行されたと思われる上巻は伝存が確認されていない。

日大本は「天和二壬戌正月吉日／大傳馬三町目／鱗形屋三左衛門板」という刊記を持つ。本書は上方で人気を博したのち、ほかの多くの仮名草子と同様に、江戸で絵入本として出版されたのであった。が、菱川師宣《ひしかわもろのぶ》風の挿絵を持つ、この江戸版は、さして流布した形跡が見られない。その堅い内容に、挿絵はやはりそぐわなかったのであろうか。

ところが、『清水物語』には写本の絵本、いわゆる奈良絵本が存在するのである。

（写3）[8]　柳沢蔵

半紙横型袋綴二冊（存中・下冊）。〔江戸中期〕写。

表紙　紺地金泥《こんじきんでい》表紙（水辺の網、草木等を描く）。一六・六×二四・一糎。

題簽　中冊表紙中央に文字面を剝がした題簽の残骸（上下二冊本に見せかけようとしたものか）、下冊表紙中央金色布目題簽「清水物語　下」。

見返　布目の間似合紙《まにあいがみ》に金箔を散らす。

料紙　間似合紙。

内題　下巻内題なし。

界　なし。

字面高さ　中冊一四・〇五糎（一丁表本文初行）、下冊一四・一糎（一丁表本文初行）。

詞書き　毎半葉一一行、行一五字内外、句読点なし、振仮名あり。
挿絵　中冊五面、下冊五面。但し、下冊五面のうち最初の一面を除く四面は配置に問題あり。
丁数　中冊三四丁、下冊三九丁。
印記　「向井」（墨丸印、中下冊一丁表）。
備考　中冊後表紙裏ならびに下冊前後表紙裏には、大福帳の反古らしきものが使われている。詞書き料紙には各行頭・行末に針目安《はりめやす》(9)あり。中下冊とも見返し左下に「梶庄次郎」と墨書あり。

『日本古典文学大辞典』や『国史大辞典』『日本古典籍書誌学辞典』等によれば、奈良絵本とは室町中期もしくは末期から江戸前期にかけて製作されたものをさす由であるが、石川透は横型、間似合紙、針穴（針目安）のある奈良絵本について、元禄年間前後、すなわち江戸前期から中期にかけて製作されたのではないかと推測している（「文化資料と国文学――奈良絵本・絵巻を中心に――」『国語と国文学』七七巻一一号、二〇〇〇年一一月）。この本も江戸中期の製作かと思われるが、奈良絵本と称して問題なかろう。

まず所掲本の詞書きを板本と比べてみると、独自本文や大きな異同は見当たらず、書写過程における目移りによって生じたと思われる脱落が数箇所ある。またその脱落は、A版やその覆刻版であるB版、C版、D版等の上方版（十一行本）の約一行分に相当する場合が多いから、所掲本が上方版に依拠するものであることがわかるのである。従ってというべきか、挿絵にも、江戸版のそれとは関わりが見られない。そもそも鱗形屋《うろこがたや》版の挿絵は、下巻一冊中に三面しかない。『清水物語』本文の分量は、上下巻ほぼ同一であるから、鱗形屋版の挿絵の数は両巻合わせて、恐らく六面程度であったろう。それに対してこの本は、中下冊合計一〇面の挿絵がある。もとは、上中下三冊からなっていたものと思われるので、挿絵の数は全部で一五面程度であったと想像される。

　挿絵について問題なのは、その配置である。中冊の五面の挿絵と下冊の最初の挿絵は問題ないが、残りの四面の挿絵は詞書き内容とずれた箇所に貼りこまれているのである。下冊の五面の挿絵の位置は、現状ではそれぞれ①二丁表、②一七丁表、③二五丁裏、④三一丁表、⑤三九丁裏となっている。が、②は「薪《たきゞ》を売《う》り、日用《ひよう》をし、牛《うし》を飼《か》い、草《くさ》を刈《か》る男《おのこ》まで、聖賢《せいけん》の御代にはたづね出《いだ》して」（新日本古典文学大系『仮名草子集』岩波書店、一九九一年二月、一七六ページ）にあたる絵で、本来九丁裏辺りにあるべきものである。また③は「時に因《よ》りて鼠《ねずみ》も猫《ねこ》に食《く》らいつき、犬《いぬ》も虎《とら》を食《く》らふ事あり」（同一八〇ページ）にあたり、現状の②の箇所にあるべきもの、④〈図版2〉は「裸《はだか》の行《きやう》をするを見《み》て言《い》へる人あり」（同一八四ページ、但し新大系本は底本「はだかのきやう」に「裸《はだか》の経《きやう》」と宛漢字しており、所掲本の挿絵に即して柳沢が改めた）にあたり、現状の③の箇所にあるべきものである。さらに⑤〈図版3〉は今一つ判然としない挿絵であるが、画中の建物は八坂の塔と太子堂を描いたものかとも思われる。とすれば、恐らく「牢《らう》人とおぼしき人、わびたる竹筒《さゝへ》、破籠《わりご》など持《も》たせて、八坂辺《やさかあたり》に休《やす》らふを見《み》て」（同一八七ページ）以下にあたり、現状の④の箇所にあるべきものか。

　以上のずれは、改装時に生じたと考えるのが普通かもしれない。だが所掲本を注意して眺めてみると、中冊の挿絵や下冊①の挿絵の前では、大きな空白が生じないように必ず詞書きの字詰調整が行われているのに、②以下では全く行われていない。したがって②以下の挿絵は、製作時に誤って配置されてしまった可能性が高いと思われる。詞書きの脱落と併せて、やや杜撰な製作状況が想像されるのである。

　では、この奈良絵本は素人により製作されたのかというと、そうではなさそうである。略解題に記したごとく、書型は半紙横型で、表紙は紺地金泥表紙、間似合紙の料紙には針目安があり、また表紙裏には「百廿九匁五分　壱

〈図版２〉奈良絵本下冊挿絵④

〈図版３〉奈良絵本下冊挿絵⑤

疋半　しまや」あるいは「十二月九日　三枚　代五分つゝ　ふてや長右衛門殿」等々と記された大福帳の反古らしきものが使われているからである。すなわち所掲本は、いわゆる量産型の奈良絵本の特徴を備えており、専門業者の手により製作されたものと判断できよう。

　それでは何故『清水物語』が、少なからぬ費用をかけて奈良絵本に仕立てられたのか、ということが問題になる。この点に関しては想像を逞しくして仮説を述べるしかないのだが、例えば『窓《まど》の教《おしえ》』(室町時代成立)の如き女訓物や『二十四《にじゅうし》孝《こう》』(室町末期頃成立)などが奈良絵本に仕立てられる場合と似たような意識の下に製作されたのではなかったか。すなわち、人としての基本的なあり方、身の処し方を記す教訓書として珍重すべく作られた、ということが考えられるように思う。少なくとも、このような装訂を施された所掲本が、幕政を批判する刺激的な書物として扱われていなかったことだけは確かであろう。

三　日常教訓書として

　さて、話を板本に戻そう。

　寛永一五年の刊記を持つ大阪女子大学附属図書館本(九一三・五／S)は、覆刻版のB版(B1)で、上下巻が改装合綴《がってつ》されている。刊記に板元名の記載はないが、見返しに「越後魚沼郡一村尾産　静々庵　奨明智言」(後表紙見返し墨書)なる人物の、次のような識語《しきご》がある。[10]

　此書は、安永亥秋、京師の書肆柳枝軒と閑談の序、冥加訓〈五巻物、身持を記す〉、家道訓〈三冊物、身を脩む〉、斉家論〈一巻物、家事を記す〉、此の書と都合四部、巻数十巻也。之をして予に勧めしむ。茲れに因て之を求めて、愛弟、有隣子に与ふる者也。

園城遺流釈役沙門　　智言

亥八月十五夜に求むる十巻の内

これによれば、天台宗寺門派の僧・智言は、安永八年（一七七九）八月に、本書を、『冥加訓《みようがくん》』『家道訓《かどうくん》』『斉家《せいか》論《ろん》』とともに、京都の書肆・柳枝軒《りゆうしけん》茨木《いばらき》（小川）多左衛門《たざえもん》から購入したという。この識語は、初版刊行より百四十年の時を経て、『清水物語』がいかなる形で流通し、どのような書物と見なされていたかを伝えるものと言えよう。

智言が、『清水物語』とともに購入した書物のうち、『冥加訓』は豊後岡藩の儒者・関一楽《せきいちらく》の作で享保九年（一七二四）序刊。貝原益軒《かいばらえきけん》にも三巻三冊の同名書があるが、識語には「五巻物」とあるので、一楽のものと判断できる。『斉家論』は石田梅岩《いしだばいがん》の作で延享元年（一七四四）刊。「一巻物」とあるが、二巻一冊本をさすか。以上の二点は、いずれも心学書に分類できる。また、『家道訓』は貝原益軒の作で正徳二年（一七一二）に出されたもの。巻冊数は六巻三冊。三書とも、近世中期以降盛んに行われた庶民向けの日常教訓書である。

『清水物語』の創作意図は、最初に述べたとおりであったと思われるが、安永期において、その幕政批判の部分は殆ど意味を失っていた。しかし本書には、幕藩体制の構成員としての身の処し方や学問論、排仏論などが述べられていて、広嶋進が指摘するごとく、石門心学などに通ずる面を内包している（「『清水物語』と『祇園物語』について——儒教の受容をめぐって——」『近世文芸研究と評論』一八号、一九八〇年六月）。そのような面が各層の読者から支持され、あるいは批判され、時代を超えた享受へとつながったのであろうことは、想像するに難くない。

ちなみに柳枝軒茨木（小川）多左衛門は、京都六角通御幸町西入の本屋である。二代方道の時に、貝原益軒の仮名教訓書、実用書、紀行類の版権を多く獲得し、成功を収めたという（『日本古典籍書誌学辞典』）。先の大阪女子大本の識語に記された『家道訓』も、益軒の著書故、同店の刊行にかかるものであった。一方『斉家論』は、京都寺町通三条下町の版元・玉山園小河新兵衛の単独版や、同店と小川源兵衛との連名のものなどがある。また『冥加訓』は、大坂の伊丹屋新兵衛と油屋与兵衛、江戸の西村市郎右衛門の相合版《あいあいばん》が知られる。が、後二者に関して、柳枝軒の名が記された本は管見に入っていない。

では、『清水物語』のB版は、この時柳枝軒が蔵版していたのであろうか。それとも、他店が蔵版していたのであろうか。結論を言えば、そのいずれとも認めがたい。なぜなら大阪女子大本は、筆者が披見しえたB版諸本の中で一、二を争う早い刷りの本で、安永期に摺刷されたものとはとても思えないからである。同本は当時、古書として、同店の店頭で販売されたものと推察できるのである。

本間純一によれば、柳枝軒の二代方道は、学術書の刊行に深い理解を示す書肆であるという評判を活かし、益軒以外にも、地方藩に属する学者作家の著作をほぼ独占刊行したという。また、民衆の間の啓蒙書を希求する動きに沿った出版活動を展開し、その流れは、以後の柳枝軒の活動を支える重要な一要素となったともいう（「書肆と説話――柳枝軒・茨木多左衛門の出版活動から――」『説話・伝承学』八号、二〇〇〇年四月）。その後、柳枝軒三代目となった方教は明和四年（一七六七）に亡くなったという（島正三「天明版「柳枝軒蔵書目録」以前」『相模国文』一七号、一九九〇年三月）から、『清水物語』大阪女子大本が売られたのは四代方章の時であった。

越後の僧・智言は、啓蒙書の出版に定評のあった京都の書肆・柳枝軒を訪れ、その勧めに応じる形で四点の書物を購入した。この時『清水物語』は、庶民向けの日常教訓書として、それも恐らくは古典的な啓蒙書として、その生命を保っていたと思われるのである。

おわりに

以上のごとく、本書は近世中期において、作者の創作意図とはややずれた形で享受され続けた。そのずれはいわば当然のことであり、『祇園物語』に記される爆発的な売れ行きは過去のものとなっていたが、庶民向けの日常教訓書として、それも古典的な啓蒙書として、一定の読者を得ていたものと思われるのである。

享和二年（一八〇二）に刊行された尾崎雅嘉《おざきまさよし》の『群書一覧』は、「わが国の総合的な国書解題の始め」（『日本古典文学大辞典』）といわれる。この書において、『清水物語』は「教訓書」に分類され、次のような解題が付された。

清水までの老人と問答の事を作為して、人の教誡になるべき事どもを儒道と仏道とを以てとけり。（以下略）

これが近世中期以降の人々の、本書に対する見方を代表するものであったろう。この解題により、『清水物語』イコール教訓書という評価は、ほぼ確定したといえるのではなかろうか。そしてこの評価は、近代以降もそのまま受け継がれてゆくこととなったのである。

ところで、本書が教訓書として読まれるに至った背景には、どのような文化的状況があったのだろうか。横田冬彦は、貝原益軒本の読者等の分析を踏まえて、元禄・享保期には「中下級武士から浪人、町や村の儒者・医者・寺子屋師匠あるいは寺僧・社人、そして庄屋等をふくむ中上層の百姓・町人に至る諸階層が、知のあり方としては非常に分厚い〈文化的中間層〉を形成していたのではないか」という。そして、こうした階層への書籍と読書の広がりを「幕藩体制社会がその確立と共に構造的に抱え込んだ問題として考えなおす必要があるのではないだろうか」と問いかける（「元禄・享保期における読者の広がりについて」『日本史研究』四三九号、一九九九年三月）。

近世中期における『清水物語』の読者については、今、具体的に検証する紙幅も準備もないが、横田のいう〈文化的中間層〉がそれにあたるのではないかとの見通しを述べて、結びとしたい。

（1）拙稿「『清水物語』の創作意図―「心ざす所」と「下向の心」をめぐって―」『東海近世』一二号、二〇〇一年五月、参照。
（2）真言宗高野山別格本山の末代山温泉寺が蔵する写本。『けいせい盃軍談』古典文庫、二〇〇〇年、にその翻刻が併載されている。
（3）「『清水物語』の出版をめぐって」『藝文研究』六一号、一九九二年三月。「『清水物語』諸本の性格」『三田国文』一八号、一九九三年六月。また、『仮名草子集成』二二・二三巻、東京堂出版、いずれも一九九八年、の『清水物語』解題は、筆者が粗稿を書き、朝倉治彦が纏めたものである。
（4）注3の『藝文研究』六一号の拙稿。なお、漢文体を一部読み下した。
（5）『仮名草子集成』二三巻では、A版を寛永十五年初板および甲本、B版を乙一本および乙二本、C版を丙本および正保二年杉田板とする。
（6）注3の『藝文研究』六一号の拙稿参照。
（7）注3に同。
（8）注3の『三田国文』一八号の拙稿にて、本書の写本二本を（写1）（写2）として紹介したので、この本は（写3）とする。
（9）筆写に際して字配りを整えるための目印となる針穴のことで、高田信敬「針見当退隠の弁―続書誌学酢豆腐譚―」『鶴見日本文学会報』四二号、一九九八年一月、の提唱名に従う。
（10）原文は漢文体で、〈　〉内は割書。

付記

本稿を成すにあたり、御所蔵本を快く閲覧に供してくださった公私の文庫、図書館の方々に、深甚の謝意を捧げる次第である。

五　出版統制と排耶書
――『吉利支丹物語』・「キリシタン実録群」を軸に――

菊池庸介

はじめに

仮名草子として出版された排耶書（キリシタン排撃書）『吉利支丹物語《きりしたん》』（下巻末に寛永十六年（一六三九）の年記をもつが、本書の刊行年か成立年か特定できない）は、キリシタンが日本に渡来し宗門が広まり、禁教によって取り締まられるようになるまでを描いた「キリシタン渡来譚」であり、他の排耶書にくらべ平易な仮名書きで書かれているという、興味ぶかい作品である。さらに本書の筋は、後になって成立する写本『切支丹宗門来朝実記』（江戸中期以降の成立と思われる）などの「キリシタン実録群」とも呼べる写本群にも踏襲され、そこでは作品の性質がより大衆的・通俗的に変貌していることが注目できる。このことは、キリシタンが当時の禁忌的な題材でありただでさえ出版がはばかられたことや、享保の改革の出版統制によって当代の事件を扱った書を出版することができなくなりキリシタン渡来譚の流通形態が版本から写本へと変化したことに、その理由の一端が求められる。本稿では『吉利支丹物語』と「キリシタン実録群」の内容をを見、写本の特性を視野に入れつつ出版がはばかられるようになったキリシタン渡来譚の具体的な変貌の様子をみてゆく。

一　物語としての排耶書――『吉利支丹物語』――

はじめに『吉利支丹物語』からみてゆく。本書については阿部一彦「『吉利支丹物語』の構想と表現」（『『太閤記』とその周辺』和泉書院、一九九七年）に詳細な論考があり、氏の高説をうけながら論を進めることとする。『吉利支丹物語』は上下巻二冊のキリシタン渡来譚であり、題名に「物語」と付いているように、物語文学としての姿勢を打ち出している。全体の筋を大まかにみると、上巻では、南蛮人が渡来しキリシタンを伝え、織田信長の保護を受けたり豊臣秀吉の逆鱗に触れながらも宗門を広め、さらに大名の後室をキリシタンの後見にしようとしたハビアンバテレン（バテレン＝宣教師）が「出家まさり」の伯翁居士と問答を行い（後室の要望による）、敗れる場面までを扱う。下巻ではキリシタン内部の者の密告によりキリシタンの日本侵略計画が露見し、宗門が禁じられ、取り締まりが行われること、そして島原・天草の乱が起こり、終結するまでを述べている。乱について記した部分と、それに付随する君臣論は本書の重要なテーマとなっているが、その後の実録群に影響しないため、本稿ではとくにふれない。作中のエピソードは虚実入り交じっており、その合間にはキリシタン宗門の解説や仏法論などを述べた章が挿入されている。それらの中で「げだうの法まほうなるべし」「（宗門に入った人をさして）おろかなる心」と、キリシタンに対する批判（それも宗門を信仰している人々に対してではなく、キリシタン宗門自体に対する批判）を行っている。

本書は上巻が、キリシタンが民衆を取り込みめざましく勢力をのばす様子を描くのに対し、下巻が、密告→禁制→取締りと、その凋落ぶりを描き、これら二つの巻が見事なコントラストを示していることから、ストーリー構成でも物語作品としての工夫が認められる。これら二つの巻の方向をはっきりと分けるエピソードが上巻最終章の

「日本の仏法ときりしたん宗論の事」、そしてそれに続く下巻第一章「ついでながら伯翁居士もんだんの事」である。とくに前者の方がストーリー上、キリシタン布教の転換点としての役割を顕著に示しているため、前者に重点を置きつつ、この部分をみてゆく。

この章は宣教師がさる大名の後室にキリシタンをすすめ宗門の後見にしようとするものの、後室が伯翁居士という「出家まさり」の仏法に詳しい人物に依頼し、キリシタン側のハビアンと問答をさせ、伯翁がキリシタンの教法を論破するというものである。従来この問答は架空の事件とされ、そのモデルの検討が行われてきたが(1)、今はそれには触れない。問題は、架空の問答がなぜ取り入れられたか、ということである。

まず、この問答で大きな役割を果たす伯翁をみてみると、彼は南都興福寺・三井寺・延暦寺・大徳寺・妙心寺などで仏法をおさめ、また京都五山において東坡・山谷・文選などの漢詩文に親しみ、さらに三輪流の神道までも行っていた人物として設定されている。藤田寛海も指摘しているように(2)彼はいわば、ハビアンを南蛮から渡来するキリシタンの象徴とした場合の、日本の仏法の象徴という設定がされているとみてよいだろう。

また、問答の内容を検討してみると、この問答の主な論点は「デウス創世論」ともいうものである。

でうすと申奉る仏は、天地ひらけはしまりたる仏也。そのかみは、くう〳〵ばう〳〵として、一もつもなき所に、しんら万ざう、にんちく、さうもく、日月こと〳〵く、つくりいだされ、せかいこんりう、と云々(中略)でうすの御おきてに、たがはざるものをは、はらいぞうと申て、たのしみを、きわめ、あんらくに、ぢくす。あく人をはゐんへるのと申て。かなしみの、きわまりたる所へ、おとさるゝ。

(引用は『仮名草子集成』第二五巻(東京堂、一九九九年)による)

「人間・動物をはじめ、万物を作り出したのはデウスであり、デウスの教えを守ったものは天国へ行き、安楽に暮らせるのに対し、デウスの掟に背く者は地獄へ落とされる」とハビアンは主張する。キリシタン側の「デウス創世論」は、当時のキリシタン教義書などをあげるまでもなく、キリシタン思想の根幹として認識されるものである。そして、この論法に基づき、仏教と問答し（釈迦、阿弥陀など、もともと仏はすべて人間からなったものであり、人がその他の人を作り上げられるわけがない、というのがキリシタン側の持論である）、自らの信仰を優位に立たせ、あらたな信者を獲得しようとする方法も当時の布教の方法であったとされる（海老沢有道『京畿切支丹史話』（東京堂、一九四二年）などに指摘される）。これに対し、

人げんをつくりて、なにのために、入申やうの、いはれをよく聞ん、のふどくのなき事は、よも、あらじ（中略）人げんにも。でうすのために、のふどくなき事は、あるまじ此返たうを、きかん（中略）たれか、やとふともなきに、人げんを、つくりて、はらいぞう、いぬへるの、と、いふ、ぢごく。ごくらくを、つくり、あげつ、おろひつ、すいきやう人なり

伯翁は「何のために人間を作り、天国地獄まで作るような苦労をするのか」と反論する。ハビアンはこういったさまざまな反論にはっきりと答えられず、伯翁に「畜生同然」と雑言を浴びせられ、退散してしまう。『吉利支丹物語』に見られる問答それ自体は、それぞれの教理に深くつっこんでは行われておらず、かなり簡略に表される。それはハビアンのモデルともいわれる不干斎ハビアンの記した『破提宇子《はだいうす》』などと比較してもわかる(3)。しかし『吉利支丹物語』で行われている問答は、日本の仏法の象徴とキリシタンの象徴との闘いであり、仏法の象徴である伯翁がキリシタン教義の最も根本的な部分を論破することができれば、つまり仏法の決定的優位性を明確に示せれば、それで十分であったといえよう。問答場面以前の部分を見ると、作者や豊臣秀吉によるキリシタン批判・処罰を記した章は配されるものの、日本における布教活動の根幹に関わるものではなかった。教理の否定も行われていない。

ところが、この上巻最終章においてキリシタンは、問答という、いわば彼ら得意の方法で自身の教理（＝存在の正当性）を論破され、さらにハビアンが「犬の逃げ吠え」までして退散するという、何とも情けない敗れ方でその存在基盤を揺るがされるのである。

下巻第一章は前章に続き、キリシタンを「邪宗」として問答に勝利した伯翁が、今度は日本の仏法の正統性をはっきりと聴衆（＝作品の読者）に向けて述べる部分である。そしてこの章以降はストーリーの様相が一変する。キリシタンの内部から幕府に日本侵略計画を訴える者が現れ、キリシタンが禁じられ、この後は禁教下の取締りのエピソードとなる。もはやキリシタンの勢いはない。このようにみてゆくと、上巻最終章と下巻第一章の役割が浮かび上がってくる。上巻最終章でキリシタンの否定を集中的に行うことにより、キリシタンが凋落の道をたどるための転回点となる。『吉利支丹物語』のクライマックスと評価できるだろう。そこでは幕府による排撃という、高圧的な方法ではなく、対等な者同士の「問答による勝負」という、スリリングな方法が用いられているのである。そして下巻は仏法の正当性を明示した章によって物語が始まり、その後に待っているのはキリシタンにとって受難のストーリーであった。本作の中で、この二章は群を抜いて紙面を割かれておりその重要性を示している。『吉利支丹物語』は、基本的には排耶書である。しかし、阿部一彦が前掲書で述べているように、排耶の意図は「（キリシタンの）非を直感的に納得させ、大衆の心に潜むキリシタン蔑視と好奇心を充足」させることにあった。単に思想的な論破・批判にとどまらず、キリシタンの渡来から島原・天草の乱までを時間的な流れにしたがって平易な物語として作り上げ、その中で「問答」という事件を作り、適当な場所に挿入することによってキリシタンの活動の劇的な転換を図っているという、構成の妙を得た物語作品であるといえる。

このように物語としての体裁をとった『吉利支丹物語』は版本として流布した。本書以前の排耶書は、元和年間

（一六二〇年代）刊『破提宇子』を除いて、すべて写本で流布している。寛永年間になると商業出版が盛んになってきており、写本より広範囲に情報がゆきわたる出版メディアの力を利用しようとしたのであろう。そして、出版という方法が情報伝達の範囲を階層的にもより大衆の方向へ広めてゆくことはいうまでもない。『吉利支丹物語』も寺院関係者や幕閣だけでなく、もっと下の階層の読者が念頭にあったと想定される。広範囲に情報を伝える（＝人気商品にする）ためには単に排耶論を展開させるだけでなく、読みものとして平易で面白いものが要求される。『吉利支丹物語』の物語としての構成には出版という伝達方法が密接に結びついているとみることができる。また寛永十五年（一六三八）二月には島原・天草の乱が終結している。乱について興味を持つ者は多かったことは、多くの記録や文芸が残っていることからもわかる。興味はさらに一揆の原因の一つであるキリシタンへも向けられる。『吉利支丹物語』は、乱を契機に成立したものとみて間違いない。最後の三つの章が乱にまつわる記事をおいているのも、読者の興味に応えるために最近の事件をも作品中へ取り入れたものであるといえよう。このようなことからも『吉利支丹物語』の対読者意識の強さがうかがえる。人々は『吉利支丹物語』や島原・天草の乱の攻防を描いた『嶋原記《しまばらき》』といった版本の仮名草子作品の流布によって、キリシタンや乱についての大まかな知識を得ることができた。

このようにして流布した『吉利支丹物語』であるが、版元もキリシタンを題材にした本を扱う以上、ある程度体制に対する配慮が必要であり、出版後も例えば寛文五年（一六六四）には改版され、『吉利支丹退治物語』と外題を替えて、挿絵を組み込まれ、三冊本に改められて出版される（上巻が二冊に分けられた形であり、伯翁とハビアンの問答の位置は中巻最終章〜下巻第一章に配される）。万治〜寛文期は、キリシタン取締りが飛躍的に進んだ時期であり、そのような政治情勢をにらんでの改題であろう。この作品は現在のところ元禄十二年（一六九九）まで書籍目録にその名がみられる。しかし山崎麓『改訂日本小説書目年表』（ゆまに書房、一九七七年）によると刊行後「すぐに絶版を命じられた」ともある。これらの事情は今のところ不明であるが、トラブルの起きる可能性の高い題材であるといえよう。また、元禄九年（一六九六）には『天草軍物語』と題して、徳川綱吉の吉の字をはばかって「吉利支丹」の文字を「切支丹」と替えたり、当代となっては残酷となってしまった部分を削除し、版元も「吉右衛門」とだけ記すなどかなり注意深く出版されたものもあるが(4)、ほとんど出回ることがなかったようである。そのうえ享保の改革による出版取締令により、さらに出版がはばかられた。

このような版元側の事情に加え、一方では万治～寛文期の厳しい宗門改めの成果もあり、キリシタンを信仰する者はほとんど殲滅したと考えられる(5)。宗門改めによる検挙件数もこのころを境にほとんどなくなり、あったとしても、すでにキリシタンを棄教した者があらためて検挙されたり、キリシタンの類族（子や孫）で宗旨自体をよくわかっていない者が多かったらしく、以後キリシタンはほとんど根絶やしといってよい状態だったといえる。排耶書も、この時期の取締りに呼応するかのように、浅井了意『鬼利至端破却論伝《きりしたんはきゃくろんでん》』、鈴木正三《しょうさん》『破《は》吉利支丹』、そして『吉利支丹退治物語』などが出るものの、その後は目立った排耶書をみないことも、その必要性が薄れてきていることを示すだろう。江戸時代も半ばになると荻生徂徠《おぎゅうそらい》が『政談』の中で、

（キリシタンが）今は国中に有るまじき事也。
書籍見る人なき故に、其教如何なると云を知る人なし。
（辻達也校注『荻生徂徠』日本思想大系三六所収、岩波書店、一九七三年）

と述べたように、キリシタンを理解する者もほとんどいなくなった。教理を知らない者に排耶書を与えても、排耶書としての意味合いは薄い。幕府の取締令だけで充分にキリシタン排斥の意識は備わるだろう。当代の事を題材に

扱うことや、キリシタン取締の激しさ及びその巻き添えに合うのを避けるために、また、キリシタン自体の殲滅のために、といった理由から、排耶書の出版は控えられてゆく。『吉利支丹物語』もその中の一つと考えられるが、「キリシタン渡来譚」としての面が読者に受け入れられ、享保期の出版取締令以降も写本で流通し、実録化する。次節ではそのような写本類がどのように『吉利支丹物語』を受け継ぎ変化しているかをみてゆく。

二　実録化したキリシタン渡来譚

すでに第一節でみたように、『吉利支丹物語』は江戸中期頃には出版・流布がはばかられた。本作には写本も多く残っており、その中には、版本が手に入らなくなったために書写したものもあったであろう。公にできないこと、表向きには憚りのあることを知りたがるのは人間の常である。そしてそれらは話に甚だしく尾ひれのついた「実録」の題材になる。「キリシタン渡来譚」もその例に漏れず、『吉利支丹物語』のストーリーを受け継ぎつつ変化を加えてキリシタン実録群を形成している。(6)これらは『吉利支丹物語』以上に残存諸本が認められ、広く読まれたことがわかる。キリシタン実録群が写本実録として、どのようにこれまでのストーリーに手を加え、読者を獲得したか。その変化は『吉利支丹物語』にみられるそれぞれのエピソードをさらに具体的に、さらに詳しく記述し話を膨らませる方法をとっているためここでそのすべてを掲げることはできないが、主な事柄を『切支丹宗門来朝実記』(『続々群書類従』第一二所収。続群書類従完成会、一九七五年)によって挙げると以下のようになる。——①キリシタンが来朝した年代の変化(弘治年中・一五五五～五七→永禄十一年・一五六八)、②キリシタンが来朝する以前の南蛮国での国王、ウルガンバテレンらのやりとりが冒頭に加えられる、③キリシタンを広める織田信長の行動が重点的に描かれる、④ゴウズモウ、シュモンなどの日本人バテレンの活動描写が加えられる、⑤伯翁とハビアンの問答場面の作品中における位置の移動、⑥ゴウズモウ、シュモンらが豊臣秀吉の前で魔術を行う場面が加えられる、――などが挙げられる。これら一つ一つには、またさまざまな虚構が肉付けされている。それらは海老沢有道「切支丹宗門来朝実記考」（『宗教研究』一三九号、一九五四年七月）、同『南蛮寺興廃記・妙貞問答』（平凡社東洋文庫、一九八三年）に詳細な検討・解説がなされており、ここでは繰り返さない。

右に掲げた①から⑥のうち、とくに重要と思われる②、⑤、⑥についてみてゆく。順序が前後するが第一節において、ハビアンと伯翁居士の問答を作品上の転回点として、重要視してきたこともあり⑤の問答部分から検討する。

『吉利支丹物語』では、問答場面は作品の転回点として、ほぼ中間におかれた。対してキリシタン実録群は、章題のないのもあるが、例えば章題をもつ『切支丹由来実録』（架蔵、一冊）では、全十二章のうち、問答場面は十一章目に置かれるなど、実録群はストーリーの後方に問答場面を据えている。問答後の展開は、キリシタンが禁制後、右の⑥のエピソードが置かれ、その後は島原の乱に至るまでのキリシタン取り締まりの様子を描いて作品が終わる。『吉利支丹物語』では問答場面、及びその次の、伯翁が論争の場に居合わせた人々に仏法を説く部分は最も紙数が割かれた箇所であった。しかしキリシタン実録群では、分量も他の場面より多いとは言いがたく、その地位は低下している。キリシタンが取り入ろうとする「さる大名の後室」が豊臣秀吉家臣中井修理（実在かどうかは未詳）の母親と設定されるものの、問答の内容は『吉利支丹物語』にほぼ準じ、新たな展開は加わらない。そればかりでなく『吉利支丹物語』「ついでながら伯翁居士もんだんのこと」のような仏法について解説した部分は比較的難解なせいか「種々の仏法物語などして」とまとめられ、解説は削除されてしまっている。ほかにもハビアンが仏罰の存在を確かめるために、浄土教三部教と法華経八巻を破り捨てるなど、彼の悪役ぶりを誇張したり、ハビアンが逃げ帰るときに「無縁の衆生は度し難し」と漏らしたのを伯翁が聞きとがめ、つかみかかり散々な目に合わせるという、ハビアンの失墜ぶりを強調した場面など、問答部分以外の増補・誇張がみられ、さらなる平易化・通俗化が図られていることが読みとれる。

このように、実録群における問答場面は、他エピソードと同列に扱われ、作中の重要性が薄れている。質的にも仏法解説の部分がまるごと削られてしまうなど、平易化・通俗化へ向いている。これらのことから『吉利支丹物語』にみられるような「民衆教化・排耶蘇」という指向が薄れてきていることが読みとれる。問答場面の変化はキリシタン実録群の性格を知る上で注目できる。

さらに、『吉利支丹物語』のようにハビアンと伯翁の問答を境にして作品を前半と後半に分けると、キリシタン実録群は圧倒的に前半部に紙数が割かれているといってよい。前半部の増補部分は、先に挙げた②をみてゆく。ここでは南蛮国王ゴウシンビがキリシタン宗門を日本に広めることによって人心をしたがわせ、日本を領国にしようと企て、ウルガンを日本に遣わすことが記されている。つまり南蛮人が日本に渡来する以前のことが増補されている。この日本侵略思想は『吉利支丹物語』では下巻に置かれ、キリシタン内部の裏切りにより明らかになるのだが、実録群では、それに対応するような場面はなく、冒頭で国王の直接的な意向として打ち出される。つまり、初めに目的を提示しておくことによって、その後のキリシタンの動きをことごとく侵略思想に結びつける役割を果たすことになる。あとの章でどれほどもっともらしく教理が説かれても、読者はそれらを日本侵略という前提のもとに理解し、それゆえ日本侵略のための詭弁としか受け止めない。

またこの冒頭部では、ゴウシンビ大王が家臣に命じて、ウルガンを、彼の隠遁している天輪峰に探しにゆかせる。天輪峰にいるウルガンは、容易に大王の申し出を聞かず奇術を用いて使者の前から姿をくらませたり、使者の言葉を聞いて、大王の日本侵略の計画を読みとったり、「雲気」を察してキリシタンの法が日本で受け入れられないことを予測することなど、仙人のように描かれる。

いっぽうキリシタン実録群の後半部では、先に挙げた⑥のエピソードが注目できる。ゴウズモウもシュモンも共にハビアン同様、作品中では日本人バテレンの中心人物である。彼らはそれぞれ市橋庄助・嶋田清庵と名を変え、堺で医者をしていたが、彼らのおこなっていた手妻が評判となり、秀吉に召し寄せられ奇術を披露し、そこで秀吉のかつての恋人の幽霊を出して見せ不興を買い、キリシタンであることを見破られて処刑されるというものである。

これら前半部・後半部で増補された記事はもちろん実録作者の手による架空譚であるが、その一方で、ただの荒唐無稽であっても、彼らなりの南蛮観として読みとれる。ゴウズモウ・シュモンの挿話も、彼らの処刑のことよりも、処刑に至るまでのプロセス――豊臣秀吉に見せた奇術のエピソードが主眼となっていることは明らかである。潜伏していた日本人ハビアンが、自らの妖術におぼれ、それが命取りになるという筋はあまりにも出来過ぎてはいるものの、キリシタンの西洋医学による医療・施薬に端を発する魔術・妖術の伝説もまた、読者の興味を引くものであった。そしてこれもまた、言ってみれば当時の民衆の多くがもつ南蛮人観を端的に示すものであるといえる。

鎖国政策にあった当時、一部の人間以外は西洋の事情を知ることはほとんど不可能であり、西洋に対する興味はあってもそれを実際に知ることはできなかった。西川如見《じょけん》が『華夷《かい》通商考』を著し、草稿としてあったものが本人の許可を得ずに元禄八年（一六九五）に出版されたのも、それなりの需要（＝海外への興味）が見込まれてのことといえる。享保五年（一七二〇）には洋書輸入禁令が一部解除されることにより、わずかではあるが、西洋の学問が輸入される。これらのことからも西洋への関心の高まりがうかがえるのである。時代はさらに下りつつ、これらの世情に沿う形で「キリシタン渡来譚」は実録化して、流布していったといえる。

三　排耶から南蛮興味へ

これまで『切支丹宗門来朝実記』を例に、『吉利支丹物語』からの変化を追ってきた。とくに重要と思われる変化を見てきたが、それは次の二点にまとめられる。

A宗教的な議論・説明の、全体にしめる割合の低下。

B（虚構も含めた）南蛮人描写の増加。

このうちAは、伯翁とハビアンの問答場面の地位が下がったことや、伯翁が仏法を説く箇所が削除されたことなどが含まれる。さらに『吉利支丹物語』では、キリシタンが渡来し、国内に広まるストーリーを述べる章の間に、キリシタンの信仰の様子を解説した章が置かれた（「きりしたん仏法の事」「日本の出家衆をきりしたん、笑う事」）が、キリシタン実録群では、あるものは削除され、あるものはストーリーの中に組み込まれ、より連続したストーリーを持つように心がけられている。Bは南蛮国の様子を加えた冒頭部や、豊臣秀吉の前でバテレンが奇術を行う箇所があげられる。そして、これらAとBの変化は、作者や読者の興味が排耶蘇という面からキリシタンをも包括した南蛮への興味という面へ力点が移っている、ということによるといえるだろう。キリシタン実録群であらたに加えられたフィクションからは、宗教臭はほとんど感じられない。これはキリシタン実録群が、宗教関係者の手による物ではないことを予想させる。

読者及び作者はキリシタンの信仰を体得するつもりはなくても、キリシタン、ひいてはそれを抱える西洋には興味を持っていた。そして、もはや写本として流布するしか方法のなかったキリシタン物が、彼らの興味に答えるような要素を取り入れた。実録の転化・生長にみられるように、実録写本はそれを受け入れるだけの柔軟性をもつ。

キリシタン実録群は言ってみれば、版本から写本への情報メディアの転換と作品の方向性の転換が密接に結びついた好例といえる。

おわりに

近世における、商業出版の発達以前は、排耶書は写本で伝わっていた。それはキリシタンの教理そのものに非難を加えた書であり、ストーリー性は希薄であった。その後出版システムが発達すると、『吉利支丹物語』のように、広範囲の読者を念頭に置いた物語作品が登場するようになる。その後出版統制を経て、再び写本流通が主体となる。しかしそれは『吉利支丹物語』以前の写本で登場した排耶書とは性格を異にする。出版統制に代表されるような外的規制によるためであることはすでに見てきたとおりである。伝達手段が逆戻りしても、内容自体はますます一般読者を意識したものに変化し、さらに流布していった。写本という手段は、出版という公的な営為に対する個人的営為という面がある。実録は、貸本屋などを介して多くの人に廻し読みされるという公的な面も合はせ持つが、一方で、書写という個人的営為の建前を利用し虚実様々な記事が盛り込まれる。これは個人間における個人的な情報の共有という手段に通じる。そして、それらの情報は穿った見方をすれば、流言と同様、無責任な情報である。キリシタン実録群には『切支丹宗門来朝実記』や『切支丹由来実記』など事実記録を標榜した題名をもつものが多いが、これもまた個人間の秘密を建前にあやしげな「実話」を広めるという、矛盾を逆手にとった効果的な伝達手段であることは言うまでもない。そして、内容は彼らなりの南蛮観や実際のことを適当に織り交ぜる。このようにして、胡散臭いながらもリアリティを臭わせるのである。

キリシタン実録群における事実性の標榜とそこにみられる虚構は、他の実録群にも例があるように版本から写本へと情報メディアの転換に負う部分が大きいといえる。「写本」「事実性の標榜」「虚構」という三つの問題は、それぞれが絡み合って、そのまま「実録」というジャンルを形成する要素となるのである。このような方法で形成された実録は半信半疑で享受される。キリシタン実録群中の記事も、たとえば『長崎実録大成』（宝暦一〇年序・一七六〇）などの地誌に用いられており、実録や、それに引かれた地誌、記録、随筆などの記事から当時の人々の対外観、対キリシタン観もまた読みとれるといえよう。『吉利支丹物語』からキリシタン実録群への内容の変化を見てきたが、今後はそれらをもとにした、当時の人々の対外観・対キリシタン観の変化・特徴をとらえてゆきたい。

（1）藤田寛海「ハビアンと伯翁―キリシタン俗書私攷―」（『国語と国文学』三〇巻八号、一九五三年八月）
（2）（1）に同じ
（3）例えばデウス創世論を例にみると「天モ地モナク、一物ナカリシ空寂ノ時アリシニ、此天地出現シ、天ニハ日月、星宿光ヲ放テ、明歴歴トシテ東涌西没ノ時ヲタガヘズ。地ニハ千草万木アツテ落花落葉ノ節ヲアヤマタザルハ、能造ノ主ナクンバアルベカラズ。此能造ノ主ヲＤ（デウス）ト号スト云ヘリ」（『キリシタン書・排耶書』（岩波書店、日本思想大系二五）所収）とあり、このような部分を簡略化して作品中に取り入れているものと思われる。
（4）岡本勝「新出『天草軍物語』考」。（『国語国文学報』五二集、一九九四年三月）
（5）万治～寛文期におけるキリシタン殲滅の様子については松田一毅『キリシタン研究』（風間書房刊、一九七五）に詳しい。
（6）これら実録化にあたって、その直接的な典拠を『吉利支丹物語』、その改版改題本『吉利支丹退治物語』、『天草軍物語』のいずれかに確定することは、目下のところできない。本稿では実録群との対照には『吉利支丹物語』を代表させてゆく。また、それぞれの写本間に極端な異同はほとんどない。島原・天草の乱を主題にした「天草軍記物」の作品に部分的に取り込まれているもの（『天草軍談』『耶蘇征伐記』など）や奇談集に含まれるもの（『老媼《ろうおう》茶話』など）もあるが、それら一つ一つの写本の検討はまた別の機会に譲ることにする。

六　近世初期口頭のメディア——浅井了意の周辺——

花田富二夫

はじめに

ひとつの書物の成立背景には、多くの歴史がある。だが、完成した文献に追われるあまり、それ以前の状態に目が向きにくいのは事実である。しかも、それが文芸的側面を離れた、いわゆる実用的なものであったならなおさらである。本稿で取り上げるものも多分にその領域に踏み込んでくる。それは軍事面における秘伝に属する分野であり、さらに一歩領域を拡大すると、多くの資料群が存在している可能性がある。

近世初期に至り、印刷技術の発展は多くの作品を印刷・出版していった。それらは新しく制作されたものや、古くからの古典作品、歴史書などがある。そして中には前代から口承で伝えられてきたものも含まれていた。その一つに軍事秘伝の書物群がある。しかし、何何流と伝えるそれらは印刷されることなく終わったものが多いに違いない。時々、おそらく大名献呈本と思われる立派な装丁の写本に出会う時がある。

さて、この軍事秘伝には、それに従事した軍略家が存在していたはずである。そして、その一群の中から、専門的な軍法伝授家が登場してきたと思われる。前者は大名や武将階層に講釈を行い、後者は時には一般民（といっても、限られた知識階級ではあろうが）に講じた。この時代は口誦による伝授であり、まさしくオーラルメディアの時代であったと思われる。この口承伝授は軍事面に限らず、他分野でも活発に行われていたに違いない。ただ、書物と違って口承的なものは記録されにくいといった面もあった。したがって、比較的多くを伝存する軍事面のそれらは、このオーラルメディアの人物や思想について新たな視点をもたらすものとして期待できるのである。

一　『新語園《しんごえん》』の序文

本稿では、この軍書講釈師の一群と交流があったと思われる人物に着目した。それは、浅井了意《あさいりようい》著『新語園』（天和二年刊　一六八二）に序文を贈った人物である。一方、了意は、仏書・医書を始め、さまざまな書籍に序文を提供している。これは、彼が宗教家として、あるいは文人として広く世に認められていた証拠でもある。中には、『新撰御《お》ひいな形《がた》』（寛文六年刊　一六六六）など、なぜこのような書物にまで序文を請われたのか理解に苦しむものもある。ただし、本書は衣裳紋様デザインの雛形《ひながた》書の祖として後代に大きな影響を与えたものであったし、また書《しょ》肆《し》も了意と親交の深かった山田市郎兵衛で、それなりの理由が存したものとは推測される。このようにいくらか考慮の余地はあるが、一般的に言って、ある作者に序文を与えることは、その作者との何らかの関係があったととらえるのが通常であろう。

『新語園』（古典文庫　四一九・四二〇冊（一九八一年）に影印有り、序文もそれに譲る）には二人の人物が序文を与えている。第一序文は村田通信《むらたみちのぶ》、第二序文は三宅帯刀《みやけたてわき》である。これまで、この件について言及されたことはなく、両序文ともこれといった格別な記事を有している訳ではない。しかし、この二人の人物が序文を与えていることは、浅井了意の交流圏や彼の経歴を知る上ではなはだ示唆的である。三宅帯刀はしばらく置くとして、村田通信は、了意の周辺人物として特に注目に価する人物であった。この件については、嘗て新日本古典文学大系月報96号（二〇〇〇年一一月）で指摘し、その考察の必要性について述べたことがある。

二　村田通信序文提供の意義

村田通信は匏庵《ほうあん》と号し、漢詩・随筆文の『匏庵雑録《ほうあんざつろく》』（一冊　元禄七年五月　一六九四　京都林九兵衛刊。本書は前・後半の二部から成り、前半は、延宝八年（一六八〇）の年記を有して主に詩文を収載している）や『楠正成伝《くすのきまさしげでん》』（寛文九年刊　一六六九）他を残した。日本古典文学大辞典（岩波書店）『匏庵雑録』の項目で、中村幸彦は「匏庵は医学・和算など理科系の人らしいが、幕初啓蒙期の一端を示す書物の一である」と解説している。また、野間光辰は新修京都叢書第一三巻『山城名勝志』解説において「村田氏、名は通信、政元は、その字である。…従来「訳準笑語」（文政九年刊）の序者匏庵癡叟を以て通信の号とし、同書をその著述の中に加えているが、根拠をしらない」と、多少の混乱があることを示唆している。確かに年代的に齟齬《そご》のある感が強い。

この匏庵は、寛文八年（一六六八）に、原友軒《はらゆうけん》著の『太平記綱目《たいへいきこうもく》』に序文を送っている。『太平記綱目』は、加美宏著『太平記の受容と変容』（翰林書房　一九九七年）第三節によると、寛文一〇年（一六七〇）刊の『増補書籍目録』に書名が見えるところから、寛文八年が初版であり、同一二年の「後序」を有するので、一二年にも再版（現存版種は二種）されたかと推測されている。仮に、そうだとするなら、本書の需要は少なからず高かったものと考えられる。そして、原友軒もまた匏庵著『楠正成伝』に跋文を寄せているのである。

すなわち、『新語園』を介して浅井了意と村田通信とが、『楠正成伝』を介して村田通信と原友軒とが交わるのであり、この三者には共通するキーワードがあった。それは、『太平記』講釈の可能性である。また、『太平記』の講釈師としては、万治二年（一六五九）に『太平記大全』を著した西道智《にしどうち》もその一員に加えねばならない。道智は医学を業とし、講釈をも行ったようである。ここに、前の加美宏の著書から引用しておこう。

「『太平記大全』の著者西道智も医を業とした人と伝えられているし、『太平記』を愛読し、『楠正成伝』を著した村田通信の例も、それに加わるわけである。こうした『太平記』『太平記』読みと医薬の業との結びつきの強さは、どこからくるものなのか、いま一つ明らかでないが、近世の『太平記』読み・講釈師が、一種の啓蒙家でもあったことを考えれば、当時最も開明的な知識人であった医者と結びつく可能性は考えられるし、或いは、旧稿でもふれたように、講釈師などと同じ舌耕の徒であった香具師（やし）は、本来薬師であり、近世においては、香具や薬を売り、時には医療にもたずさわっていたことなども思いあわされるのである。こうした『太平記』と医薬の業との結びつき、とりわけ先達の西道智の例や知友の村田通信のことなどを考えあわせると、原友軒の場合も、医療と何らかの関わりを持っていたことも考えられよう」（第三節3章）

この西道智、原友軒、村田通信という三人のメンバーに浅井了意も加えてみたい。前述したように、『新語園』の序文に村田通信の名が見えるのは、当代の碩学《せきがく》に序文を依頼しただけだったかもしれないが、このことを積極的意味にとりたいのである。

なぜなら、了意もまた医学に嗜み、今は伝わらないが『太平記』の評判書を著述したとも伝えるからである。いうなれば了意も、これらの人物達と同じ圏内に位置していると考えられるからでる。もし、そうだとするなら『新語園』序文は、浅井了意という前半生不明の作家の経歴に、一つの具体性を開いているとも言えるのである。

三　村田通信の人物像

村田通信とはいかなる人物であったろうか。彼の著書『明君稽古略《めいくんけいこりやく》』（写本・一冊・蓬左文庫蔵）の自序は以下のように記す。

「孔子ハ、嘗テ千乗之国ヲ道フノ三言ヲ称シ、用ヲ節シテ、人ヲ愛スルノ事ヲ以テ一件ト為ス。蓋シ、所謂用ヲ節ストハ、則チ倹ナリ。人ヲ愛ストハ、則チ仁ナリ。仁倹ノ徳ハ、古先ノ聖王、天下ヲ治メシノ要道ナリ。其ノ箇ニ一（アル）日、仁倹ノ事ヲ読ムニ、千古ノ令主、暴君廃興存亡ノ跡ヲ序列スルコト甚ダ明ラカナリ。其ノ簡ニシテ見易キヲ愛シ、採テ刻梓シ、以テ其ノ伝ヲ広ム。後者ニ先王ノ貴バレ、此ニ出デザルコトヲ見セシムル云ゾ。享保丙申（元年　一七一六―筆者注）立冬日　村田通信自序」（第一序文）。「明君稽古略ハ人君明暗ノ心跡ナリ。平江ノ蔡氏、蓋シ資治通鑑ト先賢ノ褒貶ノ定論トヲ採リ錯綜シ、文ヲ成ス。次イデ明（ミン）季ニ至ル、一ニ簡易ニ従ヒ、便チ一覧シテ記（オボユ）。愚家儋石ノ儲ヘ無シ、徒（イタヅラニ）節倹ノ美徳タルコトヲ好ミテ施スベキノ事無シ、可真ノ笑哉」（第二序文）。

本書は、貧しき自家の内で、読書にいそしみ、ここに倹約を中心とした明君のことを記した事を述べる。本書の目的は、仁倹の道を知らせてその心を修得させる点にあった。これらは、確かに通常みられる儒学的な筆調に過ぎないが、この警世のおもちこそ、太平記読みの講釈師達が最も得意とする精神であったことも事実である。それは、まさしく同書にある「天下ニ心ヲ存（オキ）、窮民ニ志ヲ加（アテ）、尊養ヲ一身ニ奉ゼズシテ、温飽ヲ以テ百姓ニ望ム。仁倹ノ風、実ニ万世人君ノ則ナリ」の窮民救済の精神の発揚でもあった。そして、奢侈を戒め、殷の紂《ちゅう》王《おう》、秦の始皇《しこう》のような暴君も批判されるのである。

次に、『匏庵雑録』（慶応大学図書館蔵）を見てみよう。以下は、彼の師、田淵三迪の伝を記した箇所である。（ ）の文字は判読不詳につき推定）。

「田淵三迪伝　田淵三迪ハ播州姫路人ナリ。性温雅ニシテ知識人ニ邁タリ、学常ノ師無シ、シカウシテ聖経賢伝、諸子百家ニ至ルマデ、窺覧ズト云フコト莫シ。兼テ才情有リ、詩賦ヲ善クス。余少時師トシ事フノ一日、松永昌三ト余ガ父ニ過ル。詩有リテ云フ、今日文星地ヲ擁シテ臻ル、豈知ンヤ清宴閑身ヲ寄ントハ、盤ニハ蔬錯ヲ兼、瓶ニハ梅葉賓主満懐都是レ春。又秋雨ノ詩有リ云フ、陰雨新涼ヲ促シ、秋花故郷ヲ思フ、東（堦）終夜滴ル（断）続、誰カ為ニ長キ、其ノ才思此ノ如シ。又医ヲ業トス、業ヲ子苞先生ニ受ク。年未ダ知命ナラズシテ洛ニ卒ス。子無シ、惜哉其ノ詩文論著世ニ伝ハラズ」。

これより匏庵は、田淵三迪に幼い時から師事し、父は松永貞徳の一子昌三などとの交友関係があったものかとも推測される。昌三は、三条衣棚で貞徳とともに私塾を開き、寛永五年には儒学の専門塾「春秋館」を開設して多くの門弟を育てた。また三迪は医学を学んだ事が判明する。その師は野間三竹であったようだ。三竹も貞徳に師事し、後、昌三の塾で儒学を学んでいる。匏庵は、このように当時名だたる人物に儒や医を学んだ博学の師に教えを受けたのである。そして、彼自身も本草学を嗜んだようだ。『匏庵雑録』には、その記事が二、三見られる。そこでは、自ら薬石を試すような積極的試みを行っている。ただし、次の記事では、他を「世医」と呼んでいるので、自身が医者として処世していたかどうかは今の所少し疑問として残る。

「余嘗テ薬性賦ヲ読テ、甘温ニ疑ヒ有リ、数験果効アリ。凡ソ薬石ノ良苦、精粗此ノ如キ類有リテ本草未ダ記サズ。世医未ダ嘗ミズ惜哉」。

しかし、一方で医書に学んでいたであろうことは、「医書ニ問フテ曰ク、声は肺ニ出ヅルコト有リヤ」の条で、肺は呼気の気管であることを述べる記述などによって明らかである。また、次の記事は匏庵が軍書作成に携わっていたことを示唆する。

「問フテ曰ク、義経、義貞強ニシテ亡ビ、足利尊氏柔ニシテ興ル、以（ユエ）有ルカ。曰ク、強ハ自ラ全ウスル所以ノ道ニアラズ、柔ハ自ラ敗ルル所以ノ道ニハアラズ。四公、勇略、戦功布テ人口ニ在リ。其ノ廃興ノ原ニ於イテハ未ダ交戦屠殺ノ間ニ在ラズ。余嘗テ原兵一巻ヲ著ス。図ト作シテ以テ子ニ示ス。」

「原兵」の伝存については未詳であるが、子に示したとは言え、匏庵が軍書の著述を行っていたことは見てとれよう。

文芸的面では、吉田兼好や紫式部への関心が見える。短文なのであげておこう。

「問フテ云ハク、兼好書ヲ著ス、理致可ナルカ。樹ニ上テ馬ヲ走ラシムルヲ見ル。全ク居易ガ道林ニ謁スル話回リ来ル。其ノ理屈滑稽。秦漢諸子スデニ説破シ去ル。其ノ余戯謔亦玩ブニ足レリ」。

「問フテ曰ク、藤式部、其ノ才称スベキカ。曰ク、其ノ茂才宏辞、殆ンド班馬カ下ニ在ラズ。其ノ余史家何ゾ能ク比セン」。

『徒然草』四一段の賀茂の競馬の条を、『五灯会元《ごとうえげん》』などで著名な鳥窠《ちょうか》道林《どうりん》禅師の樹上の説話にとりなして、その諧謔の精神を指摘したものである。また、式部に関しては、その才能は班馬、即ち班固や司馬遷にも劣らないことを述べ、錚々の歴史家に比している点が軍史家匏庵の面目を示している。

この他、後半には、父母に順孝で飢渇の人を救った添上郡の果安伝や、夫の死後、貞節に生きた壱岐の貞女直玉伝、開墾事業などで人々を救った蒲原人の蒲原笠雄伝、新田義貞関係の義士で豆州の安東聖秀伝、義貞の恩義に感じて一命をかけて義貞を救った小山田高家伝など、孝子・義士の伝を収載している。これもまた、歴史を語って警世の意を伝える軍史家の一骨頂であった。

最後に、彼の科学者としての姿勢を見よう。

「問フテ曰ク、抱朴子ニ金ヲ作ル法有リ、其ノ理有ンヤ、…古語ニ云フ、金成ルベカラズ、世渡ルベカラズ、此ノ言信ズベシ、金ヤ至宝ニシテ得難キノ物、豈ニ人力ノ為ル所ナランヤ、是道士ノ世ヲ惑ハシ、民ヲ誣ユルノ言ノミ」。

道教の聖典たる『抱朴子《ほうぼくし》』練金の法は、彼にとっては許容できないものであった。科学的冷静さに裏打ちされた合理性を示している。

以上により、京都の地で文人と交わり、詩文を愛し、本草に親しみ、就中、楠流軍書を講究した村田通信の姿がおぼろげながら見えてくるようである。彼が浅井了意にどのような経路で序文を贈ることになったのかは今の所不明であるが、何らかの因縁浅からぬ故であったことは想像に難くない。了意にも京都地誌の著作があり、大島武好の『山城名勝志』ともども地誌編纂書への造詣も並々ならぬものがあったに違いない。『山城名勝志』にはその住所を「壬生村寓居」と記す。但し、村田通信序文（年記は宝永二年　一七〇四）の『山城名勝志』は改訂後摺本と考定されている（前述野間氏解説）。

四　軍書講釈の影響

村田通信が軍書にも精通し、医学的知識を有しており、他の太平記評判書を著した講釈師達と交流を持っている点からして、彼や了意もまた太平記の講釈に関わっていたのではないかとの推測を懐かせる。

講釈、または講談という口承伝達は、戦国大名の間によく試みられた営為であった。

「小槻宿祢雅久をめして論語を講釈せしめ、卜部の兼倶をめして日本紀神代巻を講談せしめ」（『本朝将軍記』九・源義尚）

戦国の大名や武将において、あるいは公家、高僧の間において、文献のみに依頼しない口頭による講釈は、かなりの広がりで隆盛をみていたであろう。おそらく兵術や軍陣、用兵などに関して多くの秘術・秘伝が含まれていたに違いない。そして、やがて『太平《たいへい》記評判《きひょうばん》秘伝《ひでん》理尽抄《りじんしょう》』（本書付載の「恩地左近太郎聞書」の刊記は正保二年、一六四五）などという書物を成立させ、軍書評判という形態で、若尾政希（『「太平記読み」の時代』平凡社　一九九九年）が指摘するように政治・思想に関すること、すなわち、過去の合戦からくみ取ったり、もしくは、主に中国思想から組み入れた為政者の姿や優れた武将のあるべき姿などが、歴史に即応するという形で語られていたものと推測される。ここに、この秘伝を伝えるグループや軍書講釈師達の活躍があった。

もともと軍書講釈師たちは、おそらく戦国の合戦が活発化する時期から、江戸初期に至るまで書物の公開という方法をとらずに、秘伝という形や口頭による講釈によって歴史を語り継いできた。『太平記評判秘伝理尽抄』は、それらが文字化された最も早い形を示しているのではなかろうか。そして、太平記の評判書を著述した江戸初期の彼らは、その末裔として、それら語り部の一角を担って来たと言える。これこそ板本化以前のメディアとも呼ぶべきものであり、その存在は極めて大きく、その後の思想界に少なからぬ影響をもたらしたと言える。

ここで再び松田修が指摘したことを想起しよう。松田修はその著『日本近世文学の成立』（法政大学出版局　一九六三年）第二部第二章五節「了意の作品における批判的リアリズム」の中で、了意の『伽婢子《おとぎぼうこ》』（寛文六年刊　一六六六）巻七の二「廉直頭人死司官職」の一節を取り上げた。

「それに引かへて、庄八大に百姓を虐げ、欲ふかくむさぼりければ、この人ひさしくつづくべからずとつまはじきをして、にくみきらひけり」・「なんじ日比悪行をもつて私をかまへ、百姓をせめはたり、定の外に賦斂をおもくし、糠藁・木竹にいたるまでむさぼり取て、をのれが所分となし、恣に非道をおこなふ。」（『伽婢子』巻七の二）

松田は、これらを原話との比較のもとに、「『伽婢子』に独自の要素」とし、「本書のように、たとえ表面的にせよ「児女」の教化を目的とする読み物においてすら、了意はおのれの批判精神を包みきれなかったのである」とされた。

そして、この批判精神はさらに『北条九代記《ほうじょうくだいき》』（延宝三年刊　一六七五）などにも受け継がれ、同書第二の「新田開発」を例にあげて、「厳しい農政批判が展開されるのである」と指摘した。

「東耕西収の努を励すといへども、地頭は貪りて賦斂を重し、守護は劇くして、公役を繁くす（中略）夫猶水旱の災に罹る時は日頃の勤苦は一時に空しく、手を拱きて取得る物なし。剰暴虐の目代年貢を責れば、価を半にして雑具を売り、（以下略）」（『北条九代記』巻二。本書は片仮名漢字交じり文であり表記も相違するが、今、松田引用文に従う）。

この『北条九代記』に対しても「本書は多く『将軍記』と『吾妻鑑』をその原拠とし、仮名に原拠を和らげたに止まるところも多いのであるが、そのなかでもやはり了意の独自性は、原拠ばなれにおいて明確である」とする。

室町時代において武将間の戦乱が繰り返されるなか、土一揆や国人一揆、あるいはその後の一向一揆など、農民階層の反乱は領主や代官層への強訴として展開した。不法な代官の罷免や年貢の軽減などを求めた戦いは、時には領主層をも動かす大きなエネルギーを有していた。しかし、そのエネルギーの直接的な、あるいは具体的な記述は中世の軍記などに見られるであろうか。また、通常の読み物的な作品の中ではどうか。やはり希薄と言わざるを得ない。この点において、松田が「了意の独自性」と論じた点は極めて重要な指摘であったと考えられる。

だが、松田が認めたこの「了意の独自性」は、『北条九代記』の思想性ともども、もっと以前から存していた可能性を、ここに指摘しておかねばならない。それが、前述した講釈・講談の時代、あるいは民間の講釈師たちが活躍した時代や世界ではなかったかと推測されるのである。なぜなら、『北条九代記』も実のところ『太平記評判秘伝理尽抄』などとの交渉をもつものであったからである。たとえば、『北条九代記』巻八「相模守時頼入道政務附青砥左衛門廉直」は、『太平記評判秘伝理尽抄』巻三十五からの引用である。ここでは詳論を避けるが、この両書の関係はこれに止まらない。そして、時頼入道ならびに青砥左衛門に関しては、さきの『伽婢子』巻七の二「廉直頭人死司官職」において「廉直」の武将の代表として取り上げられ、両者の関連が見出されるのである。

すなわち、松田が指摘した「了意の批判精神」は、これら『太平記評判秘伝理尽抄』の世界の中で育まれたものであったとも言えよう。村田通信をはじめ、太平記評判書を著述した軍書講釈師によってこの思想は受け継がれ、『伽婢子』という怪異小説の思想的一端を、否、その主張を担ったのである。それらは、まさしく書物として出版される以前の口頭によるメディアの時代の産物であった。

七　『うしかひ草』と「十牛図」「牧牛図」

湯浅佳子

月坡《げっぱ》道印の仮名草子に『うしかひ草』（寛文九年刊・一六六九）という作品がある。これは中国由来の禅画「十牛図」になぞらえて一二の図を描き、それに平仮名文の物語と和歌を付したものである。

「十牛図」(1)は、禅の修行の過程を一〇の図に表したもので、宋の時代、一二世紀末に成立したといわれ、「信心銘」「證道歌」「坐禅儀」と併せて『禅宗四部録』として一書にまとめられた。日本で最も流布したのは廓庵《かくあん》禅師の作「十牛図」で、五山版、古活字版を始め、江戸初期を中心に整版本としてもさかんに刊行された。一方近世中国で流布したのは普明《ふみょう》禅師の「牧牛図」で、日本にも漢籍・和刻本が数種現存している。本論では先行研究に基づきながら、仮名草子『うしかひ草』がこれら「十牛図」「牧牛図」とどのような関わりを持っているのか考えてみたい。

一　『うしかひ草』と「十牛図」の内容比較（本文）

まず『うしかひ草』と、本書が基本としたと思われる「十牛図」との内容を比較してみる。「十牛図」の内容は、寛永八年（一六三一）刊『四部録』の「十牛図」に拠った。比較にあたっては、『うしかひ草』の本文内容を○、「十牛図」の内容を●で示す。

①○睦月の雪なお深き頃、近江国のある貧家の息子が父から与えられた牛を逃がしてしまう。父は怒って牛を探し出すように諭す。（こゝろをおこす）

●該当内容なし

②○如月半ば桜の初花の頃、童子は旅支度をして泣く泣く家を出る。（いゑをいつる）

●該当内容なし

③○弥生、春深い山里で童子は一心に牛を求めて彷徨《さまよ》う。（うしを、たつぬる）

●牛を求めて山奥に迷い、池と森の辺で物思いに耽る。（第一図「尋牛」）

④○卯月初夏の山中に彷徨い、川辺で呆然としていると、草むらの中に牛の足跡を見つける。（あとを見る）

●川の辺、林の木陰に、探していた牛の足跡を見つける。（第二図「見跡」）

⑤○五月雨の中、期待に胸を弾ませて山奥へと牛を探し入る。心細い一夜を明かすと、片辺の丘にそれらしき影を見つけ、そろそろと近寄る。（うしを見る）

●暖かな春の日、威風に満ちた牛を見つける。（第三図「見牛」）

⑥○水無月の雷雨の中、荒れる牛を捕らえ、手懐けようと苦心する。（うしをうる）

●頑固な牛を捕らえしっかりと手綱を取る。鼻頭を摑み引っ張り行く。（第四図「得牛」）

⑦○荒れる牛を放すまいと連れていく。文月の初秋の景色に故郷を恋しく思う。牛はやや人馴れたかのように見え、心安堵する。（うしをかふ）

●手綱を離さずよく飼い慣らすと牛は大人しくなり、人に付いてくる。（第五図「牧牛」）

⑧○牛は人に戯れるまでに馴れる。牛の背に乗り、歩むに任せてはるか家路を辿る。頃は葉月の秋の月夜である。（うしにのる）

●牛に跨って、歌を口ずさみ、童歌を笛吹きながら家路を辿る。（第六図「騎牛帰家」）

⑨○長月の半ば、うら枯れの景色、月影高き秋の野に野宿する。（うしをわするゝ）

●帰宅後牛は人の前から姿を消す。夢心地で一日長閑に暮らす。（第七図「忘牛存人」）

⑩○神無月の末の冬枯れの景色である。降りしきる初時雨がやがて雪に変わり、月も時折雲に隠れる。（うし人、友にわするゝ）

●人も牛も空に帰す。ここで漸く祖師の心と一つになる。（第八図「人牛倶忘」）

⑪○我が家は人跡絶え荒れ果てていた。しかし昔と変わらぬ庭の緑や、なにげない家のさまに趣を見る。（家にかへる）

●無為の境地にいると、川や山、花の自然の摂理が見えてくる。（第九図「返本還源」）

⑫○人に会っても知っているようで知らぬ心持ちで破屋に一人心のままに暮らす。師走の市中、肌も露わな格好で道に笑み立ち、子供達と一緒に歌を唱う。（いちくらに入）

●胸を露わにし裸足で街にやってくる。泥まみれで笑い、秘術を行う。人に会って名を問うことができるなら、悟りの境地に入ったのである。（第一〇図「入鄽《てん》垂手」）

このように両書を対応させてみると、柳田聖山の指摘に[1]、一二の絵から四季を描き、人生読本的な性格を加味しているとあるように、『うしかひ草』は、童子が親元を離れ、牛を探しに家を出てから戻るまでの物語を一二の月に配する。章ごとに移り変わる自然の中で、童子は牛を追い、それを得、やがて忘却する。牛を忘れた男が、家族のいない荒れ果てた我が家に戻ってみると、「かはかり、あれはてむとは、おもはす」と、世の移り変わりに呆然とするが、よく見てみると「庭のをさゝ、松のいろ、むかしに、かはりたるさまは見へす」ということに気付く。これは「十牛図」「返本還源」にいう「庵中には見ず、庵前の物。水は自から茫茫、花は自から紅なり。(庵の中に居ては外の風景は何も目に入ってこない。水は水で果てもなく流れ、花は花で紅色に咲いている。)」に当たる部分で、「十牛図」が時を越えた自然の不思議な摂理を説いているところを、『うしかひ草』では、失った時間を嘆く男が、なお変わらずにある自然の風景に心を慰められるという物語にしている。このように本書では「十牛図」をもとに、男の心が牛や自然と時に離れ、あるいは一つになりながら、またそれらと同じように移ろっていく様子を描いているのである。

二　「十牛図」「牧牛図」の諸本

次に、『うしかひ草』の絵について述べてみたい。本書が「十牛図」「牧牛図」からどのような影響を受けているのかについて考えるために、以下管見に入った限りの諸本(主に整版本)を整理した。分類にあたっては、図柄の類似しているものを一つの系統とした。なお（　）中の「本文」とは、漢文体の前書き、頌・又・和の三編から成る漢詩のことを言う。

Ⅰ　五山版

五山版「十牛図」については、川瀬一馬の研究がある。『五山版の研究』(東京日本古書籍商協会、一九七〇年)では、最も古い鎌倉末期のものから応永二六年(一四一九)刊本を含め八種の版について言及している。

Ⅱ　古活字版『四部録』大本一冊（本文、絵）

管見に入ったのは内閣文庫蔵本［311-51］のみである。「十牛図」の図柄は他のどの整版本とも異なる。川瀬一馬『古活字版の研究』によれば、本書は高木文庫蔵本と同一本であるという。また同書によれば、別本に天理大学図書館蔵本があり、その巻中に墨書の識語「此四部書近来雖有板行字画不正倭点多誤方今求善本以鏤于梓請見者識之旹寛永八年辛未歳夏五吉旦　四條京極時心堂親刊」とあるとする。これは、以下に示すⅢ1整版本の三丁裏に刻された内容と同一である（天理本には「親刊」とあり、整版本では「新刊」とある一文字のみ相違する）。また『古活字版の研究』図録篇掲載の天理本一三丁「尋牛序一」の図は、同じくⅢ1本一二丁の図柄と類似し、また本文の文字配列も同様である。これらのことから、天理大学図書館古活字本とⅢ整版本1『四部録』には何らかの影響関係があると考えられる。時心堂は京四条京極の本屋で、寛永八年、四部録（絵入大本）を刊行とある（『改訂増補近世書林板元総覧』）。

Ⅲ　整版

1、『四部録』大本一冊（絵、本文、和歌）

（1）寛永八年（一六三一）刊本

①国会図書館蔵本［821-37］刊記はⅠの天理本の識語と同じ（3ウ）。「二条鶴屋町田原仁左衛門新刊」（24ウ）。（→対照図一覧②）

②駒澤大学図書館蔵本［103-9A］刊記①に同じ。「京師書林柳枝軒蔵」（24ウ）。貝葉書院の広告あり。

※①の田原仁左衛門は文林軒とも称し、寛永から享保期、京都二条通鶴屋町に住す（『慶長以来書賈集覧』・『改訂増補近世書林板元総覧』）。②の貝葉書院は明治期の本屋。

（2）「辛未」年刊本

①国会図書館蔵本［197－145］刊記「辛未歳夏五吉旦　時心堂新刊」（3ウ）は、（1）本の刊記「寛永八年」「四條京極」の部分を削ったもの。

②駒澤大学図書館蔵本［103－8］刊記③と同じ。

③国会図書館蔵本［821－259］刊記③と同じ。広告「平安書肆　興文閣蔵版目録」「京小川源兵衛」。

④駒澤大学図書館蔵本［103－9］刊記③と同じ。広告「平安書肆　興文閣蔵版目録」「京小川源兵衛版」。

※小川源兵衛は松月堂、興文閣とも称し、万治から嘉永期に京都寺町通六角下ル西側に住す（『改訂増補近世書林板元総覧』・『慶長以来書賈集覧』）。

2、『東福仏通禅師　十牛決』大本一冊（本文（漢詩は頌のみ）、注）

（1）正保二年（一六四五）刊『十牛決』

①駒澤大学図書館蔵本［124－207］刊記「正保二歳乙酉孟夏吉辰」（73ウ）、識語「応永壬午歳結制後七日観白老比丘周及欽記（「壬午」は墨書）」（73ウ）。（2）本とは異版。

（2）無刊記『十牛決』（本文（漢詩は頌のみ）、注、絵、和歌）

①内閣文庫蔵本［193－327］識語「応永壬午歳結制後七日観瀑老比丘周及欽記」（61オ）。（→対照図一覧③）

②大谷大学図書館蔵本［内余大3438－1］識語①と同じ。

③龍谷大学図書館蔵本［267.2－62－w］識語①と同じ。

④駒澤大学図書館蔵本［124－136］識語なし。

（3）慶安二年（一六四九）刊『四部録』（本文（漢詩は頌・又・和）、絵、和歌）

①駒澤大学図書館蔵本［103-6］刊記「慶安二己丑孟春日　二条通松屋町　山屋治右衛門」（20ウ）。

※（3）については、絵は（2）の「十牛決」本とほぼ同一であるが、（2）本の注釈が無く、本文の漢詩は三篇揃っており、（2）本とは体裁を全く異にしている。山屋治右衛門は慶安から寛文期に京二条通松屋町高倉西入に住す（『改訂増補近世書林板元総覧』・『慶長以来書賈集覧』）。

（4）元禄七年（一六九四）刊『冠注四部録』（本文、冠注、絵、和歌）

①駒澤大学図書館蔵本［103-17］刊記「元禄七歳甲戌五月吉祥日」（24ウ）。

②早稲田大学図書館蔵本［ヘ5-3141］無刊記。

③日本大学文理学部武笠文庫蔵本［M155-2］無刊記。

※（4）の元禄七年本は「四部録」本文に頭注を付したもの。①本のみに刊記を記す。4の元禄一一年（一六九八）刊冠注本の先駆けと言えるが、それとは異版である。冠注には空白が目立つ。

3、元禄二年（一六八九）刊『袖珍四部録』小本一冊（本文、絵、和歌）

（1）浅見吉兵衛刊本

①麗澤大学図書館田中治郎左衛門文庫蔵本［188.84-sh21］刊記「元禄二年己巳正月下旬　洛陽　浅見吉兵衛板」（34ウ）。

（2）出雲寺和泉掾刊本

①駒澤大学図書館蔵本［103-18］刊記「元禄二年己巳正月下旬　洛陽　出雲寺和泉掾」（34ウ）

②矢口丹波記念文庫蔵本［725］刊記①に同じ。

③金沢市立図書館蔵本［21.1-73］刊記①に同じ。

④金沢市立図書館蔵本［0991-117］刊記①に同じ。後ろ表紙見返しに出雲寺文二郎の広告あり。

※江戸期に刊行された「十牛図」の唯一の小本である。（1）の浅見吉兵衛は天和から正徳期、京都に住す（『徳川時代出版者出版物集覧』）。（2）の出雲寺和泉掾は松柏堂とも称し、慶安から明治期まで京今出川通三条通竹屋町に住す。林道春《どうしゅん》（羅山《らざん》）の縁者でもある（『改訂増補近世書林板元総覧』）。

4、元禄一一年（一六九八）刊『首書四部録』大本一冊（本文、冠注、絵、和歌）

（1）元禄一一年刊本

①駒澤大学図書館蔵本［124-138］刊記「元禄十一戊寅歳九月吉旦　書林　京錦小路通新町西へ入町　永田調兵衛　同下立売通大宮西へ入町　山本八左衛門　大坂高麗橋壱町目　浅野弥兵衛」（41ウ）

②駒澤大学図書館蔵本［103-7］刊記①と同じ。

③玉川大学図書館蔵本［W188.8-シ-2］刊記①と同じ。

④新潟大学附属図書館佐野文庫蔵本［13-88］刊記①と同じ。

⑤新潟県北蒲原郡黒川村公民館蔵本、刊記①と同じ。

⑥早稲田大学図書館特別資料室中村進午文庫蔵本［文庫5-479］刊記①と同じ。

⑦日本大学文理学部武笠文庫蔵本［M155-1］刊記①と同じ。

⑧龍谷大学図書館蔵本［禅宗32］2冊本。刊記①と同じ。

（2）元禄一一年刊校正本

①金沢大学附属図書館暁烏文庫蔵本［B2.9251-K16］表紙に上部を欠いた刷題簽「…四部録　全　校正」。刊記（41ウ）は（1）の刊記の山本八左衛門と浅野弥兵衛の名前の部分を削除する。

②国会図書館蔵本［109‐182］刊記①と同じ。
③早稲田大学図書館特別資料室蔵本［ヘ5‐2831］刊記①と同じ。

（3）寛政一〇年（一七九八）刊本
①駒澤大学図書館蔵本［忽‐88］表題「修證円備録」。刊記「寛政十戊午歳首夏吉辰　京師恵山退畊《こう》庵蔵板」（34オ）。絵は（1）（2）本と類似するが異版。

（4）明治九年（一八七六）刊『冠鼇《ごう》四部録』
①駒澤大学図書館蔵本［103‐10］刊記「明治九年五月八日」「出版人　永田調兵衛」（41ウ）。広告に永田長左衛門ら四名の記あり。
②金沢市立図書館稼堂文庫蔵本［091.1‐47］刊記①と同じ。文昌堂蔵版目録あり。
③金沢市立図書館稼堂文庫蔵本［097.1‐31］刊記①と同じ。永田調兵衛の広告あり。
④金沢大学附属図書館暁烏文庫蔵本［B2.9251‐K16］刊記「明治九年五月八日」「発行兼版権所有者　出雲路文治郎」
⑤金沢市立図書館松宮文庫蔵本［0991‐95］刊記④と同じ。

（5）明治一九年（一八八六）刊『本宮恵満編輯　冠註一鹹《かん》味』
①駒澤大学図書館蔵本［123‐20］刊記「明治十九年三月十九日」「出版人　出雲寺文次郎」「永田長左衛門」
②金沢大学附属図書館暁烏文庫蔵本［B2.9251‐K81］刊記①と同じ。

※この系統の本が江戸期に最も流布したと思われ、（4）（5）の明治刊本もその流れを汲む。（5）本の絵には円

相が無く、匡郭内全体に描かれる。永田調兵衛は菱屋、文昌堂とも称し、天正から明治期まで存する。宝暦期まで京錦小路通新町西入に住す。山本八左衛門は延宝から元禄期、下立売通大宮西入に住す。浅野弥兵衛は藤屋、星文堂とも称し、元禄から天保期、大坂高麗橋一丁目に住す（ともに『改訂増補近世書林板元総覧』・『徳川時代出版物集覧』）。

Ⅳ　普明「牧牛図」（普明ほか頌、絵）

1、唐本『牧牛図頌』一冊

①駒澤大学図書館蔵本［忽1126］万暦三七年（一六〇九）袾宏《しゅこう》序、康熙四四年（一七〇五）超格序、嘉慶元年（一七九六）刊。

②駒澤大学図書館蔵本［124-126］光緒一三年（一八八七）世休序

③金沢大学附属図書館暁烏文庫蔵本［B2.9251-P983］万暦三七年袾宏序、光緒二四年（一八九八）刊。

※これらの漢籍類はいずれも『うしかひ草』刊行以降の刊記を持つ。管見の限りでは、『うしかひ草』刊行以前の「牧牛図」として、次の和刻本『新刻禅宗十牛図』があげられる。

2、和刻本『新刻禅宗十牛図』大本一冊（普明と雲庵の頌、絵）

①駒澤大学図書館蔵本［124-137］雲棲蓮池袾宏著、刊記「明暦元年応鐘吉旦」

②大倉精神文化研究所付属図書館蔵本［エ9－647］著、刊記とも①に同じ（→対照図一覧④）。

＊雲棲《うんせい》蓮池《れんち》袾宏《しゅこう》は中国の禅僧で『竹窓随筆』『阿弥陀経疏鈔』等を著す。本書は1の漢籍類と絵も文章もほぼ同一である。

三　『うしかひ草』と「十牛図」「牧牛図」の内容比較（図）

以上が管見に入った限りの「十牛図」「牧牛図」の諸本である。『うしかひ草』は寛文九年の刊行であるから、それ以前の刊行となる「十牛図」としては、五山版、古活字版を含め、Ⅲ1の『四部録』、Ⅲ2の『十牛決』、慶安二年刊『四部録』が先行本といえる。また「牧牛図」ではⅣ2の明暦元年（一六五五）刊和刻本『新刻禅宗十牛図』が相当する。ではそれらの先行本と、『うしかひ草』の影響関係を、今度は絵の面から考えてみたい。

対照図一覧を見ると、(2)図①『うしかひ草』（寛文九年西田庄兵衛刊、国会図書館蔵本を掲載した。）の絵と全体的に対応しているのは、図②『四部録』および図③『十牛決』の、「十牛図」である。中で第九図と第一一図の図柄に相違が見られるものの、第三図以降の図柄が『うしかひ草』と概ね対応していると言ってよい。第九図については、『うしかひ草』では月夜の野辺に一人寝そべる姿が描かれているが、「十牛図」でそれに相当する絵は無い。強いて言えば図②『四部録』の、(3)月夜に庵の外で一人坐す絵の方が類似しているといえる。また第一一図については、『うしかひ草』では庵の縁側に一人座って庭の松を眺める図となっているが、これは他の「十牛図」では円相に川辺の梅が咲き乱れる場面である。これについてもやはり図②『四部録』の第九図に庵が描かれているところが類似しているともいえる。一方『うしかひ草』第六図の構図は、どちらかといえば図③『十牛決』の方が似ている。このように、『うしかひ草』は特定の「十牛図」刊本に拠ったというよりは、当時刊行された数種の「十牛図」からそれぞれの図柄を参考にしつつ、独自の世界を描いているといえる。『うしかひ草』の図の中で、童子はいつの間にか成長し、老いている。これは図②や③の「十牛図」で、童子が僧形に変化する（第九図）のとは異なる展開である。『うしかひ草』では、親から自立し、牛を得て成長し、老いていく一人の人間が描かれている。無我や無心

対照図一覧

	第一図	第二図	第三図	第四図
①うしかひ草				
②四部録				
③十牛决				
④新刻禅宗十牛図				

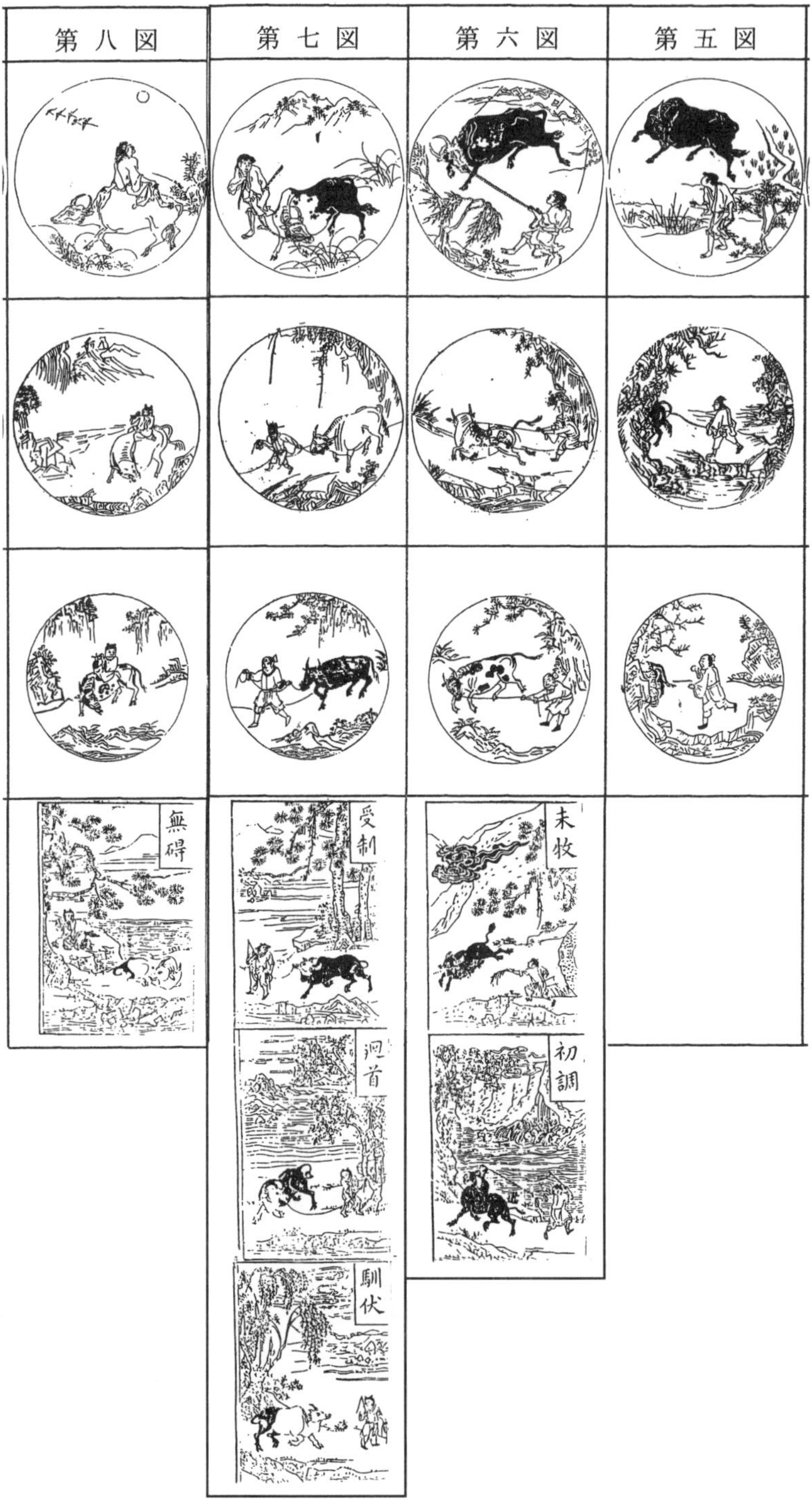

第八図
第七図
第六図
第五図
無碍
受制
廻首
馴伏
未牧
初調

第十二図	第十一図	第十図	第九図

		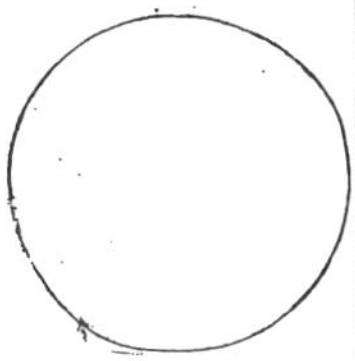	
		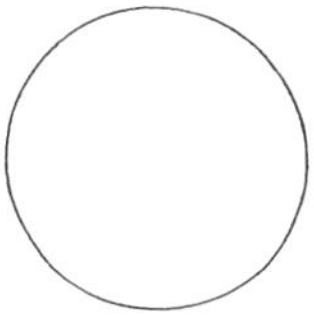	
		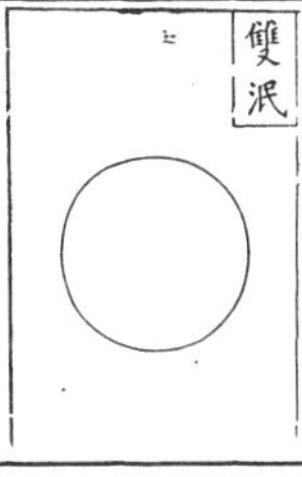 	  

といった禅の教えは、そのごく普通の人生の中に込められているのである。

次に「牧牛図」の和刻本『新刻禅宗十牛図』との関係に触れたい。「牧牛図」は、「未牧」「初調」「受制」「廻首」「馴伏」「無碍」「任運」「相忘」「独照」「双泯《そうびん》」の一〇図から成るが、これらの図は一対一では『うしかひ草』には対応しない（対照図一覧参照）。ただ、柳田聖山の指摘に、(4)『うしかひ草』で黒から白へと牛の色が変化している点に「牧牛図」からの影響があるという。これは整版「十牛図」には明確には見られない表現で、図②③ともに牛の色は黒白不統一な描かれ方をしている。他方「牧牛図」の和刻本図④『新刻禅宗十牛図』では、はじめは黒牛であったのが、図を経るに従って頭から白くなっていき、「相忘」で全体が完全に白くなる。また「牧牛図」の漢籍も図④とほぼ同じ図柄である。『うしかひ草』は「牧牛図」の図に倣うことにより、牛を追っていた童子がやがてそれへの執着を忘れていくことを、牛の色によって分かりやすく示そうとしたものと思われる。

さらに留意したいのは、第六図である。『うしかひ草』では黒雲が立ちこめ、稲妻が光り、雷雨が降りしきる中を、荒れる牛と童子が格闘している。これと同様の図柄は図④『新刻禅宗十牛図』の冒頭の「未牧」で、同じように荒れる牛の頭上には黒雲が立ち込めている。『うしかひ草』はこれに基づき場面を印象的に描く工夫を施しているといえる。このような点からも、本書が図④『新刻禅宗十牛図』の「牧牛図」から影響を受けていることがわかる。

以上、仮名草子『うしかひ草』と「十牛図」「牧牛図」との影響関係について述べた。『うしかひ草』は、当時幾つかおこなわれていた「十牛図」「牧牛図」をより平易に、仮名文と絵で表した作品である。本書の内容を理解し味わうことは、「十牛図」「牧牛図」の知識を得ることによって始めて可能となる。そうした基礎知識が当時の読者層の間には既にあったことを本書は物語っている。『うしかひ草』の刊行は、「十牛図」が町版として版を重ねつつあり、また漢籍「牧牛図」の和刻本化も既になされ、「十牛図」「牧牛図」ともにある程度流布していたという当代の出版の状況とも密接に関わっているといえるのである。

（1）上田閑照　柳田聖山『十牛図　自己の現象学』ちくま学芸文庫、一九九四年。柴山全慶『臨済禅叢書三　十牛図』東方出版、一九七八年。
（2）中村文峰『禅・十牛図』（春秋社、一九九五年）に、『うしかひ草』の内容および図の対照表を載せている。
（3）或いは川瀬一馬や柳田聖山が紹介する天理図書館蔵五山版の第七図に、庵の中に童子が一人坐している場面があり、それらの系統の本を参考としたとも考えられる。
（4）1に同じ。またこのような牛の変化は、先の五山版天理蔵本にも見られるようであるが、こちらは第四図まで黒、第五図から白となっており、『うしかひ草』或いは④本のような黒から白へ序々に変化する様として描かれていない。

本論を作成するにあたり、写真版の掲載を許可下さいました大倉精神文化研究所付属図書館、内閣文庫、国会図書館に深謝申し上げます。また、資料の閲覧を許可下さいました各図書館・文庫に御礼を申し上げます。

八　板本仏教説話のリアリティー

——『死霊解脱物語聞書』再考——

小二田　誠二

はじめに

『死霊解《しりょうげ》脱物語聞書《だつものがたりききがき》』（元禄三年刊・一六九〇）と言う作品は、特に『変化論』（服部幸雄、平凡社、七五）に翻刻掲載されて以降、いくつかの注目すべき論攷もあり、概ね高い評価が為されている。説教・唱導文芸としての完成度、芸能や小説への影響、宗教・民俗資料としての重要性、どれをとっても一級品である。しかし、「珍しいまで凄愴の気が充ち溢れてゐる」という、山口剛の、この作品に関するおそらく近代以降もっとも早い評価（『怪談名作集』日本名著全集一〇、二七）と、その根拠としての念仏或いは祐天の高徳の礼賛を意図する「成心」は確認できたとして、さて、それがどのような方法によってなし得たのか、という問題には未だ答えを見出し得ていないのではないか。凄愴さ・リアリティの評価は高かったこの作品の、その表現の根底にある物こそ問われるべきではなかったか。

小論では、標題に掲げたように、『聞書』を、印刷された事実のリアリティーと言う問題に焦点を絞って、表現のレベルから論じていくことにする。こうした視点は、決して新しいものではない。問題の在処を示すために代表的な例を紹介しておく。

語り手と聞き手が同じ場に居て成りたつハナシでは、聞き手は語り手がどこの誰であるか、またどういう人で、どんな語り口、表情、呼吸があるかを体感することができる。しかし、出版物ではそういうわけにいかない。単純なことのようだが、この差異は決定的なほど大きいのであった。／江戸時代の早い時期、〈怪談集〉が商業出版として成り立って行く過程で、それらは世間話一般と異なる次元で、ハナシの語り手の肖像を具体的に読者に示してゆく必要があったかのようである。それは、読むハナシを聞くハナシを超えて位置づけようとする工夫であったであろう。（高田衛、『江戸怪談集　下』解説〈岩波文庫　八九〉）

少なくとも、説教の場において近時の見聞譚が仏法の霊徳をあらわす証憑として重視されていたことは事実であろう。かような説話認識（および叙述方法）は片仮名本『因果物語』（後述）のごとき僧坊所縁の仏教怪異談集に継承され、時・人・所の明示が怪異を語るための一様式に固定化していく。むろん、後続の怪異小説、ことに浮世草子時代の諸作の場合、事実性の強調が形式的なポーズに過ぎないことは否めまい（『善悪報ばなし』等）。ただ、大局的には、そうした表現様式の淵源に、法席に固着した見聞、実見譚重視の伝統を想起すべきではなかろうか。（堤邦彦、「仏教と近世文学」『岩波講座　日本文学史』八　九六）

（『奇異雑談集』の）貞享四年の刊本は、新たに挿絵数葉を加え、信徒以外の読者をも想定した草子読みものの体裁に移行する。刊本の出現は、本書が説法談義の法席を離脱し、怪異そのものを読者に提供する奇談文芸の水脈に融合して行ったことを意味する。（同右）

これらの指摘は、印刷物が、商品として、説教という口承の場を離れて共同体の外にまで流通する時、唱導という説得技術がどう変質したのか、と言う問題意識によっている。その答えとして導き出されたのが、「ハナシの語り手の肖像」であり、「時・人・所の明示」であったし、解りやすく娯楽的な文章や、視覚に訴える挿絵なのであった。

本稿で取りあげる『死霊解脱物語聞書』は、板本として流通し、再版を重ね、非常に多くの読者を得た。この作品の「リアリティ」も、語り手や登場人物、場所や時間の明示によって支えられている。しかし、もう一段深いところで、印刷物で読者を信じさせる仕組みがあったのではないか、と言うのが、本稿での課題になる。

視点を変えよう。『聞書』はノンフィクションだろうか。霊に取り憑かれた若妻が空中に浮遊する様をありありと記す、それは虚構ではないのか。そんなことが実際に起きるはずがないと考える我々と、それを信じた人々との間には、深い溝がある。近代的・科学的な知の有無というような問題ではない。現代もなお、オカルトや怪しげな宗教を信じる人達は跡を絶たないのだ。怪談を扱うとき、我々は、事件の虚構性を穿鑿する必要はない。事実か虚構か、と言う対立を越えて、認識そのものが事実なのだ。そう言う意味で、怪談こそ本質的にノンフィクションであると言うことも可能になる。「出版ジャーナリズム」は、マスメディアであるが故に、簡単に共同体の壁を超え、読者との溝を拡げざるを得なかった。『聞書』は、そうした状況の中で、近世的ノンフィクション、つまり、「出版ジャーナリズム」としての自覚を書き込んでいるように思われるのだ。以下、この作品の表現の特徴を具体例を挙げて検討することから始めよう。尚、『聞書』本文は、読みやすさを重視して、句読点・引用符の付された『近世奇談集成（一）』（高田衛　叢書江戸文庫二六、国書刊行会、九二）の翻刻から引用する。

一　祐天の説得力

『聞書』の研究は、七十年代の基礎的な研究を経て、八十年代後半、後に『悪霊論』（小松和彦、青土社、八九）・

『江戸の悪霊祓い師《エクソシスト》』（高田衛、筑摩書房、九一）に収められる関連論文によって、飛躍的な発展・変質を遂げた。小松は、「悪霊憑きと呪術師による悪霊祓いの事件が、それに関与した呪術師の語りを通じて、怨霊譚に変形」する様、悪霊祓いの儀礼と悪霊の物語という語りの構造を抽出して見せた。高田は、『聞書』を丹念に読み進めながら、その表現のリアリティーについても言及した上で、累《かさね》事件を江戸という都市と浄土宗教団の歴史の中に明確に位置づけている。以下、本稿で指摘する細々とした表現については、両書で既に示されている物もあるが、繁雑になるので個別に断らないことにする。

さて、呪術師祐天によって掘り起こされた因果の図式は、村の歴史として認知され、怨霊譚として流布することになる。第一の問題は、村人がなぜこの因果話を信じたのか、というところにある。祐天の行った悪霊祓いのイベントの真偽や、実際にどのような仕掛けがあったのかを穿鑿することにはあまり意味がないだろう。なんにしても、群衆を前にした祐天のパフォーマンスは現代人からみても驚くべき周到さで「ヤラセ」を排除しているように見える。全編のクライマックスでもある「顕誉上人助か霊魂を弔給ふ事」から具体例を挙げてみよう。

この章段は、弘経寺《ぐきょうじ》の祐天（顕誉）の許に、「累がまた来た」と村人が告げに来るところから始まる。祐天が現場に到着したとき、村外からの見物を含めた群衆に囲まれて、菊は空中に浮遊したまま悶え苦しんでいた。ここから祐天のショーが始まる。祐天は、菊の耳元で、「汝は菊か累なるか」と問う、返事がないと些か暴力的に問いただす。

其時息の下にて、たへ〳〵しく何か一口いゝけるを、和尚の耳へは「す」とばかり入けるに、名主はやくも聞つけ、「すけと申わつぱしで御座あると申」といふ時、「とは何者の事そ」と問たまへば、名主がいわく、「こゝもとにては六つ七つばかり成男の子を、わつぱしと申」といゝければ、祐天には聞き取れない言葉、理解できない方言を名主が聞き取り、解釈する。このあと、助という幼児を巡る因縁も、村人の証言に拠って明らかになる。六十歳の八右衛門によれば、六十一年前の事件で、自分も親から聞いただけだという。以下、祐天と、菊の口を借りた助との対話は、名主によって逐一群衆にアナウンスされる。助の因縁を聞いた「若きもの共」は、「さてはこのわつぱしは、霊山寺淵に年来住なる河伯《くはつは》ぞや」と「みな口〳〵につぶや」く。こうして、古老しか知らない話は、村人達自身によって因果づけられ、原因不明の怪異ではなくなり、歴史的事実として確定するのである。

助・累・与右衛門・菊を巡る全ての関係が明らかになったあとで、祐天は助に戒名を授ける。村の年寄庄右衛門が戒名の書かれた料紙を持って立ち上がろうとしたその時、

前後左右に並居たる者共、一同にいふやうは、「それよ〳〵庄右衛門殿。かのわつぱしが、袖にすがりゆくは」と云時、和尚を始め、名主年寄も、これはとおもひ見給へば、日もくれがたの事なるに、五六歳成わらんべ、影のごとくにちらり〳〵とひらめいて、今書たまへる戒名に、取付とぞ見へける。

村役人達も、祐天さえも気づかない助の霊魂の出現に、まず群衆が反応する。「其時和尚不覚に」十念を唱えると、群衆も一斉に念仏する。百余人の群衆が集団で恍惚状態に陥っているのである。

助の救済の場面から明らかになるのは、祐天が情報の交通整理、再構成をしているに過ぎないように見えるという事実である。自らの推理や霊能力によって何かを発見することは全くない。「真相」を語るのは、身内の憑代ではなく、たまたま霊媒となってしまった菊であり、村人である。現代のタレント霊能者が、司会者や観客には確認しようのないモノを「霊視」してしまうより、遥かに真実みがある。このような、知りうる情報の制限・配分は、この作品全体を貫く大きな特徴になっている。累を解脱させる場面でも、祐天は、菊との対話を通してしか累の様

子を知り得ないことになっている。村人に見えない物は祐天にも見えない道理である。祐天が整理し、再構成する物語の断片を語るのは、累を見ることができる菊、菊の口を借りた累と助、そして村の伝承・噂を知る八右衛門や若者達である。祐天は全知の語り手という立場を捨てる事で、現実的な認識枠を提示しているのである。累や助の言葉は、特別な霊能者ではない村人たちも聞くことが可能なのだし、特殊な儀礼によって怨霊を調伏するわけでもないから、祐天は、知識と判断力（そして、後述するように、国家権力を背景とする道徳）によって事件の内容に脈絡を付け、最終的に念仏の功徳を最大限に発揮できる状況を作り出しただけである。その場に居合わせた群衆全体が、一つの共同体として物語＝歴史を紡ぎ出し、ついには皆が助を幻視してしまう。だからこそ、このパフォーマンスは成功したのだろう。

これまで述べてきたような祐天の周到な誘導によって、群衆が幻視するに至った助の亡霊とそれにまつわる物語は、その場に立ち会った人々に共有された事実である。しかし、それは、演者と観衆が一体化する儀礼的、芸能的な場で発生する認識、今で言えば洗脳、マインドコントロールとでも言うべき物であって、その場を形成した共同体に参加しなかった部外者にとっては、俄に信じられるようなものではない。祐天のパフォーマンスは、説教が口頭伝承のシステムの中にとどまる限りに於いて、成功したと言える。大群衆といっても高々百余人である。出版物として量産され流通した時、その説得力が持続可能であるという保証はない。以下、節を改めて第二の問題、共同体外に置かれた読者がなぜこの物語を受け入れるのか、という話に移ろう。ここで我々は、もう一つ外側のフレームの意味を読み取らなければならない。

二　残寿の説得力

前節で述べたような語りの階層については、既に小松の指摘がある。しかし、実のところ、祐天が除霊を依頼される前に、累の霊は菊の口を借りてかなりの情報を村人と我々読者に伝えてくれている。それどころか、事件が公になる以前の累殺害がこの『聞書』の語り出しであるということに、改めて注意する必要がある。小松がこだわった時系列による語り直しは、一部この作品でも行われているのである。

一応簡単に事件の順序を確認しておくと、①助の殺害、②累の出生、③与右衛門の婿入り、④累殺害、⑤菊の口走り（累の憑霊）、⑥累の解脱、⑦助の憑霊、⑧助の解脱、と続く。『聞書』の記述は③・④・⑤・⑥・⑦・①・②・⑧の順である。語りの現在時は更に下っているが、祐天や菊など、当事者が生存している時期である。小松の言うように、事件が明らかになっていく過程をドキュメントとして描くなら、菊の口走りから語り始め、累の殺害も菊の口を通して（つまり⑤・③・④・⑥・⑦・①・②・⑧の順に）語られるべきではなかったか、と言う疑問が生じる。なぜ、徹底しなかったのか。これには恐らく理由がある。

累の殺害には目撃者がいた。菊が口走った時点で、与右衛門も存命中である。この事件は、村人にとっては、いわば公然の秘密でしかない。これは、あぶり出された歴史ではなく、既に疑問の余地なく定まっている事実である。おそらく祐天も、現場に到着するまでに、寺の若党権兵衛の説明を受けたことであろう。これに対して助の事件はあまりに古く、古老八右衛門が親たちの話として聞き知っていただけであり、祐天と霊の問答の過程で事実として認知されていったことは、前節で述べたとおりである。つまり、我々読者は、祐天の視点に沿うのではなく、村人と同じ情報を与えられ、村人の視点で読み進むように誘導されているのである。そのことは、祐天到着以前の憑霊現象で更に明らかになる。
累は、菊に取り憑いて自らの殺害について語る。証人が居ることを告げてこれを認めさせ、村としての償い、供養を求めるのである。この間、累と村役人との問答は、さながら浄土宗講座、『往生要集』講座の様相を呈している。特に、一旦本復した菊が語る地獄極楽の描写は、「其名をしらず、その事を弁へずといへども、あるひはなれし村里の器によそへ、あるひは近き寺院の厳にたぐゐて、しどろもどろに語りしを、伝え聞ば皆経論の実説に契ゐりとぞ」とある。予備知識を持たないはずの菊が、仏典にある状況を見たというのである。ここでも、菊の拙い語彙で語られた物を村人が解釈するという、前節で見たのと同じレトリックが用いられている。
これらの問答の結果、村人は（そして読者は）祐天の到着以前に、かなりの知識を与えられることになる。それは、例えば、後に祐天が菊に念仏を勧めた時、「百姓共、ことばをそろへていふ」疑問への伏線になっている、と言うように、祐天のパフォーマンスが成り立つための、重要な状況設定なのである。それは、とりもなおさず、我々読者がこの話を納得するための導入だったと言える。読者は村人と共に祐天を疑い、祐天に諭されて感心せざるを得ないのだ。
この構成を支えているのが、残寿という語り手である。本書の末尾には、
右此助が怨霊も同じ菊に取つき、あまつさへ先の累が成仏まで云顕せる事なれば、先聞にそへて終に一具となさんと思ひ、顕誉上人直の御物語を再三聴聞仕り、其外羽生村の者共の咄しをも粗聞合せ書記する者ならし
と、この話が、祐天及び村人達への取材によって成り立っていることが記されている。この、残寿という語り手は、僧侶であるという以上に詳しいことは判っていない。疑えば実在さえ疑える人物である。しかし、この人物が、ここにいることこそが重要である。

彼は、単に署名を付した著者ではない。先に見たような編集を行った構成者であると共に、この事件に興味を持つ一人の僧侶であった。彼は、菊の語る地獄の描写の中に堕落した僧侶の姿を見て、思わず自らの名を明かし、懺悔する。助が取りついて空中に浮かぶ菊の姿には「いかなる罪のむくひにて、さやうの苦痛をうけしぞと、伝え聞さへあるものを、ましてその座に居給ひてまのあたり見られし人々の心の内、さぞやと思ひはかられて、筆のたてどもわきまへず」と驚き、助の悲しい物語に涙する群衆に対して「其折のあはれさをいか成ふでにかつくされん」と嘆じる。助の亡霊が現れ、夕日を浴びたその場の情景が「当所極楽」と見えたというその有り様は、「諸天影向の姿かとぞ見えけるとなん」と、伝聞の形で記される。その場の状況が、現場にいなかった者の想像の決して及ばない領域であることを確認した上で、驚嘆する。現場にいなかった我々読者と同じ視線にまで退いて、一人称で語るのである。そのことによって、この作品は、冷静な取材によって記された署名入りのルポルタージュたり得ているのである。

見方を変えてみよう。例えば、当時弘経寺にいて祐天のパフォーマンスを実際にみた所化が「正に見たり」と書き記すことも可能であったし、極端な話、祐天自身が書くこともあり得た。残寿という人物が書く場合にも、そう言う語り方の可能性はあっただろう。しかし、板本の読者は、その場に立ち会った彼らとは、事実を共有できずに孤立するしかない。そう言う意味で、残寿という人物が、具体的な実在として同定できないとしても、また、浄土宗教団に属する人物、いわばお抱え報道官であったとしても、そのパフォーマンスの現場に立ち会わなかった人物として「実名」を明らかにして書き記すことに意味があった。

ここで、ようやく最初の問題にたどり着くことができる。このような語りが要請されたのはなぜか。それは、この作品が板本だからなのだ。祐天が村人を信じさせるために用いたレトリックとは別のレトリックが板本の読者には必要なのだ。それでは板本の読者とはどういうものなのか、という問題は、節を改めて検討することにしよう。

三　出版物の読者

宗教体験の奇跡は、仏教説話にいくらもある。祐天のパフォーマンスは、その奇跡そのものの実演であった。次いで、それが口頭で語られる説教の場があった。そこでは、語り手の誘導によって聴衆が一体化する共同体の中で、擬似的な奇跡体験として熱狂的に受け入れらる事もあっただろう。貸本屋などが介在する組織的な流通を除けば、写本の場合も、読者は情報を補いながら本文を増補し、自分たちにとって信じられる事実を目指すことが出来た。しかし、印刷物の読者達には、固定された本文を、自分の知識の範囲で解釈することが求められる。説教の場は、ある意味双方向的であって、状況に応じて内容を変えたりする臨機応変な対応が出来る。聴衆の理解が足りないところは、その場で補えばよい。身振りや声色も威力を発揮しただろう。そこに話者の技術もある。しかし、書物、しかも板本として流通してしまったものは、作者の預かりしらぬ場所で、文字を読むことは出来ても、宗教的な因果話をどれほど理解できるかは見当のつかない人たちに読まれるかもしれないのだ。その時、誤解なく、説得可能な文体が必要になる。目の当たりに見ていない奇跡を簡単には信用できないし、疑問を投げかける相手もいない読者を、どうしたら導けるのか。名人の説教に匹敵する、解りやすく説得力のある文章が必要なのである。

板本の筆者は、非現実的な物、見えざる物を、語りのパフォーマンスを伴わずに、文章の力のみで可視化しなければならないと言う困難な問題に直面する。奇跡が起こったことを単線的に書いたところで信じてはもらえない。紙幅の関係で細かな論証は省くが、例えば平仮名本『因果物語』（寛文年間刊・一六六一〜七三）のいくつかの話では、この問題をある程度意識した改変を行っており、片仮名本は無頓着であったように見受けられる。(1)『伽婢子《おとぎぼうこ》』

（寛文六年刊・一六六六）に代表されるような翻案を含め、浅井了意の行った出版活動は、説話が板本として広く流通するときに発生する、他者としての読者という問題をはっきりと認識した上で、啓蒙の説得力をどう確立するか、という事を自覚的に行った非常に早い例と言える。

そして、その背景として儒仏論争の影響も視野に入れておく必要があるだろう。儒学は出版と結びついて現実的・論理的な思考を普及させ、国家的なモラルを可視化することに成功した。現実に見ることの出来ない奇跡は事実として認定できないし、来世のことなど分からない。学問の内容そのものの問題とは別に、そうして形在る物へ目を向け始めた（或いは、形のない物を見ることの出来なくなった）人々から見れば、儒仏論争の勝敗は明らかだった。文字言語は、おそらく圧倒的に儒教と相性が良い。そうした状況で、仏教側に出来ることは、儒仏の根元は一つであること、更に神道を加えた三教の言うところは同じであるという主張を展開することだった。現世に実在する報いを知ることで、今をよく生きることを奨め、救済の道として念仏の功徳を説く。鈴木正三や浅井了意は、講述・著作活動の中で、論理的な信憑性を確保する新しい語りのスタイルを築き上げていく。その上で、了意は、印刷物による布教の可能性を拓いたのだと言えるだろう。

祐天のパフォーマンスも、そう言う意味で、儒仏論争の延長線上にあると言っていいかもしれない。羽生村に残る、子殺し・口減らしの容認といった原始的な共同体の規範や、仏教的な因果観も、儒教的モラルから問い直さざるを得ない。祐天は村が維持しようとする原始的な共同体のモラルが、「人間としての」或いは「国民としての」道徳に反していることを指摘した上で、その罪からの救済を念仏に求めよというのである。つまりそれは、儒教的道徳観に依拠する新しいモラルによって、国家権力の介入をちらつかせながら村落共同体を脅し、一方で救済の道は念仏にあるという図式を示すことで儒仏の棲み分けを可能にするという戦略であったし、疑いを排除する周到な語りも、儒仏論争の中で鍛えられた現実社会を見つめるリアルな認識の一つの成果であったと言えるだろう。儒教的な現実認識が出版物を通してある程度行き渡っている。そうして形成された手強い読者を、板本を通して説得し、浄土宗に導くために何が必要なのか。

既に紹介されているように、『聞書』よりも早い成立とされる『古今犬著聞集《ここんいぬちょもんじゅう》』（天和四年序・一六八四）巻第十二の「幽霊成仏之事」[(2)]は、『聞書』と殆ど同じ内容を粗筋的に書き記しているが、両者には圧倒的な分量の違いがある。『古今犬著聞集』で抜け落ちてしまうのは（或いは『聞書』で増補されたのは）、祐天の周到な仕掛けだけではない。もっとも重要な相違は、細部ではなく枠組み、つまり残寿の存在そのものなのではないか。『古今犬著聞集』には存在しようのないこのルポライターこそが、『聞書』の要諦であった。『古今犬著聞集』は、多くの実録写本と同様、誰のものでもない、無人称の語りとして、この事件を伝えている。無人称の語り、無署名の報道は、「時・人・所」を明示し、客観的に事実を伝えるようでいても胡散臭さが残る。現場にいなければ知り得ない事柄をあまりに具体的に、無人称で語るこのような表現を、一部の知識人を除く実録の読者が、同時代的にはさほど疑問を持たずに済んだのは（そして板本の読者、現代の読者が作り話、「見てきたような嘘」と感じるのは）、そうした語りが、語り手と読者が同じ共同体の中にいて、因果の法則を共通の認識として持っているという前提の上にあったからである。この場合、必要があれば本文は流動し、共同体が納得するまで増補され続ける。高田の言うように、この事件が羽生村という地理的・歴史的に極めて意義深い農村での出来事であったとして、そのようないわくなど与り知らぬ多くの読者にとって、この事件は他人事でしかない。そうした読者を説得するためには、奇跡的な体験をいったん疎外する仕掛けが必要だったのである。そして、残寿と言う僧侶が、自らの興味にしたがって、複数の当事者達から取材した上で、増補の余地のない程緊密に事件を再構成し、一人称で感想を交えて語るという、この本の枠組みは、奇跡を目の当たりにしなければ信じられない外部の読者と視線を共有する仕掛けだったのである。「聞書」は、所謂「風聞集」の謂いではなく、残寿というジャーナリストの、個人的、主体的な営みとしての、聞き・書く行為そのものであった。そこにこの作品の、古来の物語とも、また実録とも異なる『聞書』たる所以があったのである。神仏、そして共同体が司る世界の認識から、個人の知りうる限りに於いて認識し、実在することが可能な世界へ。そしてそれは、作者名があることを当然の前提として、作者が世界を創造する、小説というジャンルの形成と表裏の関係であったし、娯楽と言う新たな問題への糸口ともなったのである。もっとも、元禄以降、全ての板本がこのような性格を帯びた、と言うわけではないのは勿論のことで、そこにこそ、この本の突出した価値を認めるべきであろう。

むすび

そもそも我々は、古典文芸を、それどころか多くのメッセージを、他者としてしか受容できない。物語が立ち上がる場を共有することが不可能な位置にあるという意味に於いて、写本も板本も我々からは同じ距離のところにある。祐天のパフォーマンスの現場での、個々の断片的な語りは、文字化されてしまえば、表面上は残寿の語りと同じことになる。しかし、それは、名人の落語を目の前で聴くのと、それを文庫で読むほどの隔たりがある。そのことを認識した上で、その時代に生きた表現者・読者の営みを読み直すこと。その一つの例として、『聞書』の意義を考えてみた。

事実はありのままに伝えることができる、という単純な思い違い、文字しかなかった時代と違って、現代は動画と音声を瞬時に伝えられる時代だから事実の伝達が可能だ、という誤解。メディアが如何に進歩しても伝えられない物はある。そのことを確認した上で、与えられたメディアでもっとも説得力を発揮する表現方法を用いることが必要なのだ。それは、三百年前の彼らが戦って勝ち取ったものであり、電子メディア時代を迎えた我々にとって最も大きな課題でもある。

(1) 一例として、平仮名本巻一の第十二話の、片仮名本中巻の第廿三話に対して、作中に奇跡を疑う人物を登場させ、検証させることによってそれを認知させ、同時に、読者の疑いを排除するという増補などが挙げられる。(『仮名草子集成』第四巻、東京堂出版、八三)

(2) 『京都大学蔵　大惣本稀書集成』第七巻　京都大学文学部国語学国文学研究室編、臨川書店、九六。本書では、累事件のあとの羽生村の信仰についての話を載せることで祐天の徳や事件の影響力を語っている。

II 浮世草子と出版メディア

一　転合書としての『好色一代男』

矢野公和

はじめに

先行遊女評判記から浮世草子へは「唯一歩の距離」であるかもしれないが、その「唯一歩の距離」が実は跳び越え難き「一歩の距離」であったとする野間光辰は、その一歩を「記録ではなくして小説の方法」であるとし、そこに達成された「確固たる現実感」「圧倒的現実感」こそが浮世草子独特のものであるとした。[1] 更に野間は『好色一代男』（天和《てんな》二年刊・一六八二）に関しては「さうした世之介の生涯を通して、経には自らの見聞した好色的風俗の変遷を略叙し、緯には当代諸国の遊里・遊女の諸分《しよわけ》・作法を紹介することが、その最大の関心事であった」とする一方で、主人公世之介について「当代の浮世男・色人を合成して作りあげられた、肉体と魂を持たぬ人間の影――好色の怪物であるかの如き印象を与へることは否定すべくもない」とし、『一代男』は「長篇小説としても極めて統一のない散漫なものになり終った」のように述べている。[2] 同趣の見解は、この作品の主人公は「浮世」であり「好色」であるとし、世之介の名は「たゞ色好みする男の面白い逸話を繋ぐための、一種の普通名詞として」用いられたに過ぎないとする阿部次郎の論にも夙に見出される所である。[3] この作品の瞠目的な斬新さを高く評価する一方でどうしてもそこに一定の限界性を見てしまうという論の立て方は、嘗て『一代男』を「青春の讃歌」「町人たちの青春の遺書」として絶賛しながらもそれが「自己をかへりみることのない」「あらあらしく底の浅い文学」であるとせざるを得なかった暉峻康隆(4)が、近年に至って猶「愛欲の解放と自由というテーマを楽天的に描ききった」とする一方でそれが「人為的に構成された現実の中の非現実地帯」にして始めて可能な「享楽的で遊戯的な『色道』という名の前近代的な愛欲でしかなかった」と述べている点にも通底するものである。(5)

阿部次郎はこうした現象の由って来る所以を「その楽みに書いた転合書《てんごうがき》の自由を以て」のように自由気ままな西鶴の創作態度に求めている。同趣の見方は「西鶴が自らも楽しみつつ気楽に」「気楽に肩肱《ひじ》はらず」に書いた点にこの作品の「より豊かな面白さ」を見ようとする谷脇理史の論(6)にも見出され、広末保も又阿部次郎の所論に触れながら「転合書による好色的な大笑いは、まさに『一代男』のものであった」とし「好色の大笑いを冗談文学に仕立てた『一代男』」と述べている。(7)

これに対して、転合を「まさに一種の狂気である」とする野間は、世之介の女護《にょご》の島渡りを「自信の喪失」「人生への絶望」と把え、そうした「狂気の根源」が天和二年当時の社会不安にあったとし、西鶴の「自己救抜」「自己解放」として「転合書」を位置づけている。(8)野間によれば、その余りの破天荒さ故にこの作品は「いはゆる本屋からではなく、大阪思案橋浜の砥石問屋荒砥屋《あらとや》孫兵衛《まごべえ》可心《かしん》の蔵版といふ形で」出版されなければならなかったのであるという。

このような研究史の流れを見て素朴な疑問として浮かび上がって来るのは、多くの論者がこだわっているように好色の種々相を描くのが主眼であったのならば何故作者は世之介を必要としたのかという問題である。果して、時に支離滅裂とされる程に世之介の人物設定には統一性がないのであろうか。次に考えなければならないのは「転合書」という言葉の持つ意味である。この作品の成稿過程を西吟《さいぎん》の跋文通りに受け取って良いのかどうかに議論の余地がなくはないが、これが私家版に近い出版形態を採っている所から見て、当初必ずしも刊行を目的としない「転合書」として書き留められていた可能性は十分にあり得ることであろう。にもかかわらず公刊されるや画期的な作品と位置づけられる程に一大センセーションを捲き起こしたとするならば、考察点は自ずと二つに分かれるはずである。一つは作者にとっての転合書の意味、云い換えれば、どのような経緯乃至情況の下に西鶴がこの作品を書いていたのかという問題、もう一つは出版され多くの読者の目に触れたことでこの作品が獲得したのは如何なる評価だったのかという問題である。後者が、当時の世の中に於ける評判と、先に触れた限界づきの称賛という研究史上の評価との関係に及ぶのは云うまでもないことである。

右のような問題を考察することによって、『好色一代男』のテーマを探り、西鶴に於ける書くことの意味を明らかにするための捨石となるのが本稿の果たそうとする課題である。

一　『一代男』以前の性

『源氏物語』を始めとする王朝物語の世界、『古今集』『新古今集』に代表される和歌文学の世界に於いて、恋は〝雅び〟なものとして、云い換えれば情趣としてテーマ化され、当然そこに付随しているはずの性の問題は視野の外に置かれていた。そうした事情は恋愛を主題とする仮名草子の場合に於いても何ら変わってはいない。

誠恨の介、言葉の程こそよと思し召し、同じ御座にぞ宿らせける。よもすがらの物語、誠に驪山宮《りさんきゆう》の私語《ささめごと》、狂言綺語《きぎよ》の睦言、天にあらば願はくは比翼の鳥、地にあらば連理の枝とならむ。夢現とも弁へず、言葉に花ぞ咲きにける。（日本古典文学大系『仮名草子集』岩波書店、一九六五年、所収『恨の介』）

関東侍恨の介と近衛殿の養女雪の前との交歓を描いた『恨の介』の湛える綿々たる恋の情趣は、相手の女性が吉原や六条三筋町の遊女に置き換えられた『露殿《つゆどの》物語』『高屏風《たかびょうぶ》くだ物語』等に於いても殆ど同工異曲である。

その一方で、性的なことは街談巷説や説話の世界等で珍奇な事例として稀に取り上げられる程度のものであったが、中世末から近世初頭にかけて、俳諧や笑話乃至は仮名草子のパロディ物等で男色・女色を含め集中的にクローズアップされるようになるのは周知の通りである。だが、そうした哄笑的な笑いと雖も、伝統的な雅びな恋愛観及びその根底にある尊厳を旨とする崇高な人間観に照らして卑俗な性を笑うというものでしかなかった。尤も、当時渡来した外国人の眼に映じた我が国の、恐らくは庶民層の破天荒ともいえる性の実情は俳諧や笑話の世界のそれに近かったのかも知れず、男女のおおらかな交情を描いた春画・枕絵の類や、悪所としての遊里の存在そのものが、性の実態を如実に物語っていると云えなくはないであろう。だが、遊里・遊廓が悪所として囲い込まれ、編笠が必要とされる場所であったことからも容易に知られるように、殆ど誰の目にも明らかな性の実態は本来隠微なものとして秘すべきものでなければならないという良識の上に健全な社会秩序が成り立っていたのであると考えられる。[9]

性を疎外することによって成り立っている世の中で唯一、女性の体を殆ど物化して批評し、性を生理そのものとしてあからさまに位置づけた遊女評判記・諸分《しょわけ》秘伝書の類が「女の愛情（おもはく）」と「口に放せたる虚言」（『たきつけ』）を論じ、遊女の真実（まこと）を俎上にすることで、性と愛との接点を探る拠点を構築したかに見えなくはない。しかしながら、遂にそれが実用書・解説書であり、案内・評判を旨とする限りに於いて、その説く色道も又結局次のようなアポリアに終始しなければならなかったのである。

迷ひの心を持ちて、彼に馴《したが》ふ時は面白くも可笑《おか》しくも覚え、悟りて別れ帰る時は、昨日の夢に思ひなしてあらん人をぞ、無上の分知りとはいふべき（日本思想大系『近世色道論』岩波書店、一九七六年、所収『たきつけ草・もえくゐ・けしすみ』）

二　談理・教訓的姿勢の欠如

巻二「誓紙のうるし判」に於いて、金を遣わずに遊興した客が「おそらく今といふ今すいになつたと存る」と云ったのに対して揚屋の亭主が「まだたらぬ所があり。まことのすいは爰へまいらず、内にて小判をよふで居まする」と答えたとのやりとりを余所ながら聞いた世之介が重ねて遊女と深く馴染み「かための誓紙うるし判のくちぬまで」と祈ったという設定に見られるように、『好色一代男』には、これ以外の西鶴の作品に見出される、中村幸彦の所謂談理・教訓的姿勢(10)が殆ど機能していない。

自由奔放殆ど傍若無人とも言える世之介の性衝動は、後家と馴染んだ末に生まれた子を捨ててしまう（巻二―二）とか、主ある女を暴力的に我が物にしようとして拒絶された（巻二―三・三―七）といった人としての倫理（モラル）に外れるような局面に繰り返し踏み込んでしまっている。特に世之介の好色修行とされる前半部で、非人道的ともいえるそうした振る舞いを集中的に取り上げた西鶴は、訓戒することを全くせずにこれを放置している。ここに於いて奔放な性の孕む問題点を決して等閑視していたわけではない作者は人道的乃至倫理的な立場を完全に放棄している。ましてや破天荒な世之介の性の在り方を人倫に悖《もと》るものとして批判したり、猥りがましいものとして嘲笑したりすることは一切ない。そうした事情は世之介が時に間夫《まぶ》となって揚屋の目を盗んで遊女と密会したりする後半部に於いても共通している。一方、遊女評判記的発想に立って色道の美意識・粋《すい》等の基準から外れるものを指弾するということも巻七―三の一例を除いて殆どしておらず、その意味でも談理教訓的姿勢は放棄されてしまっている。世之介に対する批判的・教訓的言辞を強いて挙げれば、次のようなレベルのものがかろうじて見出されるに過ぎな

い。（『好色一代男』からの引用は、日本古典文学大系『西鶴集』上、岩波書店、一九五七年、によっている）

仮初にもかゝる一座にて年せんさくは用捨あるべし（巻二―一）

又それにうつりてたはけを尽し侍る。此行末何にかなるべし。（巻三―三）

これおもふに、仮にも書すまい物は是ぞかし（巻四―三）

「世之介小兵衛よからぬ仕なし」と此沙汰あつて、望の太夫も終にあはざりき（巻六―六）

是非・善悪を論《あげつら》う発想が殆ど欠如しているのに比べ、この作品に於いて際立っているのは、喜怒哀楽、快・不快という感情的・感覚的な側面から物事を把える次のような論断である。

畳はなにとなくうちしめりて、心地よからずおもひながら（巻一―七）

…………といふもいやらしく（同）

次第にはしばの道すじをとはるゝこそおそろし（巻二―六）

今は後鬼前鬼の峯おそろしく、今までの懺悔物語、こゝろと心はづかしく（巻二―七）

人の目をしのぶこゝろもやさし。…………死なれぬ命の難面《つれな》くて、さりとは悲しくあさましき事共、聞になを

不便なる世や……（巻三―六）

身に引あてゝ悲しく（巻四―二）

今悲しさに尋くだりてあひぬ（巻四―三）

ひらに若衆狂ひも面白ひ物じや（巻五―四）

今この問題をより詳細に論証している暇はないが、物事を倫理的・道義的にではなく、感覚的・感情的な側面を基に把えようとする姿勢はこの作品の基調となっているものであると考えられる。云うまでもなくそれは『好色一

代男』が世之介の性そのものを一定の倫理や道徳に照らして指弾し或いは嘲笑しようとするのではなく、彼にとって喜ばしいか・悲しいか、快であるか・不快であるかという観点からアプローチしていることに他ならないであろう。この作品が哄笑的な笑いに満ちていることはしばしば指摘されている通りであるが、その「楽天的な解放感」（広末保）も又、右に見たような現象と無縁ではないはずである。

三　性の英雄世之介

阿部次郎の「一種の普通名詞」、野間光辰の「肉体と魂を持たぬ人間の影——好色の怪物」等に見られるような、世之介には個性がなく、その人物造形は失敗に終わっているとの見解は、今や定説化していると言っても差し支えないであろう。「世之介は、浮世の論理や倫理を超越して生き続ける資格を与えられて登場している」とする谷脇理史の「実在の人間とは異なった行為を行う自由を得る」「非実在の主人公」としての世之介像[11]、或いは、松田修の「隠身の神——複数化・変貌——来訪——見顕し」論にヒントを得た森山重雄の「好色共同体の代表的人間」として「悪の聖性」を有する世之介論[12]等は、世之介像の持つ不整合を是認しつつ、そうした現象を正当化するべく試みられた立論であるといえるであろう。後にも触れるように、世之介がある種超越的な存在として設定されている節があるのは確かであると考えられるが、にもかかわらず無理を承知で作者が世之介を一人の人物として作中に導入したからには、それなりの理由があったからに違いないであろう。

第一に考えられるのは、次のような事情である。諸国の好色風俗や遊女の逸話等々を記すためだけならば、評判記や案内記等の見聞記的な文体で十分事足りたはずである。にもかかわらずここに世之介が必要とされたのは、実際に体験し、行為する者の存在が欠かせなかったからであると考えられる。世之介の行為を通して描きだされる臨場感、読む者の感覚や感情に直に訴えかけるかのようなリアリティの卓抜さは、評判記的文体の遠く及ばない所である。そうした事情の一端は「いよ〳〵諸わけまさり草・懐鑑にも此女の事ありのまゝ書記す外に、あはねばしれぬよき事ふたつ有云々」という巻六「全盛歌書羽織」の記述や、巻六「身は火にくばるとも」の構成を見るだけでも十分に首肯し得るであろう。これ即ち野間の所謂「小説の方法」であり「現実感」であるが、それを可能にしたのが、前節で見たような世之介の感覚や感性を通して作品世界を表現するという構想であったと考えられる。

第二点として、世之介が一人であることに関しては次のような事由が考えられる。逆説的に聞こえるかも知れないが、「殆どその時代のあらゆる戯れを彼は試みつくしてゐる」（阿部次郎）或いは「好色界のあらゆる層に変身し、潜入し」（森山重雄）ているとされる多様な性体験が、実は一人の男の身の上に起こったということこそが眼目だったのである。世之介の性の遍歴は余りに常軌を逸しているかも知れない。しかしながら、男の性とはそういうものなのだということを描き出すのが西鶴のモティーフだったのではないだろうか。筆者は嘗てこの作品の巻四に於いて世之介の恋が変質している旨論じたことがある[13]が、前半部に見られるひたむきな恋が彼にとって真実であったにもかかわらず、それに殉ずることなく生まれ変わった世之介が後半部で見せることになる遊里を舞台とする享楽的な遊興としての性愛も又彼にとって捨て難いものだったのである。それらは二つながら、というよりも『一代男』に描かれたあらゆる性愛のすべてが世之介にとって満ち足りた体験であり、その意味で、否定し難い真実だったということなのである。広末保流に言えば「異質な二つの好色世界を『一代男』という一つの作品のなかに共存させたいという欲求」を西鶴は持っていたのである。確かにそうした世之介像は野間が云うように「好色の怪物であるかの如き印象を与へる」かも知れない。だが、それこそが道義的・倫理的な仮面を剝ぎ取った所に現れる男の素顔であるというのが西鶴の主張だったのではないだろうか。

前半部に於いて「一夜も只はくらし難し。若ひ蜑人《あま》はないか」（巻一―六）のように女を只々欲望を満たす対象としてしか見ていないかのような世之介の性の激しさは、暴力的であり時には犯罪的でさえあるが、それとても男の性の紛う方ない一面だったはずである。だがその一方で、一人一人の女性に深く打ち込みこの女でなければならないというこだわりを見せることもなくはないし（巻一―五・二―四・二―五等）、ややもすればそれは命がけの所為となってしまう（巻四―二）。けれども、世之介がそうした激しい恋を繰り返し重ねていることからも容易に知られるように、激しい恋もまた何時しか時間の彼方に追いやられて、過去のものとなってしまう。これまた決して珍しい事ではないであろう。そのようにして成長した男にとって、後半部に見られるような湯水のように金を費やす贅沢な遊興もまたすこぶる楽しいものであり、人目を忍んで間夫となるなどはもう堪えられない程のものである。このように、この作品はあらゆる地域・階層・年齢に於ける性愛の様々を一人の人間に体現させることで、男にとっての性の意味やその実態を赤裸々且つ統合的に描き出すことを可能にしたのであると考えられる。

その余りの多様さや奔放さが、世之介には個性がないとの言を為さしめるのであると考えられるが、「よろづにつけて此事をのみ忘れず」（巻一―一）のように、性が全てであるというのが世之介の個性そのものなのである。自由奔放というより放埒な迄の世之介の性の軌跡を前に我々が一瞬躊躇してしまうことがあるのも、実はそれが、決して口外しようとはしないものの、多くの男性が心の底に潜めている本音の部分を端なくもさらけ出してしまっているからなのではないだろうか。

『好色一代男』が画期的であったのは、是非・善悪を指標とするのではなく、感覚的・感情的なものに依拠することで、何の衒いもなく性を肯定的に描き切った所にあったのである。

この作品が性にまつわる様々な問題点を度外視しているというわけではない。だが、既に触れたように、作者はそうした世之介の在り方を云々するような視点を殆ど放棄してしまっているのである。そうした局面を十分視野に入れながらも、西鶴は様々な困難を世之介がいとも易々と乗り越えてしまうように作品世界を構想しているのである。世之介のそうした在り方が現実の世の中に於いてあり得るのか、許されることなのかという問題の立て方をするならば、確かにそれは現実離れしていると云わざるを得ないであろう。だが、谷脇や森山が述べたような超越性こそが世之介の人物設定には欠かせないものだったのである。

複数の母を持ち[14]（かづらき・かほる・三夕――「此うちの腹よりむまれて」）、漂泊・放浪の末に、一旦は死んで蘇生し（巻四「火神鳴の雲がくれ」）、「大大大じん」として遊興の限りを尽くし、「たはぶれし女三千七百四十二人、少人のもてあそび七百二十五人」という超人的な記録を残し、「行方しれず」になってしまう――死ぬことがない。「浮世の論理や倫理を超脱して生き続ける資格を与えられ」（谷脇理史）ている世之介は等身大の人間ではなくまさに「英雄」そのものである。西鶴が「愛欲の解放と自由というテーマを楽天的に描きき」（暉峻康隆）ることができたのは、何よりも性の英雄世之介という設定による所が大きいわけであるが、そこに於いて猶、性の否定面にも目を配り、且つ世之介の姿が「圧倒的な現実感」（野間光辰）を以て存在している所に作者の非凡さがあると云えるであろう。そうした世之介像を、没個性的であるとか、底が浅いとするのは、性を隠微なものとして覆い隠すことによって始めて成立可能な人間の尊厳を素朴に信じている者達の賢しらに過ぎない。

世之介の性を全肯定した『好色一代男』はそうした人間観に一八〇度の転換を迫る類の作品だったのである。

「源氏ものがたり」「いせもの語」のたぐひを、ひら詞にいはゞ父子兄弟の前にてはよむ事もかたかるべし。

（古典俳文学大系『談林俳諧集』二、集英社、一九七二年、所収『俳諧蒙求』）

あからさまに云ってしまったのでは親子・兄弟の前では赤面してしまうような出来事を「やさしく書きつらね」

たのが『源氏物語』『伊勢物語』等の古典文学の世界であるという趣旨を述べようとしたこの指摘も、裏を返せば光源氏や業平の行為が実は奔放な性の氾濫として人々の目に映じていたことを端なくも云い当ててしまっていると云えるであろう。西鶴作品に頻出する『伊勢』『源氏』を誨《かい》淫の書とする見解が、当時どの程度一般的であったかは定かではないし、『一代男』の提示したような人間観が普遍的なものであったかどうかについても議論の余地がなくはないであろう。だが、人間とは性的な存在であるとするこの作品の根本思想は、世の中に伏流していたであろう多くの人々の本音の部分に強烈なインパクトを与え、それらを一挙に解放してしまったのである。これ即ち『好色一代男』が圧倒的な支持を受け、西鶴が「好色本の作者」として長く人々に記憶された所以であると考えられる。この作品が「俗源氏」と位置づけられた[15]というのも、単に構想の上で『源氏物語』を襲う部分があったからというだけではなく、世之介の存在そのものが当世風光源氏として人々に歓迎されたということなのであると考えられる。近代以降の研究史に於いてそこに一定の限界が付帯されるようになったのは、明治になって恐らくは外来思想の影響であろうか、性に対する認識そのものが変化したからに他ならないであろう。

四　「転合書」としての『一代男』

このような驚天動地の作品が登場した社会的背景や文学史上の問題（評判記との関係・俳諧的な要素・咄の姿勢等）に関して様々に論じられているのは周知の通りであり、今それらの一々について触れている暇はないが、西鶴にとっての「書く」ことの意味をめぐって「転合書」の問題について考察すれば、次のようになると考えられる。

この問題に関して、極めて深刻且つ厳粛に受け止める野間光辰の説と、すこぶる軽妙な意味合いに於いて理解しようとする谷脇理史の見解が著しい対照を為しているのは既に触れた通りである。そして執筆時の実際に即して考えるならば「西鶴が自らも楽しみつつ」「気楽に肩肱はらず、いわば俳文として諸国の好色風俗や遊女の逸話等々を書いたことを出発点として書かれた作品が『一代男』である」とする谷脇説は十分に首肯し得るものであると思われる。その結果が「大笑ひ」を生むものであり、広末保の所謂「冗談文学」であるというのも基本的には正しいと考えられる。しかしながら、たかが「大笑ひ」を生むための「冗談文学」にかけられた膨大なエネルギー量を思う時、しかもそのテーマが広言を憚られるような性格のものであることを勘案するならば猶更のこと、そうしなければならなかった西鶴の姿には慄然とさせられるものすらあると云えるのではないだろうか。よほどのことがなければ本来隠蔽されるべきはずの性をあからさまに描くことにこれ程に精魂を傾けることはないはずである。それこそが野間の所謂「狂気の根源」なのであると考えられる。野間がそれを「時代の不安」に求めたのは周知の通りであり、現実からの疎外感が筆を執らせたということは十分にあり得ることである。だが、そうした疎外感の根幹を為しているのは、私見によれば、西鶴にとっての性の不可思議さではないかと思われる。

同時代の性風俗を気楽に書き始めた西鶴だったかも知れないが、それが単なる紹介や見聞記に終わってしまうことに何故か躊躇《ためら》いを感じ、世之介という経糸を導入してその体験を集めた一代記としての構想を立てた時、無意識にしても西鶴は世之介にとっての性愛の意味とでも云うべき問題に直面してしまっていたはずである。何故そうしたのかは良く解らないと云ってしまえば良く解らない。或いは、西鶴自身の問題としては気楽にそのようにしてしまい、以後も気ままに書き続けていただけなのかも知れない。しかしながら、西鶴をしてそうした愚挙に走らせた真の動機は彼自身の内に潜む性の不可解な在り方に対するふっ切れなさ以外には考えられないはずである。自己の性愛に関して何がどのように問題であったのかは固より定かではないし、そうした事情を穿鑿するのはこういう構想と文体でしか語ろうとしなかった西鶴の意に反することになるだろうことも想像に難くない。恐らくそれは作品そのものから読み取るしかないような性質のものなのである。だが、右の推論を補強するものとして野間光辰の「作者西鶴の過去の経験の一部が、主人公世之介の行動の中に盛り込まれてゐるのではなかったか」との指摘を引用するのは強ち意味のないことではないであろう。(16)

野間によれば「世之介の実在性を強く支へてゐる歴史的時間の進行が、四十一歳「今こゝへ尻は出物」（巻五）の章に至って停止してゐること」及び「世之介四十一歳の年を西鶴年譜の上に求めて、あたかもそれが『好色一代男』執筆の年、すなはち天和二年（一六八二）に相当する」ことが認められるといい、前田金五郎も又、巻六各章の遊女の経歴が天和二年四十一歳から逆算した各章の年次に一致するかあるいは一定の年次順になっていると述べている。(17)これに私見をプラスすれば、世之介の死と再生を描きこの作品の最大の節目になっている巻四「火神鳴の雲がくれ」の三十四歳という年齢が、西鶴の愛妻の死去と彼自身の法躰の年に相当すること、巻六の年立《としだて》の錯記《さっき》とされるものを文字通りに受け止めるべきであるとする拙論(18)の趣旨を踏まえるならば、この作品には世之介四十三歳から四十八歳迄の空白期間があることになり、あたかもそれは、この作品刊行時の西鶴にとっての近未来的な未体験ゾーンに相当することの二点が挙げられる。

西鶴の「転合書」に彼の自己救抜・自己解放を見たのは野間光辰であるが、自己の性体験を含めた同時代の性の様々な在り方を世之介の身の上に託して描くことが、恐らくは西鶴にとってなにがしかの慰藉《しゃ》になり得たのであろうと考えられる。まさにそれこそが西鶴にとっての書くことの意味だったのである。結果的にそれは、性の英雄世之介の誕生という、人間観の転換を迫る程に空前の作品を生み出し、文学史上画期的な事件となってしまったのであるが、多分それは作者にとって意想外の出来事だったのであろうと考えられる。その意味では、『好色一代男』が一時期を画する作品となり得てしまったのは、自らの楽しみの為に転合書に筆を染めた西鶴の無意識の所産であると云えなくはないであろう。

おわりに

「荒砥屋孫兵衛可心」からの刊行が所謂私家版に近いものだったとするならば、『好色一代男』は出版に際して猶、自分自身に向けられた作品であったと云うべきかもしれない。そして「右全部八冊、世の慰草を何がなと尋ねて、忍ぶ草、靡き草、皆恋草、是を集め、令開板者也」と明言した『二代男』以降、西鶴は読者を対象とする明確な作家意識を持つに至ったとされるわけであるが、『諸艶大鑑《しょえんおおかがみ》』(貞享元年刊・一六八四)の作品世界は『一代男』とは似て非なるものであると云わざるを得ない。その詳細については稿を改めて論ずるしかないが、西鶴の性愛についての最後の到達点を示すと思われる「世界の偽《うそ》かたまつて、ひとつの美遊となれり」との宣言を巻頭に据えた『西鶴《さいかく》置土産《おきみやげ》』(元禄六年刊・一六九三)が、彼の生前遂に刊行されずに終わり、遺作として出版されたのを見る時、『一代男』で開始された性の探究が途方もなく長い道程を辿ったことを思わずにはいられない。

(1) 野間光辰「浮世草子の成立」(『西鶴新新攷』岩波書店、一九八一年、所収)
(2) 野間光辰、前掲論文及び「西鶴と西鶴以後」(前掲書所収)
(3) 阿部次郎「『好色一代男』おぼえがき」(『徳川時代の芸術と社会』改造社、一九四八年、所収)
(4) 暉峻康隆『西鶴評論と研究』上、中央公論社、一九四八年、一五二～一五三頁。
(5) 日本古典文学全集『井原西鶴集』(1)、小学館、一九七一年、解説。
(6) 谷脇理史「『好色一代男』論序説」(『西鶴研究序説』新典社、一九八一年、所収)

（7）広末保『西鶴の小説――時空意識の転換をめぐって――』平凡社、一九八二年、二五九頁。
（8）野間光辰、前掲「西鶴と西鶴以後」
（9）以上のような問題を、精神分析学の立場から、神話・昔話を素材に〈この国〉の心意や幻想の問題として論じたものに北山修『悲劇の発生論』（金剛出版、一九八二年）がある。
（10）中村幸彦「西鶴の創作意識とその推移」（『近世小説史の研究』桜楓社、一九六一年、所収）
（11）注（6）に同じ。
（12）森山重雄「『好色一代男』の成立をめぐって」（『西鶴の研究』新読書社、一九八一年、所収）
（13）拙稿「『好色一代男』論ノート――巻四に於ける〝恋〟の変質――」（『季刊江戸文学』1、一九八九年十一月）
（14）エーリッヒ・ノイマン『意識の起源史』上、紀伊国屋書店、一九八四年、「B英雄神話」参照。
（15）「秋の夜の記念也けり俗源氏／珊瑚」西鶴十三回忌追善集『こゝろ葉』所収、猶中村幸彦前掲論文参照。
（16）注（8）に同じ
（17）前田金五郎「『好色一代男』用語考」（『専修国文』23、一九七八年九月）
（18）拙稿「『好色一代男』論ノート――巻六の年立てを論じて時間意識に及ぶ――」（『共立女子短期大学文科紀要』29、一九八六年二月）

（二〇〇〇年一〇月二一日成稿）

二　西鶴とメディア

――『日本永代蔵』異版をめぐる出版状況――

中嶋　隆

一　はじめに

「西鶴とジャーナリズム」について、しばしば論じられてきた。[1] 大別すると、二つの方向が見られる。一つは、時事的情報を小説に取り込む西鶴の姿勢を、ジャーナリズム性として論ずる方向である。もう一つは、当時の出版機構と西鶴との関係そのものを対象化する方向である。西鶴小説の時事的側面は、前者のように、ジャーナリズムや編集者的資質から説明できるわけではない。俳諧にも見られる同様の傾向や、当時の文化構造を視野に入れて論じなければならないだろう。後者では、西鶴の作家的主体性と出版ジャーナリズムとが対立項として把握される場合が多い。すなわち、近世から近代へ時代が進むにつれ、小説の読者が増大し、それにつれて小説の商品化の度合いが強まるという仮説が、立論の前提となる。書肆《しょし》の利潤追求に対立する西鶴の絶対的優位（劣位）あるいは相対的優位（劣位）等々、作家的主体性への論者の思い入れの程度差こそあれ、主体性と商品化との対立項を反比例的関係として把握し、近世から近代に向かっての直線軸上に配置するという構図が成り立っていたようだ。

現在、西鶴の没する元禄六年（一六九三）以前の出版システムに関する直接的資料は見出せない。たとえば、重版・類版の問題や、出版取締りの具体的実態については、状況から推測を積み重ねているに過ぎない。なにより、西鶴の小説が、どの程度利潤の意識された商品だったのか、あるいは、西鶴と当時の読者とが、主体的作者と不特定多数の読者という図式的関係で捉えられるのかという肝心の点に、考察の余地が残る。恐らく、こうした研究状況は、これからも続いていかざるを得ないだろう。

本稿では、さまざまに論じられてきた次のテーマをさらに問題にすることから、西鶴とメディアとの関係について、私見を述べたい。『日本永代蔵』（貞享五年刊・一六八八）森田版系統に対する異版西沢版系統は、どのような経緯から刊行されたのか。そして、両版が併存する状況に、西鶴はどの程度かかわったのか。前述のように、この問題に直接かかわる資料を持ち合わせているわけではない。にもかかわらず、結論が確定されようのない問題設定を試みるのは、推測、論証の過程で、西鶴の主体性と商品化との対立項や、作者・読者の関係を検討することが不可避だからである。

そもそも、何故西鶴とメディアとの関係が問題になるのか。私は、作品を読者に伝達する媒体としてのみメディアを考えているのではない。作品の創作過程と享受過程とを分化し、享受過程における媒体をメディアと定義するのが一般的だが、西鶴の場合は、創作過程とメディアとが、いわば渾然となっている。つまり、西鶴の小説に内在する構成要素の一つとして、メディア（的なもの）をとらえなければならないというのが、私の立場である。

『好色一代男』（天和二年刊・一六八二）を例にとると、周知のごとく、西鶴が俳諧師を読者に想定したことは確実だが、限られた俳諧師に提供した「転合書《てんごうがき》」が偶然にベストセラーになってしまったという見解は誤っている。拙著『西鶴と元禄メディア』(2)で述べたように、天和二年（一六八二）三月二十八日に没した宗因の跡目をめぐって、俳壇の注目を浴びていた西鶴が、気楽に書きなぐった小説を無邪気に上梓するはずがない。この時期、大阪の深江《ふかえ》屋《や》太郎兵衛に、自分を巻軸に据えた絵俳書『俳諧百人一句難波色紙《なにわしきし》』（天和二年刊・一六八二）『俳諧三ケ津』（同年刊）『高名集《こうみょうしゅう》』（同年刊）を出版させた西鶴には、書肆を領導する企画力があった。

各章につき、本文二丁半・挿絵半丁の一定の丁数が全巻に一貫し、飛丁《とびちょう》の全くない『好色一代男』は、入念に推敲、浄書された版下と挿絵とが、版元の荒砥屋《あらとや》に提供されたものであろう。あるレベルの教養をもつ俳諧師が、創作にあたって想定された読者だとしても、この小説は、作者と限られた読者たちとの閉ざされた環のなかで享受されてはいない。逆に、多彩な読者層に向けられた、開かれた構造をもつ。儒教倫理に挑むかのような書名、教訓を排除した好色風俗の叙述、仕掛けをもつ挿絵、軽妙な笑いなど、『好色一代男』の文芸性にかかわる諸要素は、俳諧と仮名草子との撮合《きつこう》と同時に、西鶴がメディアを意識することによって成り立っている。

作家がメディアを意識しながら創作すること、もっと平たく言うと、より多く売れる本を書こうとすることは、印税制度をとる現代では常識とも言える。が、著作権の未確立な江戸時代において、書肆ではなく、作者自身が作品の販売部数を意識しだしたのは、いつ頃からか。整版印刷が一般化する寛永期（一六二四〜一六四四）以降なのは確かだが、書肆から作者に、どのくらいの稿料が、どのように支払われていたのかを示す元禄期の資料が、信憑性に問題のある『元禄大平記《げんろくたいへいき》』（元禄十五年刊・一七〇二）の記事以外は皆無なので、確実なことは言いようがない。しかし、延宝七年（一六七九）三月二十二日付けの、知足《ちそく》にあてた西鶴の書簡を読むと、「私すき申候近年之付合」すなわち『俳諧物種集《ものだねしゅう》』（延宝六年刊・一六七八）二部を一冊一匁《もんめ》二分《ふん》で、知足に売ろうとしているから、俳書については西鶴自身の積極的な売り込みが行われていた。同人出版のような俳書と浮世草子とでは、流通経路が相違するけれども、少なくとも、西鶴の『生玉万句《いくたままんく》』（寛文十三年刊・一六七三）以来の俳書出版の実績と経験とが、『好色一代男』に反映されたと推測することは可能だろう。より多く本を売ること、西鶴は、企画・内容・装丁にいたるまで、このような意識を、山《やま》の八《やつ》（山本八左衛門）や西村市郎右衛門のごとき書肆作者以上に、終始持ち続けたのではないか。

寛文から延宝（一六六一〜一六八一）にかけて大量に刊行された抄物《しょうもの》や類書が、作者・読者に均質化された知識を提供した。たとえば、『源氏物語』が『湖月抄《こげつしょう》』（延宝三年刊・一六七五）で享受されるような文化状況がなければ、『好色一代男』は書かれなかっただろう。氾濫する情報を各人が取捨選択する必要のある現代より、元禄期は、メディアと創作との関係が密接だったとは言えないか。美術品のような古活字版とは異なる版本の大量生産によってもたらされた均質的知の普遍化という、新しい文化現象のなかから、メディアを取り込んだ西鶴の小説が立ち上がってきたのだ。

そのように考えれば、市古夏生の指摘するように、貞享元年（一六八四）三月、川崎七郎兵衛刊「『好色一代男』江戸板の出版が引金」になり、江戸書肆を売捌《うりさば》き元として、重版を防止する措置が取られたことも首肯できよう。[3]地域差に無関係に需要のある『地蔵菩薩霊験記《じぞうぼさつれいげんき》』（貞享元年刊・一六八四）のような仏書、実用書ではなく、大阪生まれの西鶴の小説が、大阪書肆の商業圏を広げたのである。京都書肆は元禄九年（一六九六）頃、大阪書肆は同十一年（一六九八）頃から書林仲間《しょりんなかま》を結成するが、幕府が公認するのは、享保七年（一七二二）になってからである。重版の禁令の出される元禄十一年より前から、この書林仲間が、組織的な重版取締りを行っていた。現在、元禄七年（一六九四）以来の重版処理判例集である『元禄七歳以来済帳《すみちょう》標目《ひょうもく》』という、京都書林仲間上組の行事記録が公刊されている。[4]

西鶴本の重版は、前述の『好色一代男』江戸版と『日本永代蔵』西沢版系統の二例のみだが、恐らく、江戸書肆を売捌き元に加えた『諸艶大鑑《しょえんおおかがみ》』再版本の出る貞享元年末頃から、(5)西鶴本の版元の大阪書肆も、江戸での重版を制禁する措置を講じたのであろう。三都の書肆間で、重版の自粛が、貞享年間には行われていたとすれば、西鶴生前に異版の存在する『日本永代蔵』は、特殊な出版事情を想定しなければならない。

二　『日本永代蔵』西沢版の刊行形態

森田版系統六巻三十章を地方別に改編した西沢版系統『日本永代蔵』諸版について、瀧田貞治「新続西鶴本襍話二」(6)「『日本永代蔵』の原板系と異本系」(7)、吉田幸一『異版日本永代蔵』解説(8)『近世文学資料類従・日本永代蔵』解説(9)、天理図書館編『西鶴』(10)等の論考を整理すると、次のようになる。

A、刊記に「貞享五歳辰ノ五月吉日　書林西沢大《ママ》兵衛重刊」、柱に「京長」とある半紙本零本。

B、無刊記大本、六巻六冊。各巻の柱は「京長」「大長」「江長」「西長」「東長」「近長」。次の二種がある。

1、森田版と同じ大本用の題簽を用いたもの。

2、柏原屋版と同じ半紙本用の題簽を用いたもの。

C、刊記に「書林　大坂心斎橋筋　柏原屋佐兵衛」とある半紙本、六巻六冊。各巻の柱は「江長」「大長」「西長」「東長」「近長」「京長」。

諸版は同一の版木を用いている。管見では、印行時期は、A・B・Cの順である。半紙本で出版されたC（柏原屋版）は、野間光辰が宝暦十二年（一七六二）ころの版行と考証しているが、(11)大本で刊行されたB（無刊記版）より版木、とくに匡郭の痛みがひどい。柏原屋版には永昌堂板行書目を付した後刷本もある。B1については、天理図書館編『西鶴』で、三都版の版元森田庄太郎が「西沢版の普及版の版木を買収または提供させて新たに大本とし、自ら所有する三都版の題箋を附して出したのであろう」と推測されている。森田が両版を、ともに同一の題箋を付して出版した時期があるということになるが、装丁が同じで版の異なる本を同一書肆が刊行しているという点に疑問が残るけれども、この間の事情は未詳である。

Ａは天理図書館に蔵される零本である。書誌の詳細は「天理図書館蔵西鶴本書誌[12]」に載るので省略する。Ｂ・Ｃの「京長」（柱）の巻にあたるが、目録題下の巻数の表記がない。先学諸氏の指摘するごとく、半紙本Ａは、元禄五年（一六九二）刊『広益書籍目録大全《こうえきしょじゃくもくろくたいぜん》』の「六　永代蔵　大本／中本　新長者教」の中本にあたり、かつ元禄九年（一六九六）刊『増益書籍目録《ぞうえきしょじゃくもくろく》』では、版元を「西沢太」、値段を「二匁三分」と記す本である。すなわち、「三匁」の値段付けが前記書目《しょもく》に載る森田版（大本）刊行の四ヶ月後には、異版の西沢版（中本）が刊行され、森田版より安価で販売されていたことになる。

このＡ（西沢版）は、どのような刊行形態をもったのか。結論から述べると、天理図書館編『西鶴』の「永代蔵の普及廉価版の分冊売」という推定が妥当だと思う。各巻に刊記を付し、分冊販売されていたことは、次のことから推測できよう。版木が同じなので、便宜上Ｂ１（無刊記大本）架蔵本の図版で説明する。

西沢版の特徴は、森田版のかぶせに細工を加えた挿絵に比べて、地域別に編纂した本文の改変が甚だしいことである。たとえば「江長」（柱）の巻、最終章「せんじやうつねとはかはるとひ薬」は、図Ⅰのように、森田版では二丁半ある本文が見開き一丁分弱に改竄される。そのためこの章の挿絵が前章に組み込まれる不体裁さえ呈している。のみならず、この巻では、章題と同じ行に、前章末尾の章句が不自然に彫りこまれている章さえある（図Ⅱ・図Ⅲ）。このように、本文を極力詰めて版下が作成されているにもかかわらず、最終丁表（図Ⅰ）は、五行分の余白を残しているのである。この部分に刊記が彫られていたと考えざるをえない。

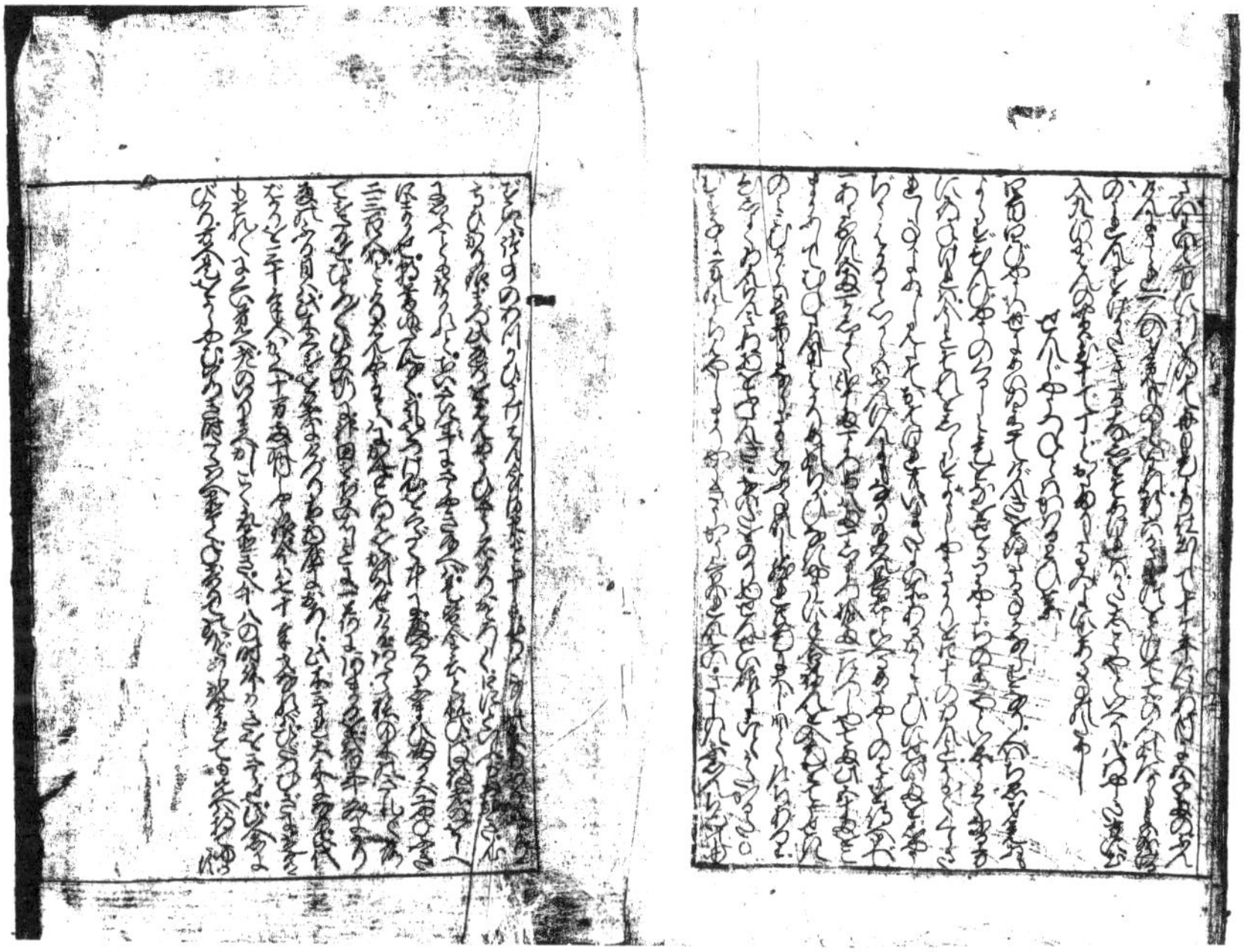

図Ⅰ　12丁裏・13丁表

↓図Ⅲ　5丁裏

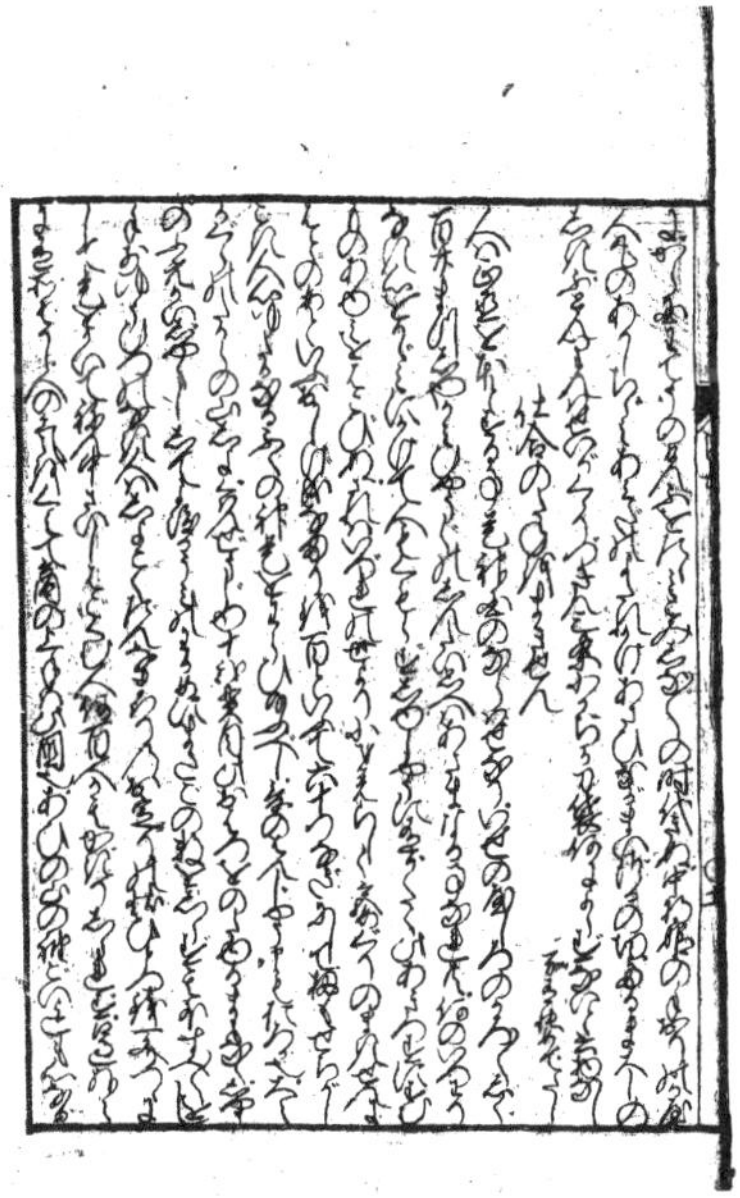

↓図Ⅱ　3丁裏

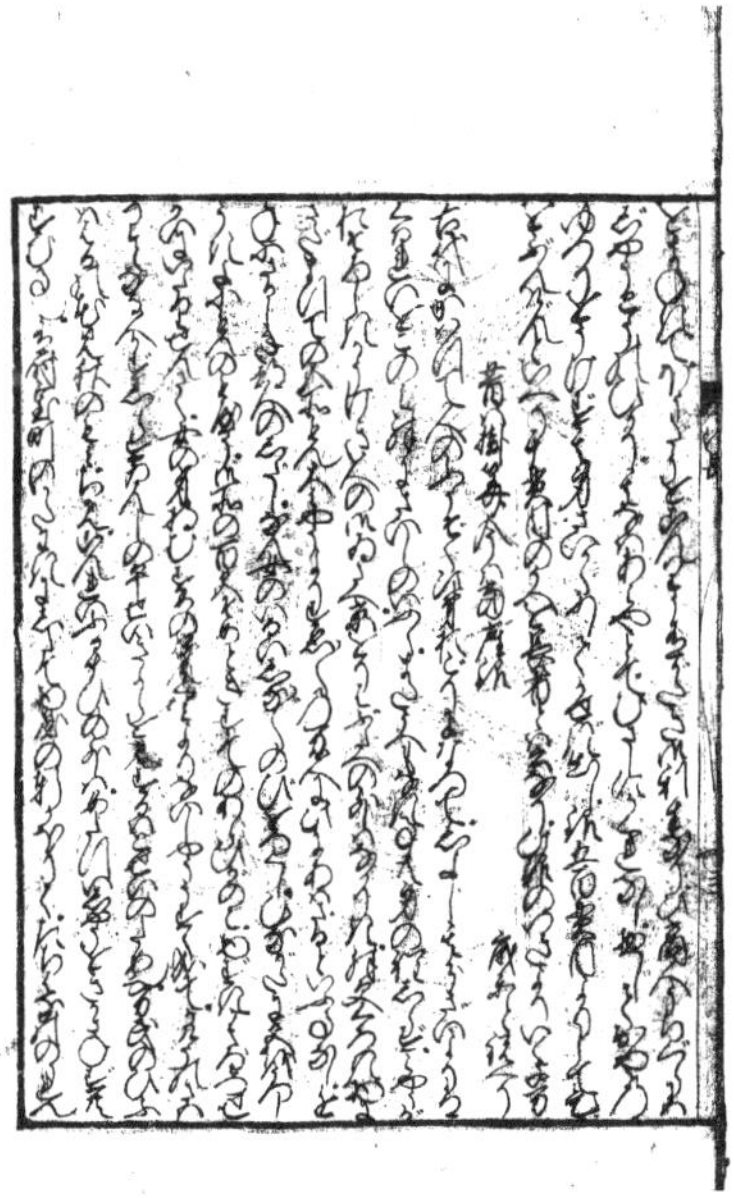

ちなみに、各巻最終丁の余白は、次のとおりである。

「京長」十四丁表、九行分　「大長」十四丁裏、二行分
「江長」十三丁表、五行分　「西長」十三丁裏、余白なし
「東長」十四丁表、三行分　「近長」十四丁裏、余白なし

一見して明らかなように、最終丁の表で本文が終わる場合には、ある程度の余白が確保され、裏で終わる場合には、ほぼ末尾まで版面が埋まっている。これは、最終丁表で本文の終わる各巻は、最終丁を後表紙見返しとして代用したから、その余白に刊記を入れる必要があり、裏まで本文の続く各巻は、後表紙見返しに奥付だけを彫った丁を貼ったからであろう。

西沢版は、もともと目録題下や柱に巻数表記のない、分冊売りを企てた異版と推定され、「京長」を最終巻とする柏原屋版の巻順での刊行を想定する必要はない。元禄九年刊書目の「二匁三分」の値段は、一冊で四分、六冊まとめると一分割引と考えるのは、いささか牽強付会に過ぎるだろうか。この西沢版を求板した書肆が、目録題下に巻数を入木した上、大本で刊行し（B1）、さらに、「大福新長者教」という副題を省いた題簽を作製した。これらの版木を柏原屋が求板、巻順を改め、半紙本で出版したと、私は推定する。柏原屋版の出る宝暦・明和ごろ（一七五一〜一七七二）の浮世草子は、概して、半紙本に近い小ぶりの美濃判《みのばん》で出版されることが多いので、この書型は特別なものではなかったと思う。

以上、西沢版系統の諸版を整理したが、貞享五年（一六八八）当時には、森田庄太郎を主版元とする三都版大本六冊の『日本永代蔵』と、半紙本分冊売りの西沢太兵衛版とが、ともに販売されていたこととなる。異版の分冊売りということ自体、他に例を知らないのだが、前述のように、すでに三都の書肆間で重版の自主規制が行われてい

たとすると、この異版の出版は、森田・西沢両書肆の提携の所産と考えなければならない。

傍証を挙げれば、一に、異版刊行までの期間がきわめて短いこと。三都版刊行のわずか四ヵ月後に西沢版が出版されているのだから、三都版の売れ行きを見てからの提携ではなく、三都版上梓以前に異版刊行の計画があったと推測される。二に、両版ともに「甚忍記《じんにんき》」を広告することである。三都版には「甚忍記」五部八冊の予告、西沢版にはさらに「出来弐匁」が加えられて既刊広告の体裁がとられているが、この本が出版された形跡はない。「甚忍記」刊行をめぐるトラブルが推測されるけれども、両書肆が提携関係にあったからこそ載った広告であろう。

三 『甚忍記』は西鶴作か

「甚忍記」については、『日本永代蔵』の未刊に終わった続編として、その草稿が『西鶴織留』（元禄七年刊・一六九四）に収録された、あるいは貞享五年（一六八八）以降に執筆された作品のなかに解体、吸収されたとの見解が提示されてきたことは周知である。先学諸氏は、「甚忍記」が西鶴作品であることを前提にするが、私は、以下の点から、この前提そのものに疑問をもつ。

（1）「甚忍記」と西鶴とを結びつける記録、というより「甚忍記」自体にふれる文献が皆無である。

（2）三都版の江戸売捌き元「西村梅風軒」（半兵衛）を削った二都版にも、この広告が載る。吉田幸一の推定するように、二都版の印行が、西村半兵衛の出版活動の絶える元禄九年（一六九六）前後と考えると、[13]『西鶴名残の友』（元禄十二年刊・一六九九）を除く西鶴の遺作はすでに上梓されているので、「甚忍記」が他作品に転用されたという説に従えば、すでに実体のない「甚忍記」の広告を残す必要がないはずである。

（3）広告の「此跡ヨリ」によって、「甚忍記」が『日本永代蔵』の続編、ないしは西鶴の別作品と解釈されているが、この文言は、版元が次に上梓する予定の作品という意味で用いられたとも考えられる。

　この広告は、恐らく奥付広告の最も早い例であろう。したがって、広告が様式化する八文字屋本の場合と違って、その解釈には慎重を要する。後年の例ではあるが、宝永五年（一七〇八）、菊屋七郎兵衛刊、市中軒作『美景蒔絵松《びけいまきえのまつ》』に載る「全盛隠れの岡」の広告には「追加　跡より出来」と記されている。この本は未刊に終わったようだが、宝永六年刊『儻偶用心記《てれんようじんき》』広告では同書を「まきゐの松のあと追」とするので、『美景蒔絵松』の続編として刊行が予定されていたことがわかる。しかし、この例では、続編を示す語は「追加」と考えるべきであって、この語がなければ「跡より出来」は、単に続刊という意味になろう。また正徳四年（一七一四）、象牙屋　如柳軒／三郎兵衛刊、紀海音《きのかいおん》作『四民乗合船《しみんのりあいぶね》』では、「若松大臣柱」が「跡より出し申候本は外題これにしるす」と予告される。この作品も未刊に終わっているが、広告の文言からは、紀海音の作品とも『四民乗合船』の続編とも断定できない。わずかな例だが、「此跡ヨリ」は、文字通り単に続刊という意味でしか用いられていないと考えるべきではないか。

(4)西沢版に載る八冊「弐匁」の値段は、他の西鶴本に比べて廉価にすぎる。

　たとえば、元禄九年（一六九六）刊書目の値段付けでは『好色一代男』八冊が「五匁」、『好色二代男』八冊が「四匁五分」である。半紙本でかつ二匁で売られた浮世草子は、西村本を例にとると、『好色たから船』（色道たから船）（元禄四年刊・一六九一）四冊、『好色ひいなかた』（元禄三年刊・一六九〇）四冊がある。これらの好色本は各冊十丁から十五丁程度で、一冊二十丁前後を通例とする西鶴本に比して薄冊である。また前記書目に載る西沢太兵衛刊『好色破邪顕正《はじやけんじよう》』四冊も二匁で売られているが、貞享四年（一六八七）序、三巻四冊のこの本は、各巻本文十七丁から成っているので(14)、序・目録・挿絵を含めて総丁数は五十九丁である。仮に同じコストで「甚忍記」が作られたとすると、八冊本では各冊が七、八丁となる。表紙代を考えれば、さらに丁数を節約せざるを得なかったであろう。

したがって、通常、各巻五章程度から構成される西鶴作品にはありえないケースとなる。

肝心の「甚忍記」が出現しない以上、「甚忍記」が西鶴作か否かの推察は水掛け論にならざるをえないのかもしれない。私は、非西鶴作品との立場をとるが、版元森田は、『日本永代蔵』の続編として「甚忍記」刊行を予定していた可能性もある。その場合にも、序文や作者名のない『日本永代蔵』に載る広告であるから、たとえ書肆間で作者が西鶴であることが周知だとしても、当時の一般的読者には、西鶴と「甚忍記」とを結び付けようがなかったのではないか。したがって、版元森田が、西鶴とは別な作者に「甚忍記」を書かせようとした場合もありえると思う。

四　森田・西沢両書肆の提携と西鶴

『日本永代蔵』には何故、作者名が記されないのか。天和二年（一六八二）十月刊『好色一代男』から貞享三年（一六八六）六月刊『好色一代女』までの六作品に、作者が西鶴であることを示す署名や印記がない。同十一月刊『本朝二十不孝』から「鶴永」「松寿」の二印が序文に付されるようになり、この形式は、『男色大鑑《なんしょくおおかがみ》』（貞享四年刊・一六八七）を含む武家物に踏襲される。『日本永代蔵』の刊行された貞享五年には、「西鶴」という作者名そのものが商品価値をもっていたはずだ。私は、この問題について「西鶴の『作者』意識」（『新編日本古典文学全集　井原西鶴集2』月報25　一九九六年）と題した小稿で論じたことがある。論旨を要約する。

西鶴の浮世草子創作の場は「編集・補作・助作・代作」といった概念を包み込む俳諧創作の場の延長として想定すべきであり、西鶴にとっては、このような創作の場からあえて「作者」を名乗りでる必要がなかった。西鶴という「作者」を共同体的創作の場から抽出したのは出版メディアである。武家物等の序文に、署名ではなく「鶴永」「松寿」の二印だけが刻されるのは、内容にあわせて仰々しい序文の体裁を整えるという点以外に、作者としての名声が必要のない西鶴と、その盛名を利用したい書肆との妥協の形態であろう。『日本永代蔵』に序文さえ付されなかったのは、自分が企画し、最終的に成稿して、装丁にまで意匠を凝らした本が売れさえすればそれでいいという、西鶴の「作者」意識の希薄さゆえではなかったか。

このような作者意識と、西鶴の出版・販売に対する積極性とは矛盾しない。私は、森田・西沢両書肆を提携させて、類のない異版出版をプロモートしたのは、西鶴ではなかったかと推測する。

まず、両書肆の提携がどういう意味をもったのか、について述べたい。

森田（毛利田）庄太郎の出版活動については、羽生紀子の詳細な調査が備わる。(15)その出版は、貞享元年（一六八四）から宝暦十一年（一七六一）に及び、本屋仲間行事を勤めるなど、西鶴本の版元から大阪の代表的書肆に成長した。羽生編「本屋毛利田庄太郎出版書目年表」によると、貞享元年から『日本永代蔵』刊行までの四年間で、求板も含めた刊行書は、八部あり、そのうち西鶴の著・編書は三部に及んでいる。

貞享元年五月　続歌林良材集（求板）
貞享二年二月　椀久一世の物語　西鶴作
同　四月　竹斎療治之評判
同　八月　小竹集《こたけしゅう》　西鶴編
貞享三年二月　好色五人女　西鶴作
同　二月　東方朔《とうぼうさく》秘伝置文《おきぶみ》
同　三月　外科衆方規矩《げかしゅうほうきく》

貞享四年二月　金銀万能丸《きんぎんまんのうがん》（『人鏡論《じんきようろん》』の求板改題）

羽生は、宝永元年（一七〇四）までの森田の出版傾向を「仮名和書、儒書、神書・故事の学問書と、暦占書、雑書などの実用書の刊行[16]」と整理するが、西鶴本を除けば、森田は当初から書物屋（物之本屋《もののほんや》）志向の強い書肆だったことが分かる。

一方、西沢太兵衛は、その子の九左衛門（西沢一風《いつぷう》）とともに、浄瑠璃正本を主に扱った草紙屋《そうしや》である。長友千代治「西沢太兵衛と出版[17]」によれば、彼は、明暦（一六五五〜一六五八）頃から京都で古浄瑠璃を出版した父祖以来の書林だったが、天和三年（一六八三）三月刊『うかれきやうげん』刊行頃から、大阪で出版活動を始めた。が、京店を閉めたわけではなかった。太兵衛が、元禄十一年（一六八八）頃から同十五年（一七〇二）中頃まで、西沢正本屋京店の経営にあたっていたという白井雅彦の論考[18]をふまえた井上和人の「おそらく、太兵衛は大坂に出店を開いた後も、京店の営業を続けていた[19]」という推測に従うべきであろう。

つまり、『日本永代蔵』両版の刊行は、大阪の新興の書物屋と、京都と大阪に地盤をもつ老舗の草紙屋との提携の所産だったのである。

長友千代治は、『人鏡論』を『金銀万能丸』（貞享四年刊・一六八七）と改題し、『家内重宝記』（元禄二年刊・一六八九）を出版した森田庄太郎の「出版書肆としてのセンスのよさ[20]」に注目しているが、延宝・貞享期（一六七三〜一六八八）は、新興の大阪書肆のみならず、西村市郎右衛門等、寛文期（一六六一〜一六七三）創業の京都書肆にとっても、「物之本」で確固とした実績と販路をもつ老舗の京都書林とは異なる出版を企画しなければならなかった。恐らく、森田は、というより後述の理由から、私は西鶴が介在したと推定するが、そうした京都の新興書物屋と販路において競合することを見越し、京都にも地盤のある草紙屋西沢太兵衛の重版を認めたのではないか。

さらに、私は、西沢版は京都での販売が図られただけではなく、江戸での販売がより強く意識された重版だと推定する。理由は、その版面と書型である。森田版十三行に対して、漢字を仮名に和らげた十五行の本文は、当初西沢版が「江戸版」と誤解されたほど、江戸版風である。また江戸書肆刊行の浮世草子が多く半紙本で刊行されたことは枚挙にいとまない。江戸版『好色一代男』（貞享元年刊・一六八四）をはじめ、『好色江戸紫』（同　三年刊・一六八六）、『梅のかほり』（同　四年刊・一六八七）、『色の染衣《そめぎぬ》』（同　四年刊）、『小夜衣《さよごろも》』（元禄二年刊・一六八九）、『今業平物語《いまなりひらものがたり》』（同　二年刊）、『好色染下地《そめしたじ》』（同　四年刊・一六九一）等、西鶴と同時期の江戸版浮世草子で、大本の書型をもつものはほとんどないと言っていい。

現存唯一の西沢版「京長」巻零本（A）は、改装表紙に森田版の題簽を流用したものなので、原態が明らかではない。柏原屋版（C）の題簽は、角書きやその四隅の飾り、字体等に特徴のある江戸版風なものではないが、この題簽は無刊記大本（B２）刊行の時点で版木がつくられた可能性がある。西沢版には、もともと江戸版風な装丁がほどこされていたのかも知れない。

無論、上方版の半紙本型浮世草子がないわけではない。特に、貞享・元禄期に刊行された、枕絵本風な挿絵をもつ好色本は、ほとんど半紙本である。西鶴の好色物とは異質なこれらの草子は、江戸での販売を意識した江戸下し本としての形態が濃厚だったのではないだろうか。

上方書肆は、前述のように、貞享元年（一六八四）頃から江戸市場に注目し、積極的な姿勢をとり始めたようだ。京都では、早くから西村半兵衛という江戸売捌き元をもった西村市郎右衛門が突出する。大阪においては、江戸での西鶴本販売を戦略化し、書肆を主導したのは西鶴自身ではなかったか。

つとに塩村耕は、『西鶴諸国はなし』（貞享二年刊・一六八五）の表紙、題簽が「江戸版風の様式」をもち、『椀久一世の物語』(同年刊)の装丁も同様で、『武道伝来記』(同 四年刊・一六八七)『武家義理物語』(同 五年刊・一六八八)の「題箋は一見江戸版風で、書誌的に見ても江戸の読者向けであることは疑い得ない」と述べた。(21)従来指摘されているように、大阪、池田屋(岡田)三郎右衛門刊『西鶴諸国はなし』は雲形地巻竜紋表紙の中央に題箋を貼るが、同じ貞享二年正月に、西村市郎右衛門の出した『宗祇諸国物語』も、雷文地巻竜紋表紙に中央題箋という酷似した装丁をもつ。翌年刊行された『諸国心中女』『好色三代男』にも同じ装丁が採用されている。西鶴本においても、大阪、岡田三郎右衛門・江戸、参河屋久兵衛刊『諸艶大鑑』、大阪、森田庄太郎・江戸、万屋清兵衛刊『好色五人女』等二都版のほか、『好色一代男』後印本、『西鶴諸国はなし』後印本など、この装丁をもつ本が多数に及んでいる。これらは、塩村の言うように、江戸市場での売り込みを意識したからであろう。

版元が同じ西村本ならともかく、主版元の異なる西鶴本にも同じ装丁が採用されているのだから、版元に対する西鶴の介在を想定するのが自然である。流行に乗じた書肆独自の判断とも考えられるが、『西鶴諸国はなし』の絵入りの奥付や、『日本永代蔵』の暖簾《のれん》を描いた目録など、西鶴本にだけ見られる斬新なデザインに西鶴の意向が反映されていることを勘案すると、西鶴がかかわった可能性が高い。

貞享四年四月　『武道伝来記』刊
貞享五年正月　『日本永代蔵』刊
同　　二月　『武家義理物語』刊
同　　五月　異版『日本永代蔵』刊

江戸市場を意識した武家物二著と交互に出版された『日本永代蔵』の刊行状況を見れば、西鶴が江戸の読者を視野に入れなかったはずはないと思う。それが、江戸版風異版の分冊売りという類のないアイデアに結びついたと推定する。恐らく、西鶴と西沢太兵衛を仲介したのは、吉田幸一の推察するとおり、貞享四年五月に西沢から『武道一覧』を上梓した北条団水であろう。(22)

五　おわりに

以上のように、『日本永代蔵』西沢版は、京都・江戸双方の販路を視野に置いた異版であるという仮説を提示した。『甚忍記』は西鶴作にあらず」という見解をふくめ、冒頭に述べたごとく、直接的資料を欠いた出版状況からの類推である。が、こうした推測を積み重ね、論争し、仮説の蓋然性を高める以外に、「西鶴とメディア」というテーマを深化する手段はない。私のイメージする西鶴の主体性とは、書肆の商業主義に歯ぎしりする自然主義作家のそれではなく、凡俗の商業主義を凌駕するしたたかな大阪商人の主体性である。そして、メディアに対する卓抜な戦略が、その小説の高い文学性をささえた点に、近世作家西鶴の面目があったのだ。

---

(1)　鈴木俊幸編『近世書籍研究文献目録』(ぺりかん社　一九九七)に詳しい。
(2)　中嶋隆『西鶴と元禄メディア』(NHKブックス　日本放送出版協会　一九九四)
(3)　市古夏生「二都版・三都版の発生とその意味」(『近世初期文学と出版文化』若草書房　一九九八)
(4)　宗政五十緒、朝倉治彦編『京都書林仲間記録』2(ゆまに書房　一九九七)
(5)　川口元「表紙解説」(『東海近世』1　一九八七・三)
(6)　瀧田貞治『西鶴襍俎』(厳松堂書店　一九三七)
(7)　瀧田貞治『西鶴襍稿』(野田書房　一九四一)
(8)　吉田幸一編『異版日本永代蔵』(古典文庫　一九四九)

(9) 吉田幸一編『近世文学資料類従　日本永代蔵』(勉誠社　一九七六)
(10) 天理図書館編『西鶴』(天理図書館　一九六五)
(11) 前掲書注(8)付録
(12) 金子和正、大内田貞郎「天理図書館蔵西鶴本書誌」(『ビブリア』28　一九六四・八)
(13) 前掲書注(9)解説
(14) 吉田幸一編『近世文芸資料10　好色物草子集』(古典文庫　一九六八)
(15) 羽生紀子「本屋毛利田庄太郎の活動」(『西鶴と出版メディアの研究』和泉書院　二〇〇〇)
(16) 前掲書注(15)
(17) 長友千代治『近世上方作家・書肆研究』(東京堂出版　一九九四)
(18) 白井雅彦「西沢正本屋京店の所在に就いて」(『近世文芸』43　一九八五・一一)
(19) 井上和人「正本屋西沢一風の開業時点―『新色五巻書』刊行まで―」(『近世文芸研究と評論』45　一九九三・一一)
(20) 長友千代治「『金銀万能丸』と『日本永代蔵』」(『近世文学俯瞰』汲古書院　一九九七)
(21) 塩村耕「西鶴と出版書肆をめぐる諸問題」(『国語と国文学』70の11　一九九三・一一)
(22) 前掲書注(9)

三　『西鶴俗つれ〴〵』上梓考

篠原　進

『西鶴俗つれ〴〵』（元禄八年（一六九五）・以下書名は適宜略記する）は謎の多いテクストだ。版下《はんした》や内容から四つに大別される話群[1]。そうした、不揃いで「みじめ」（暉峻康隆『西鶴研究ノート』中央公論社、一九五三年）な商品を、他の遺稿集（『西鶴織留』元禄七年・『萬の《よろずの》文反古《ふみほうぐ》』同九年・『西鶴名残の友』同一二年）に先行して広告（『西鶴置土産』巻末・元禄六年）しておきながら、刊行が一年も遅れたのはなぜか。また、『西鶴置土産』の板元《はんもと》の一人萬屋清兵衛《よろずやせいべえ》は、どうして『俗つれ〴〵』の刊行時に脱落したのか。

山口剛（『西鶴名作集下』日本名著全集、同刊行会、一九二九年、解説）以来、反芻《はんすう》されてきた数々の疑問。だが決定的な資料を欠く今、明確な答えを得るのは難しい。ただ、すべての手掛かりは『俗つれ〴〵』の本文中にある。以下、本書の内容を吟味することで、元禄期のメディアの置かれた状況を逆照射してみよう。

一　モデル小説としての『俗つれ〴〵』

『俗つれ〴〵』に「叙」を寄せた、北條団水《ほうじょうだんすい》。彼にも『日本新永代蔵《にっぽんしんえいたいぐら》』（正徳三年（一七一三））という遺稿がある。

ちなみに、これも没後二年を経ての刊行だった。単なる偶然なのか。それとも、生前には刊行できない共通の理由があったのだろうか。一つ考えられるのは、それが「今世長者鑑」と副題するごとく、淀屋《よどや》辰五郎（巻三の一）や敦賀の天屋五郎右衛門（巻二の三）[2]ら実在の商人を扱うモデル小説だったということだ。同じような性格を有する『世間長者容気《せけんちょうじゃかたぎ》』（序）（宝暦四年（一七五四））は言う、「世に聞えし福者まさしきは書れず」と。[3]ここで想起したいのは、『俗つれ〴〵』に収められた幾つかの話が、モデル小説的な側面を色濃く持っていたということである。萬屋清兵衛の脱落を、この問題と関連付けるのは突飛過ぎるだろうか。

もちろん、そうした側面を有するのは『俗つれ〴〵』に限らない。西鶴自身、こうも書いている。「世伝が二代男。近年の色人残らず。是に加筆せし。されども替名《かえな》にして。あらはには記しがたし。此道にたよる人は合点なるへし。其里其女郎に。気をつけて見給ふべし」（『諸艶大鑑《しょえんおおかがみ》』巻一の一・貞享元年（一六八四））。「其里其女郎に。気をつけて見」るべきものは、主人公・世伝の背後に揺曳する色人（モデル）たちの多彩な群像であった。[4]となれば、「あらはに」記してしまったために、出版出来なかったものが遺稿中にあってもおかしくはない。萬屋清兵衛が危惧したであろう、モデル小説の危険性。それは、第二のジャンル（愛欲の否定的描写・好色悲劇物語）と呼ばれる五話（巻二の一、二・巻五の一、二、三）に顕著だ。

二　「作り七賢」のモデル

巻二「作り七賢は竹の一よにみたれ」は、淀川に接する八間《はっけん》（軒）屋《や》に住み「七賢」を任ずる二人の老人が、贅《ぜい》沢《たく》な舟遊びや人魂《ひとだま》を目撃したことで人生観を一変させ、悲劇的な結末を迎えるという内容だ。

「和七賢中間《わしちけんなかま》あそひの豊《ゆたか》也」（『西鶴独吟百韻自註絵巻《さいかくどくぎんひゃくいんじちゅうえまき》』元禄五年頃）、「和七賢の遊興」（『西鶴名残の友』巻二の五）。西鶴が反復する、「和七賢」のイメージ。「八軒屋の七賢中間。舟あそびに出。先にて法躰せし人も有。是程に世を見かぎりし人も。此道には取乱しける。」（『諸艶大鑑』巻七の三）という用例は、モデルの実在を予感させる。たとえば、人魂に動揺する「伊丹といへる法師」。彼は言う、「今もしれぬは人の身、分別する程わけもなし」と。野郎から、遊女へ。遊びに溺れた彼は、世間体《せけんてい》を恥じて自殺する。問題は当時の読者が、「八軒屋の」「伊丹」という記述から誰を連想したのかということだ。真っ先に思い浮かぶのは、北組総年寄《きたぐみそうとしより》の一人「八間屋浜　伊丹屋《いたみや》性《しょう》有《ゆう》」（『難波雀《なにわすずめ》』『難波鶴《なにわづる》』延宝七年、一六七九）だ。もちろん、彼がモデルという確証はない。ただ、そうした危険な連想の増殖作用を誰も阻《はば》むことは出来ないのである。

　悲劇の連鎖。知己に先立たれたもう一人の法師も、「彼《かの》法師ならでは夜が明ず」と、七歳の子供を道連れに自害する。この人物が、三瀬《みつせ》八十郎に盃を投ぜられた「吹田といへる法師」と同一人物か否かは曖昧だし、連想の糸は周到に断ち切られている。それは、「吹田といへる法師」が早田茂右衛門《はやたもえもん》の名を想起させるからだ。[5]吹田村の庄屋筋であった彼は、領主の旗本竹中氏に四〇〇両もの大名貸をし、その庇護のもとで酒造業を営んでいた。過書船《かしょぶね》の権利も獲得し、吹田、天満、江戸の店を自在に往復させるほど順調だった家業も、延宝末年に役人の「讒言《ざんげん》」で領主の「勘気《かんき》」を受けて行き詰まり、天和二年（一六八二）五月には子息（弥兵衛）が江戸の領主に直訴するほどにこじれていた（『早田家文書』）。

　なるほど、早田茂右衛門は元禄末まで生きた（七〇余歳）ともいうので、自殺した「吹田といへる法師」と同一人物とは言い切れない。ただ、彼が大名貸《だいみょうがし》の犠牲者であったという事実は捨て難いのだ。なぜなら、「第二のジャンル」の五話を貫く通奏低音《つうそうていおん》はまさしくそこにあったからである。

　淀川を行き交う川舟。そこには、さまざまな人生の断面が垣間見える。「嶋原よりは三文字屋の男がつきて、大夫左門さまのやり手が御機嫌のほど見舞にくだり、京へつれまして帰る」と。京都の両替商大黒屋に身請けされ、延宝三年一二月に退廓した左門（『色道大鏡』一六）。だが大黒屋は毛利家などへの大名貸で没落し、彼女は三井六郎右衛門（秋風）の「鳴瀧の遊山屋敷」に移ることとなる（『古今若女郎衆序《こきんわかじょろうしゅうじょ》』）。しかるに、その三井も「商売にかまひ不レ申《もうさず》、奢《おごり》のあまり」没落したとされる（『町人考見録《ちょうにんこうけんろく》』中）。ちなみに、西鶴は三井が破綻《はたん》直前に発した一瞬の煌《きらめ》きを、『諸艶大鑑』（巻六「新竜宮の遊興」）に写しとってもいた。「左門」を囲繞《いにょう》する「大名貸」のドラマ。それを巧妙に隠蔽《いんぺい》した、「和七賢」の欺慢性。

西鶴は言う、「（竹林の七賢の）其心さしには思ひもよらぬ年寄友達無理に形を作りなし〜本心は取うしないける」（『西鶴独吟百韵自註絵巻』）と。だが、その一方で「人間わつか五年（五〇年か）のたのしみ死ては何になるやらしれもせぬ」（同）と書いてもいるのだ。岐路に立つ、老人たち。人生最後の決算期を表象する、黄昏どき。彼らが主体的に選び取ったのは、破滅的な遊びであった。そんな蛍火にも似た老人の哀しい輝きを、淀川の夕照に重ねる手際は絶妙で、「作者自身が見すてた作品」（暉峻康隆・前掲書）とは到底考えられないし、「深刻で」「複雑な内容」（中村幸彦「『西鶴俗つれ〳〵』の書誌的考察」）ゆえに敬遠されたとも思えないのである。

三　過書町の老人

巻二「只取ものは沢桔梗銀で取物はけいせい」にも、大坂の夏の黄昏時という時空が設定され、物堅い老人を急襲した心の揺れが効果的に描かれている。逢坂清水の沢桔梗を持ち帰るほどに始末な、三人の親仁たち。太夫・吉田の町女房《まちにょうぼう》姿にうっとりして、豆板銀《まめいたぎん》を溝に落とす一人の親仁。探索を命じられた息子は、横領した豆板を不用意にも渡してしまい、勘当されるという笑話的結末だ。

この親仁の具体名は書かれていない。ただ「さかい筋より過書町《くはしよ》に帰り」という記述は、彼が「過書町」の住民であることを示唆する。ちなみに、「過書町さかいすぢ」には、「三谷八右衛門」が住む。彼は「松平下総守」「牧野因幡守」「蜂須賀飛驒守」の「銀《かね》かけや」を勤める一方、「牧野因幡守」の蔵元を兼ねていた（『難波雀』）。ただ、息子が「北さま」呼ばれていたとあるので、「北はま過書町」で「たばこ問屋」と「木蠟問屋」を兼ねていた「浜田屋七郎兵衛」の可能性も捨て難い（同）。

もちろん、問題はそれだけではない。その一つに、一五倍にも急騰した、「長町のうら道」の「いたり下屋敷」の様子がさりげなく描かれていることがある。吉田の「子細あつての隠れ家」。そこは「京から取よせたる大名行《いき》の妾もの、又は舞台子」が囲《かこ》われ、「加賀笠のこせんとや、隠れもなき者」や「男にくみのころもびくに」も住む妖しく淫靡な空間でもあったのだ。

吉田の「子細」が何であったのかは、分からない。ただ、「（ふぢやの金吾は美作の大臣が身請けしたが）吉田はまさりてうるはしきに、何とて出かねけるぞ」（『好色盛衰記』巻四「情を国に忘れ大臣」）という疑義は、彼女の周辺に当初から謎の部分があったことを示唆している。つまり、この地域は決して口外できない「子細」が堆積《たい》する、大坂の暗部でもあったのだ。たとえば、「大名行の妾もの」。彼女たちを囲う、有力町人たちの本音はどこに存したのか。それは大名（武家）相手の商行為を有利に進めるために、いつでも本業に「転用」可能な武器として、準備されていたのではなかったか。

そんな「しる人はしる」さまざまな「子細」が渦巻く迷宮に迷い込んだ、物堅い親仁たち。皮肉にも、その「子細」の一端を自分の息子が明かすことになるのである。

四　高尾の隠喩

こう考えてくると、次の記述も額面通りには受け止められなくなってくる。「遠国にも色さはぎのありとはいへど、氏神のたゝりをおもふて、かはりたる事は成がたし。人をおそれす我まゝをしけるは、三ケ津の町人の徳なり」（巻五「仏の為の常灯遊女の為の髪の油」）。色遊びを咎《とが》めて祟る「氏神」。それは他でもない地方の大名、領主ではなかったか。そのくびきから逃れる方法は一つ。金吾を身請けした美作の大臣のように、「氏神」の目の届かない三都に出て散財することだ。となれば、将軍直轄《ちょっかつ》地の町人の矜持を表象する「天下の町人」（中村幸彦「天下の町人考」）とは、裏を返せば「人をおそれす我まゝ」できる巨大な都市空間の死角を暗示していたことになる。死角にこっそりと積み上げられた、多くの「子細」。真のドラマはいつも、死角の奥にある。

さて、その巻五「仏の為の常灯遊女の為の髪の油」には、「中比の高尾」を身請けして「れいがん嶋」に置いた「油三《ゆさん》」のことが書かれている。ちなみに、「油三」という替名は、彼の商売が油屋であったことを暗示するが、名前に「三」の付く諸色問屋（米油綿）には舟町の「星野庄三郎」「永倉三郎兵衛」、小網町の「白子や三十郎」の三人が該当する（『江戸鹿子《えどかのこ》』貞享四年、一六八七）。

だが、伊達綱宗《だてつなむね》との関係も見逃すことは出来ない。万治元（一六五八）年九月、一九歳で仙台伊達藩六二万石の領主となった彼は「常ニ酒ヲ好ミ、風流ヲスキ」、二年後の七月一八日、吉原での遊蕩などを理由に逼塞《ひっそく》を命ぜられた（『諸家深秘録《しょかしんぴろく》』一八）[6]。「新橋ノ上屋敷（浜屋敷）」から「船ニ乗リ三谷通ヒ」を続ける綱宗の相手に擬せられていたのが、湯女上がりの遊女・勝山や二代目高尾であった（同）。なるほど、それはあくまでも「噂」でしかないし、信憑性も低い（大槻文彦『伊達騒動実録』吉川弘文館、一九〇九年、付録／『宮城県史』2、一九六六年などに反証）。ただ当面、事実の有無などは、どうでもいいのだ。問題は、西鶴自身が勝山の相手を「不思議の御かた」（『好色一代男』巻一「煩悩の垢かき」）と書き、高尾の相手を「小判は木になる物やら海にある物やらしらぬ人」（同・巻七「さす盃は百二十里」）と記して、綱宗との関係をおぼめかしていたことにある。

もちろん、「高尾」は吉原を代表する大名跡《みようせき》であり（山東京山『高尾考』）、一一代にも亘るというので、彼女が本当に「万治《まんじ》（仙台）高尾」なのか否かの考証は不可欠だ。その手掛かりは、身請け先の「れいがん嶋」にある。つまり、武家地・寺地であった霊岸島が、町屋に変じたのは明暦三年（一六五七）の大火以降、寛文（一六六〇～七二）にかけての時期であるから（『中央区史』上巻、一九五八年）、「万治（一六五八～六〇）高尾」と見事に重なるのである。

同じクロニクルに記録される、霊岸島の町屋化と、綱宗の失脚。つまり、「請け出されて、今はれいがん嶋に詫《わび》すまひ」という記述は、綱宗事件の「時」を暗示してもいたのだ。だが西鶴は、あくまでも「綱宗」の名を出さず、高尾を紹介した前文に「いかなる大名・高家にも行て、玉殿にも住べきもの」と記した。その一言で、綱宗の隠退によって激変した「中比の高尾」の運命を示唆したのである。

五　三条通りの大名貸

巻五「四十七番目の分限又一番の貧者」には、「三条通りに大名かし」をした町人の子息たちの落魄ぶりが描かれている。京都「三条通り」の町人として真っ先に思い浮かぶのが、「三条通の亀屋の清六」（『好色一代男』・巻七「さす盃は百二十里」）のことだ。高尾に会うべく江戸に向った世之介は、宇津の山辺で遭遇した彼に島原遊廓への文を託した。『好色一代男』が「しる人はしる」人物を満載した壮大なモデル小説であったことを考えるなら、この人物も実在した可能性が高い。本来、三条通りは「東国問屋」の多い所であるが（『京羽二重』巻一）、『京羽二重織《きようはぶたえおり》留《どめ》』（六）には、「大坂呉服問屋」として「室町三条下ル町　亀屋五郎兵衛」の名が載る。前田金五郎は「亀屋の清六」について「たぶん豪商であろう」と考え、呉服所「鷹や清六」（『京羽二重』五）などと合成した名前ではないかと指摘した（『好色一代男全注釈』下、角川書店、一九八一年）。

もちろん、落魄した三人が「三条通の亀屋の清六」の息子とは限らないし、没落の原因も一義的には「悪所つかひ」にある。遊里での体験そのままに、坂田藤十郎以上の「やつし芸」を辻芸で披露する彼ら。顔見世要員に抜擢されるが、体験領域外の芸はまったく駄目で歌舞伎役者を失敗する。喜劇の奥に隠蔽された、細部。それは、彼らの親が「大名かし」をしていたということだ。小林茂は「当時有力農商民は大名貸で悩まされた」にも拘わらず、それに真向から取り組まない「『日本永代蔵』は元禄時代を具現しているとはいえない」と批判し、『永代蔵』は「本町人の形成期、少くとも寛文期ころの世相をとらえているのではないか」と述べた。[7] なるほど、西鶴が「大名貸」を真正面からは取り上げていないという批判は、正しい。だが忘れてならないのは、反大名貸の旗手三井八郎右衛門の成功という逆説的な方法で、「大名貸」への警告を発していたことだ（巻一「昔は掛算今は当座銀」）。それは、周知の人物さえも「三井九郎右衛門」と加工する周到さと相俟《ま》って、西鶴の表現方法を特徴付けていたのである。

六　淀屋橋の法師

巻五「金の土用干伽羅の口乞」には、「北浜の淀屋橋の法師」を「いぜんは下目に見」た大尽の末路が描かれている。「淀屋橋の法師」が淀屋を指すことは間違いないだろう。問題は何代目かということであるが、「淀屋橋は江戸初期に淀屋个庵《こあん》（引用者註・二代目言當）がその家の前に個人で架橋したもの[8]」で「（个庵の）居所の前の橋を世に淀屋橋といふ」（『町人考見録』跋）とされ、明暦三年（一六五七）三月の『新板大阪之図』にも記載されているので、二代目言當（寛永二〇年一二月没）、三代目箇斎（慶安元年七月没）、四代目重當（元禄一〇年四月没）のいずれかとなる。

　言當の甥・箇斎は襲名後五年で没しているから（新山通江『鴻鵠の系譜』正・続、淀屋顕彰会、一九八〇年）除外するとして、時代的に近いのは重當。彼は『好色一代男』（巻三「恋のすて銀」）の「楽阿弥《らくあみ》」にも擬せられていた（浅野晃「『一代男』中の俳人」『西鶴論攷』）。「八幡の柴の座」を本拠に「三十万両の小判の内蔵を造らせ」、京から呼び寄せた美女たちに「すゞしの腰絹」で「はだか相撲」をさせる「楽阿弥」。破天荒な行状は「うきよの外右衛門」（『色里三所世帯』）にも似て、勘当中の世之介もその庇護下にあった。遊びの場に同行する設定も近似しているし、「淀屋橋の法師」秘蔵の伽羅「本はつね」も「淀屋闕所の時の財産目録」（『堂島旧記』）に「伽羅の枝　百三十斤」とあるのと合致する。もし、この「淀屋橋の法師」が「重當」を指すとすれば、当時はまだ健在だったことになる。ちなみに彼は、「奢《おごり》重過《ちようか》して～西国九州の諸大名淀屋金借用是なきはなし」（『元正間記《げんしようかんき》』一六・国会本）と言われるほどの大名貸をしており、それが五代目（辰五郎）の闕所の遠因になったともいう。

　それでは、淀屋さえも以前は「下目に見」た「上長者町」の落魄町人とは誰なのか。『京羽二重』（五・貞享二年、一六八五）には、播州立野《たつの》・脇坂中務少輔の呉服所の松屋三郎右衛門（室町上長者町下ル町）と、「御呉服所」三島屋吉兵衛（上長者町大宮西へ入町）の二人が載り、『京羽二重織留』（六・元禄二年、一六八九）には「長崎割符取人数・御物見」として山本弥右衛門（上長者町）が登載されている。

　「上長者町」にこだわれば、この三家が候補となるが、気になるのは、「御所にちかければ、よろしき事ばかりを見およぴ、形は武士めきて心は公家に移しぬ」という記述だ。京都所司代板倉重宗《しげむね》を中心とした、「寛永サロン」。そこに京都の上層町衆たちが出入りしたことは、よく知られている。[9] たとえば、京都三長者の一人とされた、「茶屋」。安南《あんなん》貿易で巨利を博した茶屋家（四郎次郎／新四郎）は禁裏御用の御服師として、寛永八年（一六三一）には糸《いと》割符《わっぷ》「八丸」を割り当てられている（『京都御役所向大概覚書』）。

　ちなみに、「小川通り出水上ル」にあった茶屋四郎次郎の広大な屋敷は（『寛永一四年洛中絵図』[10]）、長者町や禁裏に隣接する位置にあった。「祖父より三代、商売は仕舞屋」「此家ひさしき小判ども、夜々うめく事大かたならず」「七つの内蔵」「大名かしに成事もしらず」という一連の記述は、その由緒ある家柄を裏付ける。もちろん、「茶屋」がモデルという確証はないし、茶屋三家（京都・名古屋・和歌山）が経営不振に陥ったのは近世中期からとされるので[11]、本話の落魄大尽と一致するわけでもない。ただ、モデルとなった三井秋風や淀屋がその後破綻したことを考えるなら、大名貸を原因とする没落が六割以上（五五家中、三五家）という『町人考見録』[12]の世界を先取りしたとも言えるし、大名貸への警告と犠牲者へのレクイエムを内包していたとも読めるのである。

七　〈集〉としての『俗つれ〴〵』

　以上、中村幸彦が「『置土産』のつれ」の「佳篇[13]」と評価した「第二のジャンル」の五話を再読した。深読みを多少割り引くとしても、それらが「愛欲の否定的描写」とか「好色悲劇物語」といった既成の評価（分類）を大きく逸脱する問題作であることは動かない。当時、健在だった淀屋重當を、そのまま「淀屋橋の法師」と書いてしまうような無防備さ。そこには、出版コード（「諸人迷惑仕候儀」『徳川禁令考』）に抵触する危ない記述が満載されていたのだ。同じ人物を「楽阿弥」と朧化《ろうか》した、『好色一代男』。匿名化に徹する、『西鶴置土産』。こう並べると、「五話」の突出ぶりが明らかとなる。萬屋清兵衛が不参加を決めた理由も、そこにあったのではないだろうか。

　問題作を包み込むように配された、他の一三話。皮肉なことに、その出来の悪さが「五話」の毒を薄め、解毒作用をもたらす。そんな解毒剤として導入された「酒」の逸話。息子の初夢に現れて、飲酒を注意する土釜（ほうろく）頭巾の亡父（巻一の二）。これを総論とみれば、以下は各論となる。酒の勢いで目黒原に出かける焼石の九太夫。それを脅し、逆に追い剝ぎに襲われた火せゝりの徳兵衛ら飲み友達（同二）。賀茂川で出会った僧が語る、酒飲みの悲惨な来世。それを無視して、水死する水右衛門（同三）。酒色に溺れ、博多の実家に酒樽入りの死体で戻る木工之介（同四）。これに、豆板銀一粒で追放される息子（巻二の一）と「竹の一よにみたれ」る親仁（同二）を付加すれば、「土・火・水・木・金（銀）・木（竹）」と傍点部が「五行」繋がりで並ぶ。それを支えるのは、明確な配列《シークエンス》意識だ。ちなみに木工之介の死体を親元（酒屋）に届けたのは、北浜の備前屋。再婚相手と相談し偽装夫婦を演じた「錦」[14]の実家が備前の酒屋であったこと（同三）を考えれば、両話は問題の「二話」を挟んで結び付くのである。

ところで、「錦」の貞女譚は「子細を京よりきたりて、朝暮付添たるたる《ママ》女のかた」って、伝説化（「末代のかたりく」）したという。その伝説は次話「なまず釜」の孝女伝説（巻三の一）の誘い水となり、彼女の寄進した「鏡」が導く「我姿の出る大盃」が野郎の内証を映し出す（同二）。宇治の夏（前話）は永平寺の夏に霧散し、酒にちなんだ「勤操」（『宝物集』[15]）の逸話は酒に溺れた僧の失敗譚へと再構成される（同三）。深酒で食事の世話を忘れ、老母を飢死させた玄海。彼の深い悔恨を、酔狂で妻の髪を切らせた伝六の「酔ざめの酒うらみ」（同四・目録）が相対化し、悲惨さが薄められる。

巻四の一「孝と不孝の中にたつ武士」は、筑前の武士が、孝女に安部川紙子の秘法を伝授する話だ。安部川紙子は「寛永年中由比氏の浪人」の発案とされているが（『静岡市史』二）、西鶴はその縮緬《ちりめん》化が「呉服屋忠助」の親の発案によって成されたという（『日本永代蔵』巻三「紙子身袋の破れ時」）。本話との微妙な齟齬《そご》は別作者の可能性を示唆するし、武士が孝・不孝を立ち聞きする場面を「南となりには下女が力にまかせて拍子もなきしころ槌のかしましく、うき世に住める耳の役に聞ば、北隣には養子との言葉からかい」（『西鶴名残の友』巻四の四）と記した西鶴の

「耳」に照合することにも興味があるが、それは当面措く。大事なのは、この一話を中間項として、「酒」や「孝」(16)を基軸とした『俗つれ〴〵』が「美女探しの物語」へと一変することだ。巻四の二「序　嵯峨の隠家好色庵」（見出し）の「序」を、その表徴と考えることも出来る。

千両を懸賞金に、妻とする美女を探す「あやかり右衛門」。「山城」（同三）、「吉野」（同四）と連続する、結果報告。その補助線上に問題の「三話」を置く時、京から大坂（巻五の一）、大坂から京都、江戸（同二）、京都から尾張、京都、伏見（同三）という主人公の動きは、落魄のためだけではないことが分かる。徒労に終る、美女探しの旅（『諸艶大鑑』巻八「有まて美人執行」も同）。それは決して埋めることの出来ない心の空洞を表象し、三大尽の末路は、淀屋重當をイメージした、あやかり右衛門の未来を暗示してもいたのである。

八　『俗つれ〴〵』上梓考

巻三「一滴の酒一生をあやまる」を中村幸彦は、表現が陳腐で「西鶴らしくない(17)」とし、長谷川強は典拠（『宝物集』元禄六年七月）の刊行時期を根拠に、団水作の可能性を示唆する。(18)もちろん、巻四の二の本文見出しの不備（「序嵯峨の隠家好色庵」）など、団水の加筆を疑わせる反証も少なくない。(19)だが、それも前節のように解釈するなら、一見無関係な四つのジャンルも繋がり、「集」としてのまとまりを辛うじて保つことになる。そうした操作に、団水の加筆や（団水作品の）付加が不可欠だったのではないだろうか。

ところで、『西鶴俗つれ〴〵』というネーミングが、『徒然草諸抄大成』（貞享五年、一六八八）の板元・田中庄兵衛の助言に基づくと考えるのは短絡的だろうか。(20)いずれにせよ、林羅山の著作（『徒然草野槌《のづち》』）などを通じて「新しく注目されるようになった(21)」融通無碍《むげ》な『徒然草』が、危険な「五話」の毒を遮蔽《しゃへい》する器として最適なものであったことは間違いないのである。

（1）天理図書館編『西鶴』（一九六五年四月）は版下を、次の五筆に分類している。①西鶴らしき筆〔中村幸彦は擬筆説（「万の文反古の諸問題」「西鶴俗つれ〴〵の書誌的考察」『中村幸彦著述集』第六巻、中央公論社、一九八二年）。金井寅之助は謄写説（「西鶴置土産の版下」『ビブリア』二三号、一九六二年一〇月）・巻二の一、二の三、三の一、四の一、五の一〜三。②甲類筆（伊藤道清に似た筆跡）・巻二の二。③乙類筆・巻一の一〜四、三の二〜四、四の二〜四。④団水筆（模写か）・団水序。⑤団水らしき筆・残り。

また、内容については次の四つに分類されている〔暉峻康隆「西鶴研究ノート」『西鶴　評論と研究』（下）中央公論社、一九五〇年。括弧内は宗政五十緒「西鶴後期諸作品成立考」『西鶴の研究』未来社、一九六九年〕。

○第一のジャンル「飲酒の否定的描写（飲酒悲劇物語）」巻一の一〜四、三の二〜四。
○第二のジャンル「愛欲の否定的描写（好色悲劇物語）」巻二の一〜二、五の一〜三。
○第三のジャンル「風俗画譜的構想を有する中篇の未定稿（美女物語）」巻四の二〜四。
○第四のジャンル「諸国咄系統（女訓物語）」巻二の三、三の一、四の一。

それぞれの対応関係については、花田富二夫編『西鶴俗つれづれ』（桜楓社、一九九〇年）の「解題」に詳しい。

（2）敦賀の地誌『遠目鏡』（天和二年、一六八二）に、その名が載る。
（3）拙稿「八文字屋八左衛門」『国文学』四二巻一一号、一九九七年九月。
（4）拙稿「〈色人〉の『好色二代男』」長谷川強編『近世文学俯瞰』汲古書院、一九九七年。
（5）小林茂「元禄時代の町人の経済生活―『日本永代蔵』と『町人考見録』の再検討―」『歴史教育』八巻一〇号、一九六〇年一〇月。「元禄期前後の酒造経営―「日本永代蔵」の再検討―」『近世史研究』三〇号、一九六一年二月。「元禄時代における吹田の一豪農の生活（上）」『吹田の歴史』一号、一九七二年六月。
（6）内閣文庫所蔵。二〇巻一〇冊本。
（7）小林茂「元禄時代の町人の経済生活―『日本永代蔵』と『町人考見録』の再検討―」註（5）と同。

(8) 牧村史陽編『難波大阪―郷土と史蹟―』（一二五頁）講談社、一九七五年一一月。
(9) 熊倉功夫『後水尾院』朝日新聞社、一九七五年一〇月。
(10) 林屋辰三郎編『京都の歴史』（五）学芸書林、一九七二年。
(11) 中田易直「茶屋四郎次郎由緒考」『歴史地理』八七巻一・二合併号、一九五七年一月。
(12) 註(5)に同じ
(13) 中村幸彦「西鶴俗つれぐの書誌的考察」・註(1)と同。
(14) 「錦」という名前の意味については、杉本好伸の論考（「「まことのあやは後にしるゝ」考―『西鶴俗つれ〳〵』試論―」『安田女子大学国語国文論集』二三号、一九九三年一月）に詳しい。
(15) 元禄六年七月刊本（長谷川強「西鶴作品原拠臆断」野間光辰『西鶴論叢』中央公論社、一九七五年）。なお、同話や類話が『三宝絵詞』中『私聚百因縁集』九（宗政五十緒『西鶴の研究』）『発心集』巻五『元亨釈書』（中村幸彦「西鶴俗ぐの書誌的考察」）などに載る。
(16) 「孝」という視点で、第四ジャンルと『本朝二十不孝』の関係を考えたものとして、加藤裕一「『西鶴俗つれ〳〵』臆説―第四ジャンルと『本朝二十不孝』」（『西鶴とその周辺』勉誠社、一九九一年）がある。
(17) 中村幸彦「西鶴俗つれぐの書誌的考察」註(13)と同。
(18) 長谷川強「西鶴作品原拠臆断」・註(15)と同。
(19) 谷脇理史「『西鶴織留』をめぐる、二、三の問題」『西鶴研究序説』新典社、一九九一年。ただし、その三三〇頁に「巻三の二」とあるのは「巻四の二」の間違い。
(20) 西島孜哉は、西鶴に内在した「俗徒然草」的なものを団水が咀嚼《そしやく》してこの題名を付けたとする（『西鶴　環境と営為に関する試論』勉誠社、一九九八年）。
(21) 神谷勝広『近世文学と和製類書』（三四頁）若草書房、一九九九年。

四　『万の文反古』真偽臆断

塩村　耕

ある優れた資質を持つ作家がおり、その手になるとされる作品が作家の没後に刊行されたとする。その所与の文学テクストが玉石混淆で、不完全・不適切なものを含む場合、まず第一に他作や補作の混入を疑うというのが最も自然な考え方である。西鶴没後三年目の元禄九年（一六九六）正月に刊行され、その第四遺稿集とされる『万の文反古』(1)はまさにそのような作品であった。

ところが、近年は同作の真偽の問題について論ぜられることは少なく、それのみか同作の全体を真作と前提した上での立論さえ多いように見受けられる。もっとも、文学作品というのは、その作品そのものの価値を論ずればよいのであって、誰がそれを作ったかは二次的な問題でしかない、という考え方もあり得る。しかしながら、一人の作家に何らかの一貫性ないし筋道を見ようとする、作家研究の立場からするならば、それには与しがたい。何よりも真偽の判断は、西鶴を如何に読むかという、読みの態度にかかわる問題でもある。たしかに、ものの真贋というのは何によらず主観に渉る部分が大きく、客観的に正否を断ずることはしばしば困難である。が、そのゆえをもって、真偽を棚上げしたままで、作品、ことにその成立を論ずることには、どうしても無理があろう。以下、主観に渉《わた》ることを恐れず、作品の真偽に関する蓋然性の問題を論じようと思う。敢えて臆断と題した所以である。

一　版元に関する問題点

論に先立ち、『文反古』の成立に当然ながら深く関与したと思われる、その版元について見ておきたい。『文反古』の刊記は次の如くである。

元禄九年
　子ノ正月吉日　　江戸　万屋清兵衛
　　　　　　　　　大坂　雁金屋庄兵衛
　　　　　　　　　京　　上村平左衛門板

これら三肆のうち、実質的な版元（蔵板者）は最後の上村《うえむら》平左衛門であった。上村平左衛門（屋号松葉屋。京二条通堺町）と西鶴との関わりは以下の通りである。

①元禄四年（一六九一）八月刊、西鶴著『〈物見車返答〉俳諧石車《いしぐるま》』の相版元の一（京都上村平左衛門・江戸万屋清兵衛・大坂寿善堂刊）。
②元禄五年正月刊、西鶴著『世間胸算用』の相版元の一（京上村平左衛門・江戸万屋清兵衛・大坂伊丹屋太郎右衛門刊）。
③元禄六年正月刊、静竹窓菊子編『〈前句諸点〉難波みやげ』の相版元の一（京松葉屋平左衛門・江戸万屋清兵衛・大坂雁金屋庄兵衛刊）。西鶴点評前句付《まえくづけ》高点集を収める。
④元禄六年正月、伝西鶴著『浮世栄花一代男』の主版元（江戸万屋清兵衛・大坂雁金屋庄兵衛・油屋宇右衛門・京松葉屋平左衛門刊）。
⑤元禄七年三月刊、西鶴遺稿集『西鶴織留』の主版元（江戸万屋清兵衛・大坂雁金屋庄兵衛・京上村平左衛門刊）。

⑥元禄十一年二月刊、伝西鶴著『浮世栄花一代男』の主版元（松葉や平左衛門・万や彦三郎刊）[2]。いわゆる再版本。

ここで問題点を二つだけ指摘しておく。一は右の上村の刊行書のうち『浮世栄花一代男』は、旧稿[3]に論じた如く、他作を西鶴作に装ったもので、従来初版本とされる元禄六年版は後に刊記を改竄した可能性が高いこと。いま一は、右の諸作のうち、未完成原稿としての不備・未整理をたぶんに含んだまま刊行された『西鶴織留』よりも、いちおう形式の整っている『文反古』の刊行が更に遅れたのはいったいなぜなのか、という疑問である。

二　中村説の検討

実は『万の文反古』の真偽については、早くより疑問が提出されてきた。それらの中で最も重要な論文は、中村幸彦「万の文反古の諸問題」[4]である。同論文は、まず従来、西鶴自筆とされてきた『万の文反古』の版下について、西鶴筆跡を模倣した『丹波太郎物語』（正徳五年成刊・一七一五）の例を挙げ、西鶴に類似した他人の筆跡である可能性を示し、『文反古』が版下からは作者を認定出来ないことを指摘する。さらに、各章が西鶴作であるか否かについて、次のような二つの判断規準を提示した。

（一）真に西鶴自身の口吻《こうふん》があるかどうか。

（二）書簡体小説を計画した時に、まず念頭に浮かんだものは往来物であり、西鶴ならば、往来物に共有する何々づくし・何々揃的記述を作中に盛り込んだはずであるから、そのような文章があるかどうか。

そして、この二つの規準により、所収の全十七章は次の四種類に分類することが出来るとする。

・第一類　二規準に合致するもの＝西鶴作…巻一の一、巻一の二、巻一の三、巻二の一、巻二の三、巻三の二、巻三の三、巻四の二、巻五の一、以上九章。

・第二類　一規準にのみ合致するもの

甲　西鶴作の可能性のあるもの（二の規準にのみ合致）…巻一の四、巻四の三、巻五の三、以上三章。

乙　西鶴作として若干の疑念を存するもの（一の規準にのみ合致）…巻四の一、巻五の二、以上二章。

・第三類　両規準に合致しないもの＝団水等の追加作…巻二の二、巻三の一、巻五の四、以上三章。

以上が中村論文の大要であるが、客観を目指したその方法は参考となり、重要な指摘を含んでいる。

ここであらためて中村論文の呈した二規準について考えてみたい。まず（一）の規準については、その規準の判断自体がやや主観に渉るものの、まことにもっともなものである。

一方、（二）の規準は、非常に独自かつ魅力的な見解ではあるが、若干の問題があるように思われる。まず、往来物と書簡体小説とは基本的性格の異なるものである。往来物の中でやや書簡体小説的性格をもつものは、わずかな例外を除いて、[5]『古状揃《こじょうそろえ》』とか『詞不可疑《しぶかき》』[6]とかのような歴史文書ものであろうが、そこには揃づくし的な部分はほとんど見られない。揃づくしは、『庭訓《ていきん》往来』以下の純粋の書簡文例集に付き物で、それらに小説的趣向はほとんどない。いわば、揃づくしの部分は、教科書的な配慮に基づくものであるから、書簡体小説とは無関係である。思うに、揃づくし、ないし羅列趣味は、何かに関連する事物を挙げ出せば、全て言い尽くさずにはおれないという西鶴自身の傾向に基づくものであって、書簡体小説に限らない、西鶴の一般的特徴というべきものである。よって（二）の規準は（一）の規準に準ずるもので、これを一つの規準として立てることは無理ではなかろうか。

三　新たな判断規準

これに対し、優れた作家ないし西鶴ならば、書簡体小説を書く上でこのような配慮をしたであろう、という視点から、自分なりに規準を考えてみることとしたい。

『万の文反古』は、書簡体小説――中でも、地の文を持たず、甲から乙への一方通行の書信のみでもって一話一話を構成する純粋の書簡体小説――という、難題ともいうべき新趣向に挑戦した作品である。いま難題と記したのは、書簡体小説として成功するためには、左に列挙する諸条件を満たさねばならないからである。

《条件①》書簡としての文体及び形式を備えること。

言うまでもなく、近世は書簡専用の文体形式が厳然として存在し、それが初等教育を通して周知徹底せしめられていた時代であった。もしもこの条件を踏み外すならば、そもそも書簡体小説を企図した意味がなくなってしまうであろう。

《条件②》私信として自然であること、すなわち、不自然な説明を含まないこと。

未知の人に初めて呈する書簡であるならばともかく（『文反古』にはそのような書簡は含まない）、発信人と受信人との間にある程度の人間関係が既にある場合には、当然ながら互いに共通の了解事項があるはずである。それを第三者たる読者に事情をしらせるために、私信として不自然な説明を加えてしまっては、書簡体小説としては完全に失敗と言わざるを得ない。逆に言えば、種々の説明は暗示的になされるはずである。

《条件③》発信人受信人両者の人間関係や、それまでの人生の履歴といった背景が、自ずと浮かび上がってくるものであること。

単に何かの事件や出来事を伝えるという内容であるならば、書簡体にする必要はほとんどない。書簡とは単なる独白ではなく受信人が存在する表現形式である。わざわざこの形式を取る以上、発信人のみならず受信人の人間性、あるいは発信人と受信人との人間関係が浮かび上がってくるものでなければ、書簡体小説として成功とはいえないであろう。

以上が、まず書簡体小説として達成すべき条件である。当然、《条件①》よりも《条件②》、さらに《条件③》の難易度が高いものと推量される。その点については、『文反古』の模倣作たることを自ら標榜する書として知られる『当世鳥の跡《とうせいとり》』(7)の例が参考になる。そこでは《条件①》はよいとしても、所収の十六話の全てが《条件②》に違反する「説明」を伴っており、まして《条件③》から見るならば惨憺たる出来となってしまっている。とりわけ後二者の条件が、いかに難しいものであるかを知るべきであろう。

以上の三条件以外に西鶴作として見た場合の規準が、中村論文で規準一に挙げる「真に西鶴的口吻のあること」である。ただ、その問題はモチーフ、プロットから文体等々多岐に渉り、また、あまりに主観的判断に属しやすい。本稿では比較的客観的に判断しうる、西鶴の創作技法上の特徴として、次の点を強調しておきたい。

《条件④》話の前後関係や末尾に工夫が見られること。

西鶴は、話の前後関係や照応に特に意を用いた作家であることは説明を要しないであろう。単調な展開の語りに陥りやすい書簡体の場合には、枕と本文との関係や話の前後の展開、さらに末尾の余韻などに格別の工夫が図られたに相違ない。

本文の問題の外に、各章末尾に添えられた評語がある。この部分の真偽判定については、もちろん西鶴的口吻の見られるか否かが問題となるが、それ以外に、次の規準を掲げておきたい。

《条件⑤》本文に付加する何かが示されていること。

禁欲的に説明を排さねばならない書簡体小説において、わざわざコメントを付す以上、誰にでも作文できるような、単なる本文の説明や要約といった、著しい拙劣を敢えてするとは考えがたい。本文からにわかにはうかがえないような、プラスアルファの情報なり見解なりが、そこには必ずや加えられるはずである。この規準に加えて、やはり西鶴的口吻がそこに見られるか否かを勘案することによって、後人の補記を判断できるものと考える。

四　真作七章

以下、具体的に各章について判断を試みたい。全十七章の各章について、右の諸条件に合致するか否か、○（合致する）、△（何らかの問題がある）、×（合致しない）、の三段階で評価を下し、その結果、本文に関わる《条件①》～《条件④》の全ての条件が○である、疑いなく西鶴作と認められる章、全ての条件が×である、西鶴作とは認められない章、一部の条件が△ないし×である、西鶴作として何らかの疑いを存する章、の三群に分けてみた。

第一群として、右の諸条件をほぼ満たす、西鶴真作と認められる章を列挙する。

・巻一の一「世帯の大事は正月仕舞」　《条件①》…○　《条件②》…○　《条件③》…○　《条件④》…○

※評語　《条件⑤》…○

播磨辺の城下町とおぼしき地に商用で滞在中の親仁より、大坂の留守宅を預かる息子へ宛てた手紙で、大晦日の諸支払いについて、悪質な借金逃れを含む、こまごまとした指示を書き送る。書簡体小説として標準とも称すべき佳作と思うので、やや詳しく検討を加えておこう。《条件①》はほとんど問題がない。《条件②》については、まず書き出しの「十二月九日の書中、伊勢屋十左衛門舟、十二日にくだりつき請取申候」からして、発信人・受信人の位置関係につき実に多くのことを暗示的に物語っており見事である。さらに、その諸支払いの内容から、たとえば家賃が四ケ月で百八十匁である規模の借家に住むことや、縁付き前の娘があること等の家族構成など、発信人の置かれた状況の詳細について、実に自然に判明するような書き方が成されている。この手紙の場合、とりわけ共通の了解事項の多い親子間の手紙であるから、この条件の困難を知るべきである。《条件③》も、親仁の人柄や日頃の行状、これまでの人生履歴が浮かび上がってくる内容となっている。

殊に優れているのが《条件④》である。はじめに売り掛けが回収できないために出先で越年すると言っておきながら、後半では、息子に対し大晦日の借金取りに一人で対応するよう指示するところで、「かならずかならず我等がやうに宿を出違《ちが》ひ申されまじく候」と、実はこの度の不在が出違いであることをつい告白してしまう滑稽など、例によって前後の話の照応にひねりを加え、芸が細かい。中でも、終わり近くになって、「かやうの内証申事、親子の中にてもよき事聞せ申様にはあらず、近比迷惑ながら」と前置きをして、二十九年来の商売を総決算し、結局利益がほとんど借金の金利に消えてしまったことから「根にもたぬ銀をかりあつめ、人の手代をいたし候事、口惜く候」との述懐を語るが、親仁の吝嗇《りんしよく》を笑いながら読み進めてきた読者は、ここに至って資本主義の現実という冷水を浴びせられる仕掛けとなっている。西鶴ならではの、前後関係の工夫というべきであろう。末尾に、勝手用の物は何も買うな、ただし薪は樫《かし》の枯れ物を二十掛けばかり買うようにとの、けちくさい指示で念を押す点も、西鶴らしいしつこさで、余韻がある。

評語については、その文中「親は播州の内へ商ひに行て」の播州が本文には明示されておらず、やや新事実に属する点、および「是をおもふに人の内証は大からくり也」でしめくくられる見解に独自のものがある点、《条件⑤》を満たしている。

以上の通り、巻一の一は本文・評語とも、疑いなく西鶴作と思われる。ここで留意すべきは、かかる高度な領域に到達する書簡体小説を工夫することのできた作者であったという点である。そのような作家が、果たして次の第二群に掲げるような稚拙な作を書いたであろうか。蓋然性として極めて低いと言わざるを得ないであろう。

以下の章については、詳しい検討は省略し、判断の要点のみを記すに留める。

・巻一の三「百三十里の所を拾匁の無心」　《条件①》…○　《条件②》…○　《条件③》…○　《条件④》…○

※評語　《条件⑤》…○

若気の無分別で故郷の大坂を出奔して江戸へ出た男が、食い詰めた挙げ句に、大坂の兄に帰郷の路銀十匁を無心する手紙。《条件②》と《条件③》に関わる部分であるが、わずかな金を無心するために、本来ならば恥となるような自らの窮状や不名誉な履歴を、切々と訴える点に、ペーソスの混じった滑稽がある。《条件④》、後半部、江戸で金目当てに女房を持ったという結婚話が惨めで展開がある。特に末尾の「なをなを爰元にて持申候女房、わたくし上気《うはき》にて持申さず候証拠には、我等より十二三も年寄にて御座候」との滑稽の念押しが西鶴的。評語の《条件⑤》は、「何国にても今の世金がかねをもうける時になりぬ」との西鶴好みの警句が本文の哀れを補って余りある。

・巻一の四「来る十九日の栄耀献立《ゑようこんだて》」　《条件①》…○　《条件②》…○　《条件③》…○　《条件④》…○

※評語　《条件⑤》…○

接待される側の大店の商人の手代が、接待をしようとする出入りの呉服屋に対して、当日の川舟遊びの料理の献立を中心に、あれこれと注文を書き送った手紙。まず冒頭部「昨日は御念入、両度まで御手紙、北野不動へ参、御報延引申上候」が巧みで、大坂北郊にある北野不動が流行の参詣地であることを踏まえ、発信人受信人が大坂市中同士であることと当代性を物語る。以下、《条件②》《条件③》は非常に手が込んでおり論なし。《条件④》、末尾に手代が以前購入の羽織が小男の自分には長すぎると、私用の寸法直しの用件を付け加え、滑稽の念押しとなっている点は西鶴的。なお、「旦那も此程は病後ゆへ美食好み申されず候」と断った上での贅沢な献立尽くしの部分は、西鶴——日本文学史上初めて食の話題を重視した作家——の作中でも、とりわけ異彩を放っている。評語の《条件

⑤》も、このような接待のために商人が苦労するという「今時の商ひ、みなこんな事ぞかし。勝手よい事ばかりはさせぬと見えける」と独自の見解が加えられる。

・巻二の一「縁付まへの娘自慢」　《条件①》…○　《条件②》…○　《条件③》…○　《条件④》…○

※評語　《条件⑤》…○

大坂に住む姪の嫁入り仕度の買い物を頼まれた京都の伯父が、娘の育て方や嫁入り道具は倹約をむねとすべきこと等をねちねちと書き送った手紙。『世間胸算用』巻頭話「問屋の寛闊女」を地でゆくような大坂の姪一家に対し、石橋をたたいて渡る慎重な始末家の京の伯父の人間性が、見事に描き出されており、《条件②》《条件③》は論なし。《条件④》、笑いを誘う始末話に続けて、最後に今回の結婚話が嫁の財産目当てであることを指摘し、絶妙な展開となっている。評語の《条件⑤》も、結婚が「一代に一度の大事」である見解など、西鶴らしい。

・巻二の三「京にも思ふやう成事なし」　《条件①》…○　《条件②》…○　《条件③》…○　《条件④》…○

※評語　《条件⑤》…×

生国仙台に悋気深い女房を置き去りにして京にやって来た男が、仙台の親類と思しき人物に宛てて、自分に心中を立てて独り身を貫く最初の女房に別の男と再婚するよう説得を依頼する手紙。京で何人も女房を持ち替えたが、皆難点があり、そのために窮迫するに至るが、それでも最初の女房には心が残らぬという内容で、やや奇談ないし落語的な話ながら、男女の間の深い機微を描き出した秀作である。《条件④》、滑稽な結婚失敗話ののちに、「京も田舎も住うき事すこしもかはらず、夫婦はよりあい過とぞんじ候」と認識するに至るが、このように結婚に経済的利益を期待する男の不幸を描くことによって、結婚とは何かを考えさせる点が斬新で、著しく西鶴的である。ただ、短い評語は、全く本文の要約に過ぎず、不審。

・巻四の二「此通りと始末の書付」　《条件①》…○　《条件②》…○　《条件③》…○　《条件④》…○

※評語　《条件⑤》…○

大坂を食い詰めて江戸へ出てきて成功した商人が、かつて冷たくした大坂の従弟が金銭的支援を求めてきたことに対し、昔の恨み言と、江戸で辛酸をなめる覚悟ならば元手を貸してもよい旨言い送る手紙。裸同然での江戸下りの苦労話の部分が、やや候文を外し饒舌であるが、それ以外は問題なし。殊に、受信人の人間性が浮かび上がることによって、皮肉を極めた恨み言を痛快に読むことができ、一方それだけで終わらず、厳しい条件付きではあるが、救いの手をさしのべて後味のよいことなど、尋常ならざる手腕による佳作である。

・巻五の三「御恨みを伝へまいらせ候」　《条件①》…○　《条件②》…○　《条件③》…○　《条件④》…○

※評語　《条件⑤》…○

新町の太夫が、口舌《くぜつ》を持ちかけて別れようとする男に宛てた手紙。まず、

今更なげき申事にはあらず候へども、あまりなる御しかた、むごひとも、つらひとも、恨みありとも、御むりとも、わけては申がたく、とかくなみだに筆はそめしが、手もふるひ文さへかゝれぬに候。

という書き出しからして、古今の名文である。以下、口舌の原因となった一件について懇切に申し開きをし、さらに今までに男に尽くしてきた心中立ての数々を述べ立て、

わが身を只今までいろいろにきざまれ、其男にあはぬ事はならず候。今より後、たとへばいかなる身に御なりなされ、人は見すて申候とも、われらは一日も御目にかゝらずば此身を立申さず候。女にはにあいたる剃刀御ざ候。此御かへり事次第に覚悟仕候。

という意気地の論理で男に迫る。「もはや人の見候も恥ならず、いつものやうに封じ目に印判はおさぬに候。以上」

という末尾も、ただならぬ空気を感じさせ、最後まで緊張の糸が張りつめた書簡文に仕立て上げられている。全ての条件を完備した書簡体小説の傑作で、かつ遊女の誠を繰り返し書き続けた西鶴の人間観に全く適い、西鶴真作と認められる。

ただし、本作については、『文反古』国会図書館蔵本に、柳亭《りゆうてい》種彦《たねひこ》門の戯作者柳下亭《りゆうかてい》種員《たねかず》による「以下の文は浪花新町の太夫高間といへるより其客九郎右衛門といへるへ送りしものにて（下略）」との識語があることから、実在の書簡に拠ったもので、西鶴作ではないのではないかとの疑義が呈されている。(9) 一方これに対して、柳亭種彦旧蔵書き入れの『たかまの文』なる写本が大正年間まで種彦後裔の家に所蔵されており（現存不明）、そこに種彦による「世にこれを高間かひとて心中といふ延宝の頃とおほえしか今忘れたり（中略）西鶴が作の文反古三の巻に高間の名を隠して白雲としていれたるは是なれど文章は鶴が作にて是とは異なりたゞその趣を加へたるのみなり（下略）」との識語があった旨、三村清三郎著、一九二八年刊『本之話』に記されることから、やはり西鶴作とする見解が出されている。(11)

実は、この高間の自殺一件は、元禄五年（一六九二）陽春日序刊、東都之愚民遊色軒《ゆうしきけん》作の江戸版好色本『好色姥《うば》桜』(12)巻四に小説化されている。すなわち、新町の太夫高間は客の笹屋九郎と恋仲であったが、白菊という新造に心を移した九郎に捨てられ、以後外の客に床入りを許さなかったために局女郎にまで位を落とされ、ついに神無月十三日に二十歳を一期に剃刀で自害、その死後、九郎に宛てて残された書き置きには「あふ事たへての恋しさ、数通の文の返り事なきうらみ、わが心中たがはぬ事、物のあはれをこよみもどきに書つゞけ」ていた、というものである。外にこの事件に関わる文献を得ないが、前述の柳下亭種員の識語によれば、自殺は天和三年（一六八三）十月十三日のことという。江戸にまで鳴り響く有名な実話であったらしい。結局、『文反古』巻五の三については、写本『たかまの文』とは別文であり、また『姥桜』が巻五の三と無関係に成立したことも明らかであるから、実在の手紙に基づくとする説は明確に否定しうる。『姥桜』に記されるものと同様の事件譚に基づきつつ、種彦が言うように、西鶴が新たに創作したものである。

五　補作三章

次に、すべての条件に疑問符のつく、つまり非西鶴作たる蓋然性の非常に高い章を第二群として列挙する。先にこれを検討するのは、補作者の水準を知るためでもある。

・巻二の二「安立町の隠れ家」　《条件①》…×　《条件②》…×　《条件③》…×　《条件④》…×

※評語　《条件⑤》…×

親の敵を捜し求めて苦労する兄弟の手紙で、弟が敵を見付けながら、まんまと言い抜けられて逃してしまい、それを苦に弟が出奔したことを、兄が旧知と思しき人へ告げ知らせる内容。敵討ちの悲劇は『武道伝来記』等にも扱うところであるが、ここはわざわざ書簡体にする必要性がほとんど見えない。《条件①》、弟が敵に出会う一件を記述する主要な部分が、書簡体ではなく通常の文章となっている。《条件②》も、たとえば同じく弟が敵に出会う場面で、「横井尉《じよう》右衛門が悴子《せがれ》、見わすれたるか、奥関戸平のがれぬ所」と名乗る描写など、旧知に宛てた手紙として不自然な説明が見られる。《条件③》に至っては、様々な人間関係や登場人物の人間性の描写には全く興味が示されない。《条件④》、前後関係に何の工夫も見られない。《条件⑤》、評語にある「此心ざしにては天理をもつてうつべき事也」もあまりにありきたりで、西鶴らしいひねりも人間観の片鱗も見られない。

とりわけ、取り逃がした敵の容貌を弟の口から聞いた兄が、ただちに「ひとつひとつ聞申候へば、敵戸平にまぎる丶所なし」と判る場面があるが、人の容貌を話に聞いただけで誰々と判るという趣向にはいかにも無理があり、話の主要な展開に関わるだけに著しく興をそぐ。西鶴作とするならば、例外的な拙劣であろう。

・巻四の一「南部の人が見たも真言《まこと》」《条件①》…×　《条件②》…×　《条件③》…×　《条件④》…×

※評語　《条件⑤》…×

京四条川原の茶屋が長崎へ商用中の者へ宛てた手紙。主な話題は、共通の知人である京の利平が奥州へ旅商いに出たが、旅先で渡し舟が沈んで死んだとの誤った情報が留守宅で信じられ、利平妻に後夫として利平弟を妻《めあ》わせた後に、利平が帰って来るという悲劇である。『懐硯』巻一の四でも扱われた、イーノック・アーデン風の話であり、(13)奇談ながら西鶴の扱う可能性のあった話題ではある。しかしながら、まず奇談の描写で《条件①》をかなり踏み外す。《条件②》《条件③》は、発信人受信人共通の知人である利平の突然の不幸を語るということで特に不自然な点はないが、暗示的説明を加えるなど、工夫の跡が見られないので×とした。問題は《条件④》である。前半部分で、四条川原では見世物に事を欠くので長崎で珍しい動物を仕入れてもらいたいという依頼や、最近東福寺の辺で献立看板という手軽な飯屋が出来て、せちがしこい世になった話など、いかにも川原の興行関係者らしい興味深い話題が語られるのに対し、後半部の悲劇は木に竹を接いだ如くで、あまりにも唐突である。かかる唐突も西鶴には例外的である。

さらに、この話にも大きな不自然がある。利平事故死の誤報が生ずる場面は、南部からやってきた商人が最上川の高水の話をしているのを聞き付けた利平の義父が、利平の

年の比風俗をいひて、「もしかやうの男などは其舟に見へわたり申さず候や」とたづねられしに、「それは立嶋の帷子《かたびら》に、くろきひとへ羽織のもん所に山形の剣菱《けんびし》を付て、色じろなる顔にすこし釣髭《つりひげ》ある人ではなかつた

か」

と、旅人が答えるというものであった。これまた話だけで未知の人をそれと察知するという無理があり、前の巻二の二に全く共通する、西鶴作とするには致命的な難である。

おそらく、前半部の興行関係者風の語り（三丁目表五行目「又一花はいづれも見申べく候」まで）は西鶴の未完成の原稿に拠ったものと思われるが、後半部分は補作であろう。

・巻五の二「二膳居《すへ》る旅の面影」《条件①》…×　《条件②》…×　《条件③》…×　《条件④》…×

※評語　《条件⑤》…×

大和に住む老女が知人に宛てた手紙で、息子の嫁が密夫に夫を殺させ、のち密夫は逐電するが、桑名の渡しで殺した相手の亡霊が自分に付き添っていることを知り、覚悟を決めて自首したという内容。《条件①》は、これも奇談部分がほとんど書簡体ではないのみならず、冒頭部分が手紙の書き出しになっていない。《条件②》は、たいへんな不幸を告げ知らせるということでよいとしても、《条件③》は受信人との関係が全く不明。《条件④》、はじめに、抱き乳母の髪に挿したこうがいが孫の目に当たり、盲目になってしまったという話に続けて、その孫の母である女の悪事が語られるのであるが、これもあまりに唐突で、前後の関連がなさ過ぎる。

そして、この話にも欠点がある。密夫が自分に亡霊が付いていることを知る場面であるが、自分に連れの客があったという桑名の旅籠《はたご》屋の亭主に対し、密夫が、

「それは風俗いかやうの者にてありけるぞ」とたづねければ、「年の程は三十四五と見えまして、すこし横ふとり給ひ、髪はちゞみて中びくなる顔、然も目の上に出来物の跡ありて、立嶋の袷《あはせ》に柿染の羽織めして」と段々申に、是はと横手うつて、

殺した相手と悟る。これまた前掲二話と全く同様の不自然がここでも繰り返される。

この話も、前半部分の乳母の話については、抱き乳母のこうがいさし櫛のために子供が傷つくという話題が『好色五人女』巻三の一や『西鶴織留』巻六の三にも見え、西鶴の未完成原稿を利用した可能性もあるが、少なくとも後半部（八丁目表一行目「今迄は申さず候へども」以下）は補作と見なすべきである。

以上三章を以て、西鶴作たることが最も疑わしい、第二群としておく。書簡体としての諸条件を見事に兼ね備えた第一群の諸章とは対照的に、この第二群の三章は、共通して諸条件を外れ、共通してプロットに大きな欠陥を有している。さらに、この外に三章に共通する点を探せば、運命ないし因果の強調がある。巻二の二では、敵討ちに失敗し、兄弟が離ればなれになった不幸を「さてさて是非もなき仕合に候」と慨嘆する。巻四の一も、最初に「扨是非もなき浮世とぞんじ候は」と前置きして利平の悲劇を語り、「兎角《とかく》利平前生《ぜんしやう》の因果に極り申候」と締めくくる。巻五の二も評語で「我娌《よめ》の悪心密夫の因果あらはれ」で総括されるような話であった。これらの「対照」と「共通」とを前にするならば、西鶴にも失敗作はありうる、などというゆるい論拠はもはや成り立たない。

なお、右の共通点は、補作が一人の手になることを物語っている。そして、その補作者が前に掲げた書簡体小説の諸条件にほとんど配慮を払わなかったことも明白である。

六　その他七章

第三群として、条件①〜⑤に何らかの問題のある七章を取り上げる。この第三群はやや難しい。

・巻一の二「栄花の引込所」　《条件①》…○　《条件②》…○　《条件③》…△　《条件④》…○
※評語　《条件⑤》…△

若旦那の放蕩に手を焼いた大店の手代たちが親類法師に意見を依頼する手紙。問題は《条件③》すなわち受信人が現れてこないことである。が、それでも冒頭近くで「(受信人ガ)御当地の(よりのノ誤脱カ)御見舞申人さへ嫌はせられ、鎌倉へ御引込なされ、世の事には御かまいあそばさぬ御事、いづれもぞんじながら、かやうの段々申上候は、よくよくの事とおぼしめされ」と、巧みに《条件②》に抵触せぬよう配慮をしつつ、受信人の人間像を描こうとする態度がわずかながら見える。また、手代たちが暇を申し請ける覚悟で若旦那に突きつける要求が、贅沢を極めた三年間の隠居生活というオチがやや意外で《条件④》にかない、安易な教訓を付さない点も西鶴的。上作とはいえないが、真作か。

・巻三の一「京都の花嫌い」　《条件①》…○　《条件②》…○　《条件③》…△　《条件④》…△

　※評語　《条件⑤》…×

風流好みの僧侶が遊歴先での男色の恋を旧知にのろける手紙。本章については、中に引かれる恋文が数種の他書に見られるとの指摘がある(14)。ただ、そこからは本章の記述が先行の艶詩に拠っていることが判明するものの、そのことそのものは本章の真偽の判断に必ずしもかかわらないと思う。

まず文体が通常の候文を大きく外すが、これはいかにも風雅かぶれの禅僧めかした文体とも考えられる。これも問題は《条件③》である。が、それでも冒頭部で「貴坊御事はつねづね赤弁慶とある名をよばざるは道心堅固《けんご》の御身目出度存候」と不十分ながら相手の風貌を描こうとしている。《条件④》、前後の展開もやや妙を欠くものの、唐突さはなく、末尾の「此事月西庵の草履取、松之介に御沙汰あるまじく候」との滑稽の念押しが西鶴的。全体に風流かぶれの浮世僧の人間性がよく描かれており、ひいては仏教を茶化す内容となっており、これまた著しく西鶴的。真作と見なしてよいのではなかろうか。

・巻三の二「明て驚く書置箱」　《条件①》…△　《条件②》…○　《条件③》…△　《条件④》…○

※評語　《条件⑤》…×

大店の主人が死去、その弟が、現在松前に旅商いに出ている末弟と思しき人物へ、遺産相続の一件を書き送った手紙。後添いである後家が実家へ戻った跡で銭を盗み溜めていたことが発覚する話と、莫大な遺産がすべて大名貸しの手形であった話とを交える。《条件①》、後家の一件の記述が、やや候文を外すも許容範囲か。《条件③》、発信人受信人の人間性や人間関係についての描写が希薄であるが、これも冒頭部近くで、故人の言葉を引いて受信人を描こうとしている。《条件④》、受け取った遺産が手形であったというひねりと、大言を吐いて家を出た後家の悪が発覚する展開はやや妙。評語の《条件⑤》は説明に過ぎない。書簡体小説としては少し難点もあるが、手紙で遺産を届けるという趣向が面白く、また西鶴的口吻にも満ちている。真作と考えておく。

・巻三の三「代筆は浮世の闇」　《条件①》…×　《条件②》…×　《条件③》…△　《条件④》…×

※評語　《条件⑤》…×

侍客が置き忘れた財布を着服した男が、眼前に報いを受け、その顚末を実の弟に懺悔する手紙。ほぼ全ての条件に違反し、第二群に入るべき章であるが、冒頭近くで「女のいひなしにて、外になき弟を都にさへ置かずして、おもひがけなき道心発させ、年月の難義さぞさぞとかなしく存候。…」と受信人との人間関係について触れる部分が、わずかながら《条件③》に通うので、第三群とした。しかし、この人間関係も作中の働きはない。殊に「我身の因果れきぜん、さりとてはおそろしく候」「さりとはさりとは死にかねて是非もなき世に住み申候」といった因果の強調が第二群の諸章に共通するし、仏教に対するシニカルな視点を全く欠くことも西鶴らしくない。補作ではなかろうか。

・巻四の三「人のしらぬ祖母の埋み金」　《条件①》…○　《条件②》…○　《条件③》…○　《条件④》…△

※評語　《条件⑤》…×

勘当されて飛驒の山家住まいを強いられる放蕩息子が、京の腹違いの兄に宛て、諸方に残した未払いの借財を済ませてくれるよう依頼する手紙。西鶴作としてほぼ問題なしと見るが、何としても不審であるのは末尾の部分である。祖母の隠し金を盗んだことを告白する話に続けて、

扨、母人貴様はふびんをかけ、自子《じつし》のわたくしをしみじみと悪《にく》み、親仁の手前、一門中へも悪敷《あしく》申候事、世間とは各別に御座候。是非もなき仕合に存極め申候。以上

と、手紙は終わる。すなわち、父の後添いと思われる、発信人の実母が、却って継子である兄の方に目を掛けて、実子である自分には厳しく当たり、そのことが放蕩の原因となった、というような興味深い話題が始まりかけたところで、唐突に打ち切られる。何が「是非もなき仕合」なのかもわからない。西鶴は、前述の如く前後関係をとりわけ重んじた作家で、かかる唐突は異例である。この因果の強調も、例の補作者の口調を感じさせる。恐らくは右の末尾の「世間とは各別に御座候」までで打ち切られた未完成の原稿であったと思われる。

・巻五の一「広き江戸にて才覚男」　《条件①》…○　《条件②》…○　《条件③》…○　《条件④》…△

※評語　《条件⑤》…×

江戸へ出て成功した商人が、故郷である堺の親類へ送った手紙で、商人が成功するためには、資本を調達することがいかに大事であるかを説く。巻四の二「此通りと始末の書付」とよく似た状況ながら、こちらは発信人受信人の人間関係の経緯がよくわからず、何のために出した手紙なのかも判然としない。そして、この章も結末部分が問題である。

させて世に金もたぬ程かなしき物はなく候。偽もけいはくも悪心も、皆貧よりおこり申候。貴様今の世わたり、半分よりはいつわりのまし候様に承り申候。口惜くおぼしめし、子孫のために今一かせぎあれかしと存候。

以上が末尾であるが、貧よりおこる悪心等の実例が書かれるべきであるし、特に「貴様今の世わたり」以下が、どのようなことを、どのようにして知ったのか、具体を欠き、いかにも唐突である。これまた、未完成原稿か。

・巻五の四「桜よし野山難義の冬」　《条件①》…○　《条件②》…○　《条件③》…△　《条件④》…△

※評語　《条件⑤》…○

吉野山に隠棲した出家が、大坂の旧知に宛て、寝覚めが寂しいので十五六歳の少年を抱えたい旨言い送る手紙。発信人の姿を通して、無用の発心をする当世の出家の行状をシニカルに語るという内容は西鶴的。ただ、《条件③》と《条件④》が弱い。が、冒頭近く、「無用の発心とおのおの御留なされしを今は悔しく候」、あるいは末尾近くに「先日はわけもなき事御申し越し、御異見は悪敷く聞き申さず候」とある箇所など、受信人との人間関係を暗示的に描こうとする態度が見られる。西鶴真作と見てよいか。

おわりに

以上、『文反古』全十七章の真偽弁別を試みた。そこから得た結論をあらためて整理しておく。

・A群　西鶴真作…巻一の一、巻一の三、巻一の四、巻二の一、巻二の三、巻四の二、巻五の三、以上七章。
・B群　ほぼ西鶴真作と認められるもの…巻一の二、巻三の一、巻三の二、巻五の四、以上四章。
・C群　未完成稿に基づくと思われるもの…巻四の三、巻五の一、以上二章。
・D群　ほぼ後人の補作と認められるもの…巻三の三、以上一章。

・E群　後人の補作…巻二の二、巻四の一、巻五の二、以上三章。

最後に、『万の文反古』所与のテクストのうち残された部分である、西鶴自序および目録の各章題に添えられた副題について、極く簡略に触れておきたい。

序文についいては、いわゆる西鶴的口吻に満ちており、さらに重要であるのは、末尾に「人の心も見えわたりて是」と記すことである。すなわち、『文反古』で描こうとしているのは、事件や奇談といった出来事ではなく、人間の心のありようであることを明記している。したがって、例の補作者の傾向とは真っ向から対立するもので、その点から見ても真作を疑い得ないであろう。

副題はわずか二行のみの単文なので、弁別は困難ではあるが、それでも①ひねりのきいた警句を含むか否か、②単なる本文の要約に終わらず何らかの惹句《ひきく》になっているか否か、の二つの視点からある程度の判断が可能である。結論のみを示せば、明らかな西鶴真作といえるのは、巻一の一の副題「随分尾を見せぬとらの年の暮／千里にげても借金はゆるさじ」、および巻一の三の「わかげの江戸くだり今の後悔／いづれもの御異見切目に塩物売」の二章のみではなかろうか[15]。その他の章の副題とは本質的な隔たりがあるように思われる。

（1）　原題簽は「〈新板絵入〉西鶴文反古」（副題「世話文章」）、内題（目録題）「万の文反古」である。和書の書名は原則としてオリジナルの外題に拠るべきであるが、ここは西鶴による原題である可能性が高いと見て、内題を以て書名とした。

（2）　『刪補西鶴年譜考証』等に万屋彦三郎を江戸の書肆とするが誤り。万屋中野彦三郎は京椹木町通室町東へ入丁の書肆。外に『古今和歌集』（元禄四）・『伊勢物語』（同五）・『人倫重宝記』（同九）・『座敷はなし』（同一〇）・『三国舞台鏡』（同一一）・『小状揃』（元禄頃）の刊行書が知られる。大坂の万屋彦太郎とは関係があろう。

(3) 塩村「西鶴と春本―『浮世栄花一代男』を疑う―」（『文学』季刊一〇巻三号、九九年七月）。
(4) 『中村幸彦著述集』第六巻（中央公論社、八二年）所収。
(5) 通常の往来物は書簡体小説からは程遠い。わずかに知り得た例外的なものは、初期女筆《にょひつ》往来物の一である『女筆往来』（書名は原題簽に拠る。大本三冊。寛文元年（一六六一）、京、秋田屋平左衛門刊。塩村蔵）で、当代の俳諧隆盛を踏まえた次の一通の如く、小説的趣向の片鱗をうかがわせる手紙を含んでいる。「一筆とりむかひまいらせ候。昨日、おなつ殿とおゆき殿と双六御うち候を、さる殿達、物かげより御覧ぜられ候て、誹諧の発句に夏の雪といふ事をあそばし候へば、又さる人、此やうな句には何事かつき申候ぞとたづねられ候へば、夏の雪には山王の神輿振、あるひは、あつき日影の鵜、祇園会の孟宗山、六月朔日のいわゐ、よく候はんづれ共、脇にて候まゝ、時節の卯花もよく候はんかと御いらえ候。はいかいはおもしろさうな事にて候まゝ、ちと習ひ申べく候はんかとぞんじまいらせ候。たゞし、おなごの入ざる事に候や。しかしながら、よその師匠をたのむにては御ざなく候。われら弟よくいたし申され候まゝ、これにとひ申べく候。そもじさまも御なぐさみにあそばし候はゞ、わが身もけいこいたすべく候。めでたくかしく」。
(6) 『詞不可疑』（書名は原題簽に拠る）は「明恵伝抜書」「文覚上人消息」「頼朝佐々木被下状」「泰時御消息」の四文書を含む。初版は寛永二十年（一六四三）、京、堤六左衛門版（塩村蔵）。
(7) 『当世鳥の跡』半紙本全四冊は、武江喜多見《きたみ》如閑作、安永十年（一七八一）、江戸、金気堂布屋平七刊。中村幸彦「安永天明期小説界に於ける西鶴復興」（『著述集』第五巻所収）に簡単な紹介がある。
(8) 北野不動の流行については、貞享三年（一六八六）冬成刊の歌謡一枚刷り「顔見世役者薬喰」（歌謡等寄せ本『いせさんくう新五人女』所収）の中にある「北野の不動と竹本義太夫とが似た、なぜにや、はやりでたはさて」という謎かけの一節が参考になる。
(9) 岡本勝「『万の文反古』解題」（『近世文学資料類従・西鶴編18』勉誠社、六五年）。
(10) 「高間かひとて心中」は「高間がひとり心中」の誤記であろう。
(11) 岩田秀行「『万の文反古』二章臆断」（『近世文芸研究と評論』一四号、八八年六月）。
(12) 古典文庫六一六（九八年三月刊）所収。ただし、全五巻のうち巻二〜四は現存せず、寛延二年（一七四九）刊の改題後印本『諸わけ姥桜』による。

（13）同様の話は、中国の類書等より裁判話を集めた津阪《つさか》東陽編『聴訟彙案《ちょうしょういあん》』（天保二年跋刊・一八三一）巻三に、「官律の引くべき無きなり」と、獄を断じがたい例として挙げられており、古来有名な話題であったものと見える。

（14）板坂元「『西鶴文反古』団水擬作説の一資料」（『文学』二三巻一号、五五年一月）・冨士昭雄「西鶴作品団水助作考」（『国語と国文学』五七巻二号、八〇年二月）・宮崎修多「国風・詠物・狂詩」（『語文研究』五六号、八三年一二月）。

（15）前者の副題から「寅の年」すなわち貞享三年（一六八六）冬頃の成立で、翌四年春の刊行を目指した執筆であったらしいことが知られるが、補作者の捏造し難い記事であろう。また後者の副題中の「塩物売」は本文に登場せず、そのことが却って真作の一証となっている。

五　『御前義経記』における『浄瑠璃御前物語』利用
――使用本文の推定と執筆環境――

井上和人

西沢一風《にしざわいっぷう》は『御前義経記《ごぜんぎけいき》』（元禄一三年三月刊・一七〇〇）に様々なジャンルの義経物を使用した。『義経記』はもちろん、謡曲・幸若舞曲・浄瑠璃など、多岐にわたる。このことは、評釈江戸文学叢書『浮世草子名作集』（大日本雄弁会講談社、一九三七年）の藤井乙男注を見れば、ただちに了解されよう。それら素材の中には、『浄瑠璃御前物語《じょうるりごぜん》』も含まれている。巻三の五「面影うつる浄瑠璃姫／猿で恋する十二段」の素材に、藤井乙男は『浄瑠璃御前物語』から「枕問答《まくらもんどう》」の段を指摘、頭注に対応する部分を引く。ところが、藤井の引く「枕問答」と巻三の五「猿で恋する十二段」とは、表現の不一致が目につく。どうやら、一風が使った本文は、これとは別のもののようである。それなら、一風はどのような本文を使ったのだろうか。

一　巻三の五「猿で恋する十二段」と播磨掾《はりまのじょう》「忍びの段」

結論から先にいえば、一風が巻三の五「猿で恋する十二段」で使った本文は、播磨掾正本の『十二段』だと推定する。播磨掾の段物集『忍四季揃《しのびしきぞろえ》』（延宝二年春刊・一六七四）には、『十二段』から「忍びの段」が採られており、それとの対比によりこのように考える。試みに、「猿で恋する十二段」（【御前】と略記／早稲田大学図書館蔵本）と播磨掾「忍びの段」（【播磨】と略記／『古浄瑠璃正本集』第四、角川書店、一九六五年）とを対比させてみよう。

【御前】九重《くぢう》の塔《たう》がたかきとて。①鳥類《てうるい》つばさが羽《は》ね打《うち》たてゝとぶ時は、此塔《たう》かならず下にみる。駒《こま》にけられし道芝《みちしば》も。露《つゆ》に一夜《や》の宿《やど》をかす。とかく色《いろ》には情《なさけ》あれ。情《なさけ》は人のためならず。都《みやこ》の君《きみ》とぞ語《かたり》ける。

【播磨】九ぢうのたうは、たかけれども。①てうるいつばさが、はねうちたてゝ、とぶときは、九ぢうのたうも、したに見る。こまにけられし、みちしばも、つゆに一やのやどはかす。かぜにもまれし。くれ竹も。小とりに一やのやどはかす。たんだ人には、なさけあれ。なさけは人のためならず。めぐれはその身の、ためぞかし。こよひ一やは、なびかせ給へ、なふ、あづまのひめとぞ、くどかるゝ。

【御前】②恋路《こひぢ》の道には③三界のお釈迦《しやか》様さへやしゆたら女《によ》に契《ちぎ》り給ひ。らごら尊者《そんじや》をもふけ給ふ。

【播磨】あゝ、おろかなり、あづまのひめ。②こひぢのみちには。しやうじん、いとはぬ、たとへあり。③三がいのしやかだにも。やしゆだら女に、ちぎりをこめ。らごらそんじやを、まうけ給ふ。そのほか、あいぜんみやうわう、むすぶのかみ。みなこれ、ぼんぶの、きえんを、むすばせ給ふなり。

【御前】諸法実相《しよほうじつさう》と説《とく》ときは。峯《みね》の嵐《あらし》も法《のり》の声《こゑ》。万法一如《まんぼういちによ》と聞ときは。谷《たに》の朽木《くちき》も仏《ほとけ》なり。仏《ほとけ》も我《われ》も同《おな》じ事《こと》。かうした事を聞分《きゝわけ》ず。④御せういんなきならば。こよひの内にしたくひ切《きり》。おんりやうとなりかはり。今に思ひしらせんと。涙《なみだ》をこぼし帰《かへ》り給ふを。

【播磨】しよほう、じつさうと、ゝくときは、峯のあらしも、のりのこゑ。まんぼう一によと、きくときは。たにのくち木も、ほとけなり。とかく、しゆじやうは、へだてなし。此ことわりを、わきまへ給はず。④御しやうゐん、なきならば。みづからこゝにて、じがいをとげ、おんれうとなりかはり。六だう四しやうの、そのうちにて。おもひしらせ申べし。

このように、巻三の五「猿で恋する十二段」と播磨掾「忍びの段」とで、表現の一致を見る。播磨掾『十二段』からは、後に近松が文辞を襲用して、加賀掾《かがのじよう》正本『てんぐのだいり』（延宝五年七月上演・一六七七）を作る（信多純一「近松の初期作品をめぐって」『近松研究の今日』和泉書院、一九九五年）。一風が、この加賀掾の『てんぐのだいり』によった可能性も、考えねばならないだろう。そこで、右の引用中の傍線部①〜④について、加賀掾正本『てんぐのだいり』（【加賀】と略記／『近松全集』第一七巻、岩波書店、一九九四年）を加えた三本を比較すると、次のようになった。

①
【御前】鳥類つばさが羽ね打たてゝとぶ時は
【播磨】てうるいつばさが、はねうちたてゝ、とぶときは
【加賀】はね打たてゝとふ鳥は

②
【御前】恋路の道には
【播磨】こひぢのみちには
【加賀】こひぢには

【御前】三界のお釈迦様さへ

③
【播磨】三がいのしやかだにも
【加賀】三がいのけうしゆしやかたにも
【御前】御せういんなきならば。こよひの内にしたくひ切。おんりやうとなりかはり。今に思ひしらせん
【播磨】御しやうゐん、なきならば。みづからこゝにて、じがいをとげ、おんれうとなりかはり。六だう四しやうの、そのうちにて。おもひしらせ申べし

④
【加賀】御せういんなきならば、みづから爰にてじがいをとげ、六だう四しやうの其うちにて思ひしらせ申すべし

傍線部①については加賀掾正本のみ表現が異なり、傍線部②「恋路の道」及び傍線部③「三界の（お）釈迦（様）」という拙い表現は、播磨掾正本にはあるが加賀掾正本にはないものである。また、傍線部④で波線を付した「おんりやうとなりかはり」という表現も、播磨掾正本にあって加賀掾正本にはない。よって、加賀掾正本『てんぐのだいり』を比較の対象に加えても、一風が使った本文が播磨掾正本であろうという推定は動かない。ただし、それが『忍四季揃』所収の本文だったのか、あるいは信多純一（前掲論文）が想定するように、完全な形の播磨掾正本『十二段』が存在し、それを使ったのかまでは確定できない。

右の比較では、巻三の五「猿で恋する十二段」の素材として、近松作加賀掾正本『てんぐのだいり』を不適当としたが、近松が『てんぐのだいり』をさらに改作した義太夫正本『十二段』（元禄一〇年二月六日以前上演・一六九七／信多前掲論文による）については、本章への影響を考える必要がある。もっとも、その影響とは表現の摂取ではなく、趣向の立て方に関してである。本章で、今義は岡崎の豪商越後屋善三郎方に身を寄せる。善三郎の娘と腰元は、先に引いた「枕問答」の台詞《せりふ》で、今義を口説く。もともと「枕問答」は牛若が浄瑠璃姫を口説くところだから、本章

では男女の立場が入れ替わっており、そこに面白みがある。「枕問答」で男女を入れ替えるという趣向。だが、この趣向は、近松が『十二段』で先に試みていた。本章に近松『十二段』の影響を見るのはこの点である。『御前義経記』と近松『十二段』との関係は、巻一の一「面影うつる東光坊／元九郎《げんくらう》今義《いまよし》稚立《おさなだち》」を取り上げて、すでに杉本和寛「『御前義経記』の構想——長編小説の主人公としての人物造型をめぐって——」（延廣眞治編『江戸の文事』ぺりかん社、二〇〇〇年）が示唆していた。杉本の指摘以外にも、巻四の一冒頭部分には、『十二段』の「長生殿《ちょうせいでん》四季《しき》」から文辞の借用があり、一風が『十二段』を意識していたことは確実と思う。なお、『十二段』から『御前義経記』への影響については、別稿（付記1参照）を用意している。

以上、巻三の五「猿で恋する十二段」は、播磨掾の『十二段』の本文を使い、さらに近松の『十二段』の趣向を移して、作ったものであった。

二　巻五の三「悋気くだき」と加賀掾『てんぐのだいり』

『御前義経記』の『浄瑠璃御前物語』利用では、ほかに巻五の三「面影うつる冷泉節《れいぜいぶし》／悋気《りんき》くだき」が「五輪《ごりん》砕《くだき》」の翻案とされる（長谷川強『浮世草子の研究』桜楓社、一九六九年）。以下では、巻五の三「悋気くだき」で「五輪砕」の表現を利用する部分（【御前】と略記）と万治頃（一六五八〜六一）刊上方版『下《くだ》り八嶋《やしま》』五段目（【八嶋】と略記／『古浄瑠璃正本集』第一〇、角川書店、一九八二年）、それと加賀掾正本『てんぐのだいり』第五（【加賀】と略記）とを対比してみよう。なお、十二段本系『浄瑠璃御前物語』の版本で、「五輪砕」の段をもつ本はない。

【御前】扨も久しや命《いのち》あればまたあふ事のふしき。替《かは》る事もなきかと仰ける。さん候先目出度《めでたき》は東《あづま》の殿《との》。つたな

きは我〳〵が頼《たのみ》参らせしお姫《ひめ》様にて候。御身東《あづま》へ御座《ござ》の時。ふりよに心をかけ給ひ。（中略）

あづまちに吹行《ふきゆく》かぜのものいはゞ日に幾度《いくたび》のおとづれやせむ

【八嶋】あれなるは、れいぜいかや、扨も久しのれいせいや、さて上るりはと、とはせ給へば、れいせい此由承り、めてたきは、あづまのとの、扨つたなきは、わらはか君にてとゞめたり、ゆへをいかにとたづぬるに、御身あつまにくたりし時、一やのなさけをかけしより、（中略）

▲あつまぢを、ふきゆく風の、物いわば、日にいくたびの、おとつれやせん

【加賀】あれなるは十五夜、れいせいにてはあらざるか　さても、ひさしの、れいぜいや、扨じやうるりはと、とはせ給へば、二人のびくにうけたまはり、なふめてたきはあづまのとの、さてつたなきはわらはが、きみにて、とゞめたり、ゆへをいかにと尋るに御身あつまへ御座のとき、ふりよに一夜のなさけをかけ、（中略）

あつまちへふきゆく、かせのものいはゝ、日にいくたひのおとつれやせん

『下り八嶋』と『てんぐのだいり』とは、ほとんど同文である。ただ、傍線部にわずかな異同があり、『下り八嶋』で「御身あつまにくだりし時、一やのなさけをかけしより」とあるところ、『てんぐのだいり』では「御身あつまへ御座のとき、ふりよに一夜のなさけをかけ」となっている。これに対応する巻五の三「悋気くだき」の表現は、「御身東へ御座の時。ふりよに心をかけ給ひ」であって、「悋気くだき」の表現が『てんぐのだいり』に近いことがわかる。『下り八嶋』には、ここに掲げた上方版のほかに、鱗形屋《うろこがたや》刊の江戸版（二種）があり、そちらを参照しても傍線部は上方版と同文であった。よって、ひとまず現存の本文を見るかぎり、巻五の三「悋気くだき」は、近松作加賀掾正本『てんぐのだいり』に最も近いといえるだろう。

三　巻二の四「主なき馬に送り状」と長門掾『ふきあげ』

ここまで、『御前義経記』で『浄瑠璃御前物語』を利用する二章につき、一風が使用したであろう本文を推定した。巻三の五「猿で恋する十二段」の「枕問答」、巻五の三「悋気くだき」の「五輪砕」、ともに使用した本文は、最も流布したと思われる十二段本系版本のものではなかった。「枕問答」は播磨掾正本であり、「五輪砕」は十二段本系本の版本には含まれない。こうしたことから考えると、『浄瑠璃御前物語』によりながら、従来、十二段本系本文を参照していたがために、利用に気付かなかったという章もあるのではないか。

巻二の四「面影は義経都落／主なき馬に送り状」。『浄瑠璃御前物語』との関係が気付かれずにいた章である。本章の素材には、藤井乙男が『義経記』巻四の五「義経都落の事」をあげていた。義経は兄頼朝が討手を差し向けたのを知り、対決を避けて都を退去、西国へ向かい、途中の大物浦で平家の怨霊に苦しめられる——というのが、「義経都落の事」である。本章の副題が「面影は義経都落」とあることや、次の巻三の一が謡曲「船弁慶」の翻案であることからの判断と思う。だが、本章の素材には「義経都落の事」ではなく、『浄瑠璃御前物語』の「吹上《ふきあげ》」の段を当てるべきである。本章の梗概と「吹上」の梗概を比べてみる。「吹上」の段は十二段本系版本にも含まれるが、ここでは長門掾《ながとのじょう》正本江戸版『ふきあげ』（『古浄瑠璃正本集』増訂版第二、角川書店、一九六四年）で掲げてみよう。

○『御前義経記』巻二の四	○長門掾正本『ふきあげ』
a　山科に着いた今義は、無断で乗って来た馬に書状を付け、京へ帰す。	イ　牛若は、蒲原宿で、旅の疲れと浄瑠璃御前への恋の思いのため、病になり、吉次らに見捨てられる。

b　今義が針屋の娘の手を握ろうとすると、法善の娘の生霊が現れ、邪魔をする。	ロ　牛若に宿の女房が言い寄るが、牛若は拒絶。吹上の浜に捨てられる。
c　今義は大津の宿屋で病に倒れる。	ハ　源氏の氏神が客僧に変じて、牛若を見舞う。
d　今義を追う観了は、山科にさしかかる辺で、馬に付けた今義の書状を読み、東海道を下る。	ニ　牛若は客僧に浄瑠璃御前への書状を託す。
	ホ　書状を読んだ浄瑠璃御前は、侍女の冷泉をともなって、吹上の浜に急ぐ。
e　観了は大津で今義にめぐり会い、その看病の甲斐あって、今義は快復に向かう。	へ　砂浜に牛若を見つけるが瀕死の体。浄瑠璃御前の涙が牛若の口に入り、牛若はよみがえる。

今義が大津で病の床に臥す（c）のは、牛若が蒲原宿で病になり見捨てられる（イ・ロ）のに対応する。今義の病は、法善の娘の生霊の仕業。法善の娘は針屋の娘に嫉妬し、今義を苦しめる。対する『ふきあげ』の牛若の病は、浄瑠璃姫を想うゆえの恋病み。しかも、「あはれなるかな御さうしは、上るり御ぜんのおもかけを、わすれかたくおほしめして」との記述も見え、この辺から一風は嫉妬に狂う生霊登場の趣向を思いついたものと考える。また、今義が馬に書状を付けて京へ帰し（a）、その書状を観了が読む（d）というのは、旅僧として現じた源氏の氏神に、牛若が浄瑠璃御前への書状を託し（ニ）、浄瑠璃御前がそれを読むこと（ホ）による。本章で今義を救う観了（e）は、「吹上」で牛若を救う浄瑠璃（へ）に当たる。このように、一風は「吹上」の筋立てを前後させながら、本章を仕立てているのである。

前述のように、「吹上」は十二段本系版本にもあるものの、長門掾正本『ふきあげ』とは異同がある。牛若の病を恋病みとするのは同じながら（ただし、長門掾正本の位置には出て来ず、それより後、浄瑠璃姫の館を訪ねた旅僧の台詞に出る）、浄瑠璃御前の面影が忘れられないという記事がない。また、長門掾正本の牛若は旅僧に浄瑠璃御前への書状を託しているが、十二段本系版本では書状を認めず、旅僧に口頭で伝えている。よって、話の展開についていえば、いずれの本文でも差し支えないようながら、牛若の書状の有無に注目した場合、長門掾正本『ふきあげ』の方が、本章の素材に適当だと考える。

四　正本屋の利点

以上、『御前義経記』で『浄瑠璃御前物語』によった章をとり上げ、一風の使用した本文を推定した。もう一度、結果を整理しておこう。

○巻二の四「主なき馬に送り状」……「吹上」──→長門掾正本『ふきあげ』（江戸版）
○巻三の五「猿で恋する十二段」……「枕問答」
　──→播磨掾正本「十二段」より「忍びの段」（段物集『忍四季揃』所収）＋近松作義太夫正本『十二段』
○巻五の三「悋気くだき」……「五輪砕」──→近松作加賀掾正本『てんぐのだいり』

「吹上」は筋立ての利用にとどまるものの、「枕問答」と「五輪砕」の場合は表現の襲用をともない、細部において素材と表現の一致を見る。このことは前に確認した。一風は本文を参照するか、あるいはその本文に十分習熟してから、執筆にのぞんだものと考える。段物集に載る播磨掾「忍びの段」など、諳《そらん》じていたとしても不思議はなかろう。

本文を開いて参照する場合はもちろん、自在に翻案できるまでに習熟するためには、これらの本文が身近になくてはならない。播磨掾段物集『忍四季揃』は、一風の父西沢太兵衛の板であり、『忍四季揃』が一風の身近にあったことは、容易に想像できる。このほか、加賀掾『てんぐのだいり』、長門掾『ふきあげ』、近松の『十二段』。一風の手元には、数種の『浄瑠璃御前物語』及びそれに連なる作品の本文があったことになる。

　こうした本文の蓄積は、『浄瑠璃御前物語』に限ったことではなかった。『御前義経記』全体を眺めてみるなら、一風の手元には、『浄瑠璃御前物語』の他にも、多くの本文の蓄積があったと推測されるからである。『御前義経記』の素材のうち、『義経記』以外のものを、ジャンル別に列挙してみよう。

（一）謡曲……鞍馬天狗（巻一の一）【井】・橋弁慶（巻一の二）【藤】・笛の巻（巻一の二）【藤】〈幸若「笛の巻」も併記〉・船弁慶（巻三の一）【藤】（巻七の二）【長】・安宅《あたか》（巻三の二）（巻五の四）【藤】・摂待（巻五の二）【藤】・景清（巻六の一）【藤】

（二）幸若舞曲……伏見常盤《ときわ》（巻一の二）【藤】・烏帽子折《えぼしおり》（巻一の三）【藤】（巻二の一）（巻四の二）（巻四の四）【長】・山中《やまなか》常盤（巻三の三）【藤】・かまだ（巻三の四）【藤】〈『平治物語』も併記〉・堀川夜討《ようち》（巻四の一）【藤】・八島（巻五の一）【藤】・和泉《いずみ》が城《じょう》（巻七の一）【井】・高館《たかだち》（巻七の一）【藤】

（三）浄瑠璃

イ、浄瑠璃御前物語……吹上（巻二の四）【井】・枕問答（巻三の五）【藤】・五輪砕（巻五の三）【長】

ロ、近松の作品……十二段（巻一の一）【杉】（巻三の五）（巻四の一）【井】・吉野忠信（巻七の三）【井】

ハ、その他……本海道虎石《ほんかいどうとらがいし》（巻三の一）（巻五の二）【長】・本朝《ほんちょう》中興《ちゅうこう》花鳥伝《かちょうでん》〔義経《よしつね》東《あずま》六法《ろっぽう》〕（巻四の三）【藤】・源氏六条通《げんじろくじょうがよい》（巻六の一）【長】

（四）歌舞伎……傾城浅間嶽《けいせいあさまがたけ》（巻二の三）【藤】・傾城仏の原（巻八の三）【藤】

(五)浮世草子……花の名残(巻六の三)【長】

(六)義経関係説話〈『義経記』に見えぬものに限る〉……「坂落し」説話(巻六の一)【井】・「逆櫓《さかろ》」説話(巻六の二)【藤】・北条泰時名判官説話(巻六の四)【藤】

(七)巷説……おさよ知玄の心中(巻七の一)【長】

＊( )は、その素材を利用する『御前義経記』の章を示す。

＊指摘者は次のように略記した。【藤】……藤井乙男『浮世草子名作集』【長】……長谷川強『浮世草子の研究』【杉】……杉本和寛「『御前義経記』の構想」【井】……井上和人

なお、井上指摘の素材のうち、本稿でふれていないものについては、別稿(付記1参照)を用意している。

これらの素材の全てについて、一風が本文を参照しながら『御前義経記』を述作したわけではないだろう。例えば謡曲の場合、謡本を開かずとも、諳んじていたと考えてよいのではないか。また、いずれのジャンルにおいても、表現の利用を行わず、ただ単に筋立ての利用のみを行うような場合、本文につく必要はないだろう。しかし、『本朝中興花鳥伝』や『傾城仏の原』の例のように表現の襲用が相当量に及ぶ場合(藤井乙男『浮世草子名作集』参照)には、やはり本文を参照しつつ述作したものと考える。一風の机辺には、浄瑠璃正本や絵入狂言本など、本文の蓄積があったと推測するのである。

こうした推測は、『寛濶曽我物語《かんかつそがものがたり》』(元禄一四年正月刊・一七〇一)の本文利用を見ると確かなものとなる。『寛濶曽我物語』の素材は、以前に検討したことがある(「『寛濶曽我物語』の素材――演劇作品を中心に――」『国文学研究』第一二三集、一九九七年一〇月)。今、それら素材の作品名のみ列挙してみよう。なお、(三)浄瑠璃のうち、近松作『三世《さんぜ》相《そう》』(貞享三年五月上演・一六八六)の利用(巻十の四・巻十一の三で利用)は、前掲拙稿発表後に気付いたものである。

（一）謡曲……伏木《ふしき》曽我＊
（二）幸若舞曲……夜討曽我
（三）浄瑠璃……ゆいせき諍《あらそい》・きりかね・ふじのまきかり・禅師曽我・世継曽我・源《げん》氏長久《じちょうきゅう》移徙悦《わたましのよろこび》・頼朝浜出・三世相・頼朝伊豆日記・本海道虎石・大磯虎稚物語《おおいそのとらおさなものがたり》・大曽我・根元《こんげん》曽我・曽我五人兄弟・百日曽我
（四）歌舞伎……太平記＊・鎌倉正月買《かまくらしょうがつかい》＊

『寛潤曽我物語』の本文利用は、素材から本文をもとのままで――すなわち翻案を加えずに引用、再構成するのが特徴である。その実態は前掲拙稿に譲るとして、右にあげた諸作品のうち、＊印をつけたもの以外、すべて文辞の襲用――それも相当長文にわたる襲用をともなうことだけは言っておこう。よって、一風はこれらの本文を参照しながら『寛潤曽我物語』を述作したのであり、彼の手元には、これだけの本文の蓄積があったと考えるのである。

『御前義経記』に使用した本文と『寛潤曽我物語』に使用した本文だけでも、相当な量に及ぶ。当然、これに『義経記』と『曽我物語』が加わり、ほかに手元にありながら使用しなかった本文もあっただろう。一風の備えていた本文は、この何倍にも達すると想像する。浄瑠璃正本をはじめ、軍記・舞の本・絵入狂言本など、多種多様な本文を意のままに見ることのできる環境。ここで、一風が正本屋だったことを思い起こさねばなるまい。

正本屋――浄瑠璃・歌舞伎・歌謡関係の書物を主に扱う本屋である。近時、こうした正本屋が浄瑠璃本文製作の場であったと推定されている。寛永期浄瑠璃の本文は、謡曲・舞曲・軍記・寺社縁起など豊富に蓄積した本文を用いて、正本屋の主導により成立したという（阪口弘之「操浄瑠璃の語り――口承と書承――」『伝承文学研究』第四二集、一九九四年五月・秋本鈴史「寛永期の浄瑠璃」『岩波講座　歌舞伎・文楽第七巻　浄瑠璃の誕生と古浄瑠璃』岩波書店、一九九八年）。また、万治寛文期（一六五八～七三）、江戸浄瑠璃の上方への移入に際し、作品の改訂編集に版元の正本屋が当たったという（阪口弘之「金平浄瑠璃と東西交流——丹波少掾・播磨掾・出羽掾——」『岩波講座　歌舞伎・文楽第七巻　浄瑠璃の誕生と古浄瑠璃』）。正本屋には江戸版浄瑠璃本の蓄蔵もあったことになる。

浄瑠璃本文の製作、江戸浄瑠璃の上方版正本の改訂編集。正本屋におけるこれらの作業は、蓄積した本文を材料に行われた。一風の父太兵衛の時代のことである。そうした本文の蓄積が、新刊の本文を加えつつ、一風の代にも引き継がれていったと想像してよいのではないか。『御前義経記』や『寛濶曽我物語』のように、多様なジャンルにわたって、大量の文辞を襲用し、本文に対する習熟を必要とする作品は、本文の蓄積があってはじめて執筆できる。これらは、一風が正本屋だったからこそ生み出すことのできた作品といえよう。

付記1　本文で別稿としたのは、「『御前義経記』の素材と方法——義経説話と近松浄瑠璃を補う——」（『江戸文学』第二三号、二〇〇一年六月）である。

付記2　本稿は、科学研究費補助金（特別研究員奨励費）による研究成果の一部である。

六　鷺水浮世草子の特質とその板元
――菱屋治兵衛との確執をめぐって――

藤川雅恵

はじめに

西鶴の没後から八文字屋本が全盛期を迎えるまでの期間は、一般に「其磧《きせき》・一風《いっぷう》競争期」と言われている。もちろん、この時期に浮世草子作者として活動していたものはほかにもおり、青木鷺水《ろすい》もその一人であった。彼もこの時期に集中して浮世草子を書いているが、その評価は概ね低い。しかし、今日の評価と当時の評価は必ずしも一致しないのではないか。この時期の浮世草子はどのように出板され、その内容にはどんな特質があるのだろうか。本稿では、宝永年間（一七〇四～一〇）に浮世草子作者として活躍した青木鷺水を中心に、宝永の浮世草子の出板をめぐる諸問題について考えてみたい。

一　鷺水の著書と板元との関係

鷺水は浮世草子のほかに俳諧の作法書、辞書、類書など、実にさまざまなものを執筆している。しかし、そのすべてが同じ書肆から出されているのではなく、これもまたさまざまである。彼が作品を上梓する際には、どのような書肆と関わっているのだろうか。その関係を表にまとめたので、これを見ながら考えてゆく。（二二四－五頁表参照）

この表を見ると、鷺水が著した作品には、大坂の書肆がまったく関わっていないことに気づく。しかも『和漢故《わかんこ》事要言《じようげん》』の刊行までは、京以外の書肆と関わったのが一度だけである。また、一つの作品に複数の書肆が関わったこともあるが、それもすべて京の書肆であった。そのなかには、『若ゑひす』以外は西沢一風作『女大名丹前能《おんなだいみようたんぜんのう》』（元禄一五〔一七〇二〕年刊）にしか関わっていない金屋市兵衛のほか、丹波屋茂兵衛や山岡四良兵衛など、関わった作品が一つだけという珍しい書肆の名も多く見られる。

一方、著書の中では俳諧作法書が最も多く、次に浮世草子が多い。そのうえ、鷺水はこれらの作品を精力的に執筆しながら、年に何度も俳諧撰集に句を入集していた。彼が編んだ俳諧作法書と俳書はすべて井筒屋庄兵衛から刊行され、井筒屋との関係も深かったものと思われる。(2) 彼は浮世草子を書き始めてからも俳諧師としての活動を休止せず、井筒屋からの作品にも関わり続けた。しかし、浮世草子の板行には井筒屋は一切関わらなかった。その代わりに彼の浮世草子の板元として大きく関わってくるのが、京の菱屋治兵衛と西村市郎右衛門と江戸の出雲寺和泉《いずみの》掾《じよう》である。

元禄一三年（一七〇〇）正月に、鷺水は「若松梅之助」という名前で『十能都鳥狂詩《じゆうのうみやこどりきようし》』(3) に跋文を書く。これは

【鷺水の著書とその板元[1]】

板元の所在地												
	刊年・月	元禄八	元禄八・三	元禄九・一	元禄一〇・二	元禄一〇・四	元禄一〇・九	元禄一一・二	元禄一一・五	元禄一三・一	元禄一三・三	元禄一三
	書名	俳諧よせかき大成	手ならひ	世俗字尽	古今将棊図彙	俳諧指南大全	俳林良材	俳諧大成新式	万葉仮名つかひ	十能都鳥狂詩	三才全書俳林節用集	和歌読方指南抄
	作品の種類	作法	作法	辞書	将棋	作法	作法	作法	辞書	戯文	辞書	和歌
京	井筒屋庄兵衛	○	○	○	○		○		○		○	
京	和泉屋茂兵衛	○										
京	柏屋四郎兵衛	○										
京	山岡四良兵衛							○				
京	菱屋治兵衛									○		
京	金屋市兵衛											
江	出雲寺和泉掾											
京	上村四郎兵衛											
京	西村市郎右衛門											
京	中川茂兵衛											
京	丹波屋茂兵衛											
	その他				○	○		○	○			
	板元名不掲載											○

元禄一五	若ゑひす	俳書						○							
宝永二・九	和漢故事要言	辞書							○	○					
宝永三・一	御伽百物語	浮世					○		○						
宝永四・一	和歌浅香山	和歌						○							
宝永四・三	諸国因果物語	浮世					○		○						
宝永五・一	古今堪忍記	浮世					○		○						
宝永六・八	新玉櫛笥	浮世									○	○			
宝永七・三	吉日鎧曾我	浮世									○		○	○	
刊年不明	高名太平記	浮世												○	

凡例　作法―俳諧作法書、俳書―俳諧撰集、和歌―和歌作法書、浮世―浮世草子。
なお、鷺水自身が編者ではない俳書は省略した。

元禄期の人気歌舞伎役者の中村七三郎を賛美した小冊子で、菱屋治兵衛の単独板である。さらに、その後には『和漢故事要言』の刊行で江戸の出雲寺和泉掾（林・出雲寺四郎（良）兵衛とも）との関わりを持ち、その翌年に両者の相《あい》板《はん》で『御伽百物語《おとぎひゃくものがたり》』が板行される。後者はそれまで京都でしか活動していなかった鷺水を江戸に知らしめたという点では、重要な役割を占めているが、ここでは単なる売捌き元として考えておくことが妥当であろう。

宝永三年（一七〇六）正月、鷺水にとって初めての浮世草子である『御伽百物語』が刊行され、これに続いて『諸国因果物語《しょこくいんがものがたり》』、『古今堪忍記《ここんかんにんき》』と年に一度のペースで菱屋と出雲寺の相板の浮世草子が刊行されるようになる。

しかし、宝永六年刊（一七〇九）の『新玉櫛笥《しんたまくしげ》』になると西村市郎右衛門と中川茂兵衛の相板となり、書肆の名前がすっかり変わってしまうのだ。このようなことが起こったのはなぜなのか。次にこの問題について考えてみたい。

二　菱屋治兵衛との確執

すでに述べたが、『十能都鳥狂詩』を単独で板行し、鷺水と先に結びついたのは菱屋治兵衛であった。それゆえ、鷺水浮世草子の板行に際しても、書肆たちの中で主導権をにぎっていたのは京の菱屋治兵衛であると考えていいだろう。では菱屋治兵衛とは、どのような書肆なのだろうか。今までこの書肆の出板活動については、詳しい調査がなされていない。まずは菱屋治兵衛の出板活動を確認するために、寛文期から延享期まで（一六六一～一七四六）の菱屋板行の出板物を簡単に記しておく。(4)

【菱屋治兵衛の出板活動】（刊年）、『書名』、改題または再板、（著者名）、単独の板行または相板（所在地・名称）の順に記した。

（寛文一一）『和漢朗詠集註』（西生《にしなり》永斉・北村季吟）単独
（貞享五）『役行者縁起』改題（浅井了意《りょうい》）単独
（元禄六）『改算記大成』
（元禄一二）『狂言記』（不明）単独
（元禄一三）『十能都鳥狂詩』（青木鷺水）単独
（元禄一三）『狂言記　外』（不明）単独
（元禄一四）『露五郎兵衛新《つゆのごろべえしん》はなし』（露五郎兵衛）単独
（宝永二？）『伊勢太神宮御利生記《いせだいじんぐうごりしょうき》』（錦文流《にしきぶんりゅう》）単独(5)
（宝永三）『御伽百物語』（青木鷺水）
相板（江戸・林和泉掾）
（宝永四）『諸国因果物語』（青木鷺水）

相板（江戸・出雲寺四郎兵衛）
（宝永五）『古今堪忍記《ここんかんにんき》』（青木鷺水）
相板（江戸・出雲寺四郎兵衛）
（宝永七）『座敷歌舞伎』（不明）
相板（大坂・十一屋伊右衛門）
（宝永七）『男色今鑑《なんしよくいまかがみ》』（不明）単独
（正徳一）『忠義武道播磨石《ちゆうぎぶどうはりまいし》』（月尋堂《げつじんどう》）単独
（正徳二）『近士武道三国志《きんじぶどうさんごくし》』（月尋堂）
相板（江戸・出雲寺四郎兵衛）
（正徳五）『世間子息気質《むすこかたぎ》』再板（江島其磧）単独
（正徳六）『諸家前太平記《しよけぜんたいへいき》』（不明）単独か
（享保二）『忠義太平記大全《たいぜん》』（不明）単独
（享保二）『怪醜夜光魂《かいしゆうやこうのたま》』再板（音久《おんきゆう》）単独
（享保七）『商人家職訓《あきんどかしよくきん》』（江島其磧）
（享保一一）『怪談諸国物語』再板（北条団水《ほうじようだんすい》）単独
（享保一一）『大和《やまと》言葉』（不明）単独
（享保一五）『狂言記拾遺』（不明）単独
（享保一七）『万金産業袋《ばんきんすぎわいぶくろ》』（三宅也来）単独
（享保二〇）『咲分五人娘《さきわけごにんむすめ》』再板（江島其磧）
（寛保二）『絵本姫小松』（西川祐信）
（延享二）『賢女心化粧《けんじよこころげしよう》』再板（江島其磧）相板（東都・鱗形屋孫兵衛、京都・銭屋庄兵衛）
（延享二）『絵本若草山』（西川祐信）相板（江戸・鱗形屋孫兵衛、京・菊屋喜兵衛）
（不明）『しゆ天どうじ』（不明）相板（京・安田屋与三兵衛）

この表には延享期までしか記さなかったが、菱屋は寛政期（一七八九〜一八〇〇）になると「京都菊屋七郎兵衛、菱屋治兵衛、菱屋孫兵衛、海老屋伊三郎、鶴屋喜右衛門、右草紙屋を五軒屋と唱申候」（『大阪書籍商旧記類纂』寛政五年九月の項）と言われるほどの大きな書肆に成長する。享保期（一七一六〜三五）までは浮世草子などの散文の板行が目立つが、それ以降は竹田出雲の『男作五雁金《おとこだていつつかりがね》』、並木宗輔《そうすけ》らによる『仮名手本忠臣蔵』（寛延一（一七四八）年刊）

など、主に浄瑠璃作品の板行に関わっていった。

延宝八年から宝永末年まで（一六八〇〜一七一〇）の菱屋の出板物はあまり多くない。活動の期間から見れば、鷺水の『十能都鳥狂詩』は初期の刊行物といえる。したがってその頃は、書肆としてはまだ駆け出しであったと思われる。ただし、再板本の単独での板行が目立ち、何らかの力を持ちあわせていたようである。後に鷺水の浮世草子の板行に関与しなくなってからは、一年の空白期間をおく。しかし、すぐに作者不明の浮世草子を二作、その後には月尋堂作と言われている『忠義武道播磨石』や『近士武道三国志』、(6) 八文字屋本の『商人家職訓』、『咲分五人娘』、『賢女心化粧』の再板など、浮世草子の板行に積極的に参加し、その力が衰えることはなかった。

鷺水の浮世草子の場合、出板上の主導権を握っていたのは書肆と作者のどちらなのだろうか。また、板元に主導権があった場合、菱屋が鷺水に対してどの程度の発言権をもっていたのだろうか。浮世草子の刊記に掲載された広告に、その手がかりを見出せる可能性があるかもしれない。まずは各作品の広告について検討してみたい。

【鷺水浮世草子の広告】（傍点筆者。ただし、『新玉櫛笥』と『吉日鎧曾我《きちにちよろいそが》』には広告なし。）

宝永三年正月『御伽百物語』「諸国因果物語／全部六巻／跡より追付出来」

宝永四年三月『諸国因果物語』「近代芭蕉翁諸国物語／全部六巻／近日出来申候」

宝永五年正月『古今堪忍記』「此次ニ俳林近代芭蕉翁諸国物語／全部六巻／行脚手日記／同／風流吉日鎧曾我／全部八巻／此二色追付出来仕候／板行出来／御伽百物語／全部六巻／此本近代ようくわはなししるす／同／近代因果物語／全部六巻／此本近代むくひはなししるす／此二色は板行出来仕候御覧被遊可被下候」

これらの広告を見ると、次回板行予定の作品名（傍点部分）が必ず記されていることに気づく。『御伽百物語』の最終巻末には、その次に刊行された『諸国因果物語』の名が記載されている。しかし、『諸国因果物語』が刊行されたのは翌年の三月である。

このように、作品が出される一年も前から次回刊行予告が記載されているということは、作者が次回作を執筆する前から、そのタイトルが決まっていたということが容易に想像できよう。つまり、菱屋は次の利益獲得のために、また作者を確保しておくためにも、作者が作品を書かないうちに、はるかに先行したかたちで広告を出していたのだ。そのようなことから、作品を執筆する際の主導権は完全に菱屋の側にあったことがわかる。したがってこの頃の鷺水は、書肆の指示に従ってただ書き続けるのみであったと考えられる。

続いて、『諸国因果物語』の広告には『芭蕉《ばしよう》翁《おう》諸国《しよこく》物語《ものがたり》』という書名が載る。しかし、その翌年に出されたのは違う作品であった。ちなみに『芭蕉翁諸国物語』は『農民太平記』のことではないかと長谷川強(7)が指摘したが、倉員正江(8)によってこのことが否定されている。したがって、鷺水が『芭蕉翁諸国物語』の執筆には応じず、その代わりに『古今堪忍記』を執筆し、菱屋はこの板行に渋々応じたものと思われる。その広告には、『諸国因果物語』の広告に記載されていた『芭蕉翁諸国物語』が再び載せられ、新たに『吉日鎧曾我』という書名まで加わる。しかし、広告に二度もその名を載せておきながら、結局『芭蕉翁諸国物語』は刊行されなかった。鷺水はこの作品だけは書けなかったようだ。そうした過程を考慮すれば、鷺水と菱屋との間に確執のようなものが生じたことが想像できる。

このトラブルに辟易《へきえき》したのだろうか。鷺水は『古今堪忍記』をもって菱屋治兵衛との関係を断つことになる。宝永六（一七〇九）年には書肆を一新し、中川茂兵衛と西村市郎右衛門の相板で『新玉櫛笥』(9)を刊行する。その頃の西村といえば、未達《みたつ》も亡くなって衰退期に入り、経営が二代目に移ったばかりであった。鷺水は自分の書きたい作品の書けない菱屋を避け、思い通りの作品を書くために、西村を選んだのではないだろうか。

宝永七年（一七一〇）には、『古今堪忍記』（菱屋と出雲寺相板）の広告に載っていた『吉日鎧曾我』[10]を西村から刊行してしまう。一方、菱屋では、同年に作者不明の『座敷歌舞伎』（大坂・十一屋伊右衛門と相板）と『男色今鑑』を板行し、正徳元年（一七一一）には月尋堂作の『忠義武道播磨石』、その翌年には、再び出雲寺和泉掾との相板で同じく月尋堂作[11]の『近士武道三国志』を板行し、もっぱら月尋堂作の浮世草子に傾倒してゆく。鷺水を失った菱屋は、作品を提供してくれる作者に不自由していなかったものと思われる。同時に、書肆を失った鷺水も作品を発表する場に困ることはなかった。こうして、鷺水と菱屋の決裂は確実なものとなった。

三　鷺水浮世草子の特質　その一　――出板ウラ事情の暴露――

前節で見てきたように、鷺水と菱屋の間に何らかのトラブルがあったことは間違いない。しかし、その原因は、単に鷺水が『芭蕉翁諸国物語』を書かなかったからということだけとは考え難い。鷺水の浮世草子の内容にも、その一因が含まれている可能性もあるのではないか。

『諸国因果物語』（宝永四年（一七〇七）三月刊）には、「妄語《もうご》の罪によりて腕なへたる人の事」（巻二の五）という話があり、冒頭にはこのようなエピソードが載せられている。

一年《ひととせ》、小河の報恩寺殿、円光大師伝をつくり、東武に捧たてまつらんと思ひたゝれけるについゐて、本寺たるにより、智恩院《ママ》に申されしかば、此僧の心ざしを感じ、什物《じうもつ》として数代文庫に隠されし正本を借し給ひぬ。[12]

この話は、京都の小河に実在する報恩寺(13)が円光大師伝を出すために、知恩院より秘伝の正本が貸与されるところから始まる。書道家北向雲竹が清書を依頼され、その時弟子の小兵衛が雲竹の書いた草案を密かに写し、秘蔵した。しかし、前の奉公先の主人にこのことを喋ってしまい、主人がそれを欲しがるので、模写したものを進呈する。主人の死後、小兵衛は冥土で閻魔王宮の役人となった主人の祐筆になるよう命じられる。しかし、右手が不自由で筆を絶っていると嘘をつき、命を取り留める。蘇生すると、小兵衛の手は動かなくなり、それに恐れて出家し、それが元禄一五年（一七〇二）の出来事であると記されたところで終わる。

この話の冥土へ行く場面より後の部分には、『酉陽雑俎《ゆうようざつそ》』続集巻二第九〇三話が利用されている(14)。また、前半に登場する書道家の北向雲竹は実在の人物で、『円光大師伝《えんこうだいしでん》』も現存する(15)。しかし、前半部分には典拠と指摘されるものがまったくない。ではなぜここで『円光大師伝』が話題に上るのだろうか。『京都書林行事上組済帳標目(16)』（以下『済帳標目』）に、興味深い記事が記されているので、示しておきたい。

一　円光大師絵詞伝、先年小川多左衛門板行被レ致候共、中野五郎左衛門所持候上人伝に、構申由、断被レ申候得共、本山□□□□（虫損にて判読不可）候えば、無二是非一板行致させ候。依て作者義山坊へ五郎左衛門ら頼上候。抄の写置、繕由、被レ作候故、即看判出し置候処、抄之写本も（を）小川へ被レ遣候に付、五郎左衛門断被レ申候得共、是又蔵板の由にて、取放不レ被レ申に付、五郎左衛門より本山役者へ願被レ申候。役者蔵板にて無レ之由被レ仰候旨行事へ被二申出一候故、双方より口書を取、引合見候へ共、間違共多く、判断難レ成に付、双方之理非不二相致一、五郎右衛門所持の御伝板木代壱貫目と金子三両に行事方へ買請候。義山坊へ買請可レ申旨被レ申候故、右の銀子義山坊より請取、板木相渡し申候。抄の写本は行事へもらひ、小川へ遣し、礼金弐両受取候。此金子義山坊へ紙墨代に遣し候へ共、受納無レ之候故、中ヶ間帳箱へ納、出入相済申候。宝永元申七月（返り点、句読点は私に付した。）

『済帳標目』は京都の本屋仲間での重板、類板等のトラブルを記録したものである。ここでは「円光大師絵詞伝」の重板のトラブルが扱われており、「円光大師絵詞伝」の「抄の写本」が二つの書肆に渡ってしまったために、重板が起こった。この争いは作者の義山《ぎさん》を巻き込んでの裁判にまで及ぶが、双方の言い分が食い違い、判断がつかなくなったため、和解金を支払うことで終結した経緯が記されている。

ここで小川多左衛門が板行した「円光大師絵詞伝」とは、恐らく『円光大師行状翼賛《えんこうだいしぎょうじょうよくさん》』（義山作）のことで、元禄一六（一七〇三）年の序で、宝永元（一七〇四）年に小川多左衛門から出されている。[17]一方、これに先立って中野五郎左衛門が板行したのは、『円光大師伝』（元禄十三年（一七〇〇）・北向雲竹書）のことと思われる。管見の限りでは、『円光大師伝』に刊記はなく、板行した書肆の名前は不明である。しかし、『済帳標目』に挙げられている争いの内容は『諸国因果物語』の前半に類似しているのだ。

この話も知恩院から借り受けた正本の写本の流出が話題の中心となり、やがて中国小説を利用した怪異譚へと展開してゆく。鷺水は『済帳標目』に挙げられた「円光大師絵詞伝」をめぐる争いの裏事情を知っていたからこそ、ここに『円光大師伝』の写本をめぐる争いのエピソードを取り入れたのではないのだろうか。

正本を密かに書写して他人へ譲り渡した小兵衛は、冥土で写本を隠した罪を問われ、腕も萎えてしまう。これは実際に写本の無断譲渡が行われて、重板事件が起こったことを暗に示しているのではないか。『済帳標目』には「双方より口書を取、引合見候へ共、間違共多く、判断難レ成」く、双方の勝敗をつけられなかったとあるが、実際には写本が無断で小川多左衛門方に譲渡され、小川が義山を擁して『円光大師行状翼賛』を板行しようとしたのかもしれない。小兵衛の腕が萎えたのが元禄一五年で、『円光大師行状翼賛』の序が書かれたのがその翌年である。鷺水は、小川への写本の無断譲渡がその年に行われたことを、怪異譚の中で、暴露していたのだった。

また、鷺水は筆耕の仕事について「筆耕といふ事を仕ならひ、やう〳〵と拵《かせぎ》けるが、是も洛中にその業に堪たる上手どもあまたあれば、能をあらそひ功をいどみて、我さきとはげみける…」(『古今堪忍記』巻二の一「貞女の堪忍」)と記している。鷺水の作品は、一見中国の怪異小説を焼き直しただけのものに見えるが、実はこのように、本屋仲間結成以前の元禄・宝永期の出板界の混乱を暗に暴露していたのである。無論、このような話題が板元にとっては迷惑なものであり、二者の確執を生む一因にもなり得たことは想像できよう。

四　鷺水浮世草子の特質　その二——情報小説としての面白さと危険性——

出板界の裏事情を書かれることも書肆にとっては迷惑だが、近時に起こった事件や実在の人名を作品に使用することもまた、出板取締令に抵触し得るという点では迷惑である。今まで、鷺水の作品の特質は中国の怪異小説を利用する点にあると言われ続けてきたが、前節で見たとおり、際物《きわもの》の情報小説という一面を持っているとも言えよう。紙幅も尽きてしまったので詳しくは別稿に譲るが、その見通しを以下、簡単に示しておく。

一作目の『御伽百物語』では、元禄一四年(一七〇一)に起こった赤穂浪士の討ち入り事件(18)(巻六の一「木偶人と談」)、上梓される直前の宝永二(一七〇五)年に闕所になった富豪淀屋辰五郎《よどやたつごろう》の豪遊ぶり(巻二の三「淀屋の屏風」)、また、元禄一五年(一七〇二)に処刑された難波五人男、浮世絵師の菱川師宣などを扱い、好評を博したものと思われる。というのも、この作品の現存する板本は三種類に分かれており、少なくとも三板を重ねたと見るべきだから

である。(19)

二作目の『諸国因果物語』は『御伽百物語』の続編として出された作品である。前述の『円光大師伝』の話題や古浄瑠璃の太夫の日暮小太夫《ひぐらしこだゆう》の生涯（巻四の四「人形を火に焼てむくひを請し事」）など実在の人物を扱う。このように、各話に近時の具体的な年月や場所、そして名前が明記されており、モデル小説としての可能性が高い。また、自らもその跋文で「近代因果物語」と称しており、情報小説としての自覚を強く感じさせられる作品である。

菱屋から出した最後の浮世草子となった『古今堪忍記』は、前の二作品とは少し異なる性質を持つ作品で、ほとんどの話に中国怪異小説の『輟畊録《てっこうろく》』のプロットが取り入れられている。(20)前二作品の内容が過激だったために、書肆の注意を受けたのだろうか、『輟畊録』の枠組みを利用し、各話の内容は武士や儒学者の出世話を中心とした無難なものになっている。しかし、その一部に登場する儒学者は実在の儒学者で、伊藤仁斎《じんさい》（巻五の二「祐筆の堪忍」）や『日本古今人物史《にほんここんじんぶつし》』を書いて寛文八（一六六八）年に罰せられ、罪を赦された後に京で儒学を教え、『古今堪忍記』が出る前年の宝永四年（一七〇二）に亡くなった宇都宮由的(21)（遯庵《とんあん》）などが登場している（巻二の二「色欲の堪忍」）。また、実在の富裕な町人が登場することもあった。巻一の三「寿命を買堪忍」に登場する割符仲間《わっぷなかま》の「三宅」という人物は、元禄二（一六八九）年刊『京羽二重織留《きょうはぶたえおりどめ》』巻六「人名部　長崎割符取人数」に「中立売新町東へ入　中老　三宅新右衛門」とある、その人である。

つまり、『古今堪忍記』は中国怪異小説を翻案したものとも見て取れるが、実はモデル小説としての可能性を多分に含んだ作品なのである。鷺水はそうした傾向の作品を書き続けるために、菱屋・出雲寺との関係を断ち、書肆を換えたのではないのだろうか。確かに、菱屋との確執の原因は、表面的には『芭蕉翁諸国物語』を書けなかったことにあるのかもしれない。しかし、鷺水の書く情報小説の過激さもその一因だったと考えられる。

書肆を一新して出された『新玉櫛笥』には、近時の話題となった出来事が大きく取り上げられる。たとえば、巻三の一「出世の銭独楽《ぜにごま》」という話がある。これは銭独楽をこよなく愛する書生が、それを賛美する戯文を書いたところ、銭の神が枕もとに立ち、嫁を授けられるという話である。銭神が夢枕に立って富を授ける趣向は、『伽婢子《おとぎぼうこ》』巻第五「長柄僧都が銭の精霊に逢事」にもみられるものだが、この話の中心をなしている銭独楽はその頃に流行した遊戯である。この流行は元禄一三年（一七〇〇）に初太郎という少年が四条河原町で興行したのが当った事に始り、その加熱ぶりは元禄一四年（一七〇一）刊の『けいせい色三味線《いろじゃみせん》』京之巻第二「花を繕ふ柏木の衣紋」にも取り上げられている。

しかし、独楽回しの流行は決して楽観的なものではなかった。『御触書寛保集成《おふれがきかんぽしゅうせい》』によれば、すでに独楽流行より一年後の元禄一四年一一月には停止が命じられ、それでも止まないため、宝永三年一一月にも「こま之儀、御停止之旨、先年相触候処、又々頃日謡こまと名付、廻し候由相聞、不届候」というように、たびたび禁止されている遊戯であった。鷺水はこの禁じられている遊戯を自らの物語の中で堂々と賛美していたのである。『新玉櫛笥』の出された翌年には三度目の独楽禁止令が出される。書肆を換え、再び情報小説作家として、鷺水は活動を始めたのだった。

おわりに

青木鷺水の浮世草子の特徴は、そのプロットに中国怪異小説を多用している、仮名草子の影響を強く受けているなどと言われ、これまで評価の低いマイナー作家として位置付けられていた。しかし、彼が書肆との間に確執を生じたとしても、他の書肆を介して作品を出すことができたことや、彼の作品が近時に起こった出来事や実在の人物じる。

を多用した新しいタイプの情報小説であったことを考慮すれば、マイナーと位置付けることにいささかの疑問を感

西鶴作品を使用することを得意とする其磧、演劇の趣向を取り入れることを得意とする一風。宝永年間の（一七〇四〜一〇）浮世草子界は「其磧・一風競争期」と言われているが、そこに情報小説を得意とする鷺水を加えて見直すことも必要であろう。

（1）小川武彦『青木鷺水集　別巻研究編』ゆまに書房、一九九一年の年譜を参考にした。
（2）井筒屋庄兵衛の出版活動については、雲英末雄『元禄京都俳壇研究』勉誠社、一九八五年にて詳細な調査が行われている。
（3）鳥越文蔵『元禄歌舞伎攷』八木書店、一九九一年に紹介されている。
（4）作成には、矢島玄亮『徳川時代出板者出板物集覧』（万葉堂書店、一九七六年）、井上隆明『近世書林板元総覧』（青裳堂書店、一九八一年）、長谷川強『浮世草子考証年表―宝永以後―』（青裳堂書店、一九八四年）などを参考にした。
（5）倉員正江「浄瑠璃「神託粟万石」とその周辺―錦文流作の可能性をめぐって―」『語文』一二〇輯、二〇〇一年六月。
（6）藤原英城「月尋堂の存疑書等について―「近士武道三国志」を中心に―」『国語国文』第六〇巻一〇号、一九九一年一〇月。
（7）長谷川強『浮世草子考証年表―宝永以降―』青裳堂書店、一九八四年。
（8）倉員正江「続・百姓一揆をめぐる浮世草子―『農民太平記』『百姓盛衰記』を中心に―」『近世文芸研究と評論』三四号、一九八八年六月。
（9）中島隆『初期浮世草子の展開』若草書房、一九九六年。
（10）伝本の所在が不明のため、尾崎久弥『甘露堂文庫稀覯本攷覧』名古屋書史会、一九三三年によった。
（11）藤原英城編『近志武道三国志』解説。古典文庫、二〇〇〇年。
（12）小川武彦編『青木鷺水集』第四巻、ゆまに書房、一九八五年。ただし、句読点、濁点は私に付した。

(13) 「○浄土仏閣／報恩寺／寺の内通小川西へ入ル所」（『京羽《きょうは》二重《ぶたえ》』貞享二年・一六八五刊、巻四）。
(14) 神谷勝広「鷺水の浮世草子と中国小説」『国語国文』第六二巻一号、一九九三年一月。
(15) 拙稿「『諸国因果物語』考——西鶴作品の受容と解釈——」『青山学院大学文学部紀要』第四一号、二〇〇〇年一月。
(16) 宗政五十緒・朝倉治彦編『京都書林仲間記録』第五巻、ゆまに書房、一九七七年。
(17) 矢島玄亮『徳川時代出板者出板物集覧』万葉堂書店、一九七六年。
(18) 拙稿「鷺水の〈近代〉——『御伽百物語』論——」『日本文学』四七巻六号、一九九八年六月。
(19) 拙稿注15に同じ。
(20) 長谷川強『浮世草子の研究』桜楓社、一九六九年。
(21) 原念斎『先哲叢談』東洋文庫、平凡社、一九九四年。

七　赤穂事件虚構化の方法と意味
——享受者の視点をめぐって——

杉本和寛

はじめに

元禄一四年（一七〇一）三月一四日の浅野内匠頭の吉良上野介に対する刃傷事件に端を発し、翌年一二月一四日の赤穂浪士吉良邸討ち入り、そして一六年二月四日の浪士切腹へとつながる一連の事件が、演劇・小説・実録などさまざまな形態をとりながら虚構化・文芸化され、その一つの頂点として、寛延元年（一七四八）八月竹本座初演の『仮名手本忠臣蔵』が位置することは言うまでもないことである。

こうした虚構作品の最初期のものとしては、既に元禄年間にいくつかの浄瑠璃・歌舞伎作品が赤穂物としての要素を持つと指摘され、(1)また実録体のものとしては原初的な記述内容であると考えられる『介石記《かいせきき》』も、元禄一六年（一七〇三）頃に既に成立していた可能性が示唆されているが、(2)現在我々がその全貌を知り得、年代も明らかなものの嚆矢は、宝永二年（一七〇五）刊、西沢一風《いっぷう》作の『傾城武道桜』である。『傾城武道桜』における赤穂事件小説化の方法と意味については既に考察を加えたが、(3) そこでは、全編を大坂新町の遊女達による敵討ちという設定をとりながらも、『介石記』などにみられる事件の流れをほぼ忠実になぞっている。すなわち、一風のそれ以前の作品における、いわゆる古典の「やつし」の方法と考え合わせたときに、事件の経緯が読者の側においても既に固定していることを前提に、その虚構化を行ったと考えたのであるが、ともかくも事件の発端より、同士の連判、敵の内情視察、討ち入りなどを、『介石記』・『江赤見聞記《こうせきけんぶんき》』・『浅吉一乱記《あさきちいちらんき》』などの実録類、あるいは『堀部武庸《ほりべぶよう》筆記』などにも見える、さまざまなエピソードを利用しながら、バランスよく配置している。

その後、遊廓を舞台とするという点において『傾城武道桜』と同趣向の、宝永四年（一七〇七）刊『傾城播磨石《はりまいし》』もみられるが、いわゆる「赤穂物」の小説が大きな展開を見せるのは、宝永七年（一七一〇）から、正徳（一七一一～一七一六）を経て、享保の初めに至る頃である。以下ではこの頃の「赤穂物」小説をめぐる状況について考えていきたい。

一　『けいせい伝受紙子』の位相

宝永七年から、演劇・小説界ににわかに「赤穂物」ブームが起きた理由については、前年二月の将軍家宣の綱吉廟参詣に勅使が派遣され、その際饗応役の前田利昌が高家織田秀親を刺殺した事件が、その類似性から赤穂事件を思い出させたこと、また六年八月の浅野内匠頭弟大学の赦免と、九月の五百石の扶持回復、さらには家宣将軍就任などによる浪士の子らの赦免など、直接的にも約一〇年前の事件を思い出させる事柄が続いたことが指摘されている。(4)

そうした中で、大坂篠塚座の『鬼鹿毛武蔵鐙《おにかげむさしあぶみ》』、京都夷屋座の『太平記さゞれ石』・『硝《さざれいし》 後太平記』などの歌舞伎や、大坂竹本座の近松門左衛門作『碁盤太平記』、大坂豊竹座の紀海音《きのかいおん》作『鬼鹿毛無佐志鐙』などの浄瑠璃作品が上演されるが、江島其磧《きせき》の『けいせい伝受紙子』が、この「赤穂物」ブームを受けて、坂田藤十郎の死を当て込んで作るはずの原『伝受紙子』案の頓挫から、急遽初期の構想を変更し、赤穂事件および野村増右衛門の事件を取り入れた経緯については、すでに長谷川強によって詳述されている。(5)

今、この作品の内、赤穂事件の経緯に関わる部分を抜き出すと、

(一の一) 高師直、塩冶判官の御台に横恋慕し、兼好や侍従の力を頼むが、小夜衣の歌を返され振られる。

(一の二) 鎌倉より上洛の義詮饗応のため、塩冶判官は師直に助言を仰ぐが、装束の件で恥をかかされる。判官は憤るが、乳母子八幡六郎の諫めで落ち着く。

(一の三) 判官は師直より、勅使の前での装束について、「御台に聞け」と揶揄され、真っ向より斬りかかるが、途中で周囲より抑えられ、師直は浅手に終わり、判官は切腹となる。主君の死の直前、鎌田惣右衛門勘気をとかれる。

(一の四) 塩冶家老大岸宮内、いきり立つ家臣達を抑え、城明け渡しを執り行う。

(二の四) 宮内のところへ主君の仇を討つための内談に来る者は大勢いるが、宮内はなかなか同意しない。結局二心のない四十余名に本意を打ち明けて血判をおす。

(三の二) 宮内計略から、遊廓に入り浸って遊ぶ。

(三の三) 四郎平、宮内が隣の揚屋で遊んでいることを知り、これを殺すために計略を練るが、陸奥が気づき宮内に知らせる。

（三の四）宮内はこの機に師直を討つことを考えるが、陸奥の助言もあって自重し、太鼓持ちの利平次を身代わりにして逃げ去る。

（四の三）師直鎌倉へ下向する。陸奥は京に残る。

（五の二）鳴尾崎船右衛門敵討ちの一党に加わる。師直京よりの報告に安心し、陸奥を鎌倉に呼び寄せる。

（五の三）船右衛門小間物売りに化けて師直屋敷に入り込み、敵情をさぐる。船右衛門計略を用いて師直屋敷に泊まり込む。

（五の四）宮内ら操り芝居の一行に化けて師直屋敷に潜入、師直の首を狙う。

（五の五）陸奥の機転で、師直を柴小屋に見つけ、その首を取る。首を判官の菩提所に供える。


となる。先行作品や、周辺の作品との素材の比較はひとまず措いて、刃傷に至る発端部分から城明け渡し→一味の血判→宮内（内蔵助）の遊蕩→敵情の内偵→討ち入りから主君の墓所まで、とおおよそ事件の概略は追っているものの、野村増右衛門の事件を扱った巻三の五から巻四の二までを除いても、別の筋立てが多く絡まりすぎている。たとえば、鎌田惣右衛門・陸奥に関する部分が、

（一の四）鎌田女房を離縁するため偽の手紙を作って説得する。

（一の五）鎌田女房陸奥、出雲屋の誤解から二度の勤めに出る。

（二の一）陸奥は師直出入りの四郎平を通じ、師直屋敷に身請けされる。

（四の四）～（五の一）鎌田惣右衛門、陸奥屋敷へ強盗の嫌疑をかけられるが、小者弥源次の機転で助かり、敵方に

入り込む。

とあり、さらに宮内の子力太郎をめぐる話も、

（二の二）八重垣村右衛門、力太郎に男色の思いを懸け、成就する。

（二の三）村右衛門、力太郎より起請の返却を求められ逆上するが、力太郎らの底意を知り、納得して立ち去る。

（二の四）村右衛門、宮内・力太郎らの敵討ちの意志を他言せぬよう切腹し、宮内親子感銘をうける。

（四の三）宮内一子力太郎、鎌田の合力で白人まんを請け出し、別れる。


とある。陸奥が遊廓に戻り、さらには師直のもとに身請けされるまでに三章を費やし、また、惣右衛門が師直方の薬師寺次郎左衛門に信頼を得るにも三章を用いている。勿論、『伝受紙子』という題名に合理性を持たせるために、陸奥にある程度の焦点を当てざるを得なかったのであろうが、実録等におけるエピソードの密度に比べると、複数の要素それぞれに相当の比重を与えるという構成が、読者の期待に応え得ていたかは疑問である。力太郎の話も、好色的要素の部分が長く、たとえば、

（二の五）八幡六郎の母、乳子であった判官の後を追って死ぬ。

（二の五）塩冶の元家臣鳴尾崎船右衛門、木村源三より敵討ちの話を聞き、駆け付けようとするが、金策がうまくいかず、しかも瓜泥棒として晒し者にされる。その女房恥を知って、我が子とともに自刃する。

のようないわば「義士外伝」的な話でありながら、そうした印象を薄める結果となっている。

特定の場面に焦点を当て、ある程度定型をふまえ、またそれに拘束されながら構成する演劇作品ならば、こうした創作方法も有効であったかもしれないが、そもそも小説における「赤穂物」に読者が求め始めていたものと、其磧が提供しようとしたものにズレが生じていたのではないだろうか。正徳二年（一七一二）までには、本書の好色的要素を薄め、短縮改編した『評判太平記』の出版が想定されているが[6]、それがまたもとの『伝受紙子』にもどされて再版されたのも、好色性を薄めた故の不評ではなく、中途半端な形で、野村増右衛門の一件も絡めダイジェスト版を出したところにその理由があるように思えるのである。好色性を絡ませるのが浮世草子の大きな要素の一つであるにしても、「赤穂物」を扱う上では、「忠臣」や「忠義」、そして事件の経緯をしっかり追いながら、義士としてのエピソードを積み重ね、ストーリーを膨らませる。そうした方向性が正徳以後の「赤穂物」小説を規定していると言えるであろう。

二　『忠義武道播磨石』以降の「赤穂物」浮世草子と実録

前節でみたように、宝永七年の「赤穂物」ブームに乗っかる形で、其磧の『けいせい伝受紙子』は出版されたが、それ以降も、享保二年（一七一七）までの間に、全編、もしくは一部分において赤穂事件を取り扱っているものは、宝永八年（一七一一）刊の『忠義武道播磨石』、正徳二年（一七一二）刊で江島其磧作の『忠臣略太平記』、正徳三年には『寛濶よろひ引』、『今川一睡記』、『西海太平記』、正徳から享保初年頃に青木鷺水《ろすい》の『高名太平記』、享保二年には『忠義太平記大全』などが挙げられる。このうち、『忠義武道播磨石』と『西海太平記』は、月尋堂《げつじんどう》作とされるので、(7)この時期の有名作家がこの素材に取り組んだことになる。

『忠義武道播磨石』については、「それまでの赤穂浪士物の小説が好色物的に著されていたのに対し、それを実録物風に扱ったごく初期のもので、後続の義士物の模範と見なされ、正徳期に流行する実録風武家物の先駆的な作品となった。」とされている。(8)これは勿論、月尋堂の武家物著作の方法に照らし合わせての説明であるが、話を「赤穂物」に限ったとしても、実録類の隆盛と、その形式の影響は顕著なものとなっている。というよりもむしろ、それらを積極的に利用することによって、「赤穂物」に対する読者の期待に応えようとする意図が見られるのである。

その顕著な例は、目録のスタイルにあらわれている。『忠義武道播磨石』では、各章の主題の下に、人名を付す形を定型としている。たとえば、巻之一では（振り仮名省略）、

巻之一

男色太平記　　象潟苫右衛門利口のこと

付不足馬は三百両に包んだ

恨み表向きは浪人侍大分力

のあるふり袖

恐ながら従弟女夫　　印南野丹下無念の事

付三枚の書置同しやうなる烏帽子

大紋相手の心になびく柳の

いとほそい気からのたばこの煙（以下略、東京大学総合図書館霞亭文庫本）

となり、全章におよんでいる。『高名太平記』や、『忠義太平記大全』も、全章に人名が書き込まれているわけではないが、主題になければ副題に入れるなど、ストーリー展開と登場人物の名前とが、密接に結びついている。そもそも、「赤穂物」の実録の章題が、すべて人名を含むというわけではないが、事件の推移と登場人物の行動を織り交ぜながら目録や章題は構成されており、赤穂事件の骨格を確認しながら、それぞれの登場人物に付加されたエピソードを楽しむ、という読み方を基本にし、さらに小説的な話の構造を楽しませる、こうした姿勢が執筆者には求められるのではないかと思えるのである。『高名太平記』の総目録の終わりに、

高名太平記後集　十巻板行
右の書に洩れたる義士悉く之を注す者也（『青木鷺水全集第四巻』所収）

とあるのも、こうした読み方を裏付けるものであろう。

また、『忠義武道播磨石』や『忠義太平記大全』のように、巻末に義士の一覧を石高・役職などとともに載せるのも実録の影響であり、その例は、『介石記』・『江赤見聞記』・『忠誠後鑑録』等々数多く見られる。『忠義太平記大全』では、登場人物名の下に実名も書き加えており、また、尾花殿（吉良）の屋敷図や泉成寺（泉岳寺）の図まで付しているのである。

では、一方で、こうした「実録らしさ」・「実説らしさ」とは無関係に思える演劇の上演が成功し、一方小説では、『けいせい伝授紙子』のような作り方よりも、実録的な構成が求められる背景は何であろうか。

例えば、元・亨・利・貞の四つの巻からなる比較的初期段階のものと思われる『内侍所《ないしどころ》』（架蔵本）を見ると、「評に曰、赤城盟伝に曰、前原伊助木村岡右衛門跋有、後内蔵助□《（破レ）》消失と云々」とあったり、「播磨杉原《（ママ）》に曰、内蔵助折りにふれては、宮川町に行、其頃瀬川竹之丞といふ野郎を呼て遊けるに……」とある。また、宝永頃（一七〇四～一〇）までには成立していたと思われ享保九年（一七二四）の書写奥書をもつ『新撰大石記《おおいしき》』（架蔵本）でも、「介石記に曰……」という形で、原著者もしくは、書写者が、他の原初的と思われる実録類と記事を比較しながら、より正確な「事実」を求め、あるいは求めるふりをしながら書き進めているのである。

「赤穂物」の浮世草子の読者が、これらと一致するかどうかは不明だが、少なくとも、この事件をめぐるエピソード・付会が肥大化していくことを承知していながら、より事実らしきものを求めようとする姿勢、そうした雰囲気の存在が、小説の造り方に大きな影響を与えていると考えてもよいであろう。

おわりに

以上、『けいせい伝受紙子』以後、宝永から享保初年にかけて出された「赤穂物」浮世草子をめぐって、その実録的スタイルへの移行の意味を考えてみた。この時期は既に定着した書名の実録類が、どんどん肥大化する以前、ちょうど、極初期の実録類の完成を経て、義士の個人譚が広がりを見せつつある時期である。享保四年（一七一九）頃に出版されたと考えられる『赤城義臣伝』などもそうした流れの上に立ってのものであろうが、事件後一〇年余の間に、事件の経緯や義士それぞれにまつわる「はなし」の拡大と整理が常に行われ、しかも諸実録類を比較しながら、それを再整理する、すなわち歴史的な対象としての位置づけが活発に行われるようになると、こうした事件を扱う出版物である故の虚構としての枠組みが必要であることが、たとえ大前提であったとしても、「赤穂物」浮世草子もその傾向とは無縁でいられなかったのである。勿論こうしたことの検証は、より細かなエピソード間の関係を詰めることが必要であろうが、読者の需要を想定し、内容の変化の意味を考えてみようとしたものである。

(1) 以下赤穂物の作品については、土田衛校注『新潮日本古典集成　浄瑠璃集』(新潮社、一九八五年)、長谷川強編『浮世草子考証年表』(青裳堂書店、一九八四年)参照。
(2) 中村幸彦『中村幸彦著述集　第一〇巻』中央公論社、一九八三年。
(3) 「『傾城武道桜』成立の要件」『国語と国文学』七三-五、一九九六年四月。
(4) 長谷川強校注『新日本古典文学大系七八　けいせい色三味線・けいせい伝受紙子・世間娘気質』解説、岩波書店、一九八九年。
(5) 長谷川強『浮世草子の研究』桜楓社、一九六九年。
(6) 長谷川強「板木の修訂」『浮世草子新考』汲古書院、一九九一年。
(7) 藤原英城「月尋堂と八文字屋――その匿名作家としての可能性」『近世文芸』五八、一九九三年七月。および、同「月尋堂の武家物について」『国語国文』六一-一〇、一九九二年一〇月。
(8) 前記(注7)、「月尋堂の武家物について」。

八　其磧の焦り
――『丹波太郎物語』をめぐって――

佐伯孝弘

一　西鶴作を装う偽作

江島其磧《えじまきせき》は八文字屋《はちもんじや》との抗争中の正徳五年〔一七一五〕正月、西鶴自筆の作と銘打って、『丹波太郎物語《たんばたろうものがたり》』なる作（三巻三冊の横本）を江島屋より刊行する。その序文には、次の如くある。

浪華《なには》の俳林西鶴法師がかける草子を師として。歳久しくかなわぬ筆をうごかしてやつて見れど。いかな〳〵およぶものにはあらず誠に瓦石は百年磨《みがき》ても。清光出ぬ類なるべし。是を笑止《せうし》がりて同じ心の難波の友。鶴翁自筆の艸《そう》案を持来りて。せめては是を綴りなをして。愚作にまぎらかせよといへり。あらもつたいなや。およばぬ筆を添てよごさふより。自筆其まゝ梓《あづさ》にちりばめ。我にひとしき人に見せばや

正徳五のとしの春　　　其磧印(1)

内容は丹波国生まれの助太郎という男を主人公とする笑話集で、野間光辰は、西鶴がこの種の笑話を手がけてゐたことは、『諸國ばなし』の系統に属する作品、殊に『西鶴名残の友』（元禄

十二年［一六九九・引用者注］刊）等によつても知られる所で、かかる笑話集があつたとしても何等異とするに当らない。（中略）其磧の序文そのままに、本書を「鶴翁自筆の艸案」と信ずることは出来ないけれども、しかく称する所には何らかの所拠、即ち「鶴翁自筆の艸案」が伝存してゐたものと考へてよいであらう。

と述べる。(2) しかし、決して西鶴作とは思われないことを、夙に佐藤鶴吉(3)・潁原退蔵(4)らが指摘している。内容・文体・横本の書型のいずれをとっても西鶴作とは考えにくく、偽作とするのが既に定説化している。

版下については、字体や仮名遣い・字送り等を中村幸彦・島田勇雄が精査し(5)、「『名残の友』の西鶴筆に似て西鶴筆ならずと思われる所を書いた人が、『丹波太郎物語』の大部分を書いた人と同人である」(6)旨、明らかにしている。

二　丹波助太郎なる人物

書名の『丹波太郎物語』は、主人公である、丹波の住民「助太郎」の名に拠っている。本作巻一の一にはその素性が語られている。梗概は以下の通り。

丹波国桑田郡の古宮《ふるみや》という山里に、徳明寺《とくみようじ》助太夫という地侍がいた。先祖は岐阜中納言に仕える歴々の侍であったが、長年浪人をして母方の国里に住んでいた。口論から同じ里の地侍岩橋善七・善八兄弟に闇討ちにされた。助太夫の妻は当時身重であり、無事男子を産んで助太郎と名付けた。岩橋兄弟は、この子が成人の後自分達を敵《かたき》として狙うことを危惧し、今の内に母子共に亡きものにしようと付け狙った。母は夢中に所の明神から、翌日産後の忌み明きに参詣する際に一の鳥居の栗の大木の陰に隠れ命を狙う者がある由、お告げを受ける。目覚めると、不思議なことに、一子助太郎が枕元の守り刀に手をかけ目を開いて笑う。母は夫の敵が自分達を狙うものと思い定め、参詣の乗物の中で自ら鉄砲を仕掛けて待ち構え、敵の兄弟を見事に撃ち殺した。敵を貫いた玉は、件の栗の木に当たり止まった。以来地元では、この栗の木の陰で敵討ちを果たしたことから、この木を「父打栗《ててうちくり》」と称し名木として崇めた。

管見の限りでは、丹波国桑田郡に、古宮という地名は確認することが出来なかった。徳明寺とは珍しい苗字だが、やはり丹波に徳明寺という寺院や地名を見つけることはできなかった。但し、西鶴の『万《よろず》の文反古《ふみほうぐ》』（元禄九年［一六九六］刊）二の二に「徳明寺久兵衛」（素性は西国の寺侍かとも思われるが、不明）と見える。[7] ちなみに、丹波国内に名前の似た寺院は実在する。多紀郡の草の上村に、燈明寺という白鳳年代創立の大きな古刹がかつてあり、天正五年［一五七七］明智の乱で悉《ことごと》く焼失したという。[8] 古くは「鼓打《つつみうち》郷」（後述）と呼ばれたらしい船井郡三宮村には、徳雲寺の末寺である光明寺という寺が見える。[9]「徳明寺」は、これら実在の寺院の名をもじったものかも知れぬ。徳明寺助太夫の仕えた岐阜中納言というのは、信長の嫡孫の、岐阜城主権中納言織田秀信《ひでのぶ》（幼名三法師）のことか。秀信は関ヶ原の戦いの折に石田三成方について敗れたが、信長の嫡孫故助命され、出家。高野山に逃れて早世した。

主人公の助太郎については、『姓氏家系大辞典・第二巻』[10]「丹波氏」の項や『丹波一族』[11]に、丹波国多紀郡小山に丹波助太郎という者がいた旨の簡略な記述がある（出典表記はなし）。「小山」の地名は、『多紀郡荘郷記』[12]（延享三年［一七四六］成立の写本）や『多紀郡誌』[13]に見えぬが、天正の乱の際丹波勢が籠り織田方へ抵抗した小山城（現在の丹南町）辺りのことだろうか。しかし、「丹波助太郎」なる者は、管見では地誌・地方史誌・諸系図の類で該当する人物を確認することができなかった。

そもそも主人公は笑話の系譜上に位置する人物らしい。既に先学により、『太郎咄し』という、「丹波助太郎」を主人公とする先行笑話集の存在が指摘されている。[14]『太郎咄し』中の助太郎は、太閤秀吉に仕える丹波の武士で、曽呂利《そろり》や観世又次郎の傍輩の御伽衆《おとぎしゅう》の一人。機知や弁舌の才に頼って周囲から徹底して金品をねだり取ろうとする「ねだり者」「すね者」である。桑田忠親『大名と御伽衆』に秀吉の御伽衆（文禄元年［一五九二］当時二十一人・慶長三年［一五九八］当時二十二人）の名を挙げるが[15]、その中に丹波助太郎は見えない。秀吉に常に近侍した侍医に、丹波全宗（号徳雲軒、後に施薬院と改姓）がいる。近江出身の比叡山の僧が還俗して医を修めた人で、『新訂寛政重修《ちょうしゅう》諸家譜《しょかふ》』には「豊臣太閤創業のはじめより常に幄中に侍して恩遇他にことなり、いふところかならずきかれ、望むところかならず達す」とあり、御伽衆的存在と言って良いかも知れない。『丹波太郎物語』で助太郎を「丹波の百姓」（二の四）とするのには合わないものの、京へ出て外科医を開業している（三の一）点とは符合する。

　丹波助太郎なる人物の実像についてはやはり不明とせざるを得ないが、曽呂利同様、近世初期において笑話や機知咄の主人公としてイメージされた名らしい。穎原は「助太郎を主人公としたこの種の曽呂利式笑話は古くから行はれて居たのであらう[16]」とする。確かに、早く『醒睡笑《せいすいしょう》』（元和九年［一六二三］成立）に、「美濃の国にて、ある侍の内に、丹波助太郎とて大欲心のいたつら者[17]」があり、百姓から銭をねだり取る話が載る（二の九「吝太郎」）。『丹波太郎物語』でも、助太郎は曽呂利や又次郎と交遊している（三の三・四・六）。

　但し、「丹波助太郎」「丹波太郎」の名が、御伽衆あるいは笑話の主人公として、どれだけ普及し後世まで伝承されたかは疑問である。正徳元年［一七一一］十一月初演の歌舞伎『丹波太郎竈《かまど》将軍』（大坂嵐三十郎座顔見せ）は役者評判記から察するところ武道事を種とする時代物狂言であり、浄瑠璃絵尽《えづくし》『丹波太郎童子《どうじ》爺打栗《ててうちぐり》』（刊年不明）は丹波太郎を丹波の山中に住む鬼の首領とし、酒呑《しゅてん》童子のイメージとだぶらせている。

　なお、主人公が助太郎であるにもかかわらず、書名を『丹波助太郎物語』でなく『丹波太郎物語』とするのには、中村の指摘の通り、刊行の二年程前に上演の顔見せ狂言『丹波太郎竈将軍』をかすめる意識が働いていることは[18]間違いないだろう。また、鈴木棠三『通名・擬人名辞典』（東京堂出版、昭和60年）に拠ると、大うつけのことを「馬鹿太郎」と称し、それを略し「太郎」とも言い（元禄頃［一六八八～一七〇三］の用例を掲載）、馬鹿者でなくても、のんびり屋や人並み以下の意でも用いたらしい。すると、「丹波太郎」で、丹波のうつけ者という意味になる。加えて、丹波地方から起こり雷雨を降らせる入道雲を京坂のかなり広い範囲で「丹波太郎」と称し(19)（『物類称呼《ぶつるいしょうこ》』など）、「丹波太郎」の語が上方の人にとって耳に馴染んだものであったことも影響していよう。

三　敵討ちと笑話

次に『丹波太郎物語』の内容について考える。まず、冒頭章「父《てゝ》うち栗も今は神木」が上述の如き敵討ち譚であること、即ち笑話の系譜上の人物である丹波助太郎が、笑話と無縁の敵討ち譚と結び付けられる由縁を考えたい。

本章末尾は、敵を討ちおおせた所の栗の大木が「父うち栗《ぐり》」と呼ばれ神木とされた、と結ぶ。しかし、丹波に実際にそのような実話に由来する神木があったとは考えにくい。丹波の名物として栗が名高いが、とりわけ大粒の栗を「ててうち栗」若しくは「てておち栗」と称したらしい。

　手々《テヽ》裏栗《ウチクリ》　丹波桑田ノ郡産スル所者、其ノ実大ニシテ両掌ヲ以テ蔵ス可キ故ニ名ク。（『書言字考節用集《しょげんじこうせつようしゅう》』享保二年［一七一七］刊、巻六）

水野稔は「ててうち栗」の語源につき、次の如く記している。

　「ててうちぐり」は丹波産の大きな栗の異名であるが、「手々打栗」（てんでに採る）、「手内栗」（握って手中に満ちる）、「出て落栗」（果実がおのずから毬《いが》から出て地に落ちる）などの諸説がある。『日次紀事《ひなみきじ》』（延宝四年［一六七六］・貞享二年［一六八五］序）は、「出て落栗」説をとりながら、不孝の子がこの栗を父に投じて傷つけたところから名づけたという土俗の誤った伝えを書き添えている。『私可多咄《しかたばなし》』（万治二年［一六五九］）（巻四の二十三、稿者注）は、古くからのその「よろしからぬ説」に対して、大きな栗を見せられた百姓の幼児が、よろこんで両手をたたき「てうちてうち」したという明るい新説をおかしく作り出している。[20]

丹波国船井郡には、かつて「鼓打」という郷名があったらしい。[21] これが、「ててうち栗」の語源になったのではあるまいか。

鼓打郷《ツヽウチ》　和名抄、船井郡鼓打郷。○今詳かならず、川辺村などあたるか。本州の諺に、大栗（世に丹波栗と云ひ、新猿楽記に見ゆ）をテテウチクリと呼ぶ。蓋鼓打栗の謂にして本郷の所産を以て良種と為ししに因る。丹波志に、「両手の大さあれば手手裡の心なり」と云ふは採るべからず。西北紀行（元禄二年［一六八九］成、稿者注）に「大栗は船井郡高崎の辺より出て、之をテテウチ栗と曰ふ」と載す。高崎は高屋の誤にあらずや。（一説鼓打は今梅田村なりと）（『増補大日本地名辞書・第三巻』吉田東伍編、冨山房、一九七〇年）

鼓打《つつみうち》　都都美宇知と訓す。或は曰く、鼓打は簸打の誤にして、須知・質美二村の間に火打山あり。其名の起れる所以にして、今の三宮村質志・水呑・下和知村大字大簾・広瀬・本庄の古へ和知荘と称せし地ならんといふ。（『船井郡誌』船井郡教育会編・一九一五年、『京都府郷土誌叢刊第15』として臨川書店より一九八五年に再刊。第二章「郡治沿革其一」23頁）

和知荘の辺りは、栗の古い原産地と考えられる地の一つである。仮に『船井郡誌』の記述に基づくと、鼓打郷付近で産した「つつみうち栗」が、「つつうち栗」「ててうち栗」と変わっていったと想像できる。「つつうち」と言えば「銃打」即ち鉄砲を撃つことに通い、「ててうち」と言えば「父討ち」に通う。いずれにしろ、『丹波太郎物語』一の一は、「ててうち栗」に附会した話である。[22]

一の一では生後間もなく母の敵討ちを促す武勇を見せた助太郎だが、一の二以降はさして活躍せず、一話一話がばらばらの笑話集という印象が強い。従って、一の一だけが何とも取って付けた如くで、整合性に欠く。

笑話である各章のうちに、『西鶴名残の友』を剽窃したもののあることは、既に暉峻康隆の指摘がある。二の四［泥酔して親父が家を間違える話］は『名残の友』二の五を、三の七［糸鬢《びん》故に「姥《うば》が火」に髪を焼き焦がされずに済む話］は『名残の友』五の五をほとんどそのまま取り、人名は変えつつも文章は長文に亘り丸取りしている。[23]篠原進は、二の二［水が干上がってからでは鯉が助からぬという『荘子』の故事を引き、急場の金を借りる話］と同類の喩えが、『西鶴諸国ばなし』（貞享二年［一六八五］刊）五の五にあることを指摘する。[24]一方、中村は、全体に「民話風な、小咄風な、結末が多く、題材構成、従つて文章も、素朴で一言で云へば仮名草子臭が濃い」とし、三の四［信濃路の木賊《とくさ》で草鞋《わらじ》も体も擦り切れて首だけが残る話］が夙《つと》に『きのふはけふの物語』に見え、二の六［紅の雪が降ったと聞き「地から湧き出たならともかく、天から降ったなら不思議でない」と応ずる奇妙な論理］の類話が『私可多咄』巻三に見えることを指摘している。[25]前者の木賊の題材は下って『軽口五色紙《かるくちごしきがみ》』（安永三年［一七七四］刊）下の十に採られ、後者の紅の雪が降るというのは『囃《はなし》物語』（延宝八年［一六八〇］刊）上の五に見える。丹波国船井郡に「紅村」（高原村）・「紅野」（須知）という名所のあったこと（前出『船井郡誌』）も関係するかも知れない。

噺本等との類話は、更に多くを挙げることができる。一の三で、五歳になった助太郎が母の言うことを聞かず反抗し、「母じゃ人の元の所へはいろ」と無理を言いかけるのは、『きのふはけふの物語』下の四十六で、親に叱られた不孝息子が元の道（母の内股）から帰ろうとすねるのに同じ。二の一で、田舎者の助太郎が太鼓持ち（幇間）を本物の太鼓と間違え、太鼓を担わせて廓内を回り「太鼓狂人」と笑われる。太鼓と太鼓持ちの洒落は『鹿の巻筆《まきふで》』（貞享三年［一六八六］刊）三の九にも見え、特に雷の背負う太鼓を太鼓持ちに通わせるものは、『正直咄大鑑《しょうじきばなしおおかがみ》』（貞享四年刊）五の十・『初音草噺大鑑《はつねぐさはなしおおかがみ》』（元禄十一年［一六九八］刊）七の二十六・『軽口ひやう金房《きんぼう》』（元禄頃刊）一の十五等、数多い。二の三は「大江山の奥に今も小さい鬼がいる」と人を騙し、実は鬼味噌だという話。『醒睡笑』一の四十一に鬼と鬼味噌の洒落の先例があり、鬼を焼味噌に化けさせ一嘗めにして退治する話で、『醒睡笑』の方がひねりのある話である。二の七は、頓死した助太郎が来世に迄借金が残ると知り、是非借銭を済ましてから死にたいと念じ蘇生する話。来世が現世同様に世知辛いというは、『籠耳《かごみみ》』（貞享四年［一六八七］刊）四の二も同じ。丹波の沓掛《くつかけ》の与三兵衛という、借金を残したまま死去した者が、六道銭を持たなかった故、閻魔王にせっつかれ娑婆に一時立ち戻る話。舞台が丹波（正確に言えば「沓掛」は丹後）となっている点が興味を引く。三の一は、外科医となった助太郎が大名の奥方の鼻の長い奇病を治そうとして、長く伸びた鼻に巻き付かれその鼻の先に唾を付けて逃れる話。鼻の大きな奇話と云えば『今昔物語集』二十八の二十や『宇治拾遺物語』上の二十五の長鼻の僧の話（芥川龍之介の『鼻』の典拠）が有名だが、噺本にも見え、『百物語』（万治二年［一六五九］刊）下の二十に、「天狗鼓《つづみ》」という鼻を自在に伸縮さす鼓を手に入れた男が、大名の鼻を鼓の音で長くしておいて、療治して大金をせしめる話がある。

その他、一の七の、年越しの夜に宝船の絵と間違え当麻《たいま》の練《ねり》供養の絵を枕に敷いて往生の夢を見てしまう話は、『春帒《はるぶくろ》』（安永六年［一七七七］刊）の宝船でなく猪牙船《ちょきぶね》の絵を枕に敷いたため一晩中地震の如く揺れて寝返りを打つ話と同想。一の六は、主人に口答えした足軽が主人から手打ちにされそうになったのを、助太郎が機転を利かせてとりなし助ける話。主人の勘気を受けそうな家来をとっさの機知でとりなしてやる話は、初期の噺本から往々に見られるパターンで、例えば『きのふはけふの物語』にも上の二など複数見える。二の六の、仙人に連れて行かれた天上に胡散《うさん》臭い顔つきの髭男がいてそれが「天竺《てんじく》浪人」だったという話は、『鹿の巻筆』二の五・『初音草噺大鑑』一の二十の初めて都会の火の見櫓を見た田舎者が「天竺浪人の宿」だと言う話や、『和漢咄会《わかんはなしかい》』（安永四年［一七七五］刊）の物乞いの浪人が「自分の身過ぎは雷の手間取り故、冬は暇で天竺浪人だ」と言う咄に似る。三の二の、磔《はりつけ》に処された大男の髪を助太郎が肝試しの懸禄で結いに行ったところ磔男がまだ生きていて潜上を言った後息絶える話は、『噺物語』序文の、平将門の獄門首が歯噛みをなし藤六《とうろく》の狂歌を聞いて笑った後消える話などと通う。

以上のように、各章の話柄は噺本と共通するところが大きい。

四　真の作者

前項で見た通り、『丹波太郎物語』は冒頭章を除いて、話柄の面で笑話としての性格が濃い。よって、冒頭章と以下の章との繋がりが見られない。書名に反し、主人公の一代記とはなり得ていない。では、笑話としての出来映えはというと、これも芳しくない。一休咄や曽呂利咄の如き、機知と奇弁を弄する主人公像をなしていない。初めは生後間もなく母の勇猛心を奮い立たせたり（一の一）、三歳にして放下師《ほうかし》のからくりを見抜いたり（一の二）という早熟の才を見せた助太郎だが、以後は単なる奇弁を弄する「すね者」になり下がり影が薄くなって行く感がある。初めて島原入りする章（二の二）では、極端な田舎者扱いである。篠原は主人公を「年を経るに従い、個性を失っていく」と評している。[26] 武士の子で裕福だったはずが、いつの間にか百姓で酒代に事欠く程貧乏というふうに設定も変わってしまっている。多くの章が一応オチを持つが、先学も指摘する通り、オチの切れ味や捻《ひね》りに乏しい。三の五に至っては、謡曲「海士《あま》」の詞章に海女が剣《つるぎ》で「乳の下をかき切り珠を押しこめ」とあるのを聞き、「乳のしたをかききらずとも。幸ひきやふの下に。玉の押込所があるに」と不審がる下がかりである。

本作が民話色を帯びていることも先学の指摘のあるところで、確かに桑田郡の「所の明神」・笹山・老の坂・杵《きね》の宮など丹波国内の地名が出る。が、伝説や実事の取り込みといった、特にその地が舞台とされねばならぬ必然性は（稿者の調査不足もあろうが）見えて来ない。

従って、本作に対する先学の評価は、「手法的には未熟さが目立つ[27]」「内容が又ひどいもの[28]」「惣じて拙劣で、其磧自身の作中にあつても最も駄作に属するものと評する外はない[29]」などと、惨憺たるものである。当時の評価（売れ行き）に関しても、中村が次の如く断じている。

　こんな仮名草子風のものが受ける筈がなかつたのである。好評でなかった証は菊屋まで版木が伝はつたに拘らず、今日残るものが乏しい[30]。

ところで、西鶴の遺稿を装う『丹波太郎物語』の真の作者については、説が分かれている。前掲の頴原・暉峻・篠原[31]や渡辺守邦[32]は、其磧の捏造と推定している。長谷川強は、『浮世草子の研究』では判断を保留し[33]、『浮世草子考証年表――宝永以降――』では其磧の作としている[34]。其磧作とする根拠として、後に版木を江島屋から譲渡された菊屋長兵衛の出版目録（享保十四年［一七二九］頃の刊本より掲げる）に、「丹波大郎《ママ》物語　全部三冊作者其磧」と見えることが挙げられている。本稿第一節に引用した如く「鶴翁自筆の艸案」の伝存に信憑性を置く野間は、西鶴の遺稿に少なからず其磧が加筆した作と推定する[35]。一方、中村は、『丹波太郎物語』の文章が「其磧、殊につやのあつて、きめこまかくて、警句がしきりに出るこの頃の彼とはかなり異つた文趣」である点や「其磧が西鶴の文章を模したとすれば忽々の間の作としても、かくの如く拙いとは思はれない」点を根拠に其磧の作でないとし、菊屋の目録については、「其磧の作と銘うてば売行が保証されると考へられた頃のもので、当時一般書肆の無責任なやり方でないとは云へない」としている[36]。

稿者は、中村同様、其磧の作であるまいと考えている。文体が其磧のものらしくないとは、膨大な文献を閲読した中村の慧眼と言う他ないが、其磧らしからぬ理由は、文体以外に次の諸点が挙げられる。

まずは、作品全体を通しての、整合性のなさである。前述の如く、敵討ち譚の冒頭章と以下の笑話とが繋がらず、助太郎の一代記めいて始まりながら、助太郎の顚末について末尾の章も全く触れない。助太郎の境遇も章毎に、武士の遺子・百姓・金持ちの楽人・医者・貧乏人などとかなり恣意的に変わり、一貫性がない。更に言えば、太郎咄の系統を引くらしいことの他に、助太郎を主人公に据えることの必然性を欠く。其磧は、諸先学の認めるように、整理・構成能力に長けた、常識的な作家だった。作品の構成において話としての整合性を重視し、まとまりと安定感のある作品を創作した。それが、文章の読み易さと並んで、其磧の作が当時人気を博したことの大きな理由の一つだろう。『丹波太郎物語』の如く、あまりにもまとまりのない作を其磧が書くか、疑問である。

加えて、浮世草子らしからぬ形式である。各章の長さが平均約六三八字（句点も含む。以下同様）と、いかにも短い。敵討ち譚で一章だけ長い冒頭章（約一二七〇字）を除くと、一章平均約六〇六字である。これを、『丹波太郎物語』刊行（正徳五年［一七一五］）前後の、其磧作の浮世草子と比べてみよう。（作品名の下の字数は一章の平均字数）

『風流曲《きよく》三味線』（宝永三年［一七〇六］刊）　約四七五三字
『傾城禁短《けいせいきんたん》気《き》』（正徳元年［一七一一］刊）　約四二三四字
『野傾旅葛籠《やけいたびつづら》』（同二年［一七一二］刊）　約二七七四字
『魂胆色遊《こんたんいろあそび》懐《ふところ》男《おとこ》』（同二年刊か）　約二九四〇字
『忠臣略《りやく》太平記』（同右）　約二〇〇三字
『商人軍配団《あきんどぐんばいうちわ》』（同右）　約二九〇七字
『渡世《とせい》商《あきない》軍談』（正徳三年［一七一三］刊）　約二七〇四字
『鎌倉武家鑑《かまくらぶけかがみ》』（同右）　約二七九四字
『女男色遊《いんよういろあそび》』（同四年［一七一四］刊）　約三四一二字

『世間子息気質《むすこかたぎ》』（正徳五年［一七一五］刊）　約二七二七字

『国姓爺《こくせんや》明朝《みんちょう》太平記』（享保二年［一七一七］刊）　約三五七七字

『世間娘容気《むすめかたぎ》』（同右）　約三四八五字

『和漢遊女容気《かたぎ》』（同三年［一七一八］刊）　約二八七七字

『義経《ぎけい》倭《やまと》軍談』（同四年［一七一九］刊）　約二七〇二字

『浮世親仁形気《おやじかたぎ》』（同五年［一七二〇］刊）　約二五三七字

いかにも『丹波太郎物語』は各短編が短い。参考までに、当時の噺本（軽口本）についても挙げる。

『露休《ろきゅう》置土産』（露五郎兵衛《つゆのごろべえ》作、宝永四年［一七〇七］刊）　約二二二字

『軽口星鉄砲《かるくちほしてっぽう》』（作者未詳、正徳四年［一七一四］刊）　約二一三字

『軽口福蔵主《ふくぞうす》』（作者未詳、同六年［一七一六］刊）　約一七一字

『軽口出宝台《でほうだい》』（作者未詳、享保四年［一七一九］刊）　約三二四字

『丹波太郎物語』の各章の長さは、浮世草子よりも噺本に近い。では、噺本に分類すべきかと言うと、否である。話柄は確かに笑話だが、形式が整っていない。噺本は、元禄期（一六八八～一七〇三）には既に、（一）固有名詞からの離脱、（二）教訓からの独立、（三）オチの確立という、笑話の三大要件をほぼ確立させていた。[37]特に咄の末尾のオチが重要で、元禄期の軽口本には会話体を受ける「～といふた」で結ぶサゲが多く、後の噺本では「といふた」を省き会話止めの形式が主流になって行く。[38]『丹波太郎物語』の多くの章にもオチは見られるが、会話体のテンポの良いオチとばかりは言えず、形式の点で不徹底である。話柄が『きのふはけふの物語』など初期の噺本と共通する章が複数存在する点と合わせて、古風の感は否めない。もし、流行を見るに敏な其磧が噺本を真似るとしたら、

もっと形式にこだわるはずである。現に、後に其磧が書いた噺本は、

『軽口福《ふく》の門《かど》』（享保十七年［一七三二］刊）　平均約二三二字
『軽口独《ひとり》機嫌』（同十八年［一七三三］刊）　平均約二八一字

と各章の咄は簡潔で、オチのほとんどは「といふた」を省く切れの良い会話体である。

次に、西鶴利用の態度に注目すると、『丹波太郎物語』の中の二話は『西鶴名残の友』の丸取り（前述）で、何等の工夫が見られない。其磧は後に気質物に多用する、西鶴作品を利用しつつそれを逆転あるいは誇張させて話を展開させる手法を、[39]先に『野《や》白《はく》内《ない》証《しよう》鑑《かがみ》』（宝永七年［一七一〇］刊）等で使っており、[40]この手法を既に自家薬籠中の物にしていたと想像できる。下手にいじると西鶴の「自筆其まゝ」（序文）といかぬ故手を加えなかったという可能性も全く否定はできぬものの、やはり『丹波太郎物語』の淡泊にして安易な西鶴剽窃は、其磧の手としては物足りない。

『丹波太郎物語』が巻頭の目録に、章題と副題を掲げるのは、浮世草子のやり方である。しかし、其磧の作においては一章毎に章題を示し、脇に三行か四行の副題を添える形が定着しているにも拘わらず、『丹波太郎物語』は違っている。各巻七章から成るのだが、目録には章題を数章分まとめて二つしか掲げず、脇に七〜十行で各章の内容を示す副題を添える。

このように『丹波太郎物語』は噺本と浮世草子の中間的な、何とも中途半端な作で、文体・形式・整合性・西鶴利用法のいずれを取っても、其磧の作風と異なる。其磧が西鶴作らしく見せかけて書いたため、通常の其磧の作風と違う作となった、という見方もあるかも知れない。が、其磧は周知の如く、西鶴に強く傾倒し、西鶴を精読した人物である。其磧が西鶴を真似たとしたら、文章など、中村の言う如くもう少し上手く真似るに違いない。やはり、『丹波太郎物語』は其磧が執筆したとは考えにくい。序文にある通り、其磧が他人から入手した（西鶴筆に良く似た筆

の）草稿を、ほとんどそのまま刊行したのではあるまいか。版下の文字が一人の筆跡と限らないこと(41)もあり、其磧の手も若干加わった可能性もあるが、真の作者は今のところ「未詳」とすべきだろう。

五　其磧の立場

其磧自身、入手した草稿を「鶴翁自筆の艸案」と信じていたのであろうか。中村は「西鶴の作品にあれ程心酔してゐた其磧」は「偽作と十分知つてゐたとせねばならない」とする。(42)稿者も同感である。序文に「難波の友」が草稿を持参したことや、「あらもつたいなや」と手など加えず「其まゝ梓にちりばめ」たことを殊更に強調するのは、西鶴の名の余光で売ろうという魂胆の他に、西鶴作でないとばれた場合に、其磧が自身も善意の被害者を装える形を取りたかったのではなかろうか。

周知の如く、『丹波太郎物語』刊行当時の其磧（江島屋）は、自笑《じしょう》（八文字屋）と最も激しく対立した時期であった。(43)『けいせい色三味線』（元禄十四年［一七〇一］刊）や『傾城禁短気』などのヒット作の真の作者であることを訴え読者獲得を計った其磧ではあるが、強力な販売ルートを確立させている八文字屋側に圧倒されつつあった。其磧が正徳四年［一七一四］二月に父祖伝来の大仏餅屋の家督を親戚の永楽屋に譲渡するのは、まさに其磧側の経済的な苦しさを物語っている。新たな代作者（未練《みれん》）を見つけた自笑側に、作品の刊行点数でも差をつけられていた。江島屋側はとにかく刊行作が欲しかったはずだ。そこへ、『女男伊勢風流《いんよう》』（正徳四年刊）序文において、自笑が「此古入道（自笑自身、稿者注）。久しく鶴翁の遺冊を懐て。かれこれ書つらねけるに。世には物むつかしき人あり」と其磧を揶揄。西鶴の遺稿を蔵すること（勿論でたらめだろう）を盾に、旧作の自筆たることを主張する。対抗上、翌年其磧が「西鶴自筆」を謳い刊行したのが、『丹波太郎物語』なのである。倉員正江は、西鶴没後二十年以上を経てなお、彼の草案所持の実否が、自笑・其磧ともに「八文字屋本自作説」の論拠となる抗争が興味深い。

と述べる[44]。八文字屋本の真の作者たることを主張して自笑の虚偽を責める其磧が、自分も偽作をでっちあげてしまっては、自殺行為だと思われる。偽作『丹波太郎物語』の刊行は、（それが其磧の作であろうとなかろうと）まさに彼の置かれた状況の厳しさと、内面の焦りを如実に物語っている。

このような『丹波太郎物語』の刊行に、強いて何か意義を見つけるとなると、どういうことだろうか。稿者は、それが噺本に非常に近い笑話集であったことに改めて注目したい。其磧は西鶴の中に、笑話性つまり咄の要素を色濃く認めていたからこそ、西鶴作で通ると踏んだのだろう。其磧の西鶴理解を検討する上で興味深い。また、其磧自身のその後の展開にも無関係ではない。其磧は『丹波太郎物語』刊行と同じ正徳五年の冬に、『世間子息気質』を刊行し気質物を創始する。抗争中に形勢を挽回するため新機軸を打ち出そうとする工夫が気質物を産んだと言えようが、実は気質物は噺本の要素を色濃く取り込んでいる[45]。新機軸創出に苦心する其磧の笑話への関心を示す一証左が『丹波太郎物語』であり、また『丹波太郎物語』刊行に携わったことが笑話への接近を更に促す一要因にもなったのではあるまいか。

（1）『丹波太郎物語』の本文の引用は、『八文字屋本全集・第5巻』（汲古書院、一九九四年）に拠り、原則としてルビは省いた。以下同様。
（2）『刪補西鶴年譜考証』（中央公論社、一九八三年）五七三頁。
（3）「西鶴覚帳の中から」（『上方』8号、一九三一年8月）、新和出版より昭和44年に復刻。

（4）「西鶴著作考補遺」（『上方』8号、前注に同じ）。加筆の上『江戸文芸論考』（三省堂、一九三七年）・『潁原退蔵著作集・第十七巻』（中央公論社、一九八〇年）に所収。

（5）中村幸彦「万の文反古の諸問題」（『〈国文学　研究と資料・第一輯〉西鶴』慶應義塾大学国文学研究会編、至文堂、一九五七年）、『近世作家研究』（三一書房、一九六一年）・『中村幸彦著述集第六巻』（中央公論社、一九八一年）に所収。島田勇雄「『丹波太郎物語』について」（『研究』（神戸大学文学会）42号、一九六九年1月）、『西鶴本の基礎的研究』（明治書院、一九九〇年）に所収。

（6）前注の中村論文。

（7）中村幸彦『〈未刊国文資料第一期・第六冊〉八文字屋本集と研究』（未刊国文資料刊行会、一九五七年）「解題――研究にかへて――」二六八頁。

（8）奥田楽々斎『多紀郷土史考』（多紀郷土史考刊行会、一九五八年。一九八七年に臨川書店より再刊）32頁、など。

（9）『船井郡誌』（船井郡教育会、一九一五年。一九八五年に臨川書店より再刊）。

（10）太田亮編、『姓氏家系大辞典』全三巻（角川書店、一九七二年）。

（11）武田光弘編『丹波一族』（日本家系家紋研究所、一九八六年）。

（12）郷内の村名を列記する。東京大学史料編纂所蔵の一八八八年謄写本に拠った。

（13）『多紀郡誌』（私立多紀郡教育会、一九一一年。一九一八年に増補再刊）。

（14）潁原の注(4)の論、及び中村の注(7)の論。現存する『太郎咄し』は、京都大学潁原文庫にのみ下巻が写本で伝わる孤本で、国文学研究資料館のマイクロ資料に拠った。巻末に「通油町　山形屋新版」（年記はなし）とあり、江戸通油町の書肆山形屋市郎右衛門か山形屋利平あたりが刊行した版本を書写したものと思われる。内題の上に二、三字分の欠字とも思える空きのあることから、潁原は『丹波太郎咄し』などという原題の初版が万治・寛文頃［一六五八～七三］出たのを天和・貞享頃［一六八一～八八］新版に見せかけて再版したものの写しと推測し、中村は『丹波助太郎咄し』とでも題する寛文頃［一六六一～七三］の版本の写しと推測する。現存の下巻を見る限り、『丹波太郎物語』と話型の共通する話は見えない。

（15）桑田忠親『大名と御伽衆〈増補新版〉』（有精堂出版、一九六九年）25・37頁。

（16）注(4)に同じ。

(17)『醒睡笑』を含む噺本の本文は、『噺本大系』全20巻（東京堂出版、一九七五～七九年）に拠った。
(18)注(7)の中村の論、二六九頁。
(19)西鶴の『好色一代男』（天和二年［一六八二］刊）四の七にも、「折節の空は。水無月の末。山々に。丹波太郎といふ。村雲。おそろしく。俄に白雨《ゆふだち》して。神鳴《かみなり》。臍をこゝろ懸。落かゝる事。間なく」とある。本文の引用は『定本西鶴全集・第一巻』（中央公論社、一九五一年）に拠る。
(20)『〈複刻日本古典文学館〉丹波翁打栗《たんばててうちぐり》』（日本古典文学会、一九七五年）「解題」。
(21)『〈日本歴史地名大系二六〉京都府の地名』（平凡社、一九八一年）の「船井郡鼓打郷《つつみうちごう》」の項は、「文献に徴するものなく、場所の比定も困難」とする。
(22)丹波栗の俗称「ててうち栗」に附会する作として、他に浄瑠璃『丹州翁打栗《たんしゆうててうちぐり》』（寛保三年［一七四三］、大坂竹本座初演）がある。坂田公時《さかたのきんとき》・公平《きんぴら》父子が活躍する時代物。その三段目。丹波国舟井村の住人栗の木又次は善側の人間だが、子の五斗兵衛は悪人で欲心から悪側につき父又次を殺そうとする。又次の孫娘お栗は父五斗兵衛を刺し、親殺しの罪を自分が被り自害する。これより丹波栗が「ててうち栗」と呼ばれるとする。この芝居は同年すぐに大坂市山座で歌舞伎に移され、かなりの評判の芝居だったらしい（注(20)の水野の解題）。翌延享元年［一七四四］にはこの筋を縮約した黒本『丹波翁打栗』が出ている。
(23)「西鶴と後続文学」（『古典研究』6巻5号、一九三一年5月）、『西鶴研究ノート』（中央公論社、一九五三年）に所収。
(24)「抗争期の其磧」（『近世文芸』34号、一九八一年5月）。
(25)注(7)に同じ。
(26)注(24)に同じ。
(27)篠原の注(24)の論。
(28)暉峻の注(23)の論。
(29)潁原の注(4)の論。
(30)注(7)の中村の論、二七一・二七二頁。
(31)潁原の注(4)・暉峻の注(23)・篠原の注(24)の各論。
(32)注(1)の『八文字屋本全集・第5巻』「解題」五五五頁。

(33)『浮世草子の研究』（桜楓社、一九六九年。一九九一年に再刊）三〇八頁。
(34)『〈日本書誌学大系42〉浮世草子考証年表――宝永以降――』（青裳堂書店、一九八四年）72頁。
(35)注(2)に同じ。
(36)注(7)の論、二六九・二七〇頁。
(37)武藤禎夫『江戸小咄の研究』（東京堂出版、一九七〇年）二三九頁。同「噺本」（『〈日本の古典芸能9〉寄席――話芸の集成――』芸能史研究会編、平凡社、一九七一年）等。
(38)比留間尚「噺本の方法と表現技巧に関する一考察」（『国語と国文学』48巻10号、一九七一年10月）等。
(39)拙稿「其磧気質物の方法――西鶴剽窃の意図――」（『日本文学』38巻8号、一九八九年8月）。
(40)長谷川強「作られた笑い」（『江戸の笑い』ハワード・S・ヒベット、長谷川編、明治書院、 九八九年）。
(41)注(5)に同じ。
(42)注(7)の論、二七〇頁。
(43)其磧と自笑の抗争については、長谷川強「其磧・自笑確執前後」（『西鶴研究』第5集、一九五二年10月）、同『浮世草子の研究』（前出）、中村「自笑其磧確執時代」（『天理大学学報』第6集、3巻2号、一九五二年1月、『近世小説史の研究』（桜楓社、一九六一年）や『中村幸彦著述集・第5巻』（中央公論社、一九八二年）に所収）、野間光辰「大仏餅来由書」（『国語・国文』24巻8号、一九五五年8月、『近世作家伝攷』（中央公論社、一九八五年）に所収）、注(24)の篠原の論などに詳しい。
(44)「西鶴享受史年表」（『〈新編日本古典文学全集68〉井原西鶴集③』小学館、一九九六年）六三 頁。
(45)拙稿「其磧気質物と噺本」（『国語と国文学』73巻12号、一九九六年12月）。

〔付記〕本稿は、二〇〇〇年度文部省・日本学術振興会科学研究費補助金奨励研究（A）「江島其磧の気質物を中心とする浮世草子の研究、及び浮世草子と笑話の関係の研究」による成果の一部である。

九　自笑の不安

——出版業者として——

神谷勝広

はじめに

京都の書肆八文字屋八左衛門は慶安（一六四八～五二）頃に創業したと思われる。自笑《じしょう》は、その二代目にあたる。延享二年（一七四五）に八十余歳で没するまで、絵入狂言本《えいりきょうげんぼん》・役者評判記・浮世草子などの分野で活発な出版活動を繰り広げた。しかし、浮世草子の執筆を任せる作者に対して、自笑は不安を常に抱いていたのではないか。

一　天下泰平の時代と娯楽本の増加

天下泰平の世が到来すると、出版業界にも変化が訪れる。一つの目安となるのが、書籍目録《しょじゃくもくろく》である。書籍目録は、出版業者による蔵板・販売目録と見なせるもので、寛文六年（一六六六）頃刊から享和（一八〇一～〇四）頃までに出た二十数種が現存している。これを見ていくと、次第に娯楽的要素の濃い本が増加していくことがうかがえる。この傾向は、現存している江戸時代の古書を各図書館・機関で閲覧していけば、体感的に納得できることでもある。

もちろん、幕府が好色本の規制に乗り出した時期もあるので、一時的に減少することはあるが、概括的にいえば、平和の到来につれて娯楽本が増加していくのは自然な展開であり、特に不審なことではない。

さて、ここで改めて考えてみたい。娯楽本は、書肆にとってどういう商品であったのか。

仏書・儒書・医書などの堅い内容の本は、大当たりもしないけれども、ある程度確実にさばけることが期待できる。一方、浮世草子などの娯楽本は、読者に受けなければどうにもならないが、当たれば大きな利益が出る。すなわち、娯楽本は基本的にハイリスク・ハイリターンの商品と見なせる。

二　書肆経営に浮上した新たな課題

娯楽本は、書肆にとって、もう一点やっかいな事柄が付随してくる。すなわち、娯楽本の作者ほど発掘しにくいものはない。

概して、堅い内容の本の作者を見いだすことは大変ではない。例えば、仏書ならば、いくつかの寺をあたればそれなりに書けそうな僧侶の見当がつくであろうし、また儒書・医書も、儒医として名の通っている者へ相談にいけば何とかなろう。ところが、娯楽本の作者はどうすれば見つけられるのか。これなら確実という方法はない。現代においては、雑誌などで新人作者発掘のためのコンクールなどを盛んに行っている。盛んに行わなければ今でも新人作者発掘は困難なのであろうが、江戸時代には、そういったコンクールすら存在しない。作者発掘は、書肆の主人の目利きにかかっていたのではないか。

当時の書肆（特に野心的な書肆）にとって、娯楽本の作者を発掘することは、困難ながらうまくいけば業績を大きく伸ばすことにも直結する。それゆえに、重大な課題となって浮上したであろう。

三　自笑と其磧《きせき》

娯楽本（この場合、浮世草子）の新人作者発掘に関して、自笑は幸運であった。自分と同世代で、近所に適任者江《え》島《じま》其磧が住んでいた。しかも、ある程度時間を懸けて試しながら、小説家に育て上げることができた。

其磧（通称庄左衛門）は、大仏餅《だいぶつもち》で有名な餅屋であったが、演劇好きで、それが高じて松本治太夫《まつもとじだゆう》のために元禄九年（一六九六）浄瑠璃『大伽藍宝物鏡《だいがらんほうもつかがみ》』を書いたらしい。この『大伽藍宝物鏡』の版元が八文字屋であった。おそらく、これが直接の契機となり、自笑は自分のところで刊行する演劇書の書き手として其磧を使うようになった。そして、元禄十二年に役者評判記『役者口三味線《やくしゃくちじゃみせん》』を其磧に書かせるが、これが大当たりする。この評判記には、開口部《かいこうぶ》（いわば導入部にあたるもの）が備わっており、これは短編の娯楽小説ともいいうる内容を持っていた。この開口部を延ばしていけば、浮世草子が書けることは容易に判断できる。自笑は、其磧に浮世草子『けいせい色三味線《いろじゃみせん》』を書かせ、元禄十四年に刊行する。これがまた好評を博す。

つまり、演劇好きアマチュアが、評判記の書き手となり、そして浮世草子の作者になったのである。自笑は、少しづつ少しづつ其磧の才能を開花させ、遂に優れた娯楽本作者を手に入れた。

四　確執・引き抜き・一応の和解

しかし、幸運は長く続かない。幸運を維持するためにはそれ相応の努力を払わなければならないことを、自笑は思い知らされる。

宝永五年（一七〇八）に京都で大火が発生する。その影響もあったと推測されるが、其磧の本業である大仏餅屋の状況が悪化したらしい。其磧は宝永七年頃に息子の市郎左衛門の名で書肆を開業させ、自笑に役者評判記での共同出版とその利益配分を求めたものと思われる。自笑がその要求を飲まなかったため、自笑と其磧との仲はおかしくなる。

自笑は確執の間も其磧を説得していたであろうが、奇抜な方策も同時に採った。この奇抜な方策は、藤原英城の一連の月尋堂《げつじんどう》研究によって解明されたことである。(1) 当時、月尋堂という浮世草子作者がいた。彼は、自笑と対立関係にあった菊屋・一風《いっぷう》などと付き合いがあった。自笑は、このライバル側の作者月尋堂を引き抜く。日本文学史上、始めての作者の引き抜きである。自笑は、してやったりと思ったことであろう。ところが、月尋堂は引き抜き後しばらして、正徳五年(一七一五)に他界してしまう。自笑は他の作者も懸命に探した。未練《みれん》という代作者を使ってもみた。しかし、コンスタントに作品を書くことは困難であったらしい。

一方、其磧の状況もかんばしくない。確執発生後しばらくは、新機軸といえる作品(『通俗諸分床軍談《つうぞくしょわけとこぐんだん》』『商人軍配団《あきんどぐんばいうちわ》』など)を出して頑張るが、正徳の終わり頃になると調子が出ない。加えて、書肆江島屋は資本的に弱かった。正徳四年(一七一四)二月には、大仏餅屋の家督を叔母聟の永楽屋治右衛門に譲渡している。これは資本調達の意味があったと推測される。また、確執を起こしている間に、六角通柳馬場角から四条御旅町、四条縄手、綾小路通柳馬場西へ入町へと店舗が移転している。この数度に渡る移転も状況の良さではなく悪さを物語るものであろう。

作者が欲しい自笑、資本が欲しい其磧。なんのことはない。両者の利害は一致していたのである。そのことを再認識し、両者は享保三年(一七一八)に一応和解する。翌四年正月刊行の役者評判記『役者金化粧《やくしゃきんげしょう》』に、作者として自笑・其磧の序を掲げ両者の和解を示している。

自笑は、一時ほっとしたことであろう。ところが、まだ危機は去っていなかった。其磧は、享保四年正月に『義《ぎ》経倭軍談《けいやまとぐんだん》』を、翌五年正月に『花実義経記《かじつぎけいき》』を鶴屋・八幡屋・菊屋の相板《あいはん》で出している。菊屋は一風等を擁し、かつて自笑と敵対した書肆である。菊屋が其磧を引き抜く可能性も消えていなかったのである。

また、従来知られていないが、菊屋は書のお手本といった堅い内容の本を江島屋と相板で出すこともしていた。図1は、刊行年次不明ながら、おそらく享保三年前後あたりかと思われる菊屋・江島屋相板の『女筆君《にょひつきみ》が代《よ》』（『国書総目録』所在未掲載、架蔵）刊記部分である。この書の刊行が享保三年以前ならば、自笑に其磧への和解を急がせたであろう。もし享保三年以後ならば自笑の不安を煽ったであろう。どちらにしても、こういった手堅く確実に利益が上がる本を相板で出してやることで、菊屋は其磧にいわゆる「貸し」を作っていたのである。

菊屋などの他店がいつか其磧を引き抜くかもしれない。そんな危惧を自笑は感じ続けていたのではないか。享保五年正月刊の役者評判記『役者三蓋笠《やくしゃさんがいがさ》』に見える次のようなやりとりは、そんな自笑の気持ちが表面に出ているといってよかろう[2]。

▲自笑問、是〳〵其磧一旦は世間の人さまもおかしう思召ほど、筆先でいさかふたが、今は墨と硯の濃中となつて、互の作は外へ出すまいと、相仕の契約嘘でない本屋の商売をする身が、此比大和山の顔みせの本に、作者其磧と二色迄、名の出た新板の外題が見ゆるが、ありや人おどしの犬其磧か、子細がきゝたい

これに対し、

▲其磧答、身にとつてはうれしがなしい、無才の僕が述作の草紙を世間にお尋ねされ下さるゝは、本望の至り忝ない、一度そなたと一つ心になつた上に、又外へ愚作をつかはさふはづがない、今つく〴〵思ひ出せば、前々書捨の反古共をおいて来たが、其取りあつめ物に書そへて其磧作とあらはし、あの方の評判本ぐるみに、まぎらはしう見せた物じや、自笑と一所に名書のないは、愚作と必思ふてたもるな、そなたのふしんをはらそ

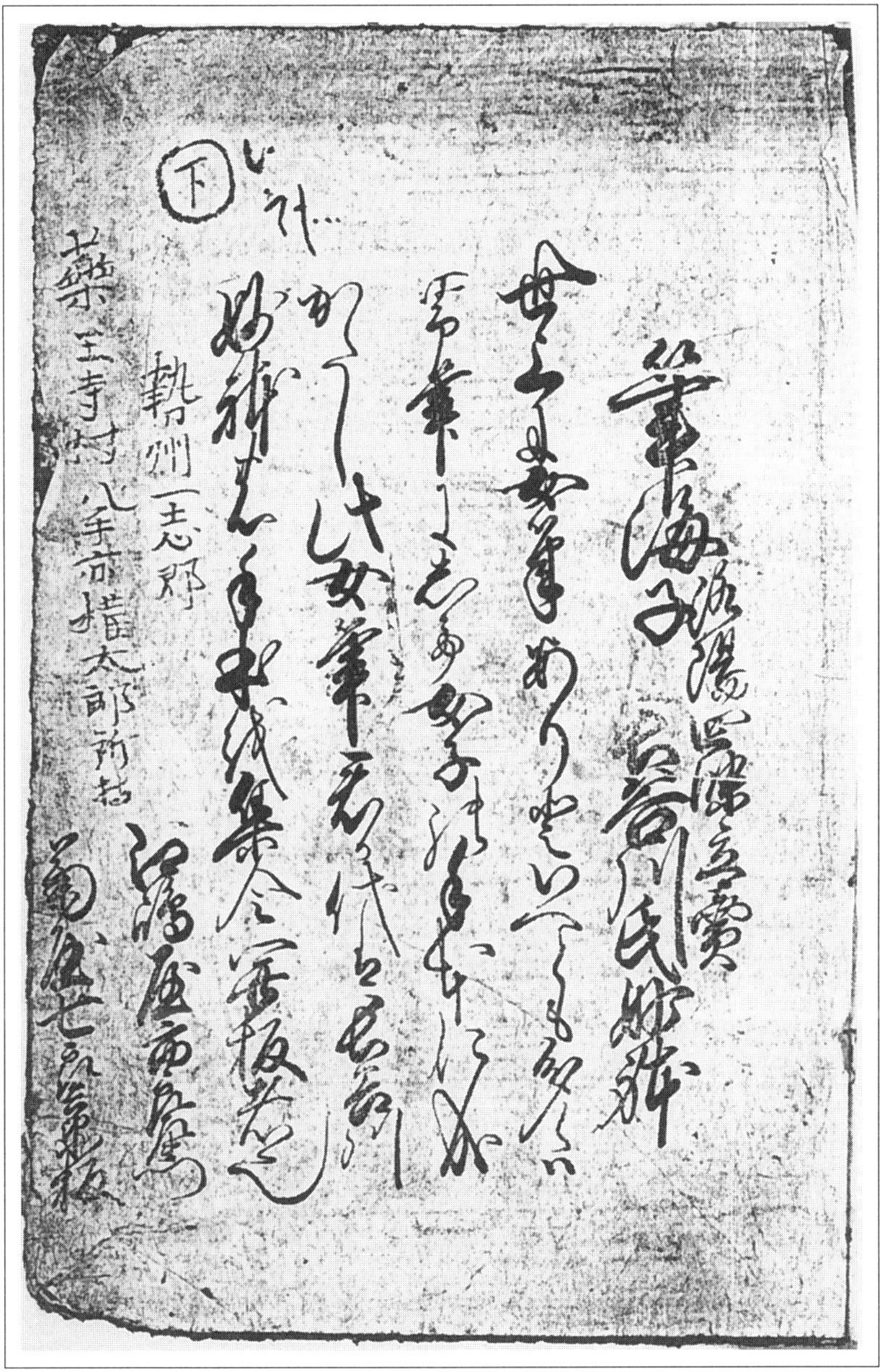

図１　『女筆君が代』刊記部分

う計に、分て断を申す猶此以後も外へとては、山をあげた疱瘡と同じ事でかいてはならぬ、いひかはしがみつ
　ちやとなるはさて

などと言い訳するが、自笑がこれで安心したはずがない。

結局、自笑は、其磧との確執・月尋堂の引き抜きと死亡・其磧との一応の和解とその後のごたごた、これらを経験したことで、娯楽本（浮世草子）をコンスタントにかける作者がいかに少ないか、そしてそういった作者を失えば書肆としていかに危険なのかを、骨身に染みて理解したであろう。

これが、自笑の不安―娯楽本（浮世草子）の作者を確保することへの不安―である。

五　販売網の強化と蔵板目録の整備

当時の書肆は、娯楽本が書ける作者と確執を起こした場合、すぐに充分な代わりをえることは困難であった。つまり、次の作品が確保できない危険性が高い。この状況の中で、書肆自笑は何をしたのか。

まず、書肆自笑は、作者其磧に対して十分に注意を払い、他の書肆に乗り換えたりしないようにしていたであろう。これは当然である。

次に何をしたであろうか。経営の安定を考えるならば、出版にかかった資本をできる限り早期に回収し、利益を確保する方策が望ましい。ここで生きたのは、自笑が元々役者評判記を刊行していたことであろう。役者評判記は毎年のもので、その年の正月に一気に売る。この流れに浮世草子の販売も乗せてしまう。役者評判記に、浮世草子の広告宣伝が掲載されていることは、このことを示していよう。販売網の強化による資本の早期回収で、経営の安定感は増したと推測される。

自笑の努力は実を結んだのであろう。其磧は、享保の中盤から後半にかけて基本的に自笑のところから浮世草子を出し続けている。自笑にとって、最も安心感を持てた時期であったと思われる。しかし、自笑の不安が完全に消え去ることはなかったはずである。其磧と良好な関係を維持していたとしても、其磧から原稿がえられない、其磧の死亡という危険がある。自笑は、かつての苦い経験を思い出したであろう。せっかく引き抜いた月尋堂にしばらくして他界されている。自笑と其磧が一応の和解した享保三年（一七一八）時点で、其磧は五十歳を過ぎている。当時の平均寿命からしてもはや若い年齢ではない。他界されてしまったらどうなるのか。遺稿を使って、二三年は凌げるかもしれないが、それ以上は何ともならない。

　もちろん、自笑は、其磧が健在であった享保年間（一七一六～三五）においても、他の作者を探したであろう。だが、確実に読者に受けてはずれがなく、かつコンスタントに書ける作者はやはり簡単には見つからなかったのではないか。また仮に作者としてやっていけそうな者がいたとしても、娯楽本の出版といういわば当たるか当たらないかで大きく利益の差が分かれる商売―ハイリスク・ハイリターン―で、あえて新人の作品を出版することは躊躇されたはずである。

　そして結局、享保二〇年（一七三五）あるいは翌年の元文元年に、其磧が死亡する。自笑はどうやってこの危機を乗り越えたのか。

　まず其磧の遺稿で時間稼ぎをし、その間に他の作者を探した。幸い、神道・有職故実・歌学などの分野で門人教授していた学者の多田《ただ》南嶺《なんれい》を見いだし、元文四年（一七三九）頃、代作者として使い始める。なお、どういった経緯で南嶺に白羽の矢を立てたのかは未詳である。南嶺は演劇好きであったと思われるので、そういったことが関係するのかもしれない。しかし、新人作者を見いだしただけでは経営上の安定に欠ける。新人作者を読者が受け入れないかもしれないし、すぐに書けなくなる状況（才能の枯渇・死亡）に陥るかもしれない。別な形での経営強化も行った方がよい。

ここで、自笑は、役者評判記と浮世草子における売れ方の違いを改めて意識したのではないか。役者評判記は、毎年の評判をするのであるから来年になってしまえば意味がない。一方、浮世草子は年を越しても面白さは特別失われない。新版として、相変わらず毎年正月に役者評判記も浮世草子も同じように大々的に売り出したであろうが、浮世草子の方はその後も後刷が相当売れていたであろう。自笑は、ここに眼を付ける。従来から、外の書肆でも蔵板目録を本の最後などに付すことがあった。自笑はこれを大規模に行うことにした。現在確認できているのは、元文六年（一七四一）刊『魁《さきがけ》対《つい》盃《のさかづき》』に付けられた蔵板目録（二丁）である。これには、浮世草子が六十五掲載されている。この後も、八文字屋の蔵板目録は、新刊本を増やしながら整備が進んでいく。例えば、寛保三年（一七四三）刊『雷神《なるかみ》不動《ふどう》桜《ざくら》』（架蔵）に掲載された蔵板目録（二丁）には、七十七の浮世草子が掲載されている。図2は、その初め半丁分である。このような形式で一覧できるようになっている。こういった蔵板目録を付けることで、八文字屋刊の浮世草子は後刷もかなりの量が売れたと思われる。現存している八文字屋刊の浮世草子には、相当量の後刷が含まれている。このことからして、後刷によるコンスタントな利益が、自笑の懐に入り八文字屋の経営を大いに安定させたと推測できる。

延享二年（一七四五）に自笑は他界する。彼が見いだした南嶺は読者に好評を持って受け入れられ、自笑の死後までも活躍を続け三十作品以上の浮世草子を八文字屋から刊行する。自笑は、学者として活躍していた南嶺に娯楽本作者としての才能が眠っていることを見抜いたのである。自笑の眼は、やはり書肆の主人として鋭いものであった。

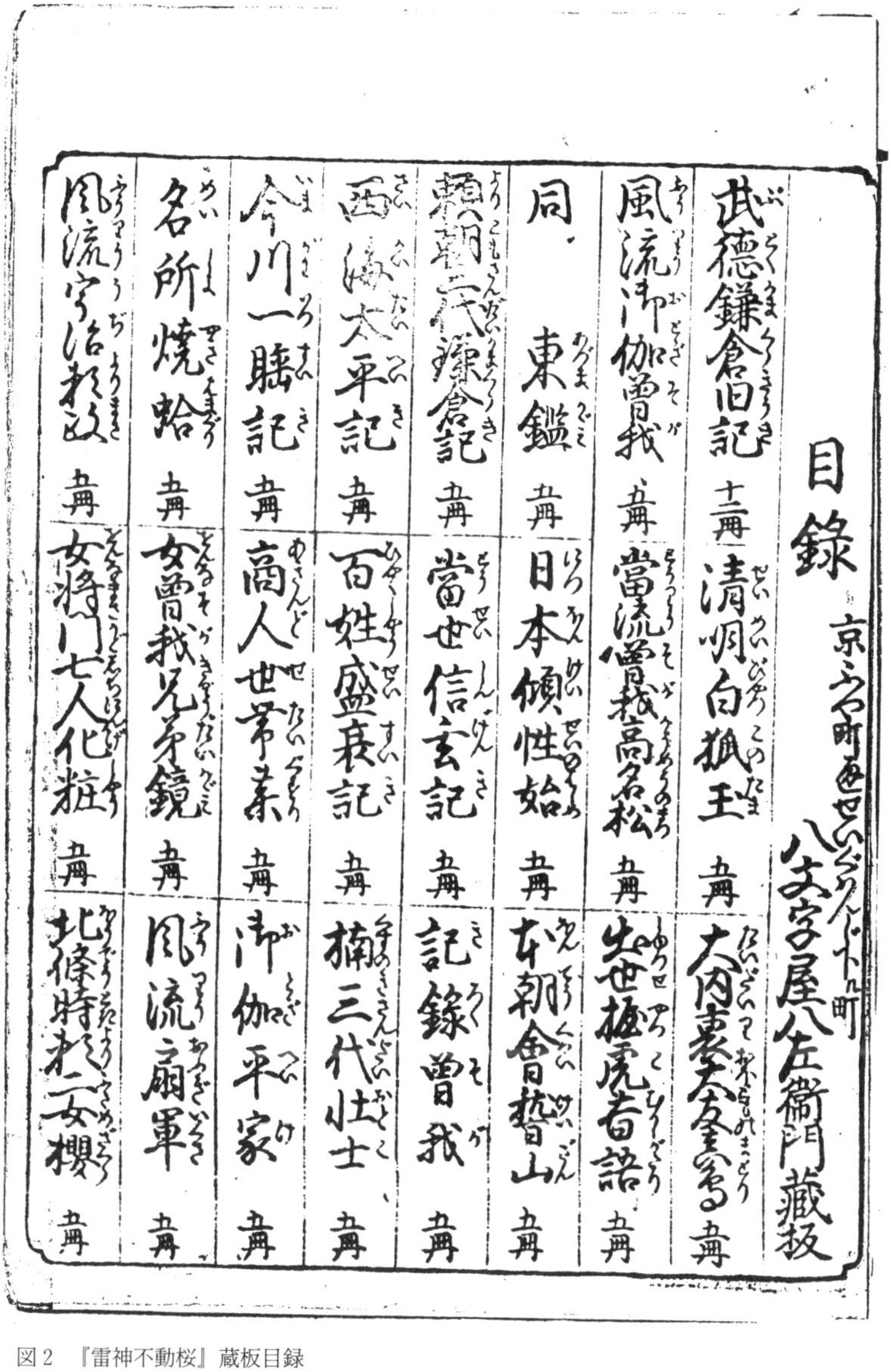

目録

京ふや町通せいぐわんじ下ル町
八文字屋八左衛門蔵板

武徳鎌倉旧記　十二冊
清明白狐玉　五冊
大内裏大友真鳥　五冊

風流御伽曽我　五冊
当流曽我高名松　五冊
出世握虎昔語　五冊

同　東鑑　五冊
日本傾性始　五冊
本朝会稽山　五冊

頼朝三代鎌倉記　五冊
当世信玄記　五冊
記録曽我　五冊

西海太平記　五冊
百姓盛衰記　五冊
楠三代壮士　五冊

今川一睡記　五冊
商人世帯薬　五冊
御伽平家　五冊

名所焼蛤　五冊
女曽我兄弟鏡　五冊
風流扇軍　五冊

風流宇治頼政　五冊
女将門七人化粧　五冊
北條時頼二女櫻　五冊

図２　『雷神不動桜』蔵板目録

六　娯楽本における売れる作者の確保

娯楽本における売れる作者の確保、このことに頭を痛める出版関係者は、自笑ばかりではなかろう。現代の出版社がコンクールを開催したり賞を出したりしているのも、売れる作者を発掘し確保しようとする努力であろう。つまり、自笑の不安は現代の出版社の不安でもある。出版業（特に娯楽本に関わる場合）における永久的な課題―売れる作者の確保―に、実質的に初めて直面し悪戦苦闘した書肆が自笑であったといえるのではないだろうか。

（1）　藤原英城「月尋堂とその周辺」（『国語国文』五九―一二、一九九〇年一二月）などの一連の論考。
（2）　引用は『歌舞伎評判記集成』第七巻（岩波書店、一九七五年）による。ただし振り仮名は外した。

〔付記〕　自笑と其磧との確執に関しては、長谷川強『浮世草子の研究』（桜楓社、一九六九年）第二章「其磧・自笑確執期」で示された研究成果に基づく。

III

出版メディアとその周辺

一　近世初期刊本小考

和田恭幸

一　「町版《まちはん》」の黎明

我が国商業出版の黎明は、寛永年間（一六二四〜一六四四）のこととされる。(1) 出版機構が確立すると、誰しも代金さえ支払えば、所望の書籍を我が所有とすることができる。そして、予想だにしなかった階層に、時に決定的な影響力を及ぼすことさえある。

かかる出版の波及効果は、一体いつ頃から出現してくるのか。実をいうと、それは寛永期を遥に遡り、天正八年（一五八〇）成立の『実悟記《じつごき》』（一名「本願寺作法之次第」）の一節に求め得るのである。著者は、本願寺八世蓮如《れんによ》上人の十男実悟。内容は、蓮如から証如《しようによ》に至る、三代の法主の間の、本願寺に於ける儀式作法・故実に関する実記録である。次にその一節を引用したい。(2)

本堂ノ阿弥陀経ハ、嵯峨本トテ弥陀経ノスリ本候。漢音ヲツケタル本ニテ候。綽如上人アソバサレタル弥陀経本被見申候ツルニモ、嵯峨本ノゴトク御付候テ、如此嵯峨本ノゴトク毎朝スベシ（ト）奥書ニアソバシヲカレ候キ。此本ハ、漢音バカリニアラズ。呉音モ少マジリ、唐音モアリ。クダラヨミトテ、聖徳太子ノ百済国ヨリ、取リヨセラレタルヨミニテ候間、クダラヨミト申ニテ候。当時ハ、チトカハリ申シ候歟。古、円如ノ御稽古へ候ツル、件ノ嵯峨本ニテ御稽古候キ。

右傍線部の「嵯峨本《さがぼん》」は、本阿弥光悦の嵯峨本ではない。対象は、版経《はんぎょう》であるから、指す所は常識的に、今日の書誌学用語にいう「嵯峨版」と認定せざるを得ない。本文中の「嵯峨本」を「嵯峨版」と言い換え、私に増補・中略して口語訳を試みたのが以下である。

本願寺の本堂で使用する阿弥陀経の経本は、嵯峨版という刊本でございます。その本は漢音の振り仮名の付いた本です。（そして本願寺で嵯峨版を用いることは、何も今に始まったことでなく、本願寺五世の）綽如《しゃくにょ》上人の御手跡の阿弥陀経を見せて頂いたところ、振り仮名は嵯峨版と同じようにお付けになっており、しかも奥書には「嵯峨版のとおりにお朝事を勤めなさい」と奥書されておられます。―（中略）―（そういえば私が甥の）円如に（阿弥陀経の）御稽古を申し上げた折にも、その嵯峨版を使って御稽古したことでございます。

右は、かつて私が『日本古典籍書誌学辞典』（岩波書店発行・一九九九年）に「嵯峨版」の用例として引用したものである。そもそも嵯峨版とは、南北朝頃、中国から来住した刻工が、春屋妙葩《しゅんおくみょうは》（臨済宗の僧）の保護の下、京都嵯峨の地に於て出版に従事するところに成った、禅籍・仏教経典等を指す呼称である。嵯峨版の名称自体は、西村兼《けん》文《ぶん》の『好古十種《こうこじっしゅ》』等に使用される用語で、古くは『蔭涼軒日録《おんりょうけんにちろく》』に見る如く「嵯峨本」と呼ばれた。

さて、岡崎久司は、件の嵯峨版の性格に関する、極めて重要な卓見を示している。即ち、「臨川寺及びその界隈は、宗派を問わず開版を引き受けて業とする者たち、おそらく中国刻工者の末裔や日本人が散在していた」との説である。(3)

ところで、『実悟記』に立ち戻るならば、実悟その人の関心が、嵯峨版それ自体より、むしろ嵯峨版の振り仮名に向けられることは明白である。更に「嵯峨本ノゴトク毎朝スベシ」・「円如ノ御稽古」云々により、その拘りの源が、本願寺の読経作法に対する一種の考証的思考に存することも、自明の如くである。

実をいうと、現在、各宗派の読経には、漢字一文字の読み方にも、宗・派の厳然とした相違が存在するのである。例えば、真宗大谷派ならば大谷派の「依用本」を使用し、本山制定の統一ルビに従って読まないと、全く声の揃わない目茶苦茶な読経になってしまうのである。毎日のように全国各地からドッと大人数の門徒が詰める本願寺。かかる局面には、経本の振り仮名が、声明《しょうみょう》の節博士と同等の役割を果たすことになる。折しも本願寺は、実悟の父蓮如の活躍によって、極貧の貧乏寺から俄然「ご本山」の威容に活況を呈する真っ只中。そこに、未だ「依用本」の存在無き時分、実悟の見せる振り仮名への執心は、一体何を意味するのか。

就中《なかんずく》、仏教儀礼のための古刊本と云えば、高野《こうや》版の『声明集』が想起される。また、かの文明四年（一四七二）六月刊本『声明集』（上野学園日本音楽研究室所蔵）は、刊年を確定し得る世界現存最古の印刷楽譜、とさえ評価される。(4)しかし、本願寺の嵯峨版『阿弥陀経』は、真言宗の『声明集』が自家製の高野版である事と、全く意味合いが異なる。

即ち、浄土真宗とは全く関係の無い刊者の版経が、本山である本願寺に採用され、その振り仮名が一宗依用の「音」を決定づけたわけである。時代を下って明治期の版経にはその名も直截、『町版大般若経』なる一版が登場してくる。『実悟記』の一節は、代金だけで事の済む「町版」の祖先を示唆し、且つ影響力の絶大なることをも伝える。

ともあれ、ここに知るのは、天正八年の時点に於て、出版が潜在的に内包する力、即ち全く縁もゆかりもない人や集団に、ある種の決定的影響力を及ぼした、その確かなる消息である。

二　書形《しょけい》を見る

商業出版の成熟と共に、刊本の書形は、内容の種別を表示するようになる。しかし、近世極初期に於ては、少々の流動が見られる。件の現象には、ある種、近世初期の出版状況を象徴すべき事例が含まれている。

寛永六年（一六三二）源太郎刊本『万病回春《まんびょうかいしゅん》』の書形は、横本《よこほん》である。寛永期の和刻本漢籍医書には、極めて珍しい。これに先行する三本、即ち慶長十六年（一六一一）延寿院玄朔《げんさく》跋古活字刊本、元和六年（一六二〇）梅寿軒古活字刊本、寛永六年（一六二九）古活字刊本は、いずれも通常の大本《おおほん》。つまり、古活字版から整版に移行する段階で、書形も同時に変ってしまったことになる。

これは、『薬性能毒《やくしょうのうどく》』の諸版にも同様である。刊本『薬性能毒』の初版は、慶長十三年（一六〇八）跋意斎道啓古活字刊本である。件の書物は、曲直瀬道三《まなせどうさん》の著述に子息の玄朔が増補を行う、我が国成立の医書。私の見る原本は、杏雨書屋所蔵本であるが、丹表紙、四針袋綴装、二八・四×二〇・五糎の、堂々たる大本である。しかし、以後の整版本は、全て横本形に変っていく（寛永頃無刊記整版本等）。

さて、一般的に、横本は実用に適する書形であると考えられる。例えば、寛文年間（一六六一〜一六七二）から刊行を見る「近世書林書籍目録」類は全て横本である。故に、件の二例もまた、医者の業務的実用性の上に改変された、と考えられようか。兎も角、横本形慶長寛永中（一五九六〜一六四四）刊本の書目を列挙してみたい（但し有刊記本のみに限定）。

【仏書】　枕双紙（元和七年宗存版古活字）、法華経品釈《ほんしゃく》（元和七年宗存版古活字）、六帖要文《ろくじょうようもん》（寛永九年叡山版古活字）、七帖要文（寛永元年叡山版古活字）

【医書】和名《わみよう》集《しゆう》并《ならびに》異名《いみよう》製剤記《せいざいき》（寛永二年古活字・同九年・同十一年）、諸疾禁好集（寛永三年梅寿軒古活字）、医学天正記（寛永四年）、恵徳方《けいとくほう》（寛永四年・同八年・同十年）、医方明鑑（寛永五年・同十八年）、済民《さいみん》略方（寛永五年）、宜《ぎ》禁本草《きんほんぞう》（寛永六年）、新添《しんてん》修治纂要《しゆうじさんよう》（寛永八年・同十七年）、延寿撮要《えんじゆさつよう》（寛永九年）、万病回春（寛永六年・同九年）、出証配剤（寛永十年）、能毒（寛永十年・同二十年）、病論俗解《ぞくげ》集（寛永十六年）、万外《まんがい》集（寛永十九年）

【文学】城西聯句《じようせいれんく》（元和四年二兵衛古活字・同七年二兵衛古活字・寛永元年意斎古活字・同五年古活字・同八年）、百聯抄解《しようげ》（元和四年二兵衛古活字）、三千句（元和七年・寛永二十一年）、たかたち（寛永二年・現存原本なし）、長者教（寛永四年古活字・同五年）、湯山《とうざん》千句（寛永七年）、匠材《しようざい》集（寛永三年・同十五年）、紹巴《じようは》発《ほつ》句帖《くじよう》（寛永十七年）、鷹筑波《たかつくば》集（寛永十九年）、増補犬筑波集（寛永二十年）、狗子《えのこ》集（寛永二十一年）

【辞書】二体節用《にたいせつよう》集（元和五年・寛永三年・同六年・同二十一年）、真草倭玉篇《しんそうわごくへん》（寛永四年・同五年・同二十年）、多識編《たしきへん》（寛永七年古活字）

【その他】寸鉄録（寛永五年）、春鑑抄（寛永八年）　※（以上、古活字と記さないものは全て整版本）

右一覧は、恣意的分類ながらも、ある種の傾向性が看取されよう。まず、一見しただけで、医書に集中することは明白。しかも、投薬・禁好に関する、実用的和書が殆どである。なお、横本形の他に、寛永十年風月宗知《ふうげつそうち》刊本『日用灸方《にちようきゆうほう》』（『日用食性《しよくしよう》』『諸疾宜禁』との合刻本）の如き、図入りの小本まで存在する。[5] つまり、横本形を採用する所以は、通説の如く「実用性」に起因することが確実である。

しかし、仏書の項はその数四例ながら、格段と示唆に富む。実を云うと、仏書の項に登載の、寛永元年（一六二四）古活字刊本『七帖要文』は、長帳綴《ながちようとじ》の横本なのである。近世文学をご専攻の方には、浮世草子の八文字屋本《はちもんじやぼん》と同じ様式、と云えばご理解頂けようか。要は、書籍の下辺が、料紙の折山になっているのである。

本来、長帳綴は刊本の装訂ではない。写本の領域に立ち入るならば、双葉列帖、若しくは長帳綴の仏書が少なからず存在する。そこで、同書の写本を求めるならば、奇跡的にも寛永元年刊本の直接の底本、天文十九年（一五九一）真祐《しんゆう》直筆本（叡山文庫真如蔵）が存在した。果たして、これが、長帳綴の横本であった。(6) 勿論、本書は自筆刻本ではないから、件の装訂もまた、自筆本のレプリカではない。装訂の示唆するところは、写本から刊本への過渡的相貌、として解釈すべきである。

さて、ここに登載の四書の内容を見るならば、共に天台宗の、所謂「宗要《しゆうよう》」の「要文《ようもん》」としての共通性が認められる。すると、用途は自ら学僧の「論議」の場、若しくは「論議」を念頭に置いた学問、が想定されてくる。なれば、山門系学僧のためには、俗に云う「あんちょこ」にも匹敵する、正しく実用書に相違ないことになろう。

つまり、近世極初期に於ける横本形刊本仏書は、既に写本の段階に於て、その実用性故に横本形であり、件の様式が刊本にも踏襲された、と理解することが至当となる。ここに改めて、寛永六年刊本『万病回春』の書形に立ち戻るならば、和書の様式が和刻本漢籍をも呑み込んでしまった事例、として位置付けられる。

さて、近世文学研究の俎上に於て、近世初期の出版が問題とされる時、半ばお約束と化した評価が繰り返されている。即ち、儒書・医書・仏書など所謂「おかたい本」が出版され云々、である。確かに、文学史に立脚する場合、一見至当であるかのように思われる。しかし、書誌学・出版史研究に立場を移すならば、如何様になろうか。

先に見る『万病回春』『薬性能毒』の具体は、書籍の作成に於て実用性が尊重された事実を提示する。ここに、近世初期刊本の特質の一として、或る職業のための「実用書」及び実用に連動すべき教養書の出版が行われた、と見直す余地を指摘したい。さもなくば、仮名草子の特色、即ち「実用性」「啓蒙性」「教訓性」の三つが、どの辺から必然的に齎《もたら》されるのか、その要因の幾つかが不明になるのではないか。

三　刊語を読む

古活字版が未だ隆盛の寛永初年、整版本の刊者は、活字印刷術に対して如何なる印象を抱いていたのか。通説の如く、古活字版は大量の摺刷には不向きであり、増刷はもちろん不可能であった。寛永初年に於ける刊者の感慨は、商業出版の前夜、即ち整版全盛に向かう途次の里程標に相当する筈である。

そこで、寛永元年（一六二四）刊本『元亨釈書《げんこうしゃくしょ》』の巻末に付す、刊者小嶋家冨《こじまいえとみ》の跋文を見ていきたい（原漢文、恣意的に送り仮名・句読点を補う）。なお、便宜上、諸版一覧を末尾に添付する。

元亨釈書といふは、近代世に板行せるもの、悉く皆活字の成行なり。故に顚倒錯誤無きこと能はず、而も未だ巨板を鏤る者有らず。而して又、未だ訓点を加ふる者も有らざるなり。今、良工を雇ひ、木に海蔵院の古本を張貼し、以て彫刻し焉んぬ。且つ又た諸本の旧点を考へて、其の行間を補写し、并せて之を刻す。毎板一枚は、面・背共に四葉。板は計二百十二枚。紙は計八百四十七葉。都べて全板と為す。夫れ、是の挙は蓋し是れ、本朝三宝の流布にして、又近代一板の最勝なるものか。庶幾はくは、将に不朽に行はれて、無窮に伝はらんかな。

寛永元甲子年春三月日　　洛下小嶋家冨跋

【諸版一覧】

（五山版《ござんばん》）　1、貞治三至永和三年東福寺海蔵院刊本　2、明徳二年東福寺海蔵院重刊本　3、明徳二年無刊記重刊本

（古活字版）　4、慶長四年如庵宗乾古活字刊本　5、慶長十年下村生蔵古活字刊本　6、元和三年古活字刊本

（近世整版）　7、寛永元年小嶋家冨跋刊本　8、寛永元年小嶋家冨跋刊後印本

先ず、冒頭「活字の成行」は、諸版一覧の４・５・６の三版を指す。「顚倒錯誤」は、整版本一般にも誤刻が存在するので、一概に活字印刷術の弊害とは言えない。事実、寛永十九年（一六四二）西村吉兵衛刊本『拾芥抄《しゅうがいしょう》』は、誤刻の多い古典出版物である。しかし、次の「未だ巨板を鏤る者有らず」は、看過し難い問題点を提示する。「巨板」は、跋文最終に見る膨大な版木と紙数の計上を指し示すであろう。すると、件の意は「たくさんの版木を必要とする本書を整版にする者がない」との現状批判に繫がっていく。そこで、「顚倒錯誤」に返って読むと、結局活字印刷術はあまり好ましくない物、との意を代替することになる。

更に、次の「訓点を加ふる者も有らざるなり」云々は強力である。直接には、４・５・６三版の、無訓古活字刊本を指す。しかし、これに限らず、古活字刊本は、全般的に無訓本が主流であって、付訓植版本の方がむしろ珍しいのである。ここに、古活字版の劣性と整版の優位性が対峙する如くである。

次に跋文は、「海蔵院の古本を木に張貼し」と、文字通りの覆刻工程を披露する。これに云う「海蔵院の古本」は、「海蔵院所蔵の古本」なのか、或は「海蔵院刊の古本」なのか、不明である。しかし、底本が、諸版一覧の２に相当することは確実である。なぜなら、寛永元年刊本には、明徳二年（一三九一）原刊記と、至徳元年（一三八四）の「東福海蔵禅院重刊元亨釈書化疏」（義堂周信《ぎどうしゅうしん》）の双方を具備する故である。ともあれ、刊本一般には、覆古活字《ふくこかつじ》整版本の存在を見るものの、ここでは古活字の三版が消滅し、代わりに五山版が間接かつ部分的復活を見たことになる。

これにより、古活字の三版は、過渡的、或は暫定的存在としての相貌を露呈しよう。奇しくも、明徳年間（一三九〇〜九三）は北山文化の花開く応永年間（一三九四〜一四二七）の直前に位置し、一方の寛永元年（一六二四）は絢爛たる巨大建造物の建設ラッシュと諸方面に文化の進展を見る寛永期への改元の年。即ち、整版を開版すべき力量の

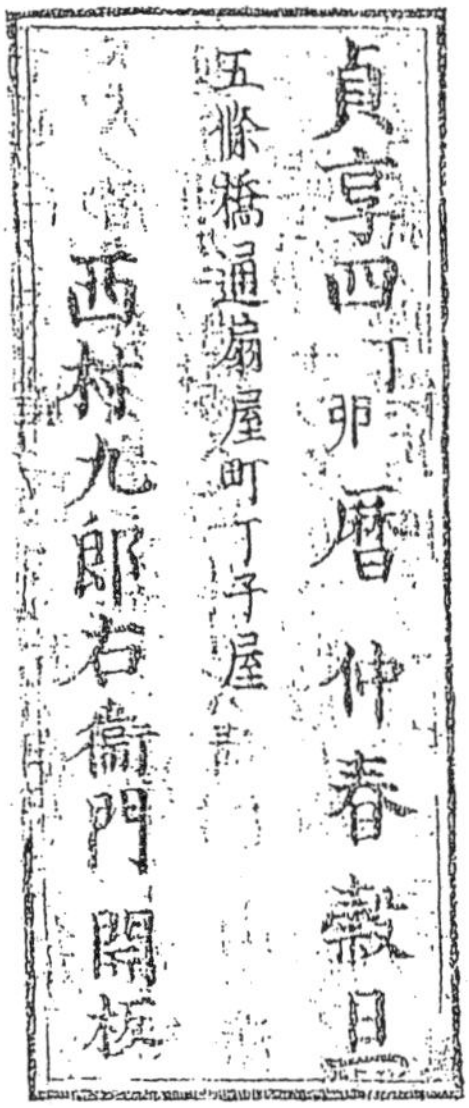
貞享四丁卯暦仲春穀日
五條橋通扇屋町丁子屋
西村九郎右衛門開板

一　『大原談義句解』初版本刊記

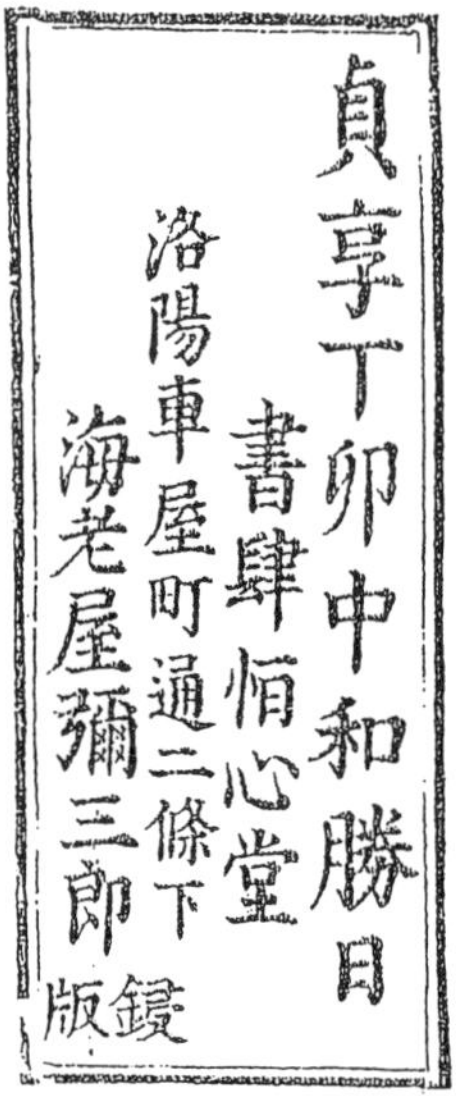
貞享丁卯中和勝日
書肆恂心堂
洛陽車屋町通二條下
海老屋彌三郎鏤版

二　『同』求版本刊記（木記の四隅に段差が生じる）

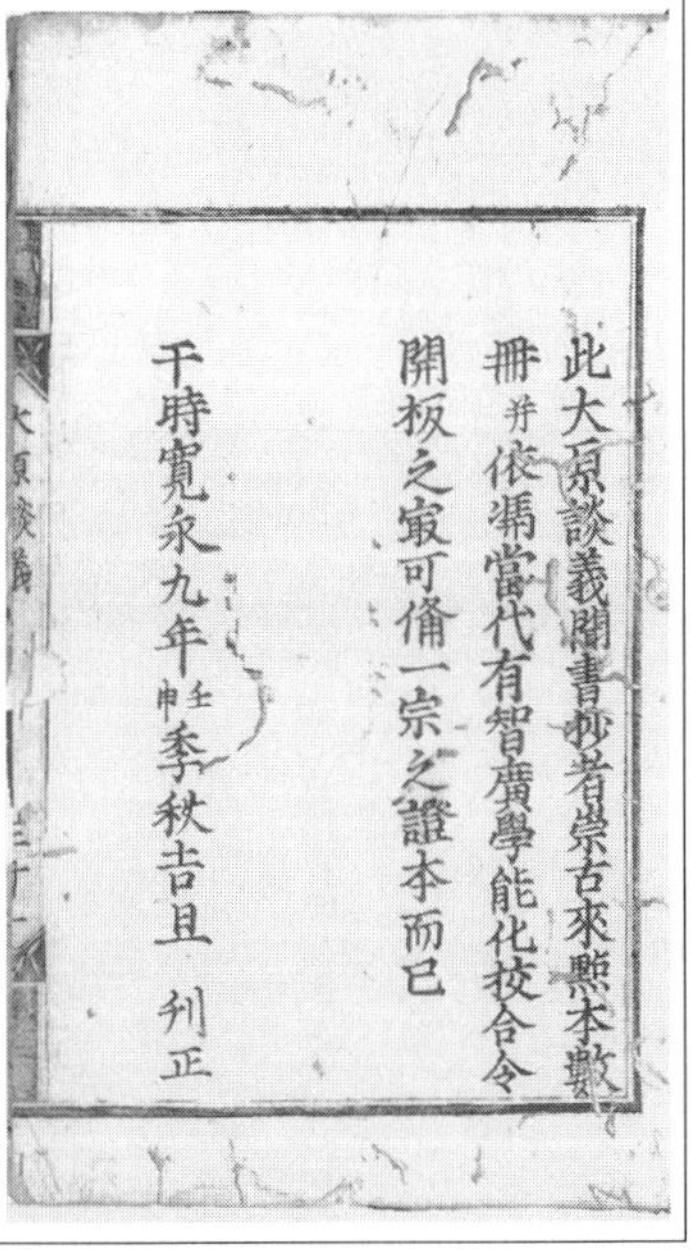
此大原談義聞書抄者崇古來煕本歟
冊并依嘱當代有智廣學能化挍合令
開板之宸可備一宗之證本而已
干時寛永九年壬申季秋吉旦　刋正

三　『大原談義聞書抄』寛永九年刊本

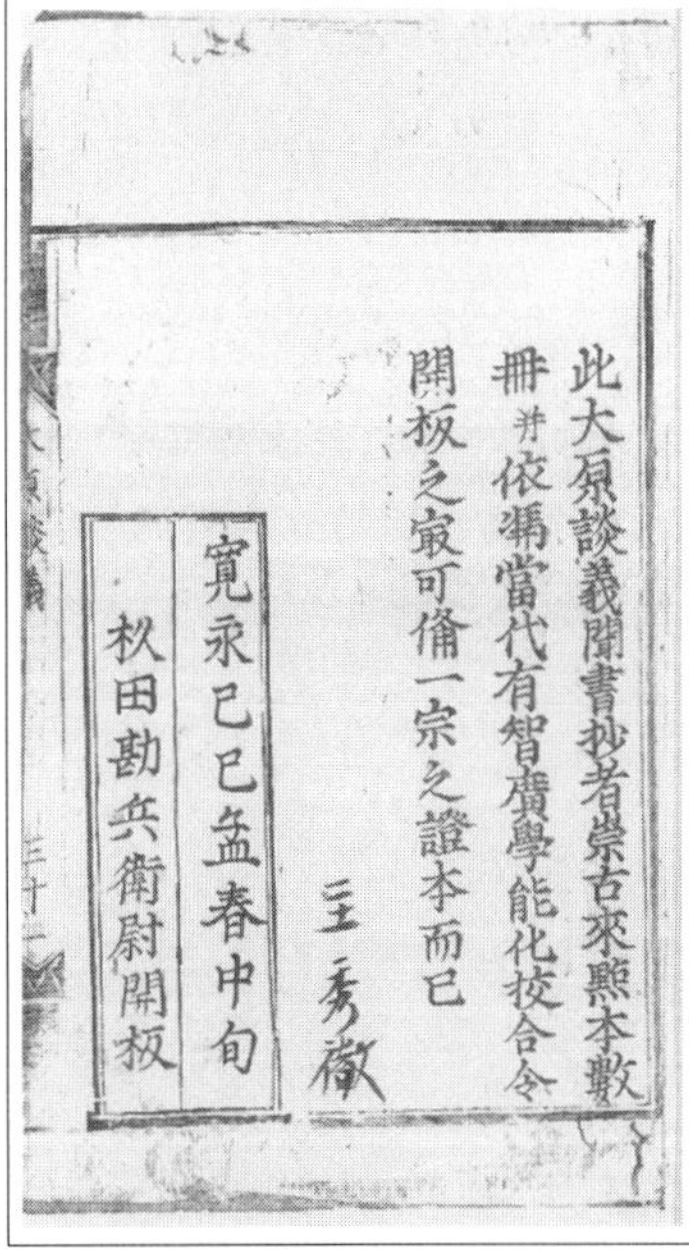
此大原談義聞書抄者崇古來煕本歟
冊并依嘱當代有智廣學能化挍合令
開板之宸可備一宗之證本而已
王秀徹
寛永己巳孟春中旬
秋田勘兵衛尉開板

四　『同』寛永六年刊本

具わる二つの時代の谷間に、暫定的に存在したのが、古活字の三版であったことになる。

四　刊記と書肆

近世初期の刊者は、所謂「篤志家」と「書肆」とに、区別することが難しい。勿論、両性具有の過渡的人物も存在する。例えば、本稿第二節に登場の意斎道啓《いさいどうけい》（慶長十三年刊本『薬性能毒』の刊者）など、その好例と云うべきか。

これに対し、寛永初年以後、後代若しくは現在まで存続する、全き「書肆」の創業を見る。村上平楽寺《へいらくじ》（元和八年・一六二二）・中野道伴《どうはん》（寛永四年・一六二七）・丁子屋《ちょうじや》西村九郎右衛門（寛永十七年・一六四〇）の三肆が、その代表たり得よう。但し、それら大店の刊記は極めて整然としており、書誌学の研究にはさしたるヒントを示さないのである。むしろ、入木《いれき》ばかりの見苦しい刊記にこそ、判り易い資料性が発現されるもののようである。

その好例が、杉田良庵玄与《りょうあんげんよ》・杉田勘兵衛尉《かんべえのじょう》の二者である。両者が同一人物なのか、[7]はた如何なる関係に在るのか（初代と二代?）、現時点には全く不明である。よって、本稿では、暫定的立場から二人説を採用し、また関係性は問わないこととする。

まず、杉田良庵玄与の活動時期は、元和三年（一六一七）から寛永九年（一六三二）に至る十五年間。原物に即するならば、元和三年刊本『下学《かがく》集』から寛永九年刊本『二体節用集』迄である。つまり、古活字版印刷の時分に活躍した整版本の刊者、として位置付けられる。次いで、勘兵衛尉の活動は、諸々問題点を含むものの、一応、寛永三年（一六二六）刊本『匠材集』を初出としたい。なお、残念ながら、現時点、私の調査範囲では、勘兵衛尉の下限を明記する確証が無い。

さて、杉田良庵玄与は、寛永八年（一六三一）の時点で、既に「依頼原稿」の体制を確立している。その消息を伝えるものが、寛永八年杉田良庵玄与刊本『春秋経伝集解《しゅんじゅうけいでんしっかい》』の堀杏庵《きょうあん》跋文である。奇妙にも、私の見る内閣文庫所蔵本は無刊記本である。しかし、杏庵跋文の後半には、以下の如く記される（原漢文、送り仮名・句読点を恣意的に加えた）。

　爰に杉田氏玄与、訓点の左伝を刊し、以て四方に行はんことを欲し、予に善本を求めんことを属す。予、此の書の学者を裨益するを嘉みし、遍く数本を考ふ。字画の紕謬を正し、和訓の異同を改め、可なるものは之を存し、闕なるものは之を補ひ、以て後学の君子を俟つ。庶幾はくは、之を読む者、淄澠を弁じ、涇渭を分かたば幸甚なり。

　旹寛永八年歳次辛未冬日南至　　　　尾陽路医官法眼　杏菴正意跋

右は、杉田良庵玄与が堀杏庵に、底本選定の段階から原稿依頼を行い、次いで杏庵は諸本調査（底本選定）・本文校訂を行った、と云う。つまり、寛永八年の時点に於て、書肆（企画・刊行）と作家（執筆）の、全き分離が生じていたことになる。

ところで、上記の体制が進展していけば、発刊経費の関係上、「版木《はんぎ》」に対する所有意識が顕在化する筈である。それは、法制度確立以前に於ける、原始的「版権」意識の萌芽に相当しよう。先述の如く、杉田良庵玄与・勘兵衛尉、両者の一致点は、刊記を入木することに在る。これは、既成の版木を買収して、再利用した経緯を示す徴証である。そして、買収した版木なればこそ、増刷以上の付加価値を期待する局面にも進展していく。

単純には、刊年の偽造が極めて有効な手段となろう。また、頻繁に刊行を重ねる、売れ筋の仏書なれば尚更である。如上の疑念を以て見れば、杉田勘兵衛尉の刊記は、頗る怪しい。まず、その様式は、概ね蓮牌木記《れんぱいもっき》か木記である。まま、これは入木に便利、という程度か。しかし、刊年の年数を漢数字で明記せず、干支しか記さない物が殆

どである。これが、まず以て第一に怪しむべき要素である。(8)

時代を下る他の書肆の事例に、貞享四年（一六八七）二月刊本『大原《おおはら》談義《だんぎ》句解《くげ》』が存在する。これの初版本刊記は、双郭木記に「貞享四丁卯暦仲春穀旦／五條橋通扇屋町丁子屋／西村九郎右衛門開板」とある。次の求版本では、木記の左右二辺を残し、その他全部を一度削り落して、新たに木記の上下二辺と刊記の中身をゾックリ入木する。新しい刊記は「貞享丁卯中和勝日／書肆恒心堂／洛陽車屋町通二條下／海老屋弥三郎版鋟」である。ところが、この両者、ゾックリ削った入木の後者も、共に貞享四年二月を表示するのである（図版一・二を参照）。そして、怪しい海老屋刊本は、果たして干支のみの年記である。

実に、これの先蹤かつ更に大胆な物が、寛永六年杉田勘兵衛刊本『大原談義聞書抄《ききがきしょう》』である。同書の刊記は、年記・書肆名共々の入木である。そこで、『大原談義聞書抄』の寛永中有刊記本を見渡せば、①寛永五年・②六年（杉田勘兵衛刊本）・③九年刊本の三種が存在する。(9)②・③は、①寛永五年刊本の覆刻本である。故に、文字面だけを追えば、①→②→③の順となるが、実にこれが違うのである。

まず、②寛永六年刊本は、全体的に摺りが悪く、且つ文字・匡郭《きょうかく》の双方に欠損が認められる。また、寛永六年刊本の刊記は入木であるため、刊記の真下に相当する匡郭の下辺に亀裂が生じている。対する同九年刊本は、摺りは良好、且つ版面の欠損も少ない。また、刊記の真下に相当する匡郭の下辺は、一直線に繋がっているのである（図版三・四を参照）。

件の事実に徴すれば、③は②の最終丁を補刻したもの、との予測も可能になる。そこで、両者を解体し、一丁づつ重ね合わせて、製図用の斜傾台（下から照明の当たる台）に載せて見た。すると、両者はピタリと重なり、寸分違わぬ同版なのであった。つまり、①―（復刻して）→③―（刊記を入木して）→②、の成立順序を示すのである。如上の事例は、管見の寛永中刊本には、本書一例のみである。

さて、上記の事例には二つの結論が可能となる。一には、「杉田勘兵衛尉」なる名前だけを示すため、既成の刊記（木記）を他から取り外して、適当に塡め込んだ、とする見解。二つには、杉田勘兵衛尉が、九年版より古いニセ刊記を付した、書肆段階の贋本《がんぽん》との見解である。

前者を是とするためには、同一の刊記を有する他の刊本が発見されなければならない。しかし、現時点、私はそれを確認し得ない。そこで、本稿に於ては、暫定的に後者を結論としたい。

ところで、刊者の段階に於ける贋本の作成は、これが史上初、というわけではない。早くも、中世の五山版に於て、贋本の誕生を見る。本稿第三節、『元亨釈書』の諸版一覧には、2「明徳二年（一三九一）東福寺海蔵院重刊本」と3「明徳二年無刊記重刊本」の二版が存在した。川瀬一馬は、2・3両版の関係を同版とし、3は2よりも古く見せかけるための改竄本《かいざんぼん》であると結論付ける（『五山版之研究』上・下〈日本古書籍商協会発行・一九七〇年〉を参照）。

かくて、寛永六年杉田勘兵衛尉刊本『大原談義聞書抄』は、近世商業出版物に於けるニセ刊記の初出、として位置付けられる。また、ニセ刊記の存在は、法制度確立以前に於ける、「版」に対する商業的所有意識を示す具体例たり得よう。ここにこそ、商業出版の全き産声を聞く如くであり、かの新生児は、室町の昔に死んだ筈の、遠い祖先の虚言癖を隔世遺伝に蔵しつつ、際立って嘘吐きな子供が生れ出た由を知るのである。

（1）蒔田稲城『京阪書籍商史』（出版タイムス社発行・一九二八年／臨川書店復刊）、宗政五十緒『近世京都出版文化の研究』（同朋舎出版発行・一九八二年）等、先学の説に一致を見る定説。

した。

（2）『真宗仮名聖教』（西村九郎右衛門発行・一八九七年）所収本による。但し、便宜上、句読点を付し、濁点・漢字表記等を改変

（3）岡崎久司『嵯峨本再考』（『特別展　光悦と能　華麗なる謡本の世界』MOA美術館発行・一九九九年）所収。

（4）福島和夫「上野学園創立九〇周年記念展観　日本の印刷楽譜　一四七二～一八六八」（上野学園日本音楽資料室発行・一九九四年）ほか。

（5）文学の項に該当すべき書籍で、巻末に作者の奥書だけを記すもの、あるいは書肆名だけのものは、勿論除外している。なお、小本形が存在するのは、誹書に於ても同様。寛永中村上平楽寺刊本『はなひ草』（雲英末雄所蔵）は丹表紙の小本として有名。

（6）この他、『昭和現存天台書籍綜合目録』の「要文」の項に登載される物を任意に三点紹介する。①慶長十五年（一六一〇）写元和八年（一六二二）識『恒覚要文集』（叡山文庫・真如蔵）＝長帳綴・横本。②寛永正保中（一六二四～四七）刊無刊記整版本『九帖要文』（叡山文庫・真如蔵）＝袋綴・横本。③明応二年（一四九三）写『経論章疏要文集』（叡山文庫・真如蔵）＝列帖装・縦形。③は列帖装ながら、サイズは折本サイズで二二・〇×七・五糎。固い厚葉料紙で、手帳のように簡便で扱い易い装訂。また③は寺門派（天台寺門宗）の写本。

（7）朝倉治彦はその著「私の書賈集覧」に、杉田良庵玄与と杉田勘兵衛を同一人物とする。（中村幸彦博士還暦記念論集刊行会編『近世文学　作家と作品』・中央公論社発行・一九七三年）所収。

（8）干支のみの刊記に注意を払うべきことは岡崎久司氏に教示を受けた。

（9）私の見る寛永九年刊本は敦賀屋久兵衛刊本である。つまり、『大原談義聞書抄』の寛永中刊本は、何れも書誌学的な問題点が山積することを示す。なお、寛永九年刊本の敦賀屋刊記は、「近世初期版本刊記集影（五）」（『調査研究報告』第21号、二〇〇〇年九月）の図版47－②に掲載してある。

二　寛文期における書物の蒐集
──『書籍覚書』による報告──

市古夏生

一　『書籍覚書《おぼえがき》』

言うまでもなく近世初期は出版文化の開花した時期であった。営利を目的とする本屋が出現することも言うまでもない。出版を念頭において書物が執筆され、あるいは編纂される例ももちろんあるが、それ以上に多かったのが過去に作られた書物を出版することであった。確かに個人の蔵書を中心として市中には過去に作られた大量の写本群があって、それが出版の有力な資源となっていたことは否めない。写本も後述するように、流通するルートがないわけではなかった。しかしながら書物を蒐集しようとする市井の人間にとって、出版のもたらす恩恵は莫大であった。こうした我が国の書物以外に、漢籍や仏典など中国の書物も出版書肆にとって大きな出版対象であった。

林鵞峰《はやしがほう》がその父羅山《らざん》の編纂した『本朝通鑑《ほんちょうつがん》』の続編の撰述を幕府に命じられ、子弟門人を参加させて共同作業を開始するが、そのとき『国史館日録』を書き始める。寛文二年（一六六二）十月より寛文十年末までであるが、実質的な記事は寛文四年十月以降からである。その記事からは、『本朝通鑑』続編の編纂に必要な書物を求める鵞峰の姿勢が読み取れる。そこでは写本を求める事例が多く見受けられるが、必要とあらば板本にも食指を伸ばしている。鷲峰は林和泉掾《いずみのじょう》や荒川宗長一族と関わりが深く、漢籍や古典籍の出版に際して、序跋を与えるなどして、本屋とは購入するだけではない、密接な繋がりもあった。

林家と同様に漢学者は規模は異なるにしても、同じように本屋と関わりを持ち、書物の購入を図ったはずである。ここに『書籍覚書』（後藤憲二氏蔵）写本一冊がある。本文は『書誌学月報別冊9』（青裳堂書店、二〇〇〇年刊）に『書籍覚書』として複製されており、筆者が簡単な解題を記しておいたので、内容及び書誌的事項の概略はそれをお読み頂きたい。該書は蔵書目録ではなく、これから購入する予定の書物のリストである。その成立時期は表紙に墨書で「寛文九年四月」とあり、これに従っていい。十丁目ウラに「二三年之内ト、ノヘル覚」に寛文九年（一六六九）から寛文十五年までの購入予定の書物が列挙されていることで、寛文九年の成立はまず間違いなかろう。ただし書名などを線によって消している箇所も見受けられるので、後に修訂を施してはいる。

そうすると該書は寛文九年四月の時点における書物の購入予定の備忘録ということになる。しからば誰の備忘録なのか。『群珠摘粋集《ぐんじゅてきすいしゅう》』について「永三ニタノミカルコト」と記し、松永昌三《しょうさん》の『三体詩ノ真名《まな》ノ抄』について「昌ケンヲタノミ昌益ニカリ」とも書いている。「昌ケン」が具体的に誰のことか不明であるが、「永三」は松永永《えい》三《さん》、「昌益」は松永昌易《しょうえき》であろう。それぞれ昌三の次男、長男に該当し、彼らに親しく書物を借りられる人物ということである。それに大事なことは、寛文九年の購入予定のところに、「官銀クル年ナラハ唐墨一丁」とあることである。「官銀」が具体的に何を指すのか、必ずしも明瞭ではないが、御所関係から支給される手当の意ではないか。毎年のものではないらしい。また「ヤブノ金クル年也、銀二十枚クル也」ともあるから、公家の薮家、寛文九年頃の当主は薮《やぶ》嗣孝《つぎたか》であるが、嗣孝から丁銀二十枚（四百六十匁程）頂戴する立場にある。さらに後述するように、飛鳥井家など諸公家より書物を借りており、漢学方面だけでなく、歌書・楽書・記録類の蒐集も心掛けている。覚書の主は京都に住んでいて、松永家や諸公家と親しく、手当を御所関係や藪家から支給される人物ということになろうか。現在までのところ、この条件に該当する人物は見出せないが、あるいは京都の町人儒者中村惕斎《なかむらてきさい》辺りであろうか。儒書や詩文、楽書などを集めていても不思議ではないし、公家の小倉実起《おぐらさねおき》とは交遊がある。しかし松永家との関係や、藪家との関係については確認できない。ともかく備忘録の筆者については不明としか言いようがない。

『書籍覚書』の構成は、最初の「儒書　詩文　鈔　新板　唐本　書本」で儒書・詩文関係の書物が列挙され、書名ごとに値段などの注記が施されている。次の「□板　和本　唐本　書本　借本　入銀ノ本　其外雑々トソヘ様ノ事」で和本・唐本に関する注意書き、「二三年之内トヽノヘル覚」で年度別の書物購入予定、「入銀之本之覚」で入銀の書物の覚え、「トリタキ儒書」で購入したい儒書の一覧が記されている。次の「歌書　楽書　神書　記録雑々」は冒頭と同じ性格を持ち、歌書・楽書・神書・記録類関係の書名が列挙され、書名ごとに注記が施されている。最後の「写タキ旧記哥書□□覚」には書写したい旧記・歌書が挙げられている。該書には意味するところが不明の点も少なくないが、寛文九年当時の書物の購入方法や書物に対する考え方などが判明し、実に興味深い資料のように思われる。以下に筆者の関心を喚起した事柄について触れていこう。

二　予算と写本の蒐集

『書籍覚書』の主は書物の購入に貪欲であった。主たる収入源は不明ながら、官銀や公家の藪家から来る金が資金の一部であった。「四五六年之ハ毎年トル本ノ料目ノコト」に

一、入銀ハ年中ニ四百目ホド　但三百目二百目ホドニテモ年ニヨリチヤウホウナル本ニテナクバスクナク入コ

ト、但四百ヨリウヘハムヤウ

一、新板唐本不時ニトルコト、三百五十目ホド、此レモ此内ヨリ少ニシテ

已上二季ニ六百五十目也、此内三百目ホドハ手金ニテトルコト

とある。一年間に入銀で買うのは四百目が最大限であって、有用な書物がなければ予算よりは少なくなってもいい。新板や唐本を不時に購入するは三百五十目ほどで、これより少なくても構わない。一年は夏と秋冬の二季より構成され、全部で予算は六百五十目、その中で三百目ほどは手元にある金で支払うというのである。多いと言えば多いともいえようが、書物が知識の源泉となる学者にとっては厳しい金額かもしれない。

そうした状況で、儒書と歌書と記録類を中核として書物を蒐集しようとしている。我が国の古典籍はまだ出版に付していないものが少なくない。かつて拙稿で触れた福住道祐《ふくずみどうゆう》[1]は門人知友の手を借りて転写本を作成し、軍記や史書などの蒐集に励んだ。その一端は貞享元年（一六八四）に道祐自らが編纂した『存心軒書籍目録』[2]で窺えるが、全体五百余部すべてが写本であった。『書籍覚書』の方は出版された歌書ももちろん購入しようとしているが、やはり写本も視野に入れていることに注意する必要がある。

しからば写本はどのようにして入手するのか。飛鳥井家、難波家、徳大寺家、薮家、小倉家、日野家、大炊御門《おおいみかど》家、中原（出納）家などの公家の蔵書を借りて筆写することであった。

一飛鳥井大納言ニ六半ノ句キリノマル源氏　イツニテモカリウツサスルコト、校合ハ下官スルコト

一岷江入楚　書本、ヒツカウノ所ニアリ、雅章卿カ難波カニカリウツスコト、源氏ノ抄也

一拾遺古筆ノ能本　徳大寺殿ニモ又ハ橋本ニモカルコト、難波ニモカルコト

一法皇勅選ノ一字抄　拝借スルカ、又左府ヨリカ、又難波ヨリカ

一山槐記　出納半切カ、難波カニカルコト、舟橋カニカルコト
一園大暦　難波ノトイツニテモ校合スルコト
一古今御伝授ノ砌ニ飛鳥井日野烏丸中院三十首之哥、難波日野カニカルコト

などによって、おおよそ見当が付くであろう。そして校合《きょうごう》まで考えているのである。参考までに寛文九年（一六六九）当時の各公家の当主を記すと次の如くである。

藪嗣孝　従二位前権中納言、五十一歳。
飛鳥井雅章　正二位前権大納言、五十九歳。
難波《なんば》宗量《むねかず》　従三位（十二月二十七日叙）、二十八歳。雅章の三男。故前権中納言宗種の男。
徳大寺公信《きんのぶ》　従一位左大臣、六十四歳。左大臣を十二月十二日に辞す。
船橋相賢《すけかた》　正三位非参議、刑部卿、五十二歳。
大炊御門経孝　従一位前右大臣、五十七歳。
出納（中原職央）　従四位上大輔、五十歳。
小倉実起　正三位権中納言、四十八歳。
久我《こが》広通《ひろみち》　正二位前右大臣、四十四歳。
西園寺《さいおんじ》実晴　従一位前左大臣、六十九歳。
日野弘資《ひろすけ》　正二位前権大納言、五十三歳。
綾小路《あやのこうじ》俊景《としかげ》　正三位参議、三十八歳。
花園実満　正三位前参議、四十一歳。

清閑寺共綱　正二位前権大納言、五十八歳。
押小路（中原）師定　正四位上大外記、五十歳。

実に錚々たるメンバーであるが、薮家との関係より生じたものなのであろうか。ここにも『蔵書覚書』の筆者の手掛かりが隠されているはずであるが、特定するには至らない。

さて写本の関連で記すならば、筆耕《ひっこう》の所にも写本があったらしい。

一類聚国史　ヒツカウノテマヘニアルハ二十五冊、コレナリトモ又飛鳥井カラナリトモカルコト
一卑懐集　抄、飛鳥井カ筆耕ノ所ニテカルコト

筆耕に筆写を依頼するのではなく、筆耕から借りるというのであるから、筆耕の所には写本が蓄えてあったものなのか。

一古今正義　五冊、ヒツカウヨリウツサスルコト
一野府記　二十巻、紙数千六百ホドアリ、二百九十匁也、ヒツカウノテマヘニアル也、二三年ノ内ニカヽスルコト、ヒツカウニカヽスレバ
此方ヨリ紙ヲヤリテ二百九十匁也

ともあって、やはり通常の筆耕の仕事もしているらしい。紙代は含まずに、紙数千六百丁で銀二百九十匁というのは、名人牧村伊六の筆料が寸珍本『三重韻《さんじゅういん》』で一丁銀一匁二分（『元禄大平記』巻五）に比すれば、高い金額とは思われない。どのような筆耕なのか不明なのであるが、あるいは写本屋のことか。貝原益軒《えきけん》の『益軒雑記』には、江戸で関わりのある本屋として「写本屋彦兵衛　土器町東ノ門ぎは東ノ方北がは」と見える。また『国史館日録』寛文五年（一六六五）六月二十六日の条に「書賈白水曰。昨自洛入府。去冬所示倭書新写来」、同年八月三日の条に「昨今白水運新写本于史館凡四百五十冊」ともあり、寛文七年四月二十日の条に、

今日書賈白水寄呈新写本四冊。其中有田氏家集一帖。（中略）官命自廷臣所写寄倭書。凡三箱。唯有愚管抄。其余皆不珍之物也。白水往年呈四百余帖。其後亦時時写寄珍書。以縉紳之貴。不如一書賈之賤。

と林鵞峰が記すように、林和泉掾は依頼を受けて新写本を作成し、顧客に販売していたのであり、これも旧稿で触れたように(3)、彰考館所蔵『白水本書目《はくすいぼんしょもく》』は新写して頒布することが可能な写本のリストなのである。また彰考館には『書目　土器町《かわらけちょう》書肆』も所蔵されており、これは貝原益軒と関わりのある写本屋彦兵衛のことと考えられるのである。「ヒツカウ」は新写本の製作を請け負う本屋のことであろう。

三　入銀《にゅうぎん》

「入銀」という用語がしばしば使われている。「入銀」は著者が出版に関わる費用の全額または一部を負担する時に使用される用語でもあるが、ここではそのようには受け取れない。読者が「入銀」と記しているのであるから、飽くまでも本屋に金銭を納入することを意味している。すこし例を掲げてみよう。

＊（　）内の注記は筆者が施したもの。

①万性統譜　新板入銀、ハヤ入銀シタル也
②三才図絵　新板入銀、板行セズ也。（以下消ス）ハヤ入銀シタル也、銀五枚
③大学桁義　同補　新板入銀、桁義ハヤ出来、トル也、ハヤ入銀シタル也、補ハマダ也
④周張全集　入銀新板、ハヤ入銀シタル也、廿匁
⑤名臣言行録　入銀新板出来、トル也、ハヤ入銀シタル也、十五匁
⑥十三経ノ内易経　イマタ入銀セズ、新板入銀、二十匁
⑦温公通鑑考異　新板板行スルナラバ入銀スルコト

⑧国語　新板板行スルナラバ入銀スルコト、但シヲキテカラナリトモ

⑨図書編　新板板行スルナラバ入銀スルコト、但唐本アラバトルコト、マレナル本也

①は入銀で新板の「万性統譜《ばんせいとうふ》」の募集があり、入銀を済ませたというのである。寛文十年（一六七〇）刊書籍目録には百冊として記載されている。②は「三才図絵」に対して銀五枚を入銀したが、出版は実現しなかった、そこで入銀を取り返したので、傍線で消したのである。因みに近世を通じて『三才図会《さんさいずえ》』は出版されなかった。③は「大学衍義《えんぎ》」「大学衍義補」の誤記である。いずれも入銀し、前者は手にしたが、後者はまだ出版されていない、と解される。④は「周張全書」のことで、二十匁を入銀したというのである。延宝三年（一六七五）刊『新増書籍目録』が初出で、長沢規矩也『和刻本漢籍分類目録』（汲古書院、一九七六年刊）には延宝三年武村新兵衛刊本が登録されている。天和元年（一六八一）刊書目に十六冊、四十匁とある。⑤の「名臣言行録」については、天和元年刊書目に十二冊、三十匁とある。⑦⑧⑨はいずれも新板を板行するならば、入銀せよということ。ただし⑧は「ヲキテ」の意が明瞭ではないが、ここは大略「書物が出版されてから」と考えてよかろう。そうすると是非とも入銀せよという強いニュアンスは打ち消される。『国語』十冊は寛文十年刊書目以降記載を見る。⑨の『図書編』は和刻本よりも唐本があればそれを購入する意志を示したものであろう。ともかく近世を通じて和刻本は出版されていない。以上の諸例より、「入銀」は出版が予告されたものに対して、購入の意志を示す前金ないしは予約金の如き性格と思われるのである。その前金は天和元年書目の値段より推測するに、代金の半額程度であったらしい。[4]『書籍覚書』の「入銀之本之覚」に挙げられている十五点の書名は和刻本ばかりであり、入銀したことを失念しないための備忘録である。入銀してから出版に至るまでに長い時間を経過する例が少なくなかったに違いない。「儒書　詩文　鈔　新板　唐本　書本」部には百八十余点掲出されているが、その中で六十五点の書物に「入銀」を見出す。「歌書　楽書

神書　記録　雑々」にも『源氏絵入』『三代集大本』『俊秘抄《しゆんぴしよう》』などを「入銀」の対象にしている。前金は絶対に必要な場合もあるけれども、是非とも購入したい書物を確実に入手できる方法の一つとして見ていい場合も少なくない。鳳林承章《ほうりんしようしよう》の日記『隔冥記《かくめいき》』寛文四年（一六六四）四月十五日の条に

三条衣屋之太左衛門、先年普燈録板行仕之由、入銀壱歩壱ヶ相渡。然所、太左衛門今年相果之由、依然、板行難成之旨、聞及故、入銀取戻也。請取状為持、小泉吉左衛門遣、而今日金子壱歩此方江請取也。

とあって、ここでも『普燈録』のために入銀した金壱歩を、本屋の主人太左衛門が死去したことにより出版ができなくなり、返金させたというのである。元禄九年（一六九六）刊書目によれば三十二冊、五十匁なので、やはり一部の代金を予め支払っておく前金の性格を持っている。都の錦『風流日本荘子《ふうりゆうやまとそうじ》』（元禄十五年刊・一七〇二）巻一の冒頭に

元禄十四年辛巳今月今日。京二条通にて。大明一統志《だいみんいつとうし》九十巻と。入銀看板《にふぎんかんばん》出したる書林《ほんや》の見せに腰打かけて。

とあり、これも予約募集の看板が書肆の軒に掲げてあったのであろう。

四　注文を付けられる板本

出版文化が開花することによって、書物は複製されることになり、同じ書物が多数世の中に出回ることが一般的となる。書物の均一化が達成されるのである。ところが現代においても部数限定の特製本があるように、古書の世界では近世の出版物において献上本という名称で特別仕様のあることを買手に対して示唆することがある。そういう場合、摺刷が良好であって大きさは通常の本よりやや大ぶりであることが普通である。しかし近世、それも前期にあっては通常の本とは何をもって言えるのであろうか。天和元年（一六八一）刊書目の冒頭に江戸の書肆山田喜兵衛は、

右之本直段付《ねだんづけ》者《は》下本《げほん》之分也。上本中本者依《より》二紙《かみ》之品《のしなに》一直段之高下有レ之。故略レ之者也。

と記し、元禄九年（一六九六）刊書目の序文には

凡《をよそ》書の大意作者幷板元《はんもと》の家名《いゑな》を顕《あらは》し、直段をしるす。しかれ共直段は紙の善悪、又遠国《をんごく》におゐては運送の品により相違有べければ、一概に定《さだめ》がたし。

とも述べている。天和元年刊書目では下本の値段によるといい、元禄九年刊書目では紙の善悪により値段が異なるとするのみである。換言すれば、両書目は紙の質を読者が選択することが可能と述べていると言ってもいい。

さて『書籍覚書』にも書物について、通常とは差別化をはかっている例が幾つか見られる。この点について触れよう。

一小本無点集註　入銀新板、ハヤ入銀シタル也、ヲキタラバ此方ヨリ紙ヲヤリスラスルコト

この例は注文主が紙を持って行き摺らせると言っており、好みの紙を持参する様子が窺えよう。これと関連するのが次の例である。

一五経集註無点　新板入銀、ハヤ入銀シタル也、出来シタラバ、ツヤナシニスラスルコト

一新板無点四書　イツニテモ、ツヤナシニ本大キニスラスルコト

一職言抄　新板、ツヤナシニ大本ニスラスルコト、カシラガキ点付ルタメニ

以上の三例は「ツヤナシ」紙を料紙として摺刷するように本屋に注文するというのである。そして後の二例は料紙の大きさにまで言及し、『職原抄《しよくげんしよう》』の場合は頭書を施すための注文であることを記している。もちろん「四書」の場合も、明記はしていなくとも、同じ目的に起因する注文なのであろう。二〇〇〇年夏、米国議会図書館所蔵の日本古典籍を調査したときに、医学書中に余白が本文の上と横に多大にある本を見出した。安永五年（一七七六）

刊『張氏医通纂要』でその余白には注記が施されている丁もある。これなどは時代が後年であるが、同じ例なのであろう。

一道春点小本四書　新板、勘兵衛カ方ノ本屋ニテ、イツニテモトルコト、トヂヌヲ

この例の「勘兵衛カ方ノ本屋ニテ」はやや分かりにくいが、

一瀛奎律髄《えいけいりつずい》　詩集入、今年入銀スルコト、板本ハ二條通村上勘兵衛、（以下朱字）ハヤ入銀スルコト

とある例も見受ける。ここも村上勘兵衛で出版したことを言っているのであろう。問題は「トヂヌヲ」と記している点である。未製本のものを取り寄せるその意図はさだかではない。ずっと後の十返舎一九の黄表紙『的中地本《あたりやしたじほん》問屋《どいや》』（享和二年刊・一八〇二）には売れ過ぎて製本が間に合わず、表紙と綴糸を付けて販売する様子が描かれているが、ここでは「トヂヌヲ」わざわざ注文しているのである。表紙を好みの紙で仕立てるつもりかもしれない。表紙に関して一家言もっているのである。取り敢えず料紙、大きさ、製本などについて、個人が注文して希望の本の形で購入することが可能であったことが確認されたと思う。すくなくとも近世の初期にあっては、出版物として一律に複製されたものが多数販売されたというわけではない。内容は同じであっても、読者の注文に応じられる位の余地があったのである。前に触れたいわゆる献上本という名称は、必ずしも書肆ないしは著者が特別に誂えて高貴の人に献上した書物のみを指すわけではないのである。

次に書物の表紙に如何に執着しているか、紹介しておこう。儒書の表紙について、

鳥子地ノ黄、浅黄、萌黄、モヽ色、フチイロ、チヤ色。色鳥子ノ内　十枚ニ付二匁八分也　浅黄、萌黄、黄

哥書の表紙については、

常ノ鳥子地ノ黄、浅黄、萌黄、モヽ色、フヂイロ、赤色。色鳥子ニテハ　十枚ニ付二匁四分也　浅黄、萌黄

記録の表紙は、

白キ鳥子　十枚ニ付二匁也、（以下朱字）百枚ニ付二十匁也、白キ鳥子ニスヲフノ大スジハナニテ

と冒頭の、仮表紙の見返に書いている。ところが「□板　和本　唐本　書本　借本　入銀ノ本　其外雑々トソヘ様ノ事」にはもう少し細かい点まで記されている。

本之表紙ハ色々トリヨセミテサスルコト、其内先、浅黄、紺、黄、ウスガキ、又丹表紙ハ虫ノクハヌ者也、又色鳥子（百枚ニツキ十五匁也）ノウラヲ表紙ニスルコト

文選ニハウスカキ表紙、通鑑ニハ浅黄、十三経ニハ黄、史記ニモ黄、前漢書ウスガキ、後漢書浅黄、性理大全ウスカキ、文体明弁黄

丹《たん》表紙の虫ヨケの効能を記しているところなど面白いし、ともかく漢籍の表紙に対するコダワリが看取されよう。

五　仮名草子関連書

最後に仮名草子を研究している立場から、やや注目すべき書物を挙げてみよう。

三綱行実　絵アリ、新板、イツニテモトルコト、九冊、九匁也、ヒラガナ也

『三綱行実図《さんこうこうじつず》』は浅井了意《りょうい》の翻訳であり、刊年は未詳ながら寛文十年（一六七〇）以前に刊行されていることは確実である。『蔵書覚書』によれば、寛文九年の時点では出版されており、値段は銀九匁ということになる。因みに天和元年刊書目では十三匁となっている。「イツニテモトルコト」とする書物は多いが、早急に購入しようという意志がないことの表れである。

太閤記　廿二冊、新板、イツニテモトルコト

新板なので、ここは寛文二年板を指しているのか、これも「イツニテモトルコト」である。

ツレ〳〵抄新註　新板、四冊

これは仮名草子というわけにはいかないが、清水春流の著述で、三教一致思想を基調にした『徒然草』の評論書であり、寛文七年の刊行である。その他に了意の怪異小説『伽婢子《おとぎぼうこ》』の典拠となっている『剪燈新話《せんとうしんわ》』『剪燈余話』が記載されている。

剪燈新話　イツニテモ新板トルコト、四冊也

剪燈余話　日運ニアルノヲカリウツスコト

『剪燈新話』は慶安元年（一六四八）十二月に整板本が刊行されてからずっと販売されていたもの。それに対して『剪燈余話』の和刻本は元禄になってからの刊行であり、唐本しかなかったのである。高価な唐本を購入するほどのものではなかったからであろう、日運に借りて写本を作成する予定であった。日運は日蓮宗の僧侶と思われるが、素姓は未詳。

以上、『書籍覚書』の内容を紹介して、若干の考察を試みた。詳しくは冒頭に紹介した複製本をご覧頂きたいと思う。

（1）「福住道祐の生涯」（『近世初期文学と出版文化』所収、若草書房、一九九八年刊）で触れた。
（2）『お茶の水女子大学人文科学研究紀要』（五四巻、二〇〇一年三月）に翻刻したので、参照されたい。
（3）「書物の出版」（『近世初期文学と出版文化』所収）
（4）バラツキあり。『四書図史合攷』では「入銀新板、四十匁」となっているけれども、書目では七十匁となっている。

三　伊勢参宮と出版

——慶安・宝永のおかげ参りを中心に——

倉員正江

一　伊勢参宮盛行の背景

江戸時代には、「参宮」と言えば伊勢神宮参詣を意味したように、伊勢信仰の普及は特筆すべきものがあった。参宮が浸透していく背景には、従来様々な要因が指摘されている[1]。私はさらに近世に出版された仮名草子、浮世草子類の果した役割も見逃す事ができないと考える。本稿では仮名草子時代からの出版物を検討し、その参宮に対する宣伝《プロパガンダ》の効果を検証したい。慶安と宝永のおかげ参りを比較する視点で考察を進める。

二　抜参《ぬけまい》りと神異譚の原型

神宮の神異譚のうち、本稿では奉公人の参宮を妨げた主人が神罰を蒙った話に限定して考えてみたい。この話型の古いものに『奇異雑談集《きいぞうたんしゅう》』（以下『雑談集』と略す）所収話がある。写本（近世初期成立／上下二冊）上の十五（章題なし）、版本（貞享四年刊・一六八七／六巻六冊）二の七（「江州の三塚小者《こもの》をきるに順礼の札代に切れし事并山崎の人下人《げにん》をきれば伊勢の祓箱《はらいばこ》代にきられし事」）の梗概を記す。

文明年間のこと、三塚なる男の小者松若が近所の小者と無断で順礼に出かけた。松若の母は三塚の怒りを案じ、妻に詫びる。妻が取成すが、三塚は中間《ちゆうげん》に松若をだまし討ちにさせる。その後母が再度詫びを言うので、妻は既に殺害したと告げる。母は松若が自宅で寝ていると言い、中間が家を訪ねると確かに生存、殺害現場には順礼の札が落ちていた。三塚は松若を許し、結願《けちがん》のため美濃への旅費を与える。またある人の話に言う。山崎に住む下人が無断で伊勢参宮、主人は立腹し帰宅後手討ちにする。中間が死骸を捨てるが、翌日例の下人の生存を目撃、殺害現場には、身代わりに祓箱が斬られていた。非を悟った主人は下人を許し、金品を与えた。

前半末尾に美濃とあるのは、西国巡礼三十三所の満願霊場谷汲山華厳寺《けごんじ》を指すと思われ、観音の霊験譚である。対する後半は無断で参宮するいわゆる「抜参り」の話で、神宮の霊験譚である（「抜参り」の語は使用されていない）。ともに主人が奉公人を殺害した後改心するという共通点がある。この二話が混交され、神宮の神異譚として喧伝されたと見て間違いない。既に「近世の「おかげまいり」は、中世以来の巡礼運動の伝統から、生まれてきたものである」との指摘がある。(2) 巡礼者と参宮者は同様に同情的な視線を集めたのであろう。

三　近世最初のおかげ参り

江戸時代、神宮への集団参詣を「おかげ（御蔭）参り」と称する。その最初として知られるのが、慶安三年（一六五〇）から翌年にかけてのものである。これを伝える唯一の記事が『寛明日記《かんめいにっき》』慶安三年三月十四日の条に載る。そこに

今年江戸中ノ売人ドモ太神宮へ抜参ト云事ヲ葉流《ハヤラ》シ、去ル正月下旬ヨリ天下ノ人民悉ク群参ス。其衣装悉白衣

ヲ用、頗ル葬礼ノ服ニ不異、誠ニ不吉ノ禁忌之由、世以謳説ス。至翌年筥根関所ニ於テ改之ニ、一日宛ノ通帳ニ付ルニ、或一日ニ五六百人、或ハ八九百人、三月中旬ヨリ五月迄ノ間ニハ二千五六百人ノ付也。一組切ニ印ヲ立テ、皆白衣也（『内閣文庫所蔵史籍叢刊』67　汲古書院　一九八六年　により、私に句読点を付す）。

といい、翌慶安四年正月二十五日にも同様の記事が繰り返される。さらに「又去年七月ヨリ伊勢踊尊卑、前代ヲ考ルニ、是又不吉ノ由ト云云」とあり、参宮に熱狂する民衆の行動を不吉視する記述が注目される。為政者側の動揺を象徴するかのように時の三代将軍徳川家光は同年四月二十五日に死去、弱冠十一歳の家綱が将軍職に就任する。

ここで注意すべきは神宮側の対応である。近世期になると独自の神道思想が発展し、伊勢神道にも外宮の神官を務めた渡会《わたらい》氏による渡会神道がある。その普及に功績があったのが、渡会（出口）延佳《のぶよし》（元和元年〈一六一五〉～元禄三年〈一六九〇〉）である。延佳は神道書の校訂・刊行に尽力し、豊宮崎文庫（現神宮文庫）創設の首唱者としても知られる。著作も多く、啓蒙的・教訓的執筆態度は仮名草子作者と共通するものがある。中でも『陽復記』上下二巻は延佳最初のかつ代表的な作で、後印本も多い。「若々しい力に溢れ、多くの人々の共感を喚んだ」(3)との評価は首肯される。加えて本書が慶安三年十一月に脱稿、翌四年八月に京都の書肆野村治兵衛より刊行されている点に私は着目したい。さらに承応元年（一六五二）には、後光明天皇の叡覧に供されている。前述の如き、おかげ参りの盛行を不吉の前兆とする風潮を正すことが、執筆動機の一つに挙げ得ると私は推測している。神仏習合を批判し、「神道あきらかに行れば、上一人より下万民まで楽み、天地位し万物育せん」と記した延佳の主張の裏に、こうした背景を見るべきであろう。

一方このおかげ参りは仮名草子『因果物語』片仮名本（寛文元年刊・一六六一）中の一「神明利生之事付御罰之事」・平仮名本（刊年未詳）一の四「抜参宮を折檻して罰あたりし事」に採り上げられた。片仮名本に「卯ノ三月」

の事といい、前掲慶安四年の流行を踏まえていよう。江戸新石町《しんこくちょう》の子守り女「ヌケ参」を企て、主人に縛られる。女は隙を見て参宮、三日後主人の子供のうち兄が火の端にいた弟の赤子を「ヒシト」突き倒し、赤子は火中に死ぬ。諸人は伊勢の御罰だと噂した、という話である。平仮名本も同様だが、主人が子守り女を折檻して痛罵する、弟が「なにこゝろもなく」火の端にいた時、兄が「わざと」突き倒した、などの小異が見られる。末尾に「すべて神仏に付て、人のおこす信心を、何かとさまたげて、打さまさするものは、かならずわざハひにあふ事、又ためしおほく侍べり」との評語も付記される。片仮名本では、赤子は不慮の事故で死んだ感があるが、平仮名本では、兄が弟に殺意があったかのごとく邪険に描かれる。後者の方が神罰の程度が甚だしいと言えよう。前述『雑談集』の話は奇談の域に止まるが、『因果物語』の話は他人の信仰を妨げる者は罰を受ける、という明確な教訓譚である。平仮名本の改変の意図も、この方向で理解できよう。ただし、女が参宮を果たしながら、主人は愛児を失うというのはやや過剰報復と映るかもしれない。こうした過激さが忌避されたか、後には幼児が蘇生する話が増える。

四　神宮の刊行物に見る神異譚

寛文六年（一六六六）には延佳の『伊勢太神宮神異記』（二巻／以下『神異記』と略す）が版行される。刊記に「寛文六年丙午九月吉日／伊勢渡会郡沼木郷一志　杉木正永板行」とあり、神宮文庫本には「奉納　豊宮崎文庫　杉木正永」の識語が記される。杉木家は代々外宮の御師《おんし》職を務め、俳諧に親しむ者が多かった。(4)初版は地方出版と言えよう。前掲刊記に続き「野田弥兵衛板行」と入木された求版本があり、広く行われている。(5)巻頭に、神道は妖術奇怪を尊ぶものではないが、太神宮は日本一の宗廟であり霊験不思議がないものでもないとし、明証ある話のみを記したと強調する。巻末にも、他郷の人のためのみならず、安易な心構えで勤める神職者（御師などを指すのであろう）への戒めとすると言う。その一方で本書が以下のような神異譚の伝播を助長したことは明らかである（引用は大神宮叢書『神宮参拝記大成』西濃印刷　一九三七年　所収本の表記を私に改めた箇所がある）。

一　或る人物語せしは、伊勢国或る所の武家の下人、太神宮を信じて、主人に暇をも請ずして参宮しける間、主人大いに怒りて、帰るを待て殺しつゝ、其の屍をば埋みぬるに、其の後かの殺されたる人、立帰てゐると見て、伝へきく幽霊かと、大きに驚きけれども、さにはあらず、只今太神宮より下向申したりといへば、あまりの不思議さに、彼の屍をほり起して見ければ、太神宮の祓の大麻《おほぬさ》に刀疵付きてぞ有ける。神明の御加護うたがひなし。奇異の事也。
主人に暇を申さずは無礼なれども、殺害するまでは、余りになさけなき事なれば、其の主人の名を人のきかんもはゞかり有りて、爰にもらし侍る。但し此の物語に同事、遠国にも有たりとて語ける人も有り。偽りおほき世間なれば、口にまかせて云ひちらすか。又幾所にも同じ神変有りけるか知りがたし。若し偽りならば、彼の主人の無実なれば、弥《いよ〳〵》其の名を顕はす事も無用と思ひて、爰にしるさず。（上巻）

ここでは未だ「抜参り」の語は使用されず、無理解な主人に対しても控えめな表現がなされている。話の内容は、幣《ぬさ》の身代わりや加護の強調など『雑談集』所収話に近似している。

参宮の普及に多大な役割を演じたのが御師の存在である。『神異記』下巻には、江戸の町人の「御師は長袖《ながそで》とて、何方《いづかた》にても人のあなどると聞けば…」との戯言が載り、一般にかなり軽視される存在であった事がわかる。しかし延佳の意図はどうあれ、前述の如き神異譚を喧伝したのも彼らであった。西村本『新御伽婢子《しんおとぎぼうこ》』（六巻六冊／天和三年九月刊・一六八三）巻六の一「太神宮擁護《をうご》」もそうした話の一典型であろう。天和三年春のこと、江州水口に住む土民の女房が夫に無断で参宮、残された乳児は死亡し埋葬される。夫は戻った妻を罵倒するが実は乳児は無事、棺を掘り返すと祓箱が埋葬されていた、というものである。末尾に「誠に和朝は神の御国《みくに》にてかゝる御めぐみの数をしとふにいか計と限なきを…」なる表現があり、神国意識の浸透をも見ることができる。

五　宝永のおかげ参り

さらに宝永二年（一七〇五）のおかげ参りの実態を考えてみたい。これは前掲慶安年間の流行に次ぐものである。これに関しては従来、①京都を発生地とし、畿内諸国に急速に波及していった、②七八歳から十四五歳の少年少女が中核的部分を占めていた、③主人や親の許可を得ない、いわゆる「抜参り」が多かったという特徴が指摘されている。[(6)] しかしその背景については未だ言及されない点も多い。そこで朝日重章《しげあき》著『鸚鵡籠中記《おうむろうちゅうき》』（以下『籠中記』と略す）宝永二年閏四月の記事を引用する。

○二十日、頃日より伊勢参宮人、京師《けいし》大坂等より夥しくこれあり。これ頃日大坂等種々の神異掲焉《けちえん》なり。あるいは数十里の所を二、三日で往還し、あるいは死せし者を葬りし後その人恙《つつが》なく勢州より帰り、あるいは小児不思議の事ありて白馬にのり夢ともなく参詣し、または婦人途中にて月水に汚れ宮川にて溺流し、そのつれ下向にこれを見ればかの溺流する婦人恙なく岩上に茫然として立ち居たるなど、一々枚挙するべからざるなり。『大神宮利生記』などという書板行一冊す。その内種々の神異これあり。これより後に尾州にて神異畧所々に筆す。併わせ見るべきなり 難波寧楽《なら》はさらにもいわじ。畿内一時に妖異の事をいいはやらして、諸人狂せるがごとく、人の妻子たる者、僕従なる輩、いとまをも乞わず、家を逃れ出《い》づるがごとく、足を空にまどうて参詣す。五月の始めごろは別して多く、これより東西の諸国いろめき立ちて、我も我もと詣《まい》るほどに、京田舎の者会いて、宮川の渡しには毎日六、七万人も渡しける。

『塵点録《じんてんろく》』に当年の参宮夥しき事を記す。併わせ見るべし

『宝永千歳記』七冊という仮名本、諸国の神異を記す。但し出口延昌の『続神異記』二巻と大概同事なり。両本ともに当年開板なり。

大坂より来たる状の趣を略書す。

今月二十日ごろより別して参宮人盛んになり、日々に老若男女四、五万人に及び申し候。これにより当地名代の輩は申すに及ばず、町々より右の参詣人に思い思いに寄進仕り候。(引用は岩波文庫『摘録鸚鵡籠中記』(下)岩波書店、一九九五年、による)

以下参宮人に米銭・笠等を喜捨する様が具体的に記される。さらに「参宮の者、五、六歳より十四、五までの者ども大分なり。」とある。また役者や遊女・茶屋女らも夥しく参詣するといい、最後に「狂詠　御参宮百人一首」を十首掲載している。全体に当時の狂乱ぶりを非常によく伝えている。加えて右に書名の見える『塵点録《じんてんろく》』(7)の記事がある。『籠中記』の記述と重複も多いが注意すべき箇所を抜粋する。

ことし乙酉の春、例よりも参宮の人諸国より多かりしが、閏四月の比より京都神異をいふ事なゝめならず…(中略)…又は五六歳の童部ども、人の行につきてはしるもの多し。富人の、事を好るやから彼等に銭をあたへ笠をとらせけるほどに、我おとらじと物を持出て施ス…(中略)…諸国も亦同じ類の怪異をいひて参宮の者多なり行侍りし。前にも間ゝかゝる事を云ひしかど、ことしのごとく諸州同じやうにいひ伝へはやらして、老少まどひまいることは、昔よりもきゝも伝へず、渡会延佳が寛文六年にあらはせし、『大神宮神異記』二巻に多の奇瑞神異をのせ侍りけれど、夫につきてかく参詣の多かりし事はなし(下略/引用は徳川林政史研究所蔵旧蓬左文庫本による)

ここでは神異譚の流布、言うなれば口コミが参宮人気を煽った、と看破している。前述『神異記』の刊行当時と比較する視点も注目される。こうした先導役を演じていたのはやはり御師であろう。また『籠中記』はおかげ参りを当て込んだ書籍に言及している。『(伊勢)大神宮御利生記』(一冊／宝永二年四月刊〈序は閏四月〉／版元　菱屋次兵衛　以下『利生記』と略す)が早く出、次いで浮世草子『宝永千歳記《せんざいき》』(七巻七冊　宝永二年五月刊〈序は六月〉／版元　京二条通三崎庄兵衛・江戸黒門前中野孫三郎・大坂平野町三崎半兵衛　以下『千歳記』と略す)、『伊勢太神宮続神異記』(二巻一冊／宝永三年正月刊／版元未詳だが藤原長兵衛カ　元文四年〈一七三九〉三月　伊勢山田一志町藤原長兵衛・京寺町松原下町菊屋喜兵衛より再刊　以下『続神異記』と略す)がある。この種の書籍、特に先行した『利生記』が神異譚の流布に貢献したことは疑えない。

『利生記』の挿絵。三宝荒神に乗る子供、川遊びをする子供が見える。

六　浄瑠璃『神託粟万石』の典拠と『利生記』

竹本筑後掾正本『神託粟万石《しんたくあわまんごく》』は、宝永のおかげ参りを当て込み、同二年閏四月から五月頃の大坂竹本座初演との指摘がある[8](『義太夫年表』／以下『粟万石』と略す)。梗概は以下の通りである。

敦賀の廻船問屋の息子喜七郎は女郎を身請けして零落、妻と娘こはつを養うため木曽にて神宮造営の材木伐採に従事した際木から落ちて障害者となる。妻の母に追い出された喜七郎を探して妻娘は流浪、こはつは大岸屋与藤次方へ機織奉公に出る。妻娘は喜七郎との再会を祈願し、与藤次の幼児亀松を連れて抜参り、途中偶然喜七郎に会う。喜七郎が妻を信用せず争う所へ、与藤次が駆け付け亀松を取り返す。喜七郎妻に横恋慕する与藤次は本妻を離縁、かの妻を口説くが従わず。怒った与藤次は妻娘を追い出す。亀松は急死、埋葬される。与藤次の先妻は旦那寺の住持より亀松の死を知り悲嘆。一方参宮した喜七郎は障害が平癒。与藤次先妻は喜七郎妻を逆恨みして殺害、来合せた喜七郎が敵を討つ。こはつが亀松を背負って無事参宮より下向、皆驚く。その折旦那寺の小僧が抜参りし、当日下向する。住持驚き、小僧を咎めて監禁したはずという。その部屋には御祓が身代わりに縛られていた。皆神宮の奇特を感じて和解し、二人の妻も蘇生、空から御祓が降り、万事収まった。

梗概に示すとおり、作品中に神宮の神異を説く挿話が三種ある。それは

① 神宮造営の材木伐採の最中、木から落ちて障害を負った者が、参宮して平癒する。

② 幼児連れで抜参りした使用人を咎めて幼児が死亡、死んだはずの幼児が使用人と無事参宮より戻る。

③ 小僧が抜参りを希望し住持に監禁されるが、無事参宮より帰宅、部屋には御祓(箱)が身代わりになっていた。

というものである。これらの話の出典を考えると、前出『利生記』(作者未詳)が浮かぶ。すなわち前掲①は『利生記』全二十六話のうち四「池田村いざり利生の事」、同②は二「伏見御祓御利生の事」、同③は一「一向宗の小僧御利生の事」にほぼ同じである。また③に関連し、小僧が伊勢より即日下向するのは、『利生記』二十六「二日にて伊勢より帰る不思義の事」をさらに誇張したものであろう。道中大人に助けられる点、御祓や土産物まで持参する点も同様である。この類似に関しては先行する神異譚を『利生記』『粟万石』が別途に利用したとする可能性もなしとはしない。しかし『粟万石』が『利生記』一・二・四・最終話と、収録箇所・内容ともに目立つ話を採用している点、①でまず外宮に参詣して左足、内宮で右足が平癒する点(『利生記』では外宮で右足、内宮で左足の順ではあるが)

等の類似点から見て、直接の影響関係を想定し得るように思う。『利生記』は本文中に「閏四月十日」の記載があり、実際の刊行は閏四月中旬と推測される。京都での話が中心で、前掲『塵点録』の記述を裏付ける。さらに大坂では『粟万石』の上演（閏四月下旬以降カ）が参宮人気を加速させたであろう。こうしたメディアの存在を無視して、宝永のおかげ参りを語ることは出来ない。これは慶安時には見られなかった現象である。

七　『千歳記』刊行が示すもの

『千歳記』（作者未詳・福富言粋《ふくとみごんすい》カ）は諸国物語形式の短編集である。序に「殊更当年に至り、都のわらは昨日まで、乳房を含しも今日は参宮の志をなす。是宝永万歳の印と知るべし。」とあり、やはり京都での神異譚が中心となる。巻三の一の話が『利生記』二に、巻三の二が同本一にほぼ同じで、類話の流布を知ることができる。しかしそれ以上に注目すべきは巻四冒頭から五丁半にわたって「宝永二年三月朔日より、京大坂伊勢路に於て、金銀米銭衣服器財食物等に限らず、ぬけ参に志をなす人数帳」が掲載されることである。もとより小説とは言えない箇所ではあるが、上段に「京都の部」下段に「大坂の部」「堺の部」として町人の名と寄進内容が記される。前掲『籠中記』に見える、大坂よりの書簡と一部重複するが、この書簡の書き手は『千歳記』を引用しているわけではない。別の資料か風説に基いていると見られ、この種の寄進が当時相当喧伝されていたことを知るに

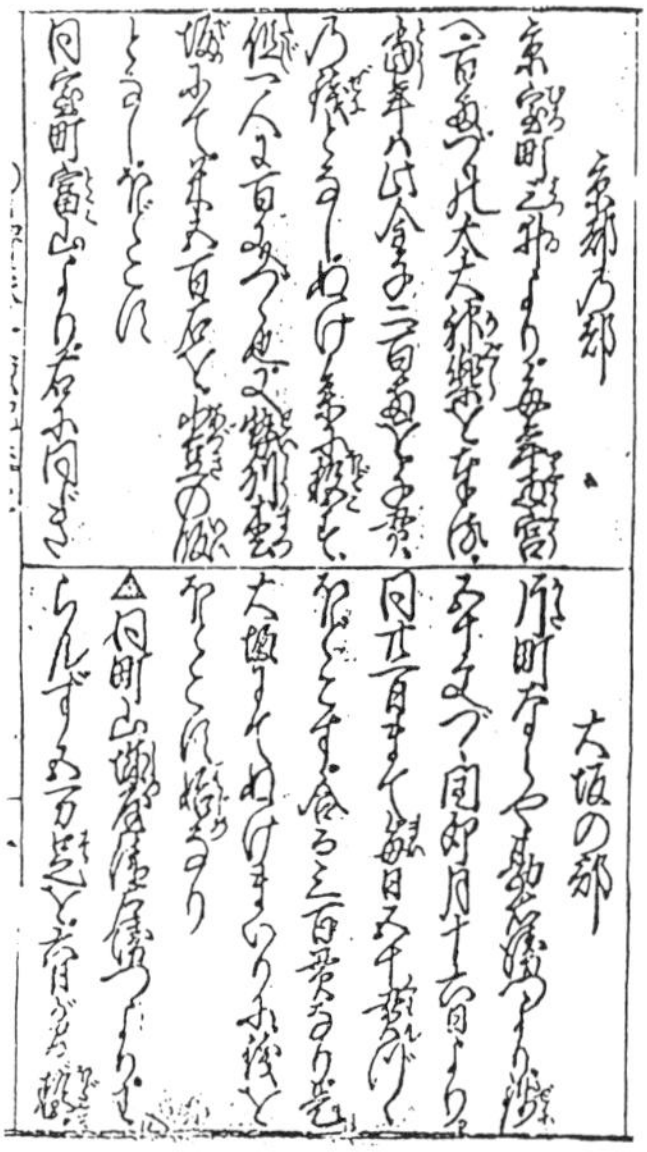

『千歳記』巻四の「ぬけ参に志をなす人数帳」

足る。彼らはなぜ寄進したのか。従来「（参宮人が）暴徒化しないように富豪たちが金品を施行する風習も始まり」（『国史大辞典』〈吉川弘文館、一九九〇年〉「ぬけまいり」の項）などとされている。しかし宝永の場合にこの見解は当てはまらない。前掲『塵点録』に言うように、年少者が見知らぬ大人に付いて行くケースが多く、一種の慈善活動—『塵点録』は物好きというが—というのが自然な見方と思われる。またそれが商家のイメージアップといった宣伝効果を挙げていたことも事実であろう。宝永元年冬から翌二月にかけては、大坂の豪商淀屋の闕所事件が耳目を集めたばかりである。事件の真相には不明な点もあるが(9)、幕府や大名家と結託する特権町人の没落を如実に示すものであった。『千歳記』に実名が掲載される京都の三井・大坂の鴻池などは代表的な新興町人である。彼らが庶民の抜参りを援助した背景には、淀屋の一件が教訓となった危機感があったと私は推測している。

また従来『元禄宝永珍話』巻三掲載(10)の狂歌「御代なれや古借銭も酉の年どこの家にもおはらひがある」を、民衆の徳政願望を表すものと解釈している(11)。「おはらひ」を「借金帳消し」の意味にとったものであろうか。しかし『籠中記』宝永二年七月三日の条に「ある商家の手代　此盆は古かけまでもとりの年どこも《どこの家にも》かしこも御はらいがある」として掲載されることから判断すれば意味は明らかである。「御祓」と「お払い」を掛け、この節季はどの家も掛け金を支払ってくれる、という手代の喜びを表している。むろん一時的なものにせよ景気の昂揚感を詠んだものであろう。さらに朝叟《ちょうそう》・嵐雪編になる『其浜《そのはま》木綿《ゆふ》』（宝永二年刊）は、同年夏に嵐雪らが江戸を立ち伊勢・熊野へ参詣した折の紀行であるが、冒頭に参宮の道中を「往来煩はしからず、或は菅笠を配当せられ、団をくばり、所々に接待をかまへられたれば、をのづから道中物忘れなし。」と描写する。これは、この種の施行が必ずしも貧者や抜参りを対象にしたものではなかったことを示す。「ものほしがりの宮すゞめも散銭をせたけず、大悲の神風益和し、前代未聞の大参宮なり」と極めて肯定的な表現がなされているのは、当時の気分を伝えるものであろう。以上の点から抜参りを「被支配民衆が神の権威を逆に利用した、封建支配に対する抵抗運動」、「階級闘争の一つの戦術[12]」或いは「暖簾《のれん》制度に対する年少奉公人の抵抗[13]」などとする従来の見解は偏りすぎている。

八　『続神異記』と神宮側の変化

『続神異記』は『利生記』『千歳記』に遅れて、翌宝永三年になっての刊行である。全編前掲二書と同様の神異譚の集成であり、内容的に新味はない。冒頭話は『利生記』四をほぼそのまま流用している有様である（主人公の名は「又助」を「彦助」に改変）。しかしこれが外宮の神官渡会弘乗（中西とも／『考訂渡会系図』十）の著作という点に、別の意味が見出せよう。自跋に延佳の『神異記』に続く旨を記すが、『続神異記』は全体に「逸《ぬけ》参り」の語が溢れているのである。前掲資料から「抜参り」の語自体は、慶安時に既に使用されている。この「抜け」と言う語には本来規範を逸脱する意味があり、この場合も封建的身分制度の桎梏から一時的にせよ離脱することを示している。「抜参り」盛行の背景にもこの点を無視することは出来ない。一方で為政者がこれを不安視する視点もここに起因しており、近世初期には禁令を出した仙台藩の例もあった。そうした点を延佳は察知していたと見え、敢えて「抜参り」の語を使用せず、前述の如く慎重な態度を保っている。延佳は、御師が神異を言い触らすことにも懐疑を抱いていたに違いない。ところが宝永期になると、御師が「子供にも安全な抜参り」を標榜して意図的に抜参りをアピールしたものと思われる。そして神宮側も原義に関らず「抜参り」の語を利用するようになったことは注目される。

以上近世前期のおかげ参りと出版物の関係を考察してきた。他にも参宮に関連して伊勢の好色風俗を扱った浮世草子や、地誌関連の出版物、書肆藤原長兵衛の出版活動など配慮すべき点は多い。また、おかげ参りを不吉視する知識人の見解も一掃されたわけではない。こうした点は紙数の都合で省略したことを付記する。

（1）新城常三『社寺参詣の社会経済史的研究』塙書房　一九六四年
（2）藤谷俊雄『神道信仰と民衆・天皇制』法律文化社　一九八〇年
（3）日本思想大系39『近世神道論　前期国学』岩波書店　一九七二年　平重道解説
（4）「杉木家系図抄」（近世文学資料類従 古俳諧編43『伊勢正直集（下）』解題、勉誠社　一九七五年）によると、正永は望一・正直の弟正重の息次郎兵衛と見られる。万治二年（一六五九）刊『伊勢俳諧新発句帳』に入集。
（5）元禄九年（一六九六）『書籍目録大全』に「野田弥　同（＝伊勢）神異記　延佳　二匁五分」と記載。野田は京都の著名な本屋の一つ。
（6）宮沢誠一「元禄文化の精神構造」（講座日本近世史4『元禄・享保期の政治と社会』有斐閣　一九八〇年　所収）
（7）『籠中記』と同じく朝日重章の著作とされるが、この記述は父重村の手になると推測する。『神異記』刊行時の寛文六年に重章は出生していない。名古屋市鶴舞中央図書館蔵本の朱筆書入れにも「本書ノ著者ハ（重章）父定右衛門トスル方宜カルベシ」とある。
（8）本作については拙稿「浄瑠璃「神託粟万石」とその周辺―錦文流作の可能性をめぐって―」（『語文』第百十輯、二〇〇一年六月）を参照されたい。
（9）竹内誠『元禄人間模様』（角川書店　二〇〇〇年）に、大名財政の窮乏化を救うため、大名貸を行っていた淀屋を幕府が犠牲にしたと指摘するのは、妥当な見解と思われる。『中村雑記』巻四に、子息（＝辰五郎）放蕩のため、松野河内守へ七千両を用立てられずに発覚した、とある。
（10）続日本随筆大成別巻『近世風俗見聞集』5　吉川弘文館　一九八二年　所収。この箇所『塵点録』や『籠中記』が典拠の可能性がある。
（11）藤谷俊雄　岩波新書『「おかげまいり」と「ええじゃないか」』（岩波書店　一九六八年）や注（6）。
（12）注（2）に同じ。
（13）注（6）に同じ。

四　「赤穂事件」小考

江本　裕

はじめに

元禄十四年（一七〇一）三月十四日の浅野内匠頭長矩《たくみのかみながのり》の殿中における吉良上野介《きらこうずけのすけ》義央に対する刃傷、同日田村右京大夫邸での切腹・改易、城明け渡し、翌十五年十二月十四日深夜から十五日未明にかけての四十七士吉良邸討入りに到る一連の経緯については、既に多くの論説がなされてきている。特に一九九九年のＮＨＫの大河ドラマが「元禄繚乱」であったため、案内・解説書類が山のように店頭を飾った。そのすべてに目を通したわけでもないが、なお検討の余地もありそうである。屋上屋を架することになるかもしれないが、以下で、二、三の事項を取りあげ、私見を提示してみる。なお義央は「よしひさ」とすべきだとの説がだされているが、一応『寛政重修《ちょうしゅう》諸家譜《しょかふ》』（以下書名等は適宜略称する）の「よしなか」に従っておく。

一　内匠頭刃傷の原因

なぜ内匠頭は事の重大さをを知りながらも刃傷に及んだのか。従来多くの説が出されているが（赤穂塩の製法伝授をめぐる恨み、一休真筆をめぐる鑑定の争いなど。なお『増訂赤穂義士事典』〈赤穂義士顕彰会・新人物往来社・一九八三年〉、『忠臣蔵四十七義士全名鑑』〈中央義士会監修・駿台曜曜社・一九九八年〉などを参照されたい）、その殆どが憶測・推測の域を出ない。

そんな中で、よく言われる進物不足説と浅野内匠頭長矩の性格に求める説は、一定の説得力を持つかもしれない。その意味で、左に紹介する水間沾徳《せんとく》の『沾徳随筆』に記される「浅野氏家滅亡之濫觴《らんしよう》」（綿屋文庫編『俳書叢刊第七期1』天理図書館・一九六二年所収）は注目に値しよう。内容は、その年の二月に長矩が御馳走役を仰せつけられた時、老中列座にて、「毎年次第ニ御饗応結構成ニ申候間」、「累年ヨリ結構無之様ニ」致すように申し渡されて、前年の馳走役伊東出雲守（祐実《すけざね》、日向飫肥《おび》藩主、五万七千石）に入用帳を借覧して確かめた処、千二百両だったので、幕府の意向を尊重して七百両で済ますことにしたというものである。二月の月番である高家《こうけ》畠山民部太夫は了承したが、三月の当番吉良上野介は不同意で、このために「不和」になりゆき、「高家より何事も指図・日限共ニ有之候を、急ニ言付られ、段々取紛《とりまぎれ》、不調法ニ成行」、浅野氏の心悶やみがたく刃傷に及んだと記す。十七年前の馳走の帳を知っていてその時の格のままで事に当たったのは若気の至り（内匠頭は天和三年（一六八三）にも勅使御馳走役をつとめており、その時の費用が四百五、六十だったと沾徳は記す）、時節に随って風俗も変わるもの、時節には随うもので、現今では二千両ときく、というのが彼の感想である。当時の江戸俳壇の主流をなした水間沾徳は大高源五《おおたかげんご》（俳号子葉《しよう》）や富森助《とみもりすけ》右衛門（俳号春帆）・神崎与五郎（俳号竹平）・茅野《かやの》三平（俳号涓泉《けんせん》）の俳諧の師で、ある程度正確な情報に接しうる立場にあった。当時の昇進・襲封等に費やされる金品贈答の豪勢なさまは、たとえば福田千鶴の『〈人物叢書〉酒井忠清』（吉川弘文館・二〇〇〇年）を一読するだけでそのすごさに驚かされるが、もしこれが事実に近いのなら、進物不足説はかなりの説得力を持つだろう。

また、比較的信頼性高いとされている『江赤見聞記《こうせきけんぶんき》』の、「自分は全体不肖の生付、其上に持病に痞《つかえ》有之」（巻一）や、『赤城《せきじょう》義臣対話』[1]に見える「磯貝十郎左衛門、若年の比《ころ》は乱舞好にて、殊ニきよふ（器用）有レ之候て、鼓・太鼓、万事稽古仕候。内匠頭様に被ニ召出一、御嫌ニて、すきと被ニ捨申一候」などは、内匠頭の性格に、なにがしかのカゲを感得させるのである。更には、信憑性に問題があるものの、田村邸での「浅野内匠頭御預一見」が記す「兼て為レ知可レ申候得共、今日不レ得レ止事候故、為レ知不レ申候、不審に可レ存候」（『赤穂義人纂書』二・国書刊行会・一九一〇年、日本シェル出版・一九七五年再刊所収）の謎めいた遺言もある。

以上で尽くせたとは思わないが、内匠頭決行には一つには絞りきれない、輻輳《ふくそう》した事情が存するのではないだろうか。そして私見では、進物不足に代表されるような即物的な理由ではなく、徳川政権下における名家意識の対決というか、名門意識の衝突がその深層にあるように思われるのである。よって、遠回りのようであるが、吉良・赤穂浅野家の成り立ちについて確認してみる。むろん諸書によって両家の家譜なり系譜なりは一応たどられ紹介されているが、二家を連関的に捉えた考は管見の範囲知らない。

まず吉良家。清和源氏足利義国から四代目、義氏の長子長氏にはじまる吉良氏は確かに名門で、早くから威勢を誇っていた。委細は省略するが、長氏から四代目の満貞の時、弟の尊義が分立（前者が嫡流西条吉良、後者が庶流東条吉良）、抗争して互いに勢力を減じ、のち、五代あとの持広（東条）の時、西条五代の義安を養子として東西の融和が成った。しかし西条の義昭（義安の弟）が、永禄六年（一五六三）に三河一向一揆の主将となって家康に背き、敗れて近江に逃走、のち摂津芥川で戦死、西条の吉良氏は絶える。

問題は持広の養子となった義安である。『寛永諸家系図伝』や「吉良系図」（『続群書類従』5上）は、室を「松平信忠女」とし、『寛政譜』は「清康君の息女」とする。即ち、前者なら家康の曾祖父の娘、後者なら祖父の娘となる。三田村鳶魚の『元禄快挙別録』に吉良家の詳しい考証があるが、信忠の娘とする。対するに西尾市の花岳寺住職でもある鈴木悦道の『新版吉良上野介』は清康の妹（則ち信忠の娘）を持広の室、清康の娘を持広が養女とし義安に娶せたとする。中村孝也の『家康の族葉』も持広室信忠の娘、義安の室清康の娘とする。筆者は現在判断するに必要な資料を見ていないので後考を期すが、一応、義安の室を清康の娘、即ち家康の祖父の娘として話を進める。[2]

再び義安を見る前に八代目西条を継いだ義昭に触れておくと、今川に属することの多かった義昭は、永禄四年正月に家康に背き、戦は同年九月までかかって義昭が敗れ、しかし家康はこれを赦した（『三河物語』は降参して扶持方になったと記す〈第二〉）。そして同七年の一向一揆にまた主将として敵対し、破れて近江に逃れ、芥川で戦死、正統たる西条の吉良家が絶えるのである。さて義安は、この前後（『寛政譜』永禄四年とする）、織田信秀（鈴木）または清康（『朝野旧聞裒藁《ちょうやきゅうぶんほうこう》』）との接近を危ぶんだ今川方から身を拘束され、駿河国薮田（現静岡県藤枝市）に置かれた。「今川殿御計ひにて、義安又西条も御相続也。両吉良共に御相続也。後に義安をば駿河義元よりとり申、薮田と申所に置申されし。駿州没落の後、御帰国被成候也」（『今川記』一）。今川氏真の没落は永禄十二年。帰国後の義安に、領地は殆ど残されていなかった。この時の義安の年齢は不明だが、長子義定はわずか六歳である。『朝野旧聞』に収まる元亀四年（一五七三）二月二日付で原田小右衛門・簗瀬九郎左衛門に発行される御判物、「右於二吉良様一年々之郷二百貫文之地并菅沼・笠井……令二扶助一畢」などは、その一端を示そう。義安には寸尺の地さえなかったのである。[3]

鳶魚は、天正四年（一五七六）に家康から義安の子義定に三百石が付与されたと記し、鈴木は天正七正月に同じく義定に二百石が与えられたとされる（共に前掲書）。筆者は確認していないが、『家忠日記』に拠ると家康は七年正月二十日吉良に鷹狩に出かけ、同二十九日に帰っており、関連あるかもしれない。慶長五年（一六〇〇）に三千石加増は両者とも一致し、『寛政譜』はこの年義定の子義彌《よしみつ》に本領吉良の地で三千石が給されたとする。義彌は慶長二年に十二歳で秀忠に初謁、関ヶ原には秀忠に供奉しているので（『寛政譜』）、その功に拠ろう。

以上はきわめて粗く問題も残しているのだが、筆者が強調したいのは、吉良家存亡の窮地を救ったのは徳川家康であったという事実である。これは動かしがたいだろう。しかして、義彌の時代から主に典礼の面で幕府に重用されるようになる。義彌は慶長十六年（一六一一）正月には歳首の賀使として上京参内、時に二十六歳（『徳川実紀』）。同十三年十二月には従五位下・左兵衛督、十六年正月には従四位下・上野介、元和九年（一六二三）十二月には少将に進んだ。次の義冬もほぼ同じで、彼の時四千石となる。そして次代が、義央となるのである。

吉良義央は寛永十八年（一六四一）の生まれ、承応二年（一六五三）十三歳で初謁。十七歳（明暦三年・一六五七）で従四位下侍従、翌万治元年（一六五八）には上杉綱勝の妹富子を娶り、同三年の一月には日光代参をつとめ、二十八歳で家督相続する寛文八年（一六六八）までに、新年の賀使などで上洛参内すること五回、日光登山も五回を数えている。その間、従四位上への叙任（寛文三年）、長子三之助が二歳でにわか養子として上杉家を継ぐ（後の綱憲、米沢で十五万石）などがあった。あとはいっさい省略するが（延宝八年・一六八〇に左近衛少将に進む）、義央が元禄十四年（一七〇一）十二月に家督を義周《よしちか》に譲るまでに、上洛二十四回、日光登山十二回、伊勢神宮代参三回を体験するのである。江戸に参府する門跡《もんぜき》・公卿への応対は日常だった（『赤穂快挙別録』に付される「義央年譜」を参照）。加えれば、「今よりのち、吉良上野介が勤を見習ふべし」との下知が、高家畠山民部多大輔基治（当時六四歳）と大友近江守義孝（当時五七歳、義央は五七歳）に出されてもいた（『徳川実紀』元禄一〇年三月六日）。

以上にかんがみれば、高家筆頭格としての吉良家の家運隆盛は瞠目に値し、多分、義安・義定父子が味わったであろう苦渋は消え去っていたかもしれぬが、しかし隆盛の淵源が家康の恩寵に発することは間違いなく、その恩寵を忘れかねないほどの威勢と言ってもよいだろう。

かかる吉良家から見れば、赤穂浅野は一田舎大名にすぎなかっただろう。この、宗家をも含めた浅野家が、長政の代に大立身したことはよく知られているが、長政は浅野又右衛門長勝の養子として浅野家に入った。その長勝は播州龍野から尾州愛知郡に移住した、杉原家利の娘を後妻として迎えた。この長勝の妻の姉が婿として迎えた杉原定利に三女あり、このうち二・三女が長勝に養われることとなり、二女寧子《ねね》が木下藤吉郎に嫁ぎ、三女おややが浅野長政の妻となる。[4] 即ち定利の二人の娘、結果的には長勝の娘分である二女が、それぞれ太閤秀吉と浅野長政の妻となり、寧子の方は北政所《きたのまんどころ》・高台院として広く知られる。姉妹の縁もあって長政は豊臣政権の有力な武将として立身、五奉行の一人となった。もともと家康との交誼も厚かったとはいえ、秀吉の側近であった長政にとって、関ヶ原の結果は決して好ましい決着ではなかった。しかし運命はどう転ぶかわからない。家康との親交がが石田三成等の反感を買い（家康の策略もあって）、慶長四年（一五九九）に、領国甲斐に近い武蔵府中に蟄居せしめられるのである。関ヶ原で東軍についた浅野家は紀伊和歌山、次いで安芸広島藩主（浅野宗家）として続くわけだが、晩年の長政は、『寛政譜』によれば、「（家康の）恩遇いよ〱あつく、常にめされて囲碁の御相手に加へらる。……しば〱茶席に候し、あるひは遊宴に侍し」ていた。のみならず、「隠栖《いんせい》の料として、常陸国真壁・筑波の二郡の内にをいて、五万石」を賜ったのである（この時嫡子幸長は紀州和歌山において三七万六千石余を領す）。破格の厚遇だったと言えよう。

そして長政死去後（長政の死は慶長一六年）の元和八年（一六二二）に、長政の隠居領は三男長重に与えられ、長重は、常陸笠間城五万三千石の領主となるのである。これが赤穂浅野藩の発祥である（二代長直の時赤穂に移封）。しかも長重はその前、慶長四年に家康の命により出府、翌五年から秀忠に近侍、同十年の秀忠将軍宣下の供奉《ぐぶ》するなど、親しく仕えていた。赤穂浅野家また、権現様の恩寵にいたく感謝、それを誇りにしていた。「古采女正《うねめのしょう》（藩祖長重の官位）儀は、権現様御一統以前より台徳院様（秀忠）へ御奉公申上、御代々蒙二御厚恩一候処、此節断絶仕候儀、一《ひと》入《しお》残念に奉レ存候」。上記の文は、城明渡しの検視として赤穂に来た幕府御目付荒木十左衛門《じゅうざえもん》が下検分する時に、内匠頭弟大学をして御家再興を願う際の大石内蔵助《くらのすけ》の歎願と伝えられる処からの引用である（『江赤見聞記』二）。右文にも誇りの一端が示されていよう。

もっとも、上述の通りであったとしても、その時における吉良・浅野両家の状況は、明らかに違っていた。禄高にこそ差はあれ、吉良の方は日常貴紳を相手にする高家筆頭の、洗練された超エリート、将軍綱吉の信頼を得て、順風満帆、一点のカゲも認められない。対するに浅野家は五万三千石の地方大名。「家中之侍共無骨之者共」、「無骨之もの共、安心不レ仕候」とは、内匠頭切腹、上野介無事の報に接した内蔵助が、御目付荒木に善処を求めて送った書簡の中からの引用だが（『江赤見聞記』一）、かかる観点にたてば、両家の存立する基盤が異なることは明らかである。そして幕府を頂点に統御される当時の政治体制に即すれば、吉良が浅野を睥睨《へいげい》するような態度を時に示すような挙動も充分にあり得た。事は些細であったかもしれない。むしろ無意識であったかもしれない。『沾徳随筆』に記すようなことが仮にあったとすれば、月番とはいえ、上野介を見習えと下知されている畠山民部の了承をとったあとに了解を求める行為などは、上野介の神経を逆なでしただろう（また沾徳の言うように当時の風潮にも合わない）。小大名ながら長政・長重以来の徳川の恩寵を誇る内匠頭へ、堪忍ならぬ一言が発せられた可能性は充分にあり得たのである。その意味では、事実であったかどうかはともかく、「兼て為レ知可レ申候得共、今日不レ得レ止事候故」と伝えられる内匠頭の最期の言葉は、よくその心中を表しているのではないか。吉良・浅野が共に持つ謝恩と誇り、そして余りに隔たる両家の武家としての在りよう、その微妙にしてしかも大きな心のひずみが、本刃傷の主因となっていると推測するのである。

蛇足ながら付言すると、内匠頭が即日切腹に処せられたのには、将軍が綱吉であったことも若干は起因しよう。いうまでもなく綱吉は江戸城以外から将軍職に就いた最初の人であった。大老酒井忠清《ただきよ》の罷免。越後騒動の再審・親裁には、家康直系でも厳科に処すことでの、権威の確立がもくろまれていた。元禄後半（一六九六〜一七〇四）には既にその目的は達せられていたが、制度の厳格な適用の姿勢は変わらず、これに血を忌み嫌う性格が加わった。[5]かくて内匠頭切腹と赤穂藩改易は、何のためらいもなく実行されたのである。

二　弘前藩庁日記から

弘前市立図書館の蔵する『藩庁日記』の、「江戸藩邸」と「国元」の一部を閲覧する機会があった。以下は「江戸藩邸」の日記を披見して得られた報告である。

まず、元禄一五年（一七〇二）十二月十四日深夜から十五日未明にかけての天候が確認できた。

「十二日　今朝少雪降」、「十三日　終日雪降」、「十四日　天気好」、「十五日　晴甚寒」

となっている。伝えられるごとくで、十二日にすこし降って十三日は終日雪、討入り当日は晴天で、彼らが引揚げた十五日早朝は「甚寒」、晴天ながら、身も凍る極寒の朝だったということになる。ついでながら切腹の十六年二月四日前後は、「二日晴、三日晴、四日晴、五日晴　午后小雨」であった。

さて、十五年十二月十五日の『藩庁日記』（江戸）にはつぎの記事が載る（振り仮名・読点は私意）。

一浅野内匠様御家来、昨夜七時分、吉良上野介様宅江乱入、上野介様を打留、御息佐兵衛様ニも手を背せ、今朝
　暁方、芝泉岳寺江立退候由、委細左記之

このあと討入りの時持参された「浅野内匠家来口上」の全文と四十七士の名が掲げられ、次の文が載る。

右四十七人吉良上野介様御宅江昨夜七時分乱入、上野介様を打留、御印《みしるし》を取、袋ニ入、間《はざま》十次郎持参之由、四十七人之者、内匠様御寺芝泉岳寺江送候也、片岡源五右衛門、小野寺十内両人、大御目付仙石伯耆守《せんごくはうきのかみ》様江参上、右之段申上候由、今日十五日、仙石伯耆守様御宅ニて、阿部式部様、水野小左衛門様御列座ニて、右之者共御預被仰付候由（このあと、細川越中守一七人、松平隠岐守・毛利甲斐守・水野監物各一〇人と記され、「右之通之由、手負廿八人、死人十六人有之由申候」で結ばれる）

記事は五丁半にわたり、他藩のことに及ぶことの少ない本日記に即すれば、珍しい例と言えよう。この討入りが評判となったこと、情報入手の早さに驚くが、その中には仙石伯耆守邸参上の士（実際は吉田忠左衛門と富森助右衛門）や、聴聞に当たった御目付（鈴木源五右衛門と杉田五左衛門）を誤るなどもあるが、かえって臨場感がこもっている。

次は義士切腹の十六年二月四日。「旧臘御預ケニ被仰付候浅野内匠様御家来四十六人之者、不残今日御仕置ニ被仰付之」と記されるのみである。ならば、刃傷のあった十四年三月十四日（または十五日）はどうかというと、前後も含めて、全く見当たらないのである。代りに次の記事に出あった（三月十五日の条）。

一御屋敷裏御門前借地之内、日根野久米介殿御屋敷之内小屋ニ、犬一疋骸死ニ罷有候ニ付、同所門番人見当り、早速相断候ニ付、長尾小次郎、大橋孫左衛門、佐藤閑太夫申付、見聞仕候処、友喰ニ而骸死候と見聞仕候付、御目付曽根五郎兵衛様江、大橋孫左衛門御届ニ今暁参上仕候、則持参之口上書左ニ記之

覚

津軽越中守屋敷裏門前、日根野久米之介殿屋敷借地仕、小屋懸置申候、此明、小屋之内江老犬と相見、毛色しらけ、面は虎毛と相見得申候犬一疋損じ有之候、何時分参有之候哉、今七つ過ニ見付申候、見聞仕候所、友喰ニ而御座候哉、所々歯跡之様ニ沢山相見江申候、首玉ニ細キ綱引付、小キ木札御座候、書付者相見得不申候、右

之犬此方より参候茂、存候もの無御座候、如何可仕候哉、奉伺候　以上

三月十五日

津軽越中守内／大橋孫左衛門

以下は略述するが、次のようなやりとりがあった。

①（その日のうちに）御目付曽根五郎兵衛様から孫左衛門に仰付があった。書付の通り友喰のようだから、箱に入れその場所に深く念を入れて埋めよ。首玉に付いていた木札と細い綱は、紛失しないように大切に保管せよ。御城またはお国で生まれた犬が迷って損死した可能性もあるので、右のように念を入れて処置せよ。

②十六日朝、御目付曽根様より手紙があり、昨夜提出した口上書を同封する案文のように再度提出されたいとのことで、案文のとおりにして、再度提出した。案文の内容は、お指図の通り死亡した犬を箱に入れ深く埋めたこと、木札の文字がよめないことと保管していること。

③くだんの犬を足軽目付若林久太夫と小人頭左之介の立会いのもとで埋めた。その際、曽根五郎兵衛様にお伺いしお指図の通り、その場所に埋めた旨を記した板札を付けて埋めた。保管していた木札は御目付に渡した。

右の経緯が三丁半を費やして記されている。津軽藩上屋敷は本所緑町近辺にあったが（現墨田区亀沢二丁目、緑町公園辺り）、借地先の日根野《ひねの》は、現在の処日根野式部（左京）高信を想定している。(6) 生類憐れみの令に対する不満は江戸住民と武士層に大きかった由であるが、(7) 老犬一匹の死に完全に振りまわされているさまが手にとるように分かる。この騒ぎのために江戸城での刃傷を記録する余裕などなかったというのが筆者の解釈だが、それはそれとして、『藩庁日記』の右の記事は、「生類憐れみの令」に武家方がいかに神経をすりへらしていたかを、実に具体的に示しているると思うのである。

おわりに―寺坂吉左衛門をめぐって

今稿は紙数が限られているので問題点のみを記して終わるが、現在鋭く対立しているのに寺坂義士説・敵前逃亡説がある。その代表的な稿が義士の立場にたつ飯尾精《くわし》「四十七義士論」と、逃亡ないしは離脱説の八木哲治「四十六士論」（共に『赤穂義士論―寺坂吉左衛門をめぐって―』、赤穂市総務部市史編さん室・一九九七年刊に収録）で、ここで問題となるのは八木の稿である。いま委細は尽くせぬが、八木が寺坂離脱の根拠としてあげられた資料は次の六点である。①元禄十五年十二月十五日付母宛三村次郎左衛門書状。②元禄十五年十二月二十四日付寺井玄渓宛大石内蔵助・原惣右衛門・小野寺十内書状。③原惣右衛門自筆「浅野内匠家来口上写し」。④元禄十六年二月三日付伊東治興宛吉田忠左衛門書状。⑤『堀内伝右衛門筆記』（『赤穂義臣対話』）。⑥元禄十六年二月三日付弟和田喜六宛原惣右衛門暇乞い状。

しかして右のうち、⑥を除けば『忠臣蔵』第三巻に収まっており（⑥は『赤穂義士論』に入る）、いっさいを他日に譲り、一つの問いを発して今稿の結びとしたい。足軽という身分は、切腹という行為が可能だったのだろうか。門外漢の筆者には不分明の処が多く教示をいただきたいが、辞書類にあるように、侍以上・士分以上とする場合、足軽は入るのか。『赤城盟伝《せきじょうめいでん》』が「一家為二士官一者、凡《およそ》三百八人也」と言い、『赤穂義人録』が「赤穂の士員三百八人」と録する時、足軽はこの中に入るのか。分限帳に拠る限りかなり疑わしい。数が少ないので軽々には言えないが、他藩の分限帳（侍帳）にも足軽は記されていず、士分の侍に付属していてかのごとくである。

とんだ誤解であるかもしれないが、私見では足軽についての処置が寺坂問題を考える際に最も肝要であると思われ、もし足軽の切腹が不可であれば、別解が可能となる。大方の御教示を乞う次第である。

（注1）　普通『堀内伝右衛門覚書』・『堀内覚書』と称される書。赤穂市総務部市史編さん室編『忠臣蔵』（一九八七年）第三巻所収の書名に拠る。
（注2）　三田村鳶魚『元禄快挙別録』（鳶魚江戸文庫27・中央公論社・一九九八年）は華蔵寺の記録、筆者未見の「徳川系図」などを使用。鈴木悦道『新版　吉良上野介』（中日新聞社・一九九五年）と村上孝也『家康の族葉』（講談社・一九六五年）も筆者未見の資料を使用、なお鈴木・村上は、信忠の弟義春が東条吉良氏五代目を継ぐとする（鈴木は後見）。
（注3）『朝野旧聞裒藁』の「東照宮御事蹟」に拠ると、永禄四年には吉良庄に属する小牧村・津平村・糟塚などが次々と家康側に奪われ、同七年には松崎左平に、西条の地が給せられている。
（注4）　渡辺世祐『豊太閤の私的生活』（創元社・一九三九年）、『寛政重修諸家譜』など参照。
（注5）　塚本学『〈人物叢書〉徳川綱吉』（吉川弘文館・一九九八年）第五・十一章など。
（注6）　津軽越中守上屋敷近くに日根野久米介の屋敷は見出し得ない。「借地」となっているので、他所に住しながら貸していると解される。『江戸幕府役職武鑑編年集成』（東洋書林・一九九七年）七に収まる正徳二年（一七一二）刊『賞延武鑑』の「御進物御番衆」に「七百石／うしこみ日根野式部」がおり、これが『寛政譜』九八四に出る日根野高信（久之助・式部・左京・六左衛門）に当たるのではないかと推される。高信は元禄五年（一六九二）家督相続、小姓組・小納戸を経て、宝永六年（一七〇九）から進物の役。ただし『江戸切絵図』では駿河台小川町に「日根野一学」（「一学」は高信の次の代高栄の号）とあり、「うしこみ」とは違う。『復元江戸情報地図』（朝日新聞社・一九九四年）には同所に「日根野左京　七百石」。
（注7）　塚本学（注5）の書の第六章。

五　噺本に見る閻魔王噺の変遷

島田大助

閻魔王、亡者の生前の罪を裁くとされる冥界の王であり、地獄の主神である。『日本霊異記』（成立年未詳）をはじめとして、『今昔物語集』（成立年未詳）『沙石集』（弘安六年成立・一二八三）等、仏教説話の中にも多く描かれる閻魔王は、笑話に於いても見逃すことが出来ないキャラクターの一つである。本論考では噺に描かれる閻魔王の姿に注目し、その内容の変遷を通して噺本について考えてみる。

一　初期噺本に於ける閻魔王像

閻魔王の名前は『醒睡笑《せいすいしょう》』（元和九年成立・一六二三）巻之五「婲心《きやしやごころ》」の噺の中に、既に確認出来る。地獄に落ち炎王宮に赴いた博打打ちが、こともあろうに鬼の尻をつめり、その行為を別の意味に解した鬼の言葉が笑いを誘う噺である。この噺の中で閻魔王は直接描かれているのではないが、噺の中に閻魔の名前を確認することが出来る最も早い例である。

次いで、寛文四年（一六六四）に刊行された『一休諸国物語』巻之四「一休未来物語」（『一休水鏡《いっきゅうみずかがみ》』（室町時代末期頃成立）を出典とする）では、死後の魂の行き所についての問われた一休が、その問いに答える場面で閻魔王が描かれる。

この噺の閻魔王は、地獄の裁判官らしく亡者に対して判決を下すものとして描かれている。ただ、この噺の閻魔王は一休が若い時に聞いた談義に出てくるものとして語られ、笑いの中心は愚鈍と表現される鬼の方にある。

以上の二話に関しては閻魔王の名前はあるものの閻魔王自身の言動が描かれることがないのに対して、次に示す噺には言動を伴う閻魔王が登場する。

寛文一〇年（一六七〇）の書籍《しょじゃく》目録にある『ひとり笑い』の改題本とされる『秋の夜の友』（延宝五年刊・一六七七）巻之二にある「三途川《さうづがは》の姥《うば》」は、二月頃から患い臥していた者が、「くすしの巧者竹斎」の薬に当たり落命し、彼岸に赴くことが発端となっている噺である。地獄では「三途川の姥」と「地蔵菩薩」との間に騒動が起こっており、亡者を迎える状況ではないことをよいことにして、地獄から引き返して来て見ると、全てが夢の中での出来事であった。「邯鄲」以来の常套的な趣向でまとめられた噺である。この噺に於いて閻魔王は「三途川の姥」と「地蔵菩薩」との騒動を裁くものとして描かれているのであるが、その存在感は甚だ稀薄である。

同書にはもう一話閻魔王が登場する噺がある。「むしくらひ念仏」（巻之四）に描かれる閻魔王は、威厳のある地獄の支配者として登場する。悪人には乗ることが出来ない三津川の渡し船に賄賂を使って乗り込んだ悪人が、乗り合わせた「八十ばかりのうば」から袋を奪い取り、その袋を手土産にして閻魔王の吟味を受けることになる。

> ゐんまわう御らんじて、大きにはらをたて、口のうちより火焔《くハゑん》を出し、目をぐつと見だしてにらミ給ひ、をのれ、しやばにて後生《ごしやう》をねがハず、一期のあひだあそこ爰をぬめりすぎにして、うそをつき、仏にも見しられず、悪《あく》ばかりつくりたり、一々に鉄《くろがね》の札《ふだ》に付置たり、ぢごくへおとすべしとぞいかられける。

この後、悪人は袋の中に念仏があることを理由に、極楽へ送られることを要求するのであるが、中身の念仏が粗悪なものとわかり、却って閻魔王の勘気を受ける。

ゑんまわういよ〳〵はらをたて、をのれハぶせう者にて、なむあミだ仏とハいハずして、なまいだ〳〵ととなへ、字《じ》もたらぬにせ物になし、虫《むし》ぼしさへせずして、むしにつゞらせ、何のようにもたゝず、鬼どもそれとらへて、ぢごくの釜のそこへつきおとせとこそいかられけれ。（『秋の夜の友』[1]）

悪人は閻魔王の恐ろしさに、思わず声をあげると、その声に驚いた人によって寝ていたのを起こされるという落ちを持つ噺である。この噺も先の噺同様、地獄の様を夢で垣間見る地獄巡りの趣向をとる噺である。地獄の支配者閻魔王の姿がこの噺にはある。

ところでこの噺、落ちは異なるものの、念仏を袋に入れて冥土に赴いた者から悪人が袋を奪い取り、その悪事が露見して結局は地獄へ落ちてしまうという筋を持つ噺が『噺物語《はなしものがたり》』（延宝八年刊・一六八〇「念仏数取はなし」）、『鹿の巻筆《まきふで》』（貞享三年刊・一六八六「くどくの念仏」）にもあり、近世初期には、好まれた噺だと思われる。

以上の噺の他に「閻魔」の名前を確認出来る噺が、『噺物語』上巻、『杉楊枝《すぎようじ》』（延宝八年・一六八〇）巻之三・巻之五、にもある。

これら初期の噺本に描かれる閻魔王は、

閻魔《エンマ》王、中ニマシマス。冥官《ミヤウクハン》左右ニ並《ナミ》居タマヘリ。其アリサマ殆《ホトンド》此界ノ形像《ギヤウゾウ》ニ似タリ。多ノ罪《ザイ》人ドモヲ並《ナラ》べヲキテ、罪《ツミ》ノ軽重《キヤウヂウ》ヲ勘《カンガヘ》玉フ。件《クダン》ノ獄卒《ゴクソツ》ドモ、我ヲ引テ御殿《ゴテン》ノ前ニスヱ置《ヲキ》タリ。大王仰《オホセ》ラレケルハ、「汝《ナンヂ》一生ノ間、タヾ悪業《アクゴウ》ノミヲツクレリ。今一々ニ其責《セメ》ヲ受ベシ」トテ、造《ツクリ》ヲキケル罪業《ザイゴウ》ドモヲ説《トキ》玉フ。我ヲソロシサニ、陳《チン》ジテ見バヤト思フテ、「其事ハ我ナサズ」ナンド云ケレバ、大王嗔《イカリ》タマフテ、「ヤ、汝ハ愚癡《グチ》ナル者カナ。我ヲ誑《タブラ》カサントスルヨナ。諸人ノ善悪《ゼンアク》ハ即時《ソクジ》ニ記《シルシ》トヾメテ一モタガフ事ハナキモノヲ。疑《ウタガハ》シクハ是ヲ聞《キケ》ヨ」トテ、我ガ一生ノ間ナシトナシタル罪過《ツミトガ》ドモ、ソノ月日モ少モ相違《サウイ》ナク、久シクナリテ忘果《ワスレハテ》タル事マデモ、具《ツブサ》ニ記《シルシ》ヲカレシホドニ、今ハ如何《イカン》トモ陳《チン》ジ申スベキ様《ヤウ》モナク、口ヲ閉《トヂ》、涙《ナミダ》ヲナガシタリ。

（『善悪因果集』(2) 宝永八年刊・一七一一）

の如き説話に描かれる、『冥報記《めいほうき》』（永徽三年成立・六五二）の受容によって流布し、『今昔物語』『古今著聞集』（建長六年成立・一二五四）『沙石集』等の諸説話集の他『太平記』（成立年未詳）等の諸作にも見える冥土蘇生譚中に描かれる類型的な閻魔像と同様のものが殆どであり、噺の用例自体決して多いとは言えない。尚、この時期には既に『焔《えん》魔《ま》王物語《おうものがたり》』（室町末期あるいは江戸初期成立）など、諸仏・地獄の獄卒を擬人化した異類合戦物語が作られているなど、閻魔王を擬人化して描く趣向が存在しており、こうした趣向を利用した笑話が作られても不思議はないと思われるのだが、実際には笑話に描かれることは殆どなかったと思われる。すなわち、これらの初期噺本には積極的に笑話の主人公として閻魔王を描こうとする姿勢を読みとることは出来ないのである。

この期に描かれる閻魔王について考えるとき、笑話の主人公として積極的に扱われることはなく、説話に描かれる閻魔像の範疇にあるものと考えるべきであろう。

二　前期噺本に於ける閻魔王像

天和二年（一六八二）の『好色一代男』を生み出す空気は、噺を取り巻く周辺にも確実に及んでいた。江戸では鹿《しか》野《の》武《ぶ》左《ざ》衛門《えもん》、京では露《つゆ》の五郎兵衛などの舌耕芸者が活躍し、噺も漸く教訓臭から解き放たれたものへと変質していく。貞享四年（一六八七）に刊行された『籠耳《かごみみ》』巻之四「二一　地獄沙汰銭」には以下に記すような閻魔王が登場する。

六道銭を持たずに冥土に赴いた与三兵衛は、

われ冥途《めいど》におもむき、すでに六道《ろくだう》のちまたにゆきかゝりけれバ、焔魔王《えんまわう》出あひ給ひて、六道銭《ろくだうせん》をわたすべきよし申されけるゆへ、腰《こし》のまハりをさがせとも、一銭もなし、子共しつねんいたしぬると見へたり、をつけ盆《ぼん》の聖霊会《しやうれうゑ》まで、御のべ下さるべし、きつとあひすまし申べきよし、いろ〳〵ことハりを申せども、焔魔王《えんまわう》なか〳〵了簡《れうけん》し給ハず、ふたゝび娑婆《しやば》へたちかへり、いそぎ持参《ちさん》すべきよしにて、はる〳〵の冥途《めいど》をたゞ今よみがへりたるぞ、（『籠耳』）

とあるように、六道銭を持参しなかったことを理由に、閻魔王から現世に蘇生し子供から六道銭を貰って来るようにと命じられる。蘇生した与三兵衛を見て家族一同は喜ぶが、未払いになっている六道銭にかかる利息により、来世も貧乏に生まれることを恐れた与三兵衛は家族の願いを振り切り冥土へと戻っていくのであるが、その途中で六文銭の中に古銭を見つけ再び娑婆に戻ってくるという行為が落ちとなっている。この世もあの世も、とかく銭の世の中であることを描く世知辛い噺である。この噺の中で閻魔王はお金という最も現世的な価値観を具現化するものとして描かれており注目されるのである。

元禄十一年（一六九八）に刊行された『初音草《はつね ぐさ》噺大鑑《はなしおおかがみ》』は元禄期（一六八八〜一七〇四）を中心に刊行された噺本の集大成と言うべき噺本であり、全七巻、二〇五話の噺は元禄期の噺を見極める上で多くのことを教えてくれる噺本である。

さて、この『初音草噺大鑑』では巻之一「十七　極楽《ごくらく》の豊年《ほうねん》」、巻之三「廿八　さいの河原《かハら》の印地《いんち》」、巻之六「廿三　古米《ひね》の念仏《ねんぶつ》」、巻之七「十一　無常《むじやう》ハ碁の生死《いきしに》」の四話に閻魔の名前を確認できる。ここでは「十七　極楽《ごくらく》の豊年《ほうねん》」「廿三　古米《ひね》の念仏《ねんぶつ》」の二話について見ていくことにする。

十七　極楽《ごくらく》の豊年《ほうねん》

元禄酉戌《げんろくとりいぬ》の比《ころ》、江戸京大坂におゐて善光寺の如来《によらい》を開帳《かいてう》有しに、何が三国伝来《ごくでんらい》の御本尊《ごほんぞん》にてましませバ、都鄙《とひ》遠境《ゑんきやう》の僧俗男女《ぞくなんによ》おがミ奉《たてまつ》らぬものハなし。ことに極楽往生《ごくらくわうぜう》の御印文《ごいんもん》をおされしかバ、われも〳〵と額《ひたい》をさし出《だ》して頂載《てうだい》(ママ)し、決定往生《けつじやうわうぜう》をよろこぶことかぎりなし。それより地獄《ぢごく》へおもむく罪人《ざいにん》、ことの外減《ほかげん》じけるほどに、鬼《おに》の在所迷惑《ざいしよめいわく》におよびけれバ、焰魔王《ゑんまわう》これを不便《ふびん》におぼしめし、如来《によらい》へ御訴訟《そそう》なされ、御印文《ごいんもん》を御とめ下《くだ》され候やうにと申上《あげ》らる。如来の仰《おほせ》にハ、尤《もつとも》なれ共《ども》、おれも一切衆生《さいしゆぜう》を仏《ほとけ》になさずハ正覚《しやうがく》を取まひと口広《くちひろ》いふてをいたれバ、中《なか》〳〵印文《いんもん》をやめることハならぬ。さるが中《なか》に、おれを頼《たの》まぬ日蓮宗《にちれんしう》が大分《ぶん》あるほどに、それを食物《しよくもつ》に仕《つかまつ》れと有ければ、焰王《ゑんわう》かさねて、若い鬼《おに》どもハその通《とを》りでござりまするが、中《なか》でも不受不施《ふじゆふせ》ハとりわき情《じやう》がこハふござりますれば、年寄鬼《としよりおに》どもが歯《あ》にあひますまいといはれし。

（『初音草噺大鑑』）

善光寺の如来の御印文により、決定往生する者が増え、地獄へ送られる罪人が減ったことで鬼達が困窮していることを知った閻魔王は、如来に対し僧俗男女へ御印文を授けることを止めるようにと願い出る。如来にも衆生を仏にしなければならないという事情があり、いったんは断るのであるが、如来を頼まない日蓮宗ならば地獄におちてもかまわないという妥協案を提示する。不受不施の堅法華は堅くて食べるにも食べにくいということが落ちになっている噺である。この噺で閻魔王は善光寺の如来とともに、俗化した存在として描かれていることが知られる。

廿三　古米《ひね》の念仏《ねんぶつ》

さる後生《ごせう》ねがひの親仁《おやぢ》、此世《このよ》の縁《えん》つきてめいどへおもむきしが、四五十年がうち申おきたる念仏を俵《たはら》にして、白瓜《しろふり》の馬《むま》一万駄《まんだ》ほどにつけ、ゑんまの前《まへ》にゆきければ、おにども出て、米《こめ》ざしにて一《いち》々さして見て、まへ〳〵

の中をきの念仏そうな。虫がさして一《ひと》つもうけとるべき念仏《ねんぶつ》なし。いハれぬ申おきじや。これでハ極楽《ごくらく》へハやられぬ。新米《しんまい》の念仏《ねんぶつ》ハすこしでもないかといひければ、親仁《おやぢ》、身内《みうち》をさがしてミて、もうし、りんじうに申ました念仏が四五へんほど、此頭陀袋《このづだぶくろ》にござりまするが、これでハなりますまいかととひければ、ゑんま王《わう》き〻たまひて、それでハ不足《そく》なれども、有合《ありあひ》なればぜひもなしとて極楽《こくらく》へとをされた。

（『初音草噺大鑑』）

後生願いの親父が、日頃貯めて置いた念仏を持って冥土へ赴くが、古い念仏の為に役に立たず極楽へは送られないと閻魔王に極楽行きを断られる。新しい念仏はないかと閻魔王に問われた親父は、臨終の際に唱えたと言う念仏四五へんを差し出す。閻魔王はとても足りないが、有合なので仕方がないと受け取り親父を極楽へ送ってやることにする。噺の前半部は、前述した『秋の夜の友』（「むしくらひ念仏」）『噺物語』（「念仏数取はなし」）、『鹿の巻筆』（「くどくの念仏」）と同様の趣向であるのだが、念仏の不足のために地獄に堕ちても仕方がない親父を「有合なれバぜひもなし」と許す落ちの部分は前述の噺とは趣を異にしている。

『籠耳』『初音草噺大鑑』中の噺を例として見てきた。地獄の大王としてこれまで類型的に描かれてきた閻魔王が、噺の笑いを作り出す為の役割を担う個性を持つようになってきていることが確認出来るように思われる。当時の読者の地獄への関心の高さは元禄十一年（一六九八）の『小夜嵐《さよあらし》』の刊行と、それに続く『寛濶鎧引《かんかつよろいびき》』（正徳二年刊・一七一二）『続小夜嵐《ぞくさよあらし》』（正徳年間刊・一七一一〜一七一六）『新小夜嵐《しんさよあらし》』（正徳五年刊・一七一五）等、同種の地獄巡りの趣向を持つ浮世草子の刊行によっても明らかである。

ではこうした閻魔像は後の噺本に於いても受け継がれて行くのであろうか。

正徳四年刊（一七一四）『軽口星鉄炮《かるくちほしでつぽう》』巻之一には次のような噺がある。

二　ゑんまもんだう

此ころある人、はやり病《やまい》にてあいはてられた。ぢごくのあるじゑんま大王へまいりいゝけるハ、私ハしやばにて、あくをつくつた事もござりませぬほどに、極楽《ごくらく》へやつて下されませといふ。ゑんまきゝたまい、もつともあくハつくらねとも、後世《ごせ》をねがふたことがないによつて、ごくらくへハならぬ。今一度《いまいちど》しやばへかへり、ごしやうをねがふてこいといわれければ、いや、わたくしハしやばにてハ大びんぼうなものでござります。まへの所ハいやでござりますといふ。ゑんまきこしめして、そんならバどこへゆきたいとわれければ、四条通《てう》に、かねもちのうつくしい後家がごさりまする。これへやりてくたさりませといゝければハ、ゑんまきゝたまへ、そこへハおれもゆきたいといはれた。

（『軽口星鉄炮』）

悪事を働くことも後世を願うこともなかった男が、閻魔王の前にやってくる。地獄へ落とすことも出来ず、また極楽へもやられない男に対し、閻魔王はもう一度娑婆に戻って後生を願うようすすめる。この娑婆へ戻りもう一度、後世を願えという筋立ては所謂冥土蘇生譚に繋がる趣向といえる。冥土蘇生譚の場合多くは亡者を弁護する地蔵等の取りなしによって娑婆への蘇生が許されるのであるが、本話では閻魔王自身の判断によって行われる。閻魔王のこうした判断は、後半部の落ちへと続いていく。蘇生するにしても元の貧乏な境遇には戻りたくないという亡者の返答に対し、蘇生する場所についての希望を聞き、「かねもちのうつくしい後家」の所へ生まれ変わりたいと聞くや、我を忘れて自らが行きたいと言ってしまう。この思いがけない閻魔王の独り言が落ちとなっているのである。ここにはもはや威厳に満ちた地獄の支配者の姿はない。

『軽口こらへ袋』（享保一一年刊・一七二六）「十三　中嶋勘左衛門ぢごくにてあく事」には次のような芝居がかった閻魔王が描かれる。

中嶋勘左衛門ぢごくにてあく事

こゝに中嶋勘左衛門あいはて、ちこくへ来る。ゑんま御らんし、ぜんざい〳〵、なんぢしやばに有しその時、きやうけんききよとは申せ共、大あく人のやくめゆへ、今八大ぢごくへつかはす也、と仰有。勘左衛門はつとかうへを地に付、仰御尤に存候へ共、拙者かたき役をつとめし事、その昔のきをねは、しつあく事つとめし候へは、いそぎごくらくへ御遣し下されかし、と申上る。大王げきりんまし〳〵、おろかやいつわるまし、まことをてらすしやうはりのかゝみをみよ、との給へは、勘左衛門やかてかゝみにむかへば、ふしきやめんしよくかわつてすさましく、色あかくまなこ付までおそろしく有しに、ちかはぬかたきやく。勘左衛門もはつとおとろき、さしうつむきていたりける。ゑんまをはしめおに共こへ〳〵に、いや□□さあ、のかれは有まい。あらそふやとつめかくる。勘左衛門、今は是迄、とつつ立あかり、さしやあ、あらはれたよなあ、ゑんまともに、うつてとれ、といふたもおかし。

（『軽口こらへ袋』[3]）

地獄へ来た実悪の役者、中嶋勘左衛門が閻魔王を相手にして堂々と敵役を演じ切る所に笑いが存在する。この噺の中で閻魔王は勘左衛門に合わせて芝居がかった物言いをする者として描かれている。

これら二話の他にも個性的な閻魔王が描かれている。次にそれらの噺について概観してみる。

『水打花《みずうちはな》』（正徳享保頃刊・一七一一〜一七三五）「閻魔《ゑんま》の懐旧《くわいきう》」

江戸の近在から出開帳に来ていた閻魔王が類火にあい、首から下の部分を失ってしまう。閻魔像再興の為に焼け残った首を据えて勧進するが、一向に奉加金が集まらないばかりか、通行人に悪口まで浴びせられてしまう。閻魔王を気の毒に思い涙を流す堂守に対し、腹を立てようにも腹がないと言う閻魔王の言葉が可笑《おか》しい噺である。

『軽口浮瓢箪《かるくちうきびようたん》』（寛延四年刊・一七五一）「鬼《おに》の死骸《しがい》」

病死した赤鬼の扱いに苦慮する閻魔王は、その方法を五道の冥官達に問う。娑婆世界の鬼界嶋、新しく適当な場所を造る等の意見が出るなかで、倶生神の鬼味噌にして食べてしまうという奇抜な方法の提案が落ちとなっている。

『軽口腹太鼓《かるくちはらだいこ》』（宝暦二年刊・一七五二）「めった仏」

身持ちが悪い閻魔王は西方の旦那殿によって官を取り上げられ地獄を追放されてしまう。閻魔王に代わって地獄の主となった六道の地蔵（地蔵大王）は、その慈悲の心から罪人までも極楽へ送ってしまい、その結果極楽には行儀の悪い仏が増え困ってしまう。閻魔王が送った仏がけうとい仏であったという対照が可笑しい噺。

『軽口片頬笑《かるくちかたほえみ》』（明和七年刊・一七七〇）

頓死した芝居の若女形が、閻魔王の前に引き出され、地獄の冥官の詮議を受ける。若女形は、罪、善根共になく、また念仏も称えていなかった為に、極楽・地獄のどちらへも行くことが出来ず、また娑婆に戻ることも出来ない。結局閻魔王の裁定により鬼として六道の辻で働くことになるが、根が若女形だけあって、様にならない。新しく冥土に来た髭奴に恫喝され、それに対して精一杯鬼らしく振る舞い言い返すが、肝心の言葉が女形風では全く迫力がない。女形が鬼になるという趣向が可笑しい噺である。因みに、この噺は宝暦一三年（一七六三）に刊行された『根無草《ねなしぐさ》』同様、若女形荻野八重桐《おぎのやえぎり》の溺死事件をヒントとして作られた噺と考えてよいであろう。

さて、ここまで『初音草噺大鑑』から明和期に至るまでの閻魔王を描く噺について確認してきた。亡者の願いを羨む一方で、その亡者に軽んじられ、厳格であるべき判決には優柔不断な面を見せる。閻魔王については地蔵菩薩を一体とする考え方が密教にはあり、慈悲の心を閻魔に見ることも可能なのではあるが、そうした地蔵の優しさを考慮しても噺の閻魔とは全く別のものであることは明らかであろう。『籠耳』『初音草噺大鑑』で確認した閻魔王像は以後の噺本に於いても踏襲され、閻魔王は笑話を構成し、読者の笑いを誘う存在として意識されていると考えてよいように思われる。

では噺に描かれるこうした閻魔王像は日本で作られた固有のキャラクターなのであろうか。以下、この点について考察を試みていく。

三　『笑府《しょうふ》』と閻魔王

先に取り上げた「ゐんまもんだう」（『軽口星鉄炮』）についてであるが、この噺の原話と思われる噺を中国笑話集『笑府』巻一古艶部に確認することが出来る。

清福

一鬼托生時、冥王判作富人、鬼曰、不願富也、但願一生衣食不缺、無是無非、焼香吃苦茶過日、足矣、王曰、要銀子便再與你幾萬、這清福不許你亭

一説鬼云々、王降座問曰、有這等安閒受用的所在千萬挈帯我去

ある亡者が人間に生まれかわるとき、閻魔王は金持ちにしようとした。亡者が言うには、富みは望みません。ただ、一生衣食に不自由せず、是もなく非もなく、香をを焚き、お茶をすすりながら日を過ごすことが出来ましたら、満足ですというと、閻魔王がいうには、銀が望みならば、幾万も授けるぞ。だが、そのような清福は授けるわけにはいかないと。

ある話によると、亡者が右のように言うと、閻魔王は座を降りてきて尋ねて言うには、そのような安楽なところがあるのなら、是非私も連れて行ってくれと。

概ね先の「ゐんまもうだう」と同内容の噺と考えてよかろう。このことは初期の噺本には認められなかった閻魔

王を笑いの対象とする創作態度が既に中国笑話には存在してたことを示していよう。『笑府』にはこの噺の他にも閻魔王を描く噺が複数含まれている。以下簡単に確認しておく。

巻二腐流部

「窮秀才」…娑婆にいた時、栄耀栄華を楽しんだ男を罰する為の方法として、秀才として生まれ変わらさせ、五人の子の親にするという閻魔王。貧乏の子沢山による罰。罰する方法が可笑しい噺。

「頌屁」…放屁した閻魔王が、秀才の機転を効かせた言動で救われ、それを喜ぶ噺。

「読破句」…句読を誤る師匠の多さに業を煮やした閻魔王は、お忍びで講義を巡見する。折良く『大学』を教授するところに出くわすのだが、はたして誤読を教えている。早速獄卒に師匠を捕らえさせ、その罪を責め罰するが、師匠は肝心な判決文までも誤読してしまう。閻魔王の面目は無いに等しい。

第三世諱部

「扛」…閻魔王の命令で蔡青を捕らえに行った獄卒が間違えて債精を連れて戻る。閻魔王は間違いに気づいて債精を娑婆に戻そうとするが、逆に匿ってもらいたいという返答が可笑しい噺。

第四方術部

「冥王訪名医」…閻魔王は獄卒に娑婆から名医を連れて来るよう命じる。閻魔王の「門前に亡霊がいない医者が名医だ」という教えに従って名医を探すが見つからない。やっと門前に亡霊が一人しかいない医者をみつけ、その亡霊に聞いてみると、昨日看板を出したばかりの医者であった。

第八刺俗部

「猴」…人間に生まれ変わりたいと願う猿の願いを聞き入れる閻魔王。ところが毛を一本抜いただけで泣いてしまう猿は結局人間には成れなかった。
「造方便」…閻魔王の名前はあるものの噺には直接描かれていない。
「刁民」…娑婆で殺してしまった虱に訴えられた亡者が閻魔王の前で虱と対決する事になる。虱が言葉につまったため、亡者は娑婆に戻るのだが、戻った娑婆で再び虱を見つけ、今度は注意深く処置しようとする言動が可笑しい噺。虱の訴えを取り上げる閻魔王。
第十形体部
「又（巨卵）」…病気で死んだ男は、娑婆で悪事をはたらいた罰として閻魔王によって驢馬の姿にされてしまう。後に冤罪とわかり人間の姿に戻され娑婆に帰ることになったのだが、蘇生を急いだ為局所だけは驢馬のままの姿で生き返ってしまう。気付いた男は冥土に戻って元の体に戻して貰おうとするが、女房はそれを引き留めるという艶笑噺。
第十二日用部
「喫素」…閻魔王の前で、一生精進を守ってきたからもう一度人間に生まれ変わりたいと願う亡者。閻魔王が亡者のお腹の中を調べさせてみると涎と唾ばかりだった。裁判官としての閻魔王。
第十三閨語部
「魔王反」…閻魔王は鬼を率いて反乱を起こすが、観音様の呪文によって鬼たちが瓶の中に捕らえられてしまい降参する。「瓶の中でひもじくはなかったか」と問う閻魔王に対して、「一番弱ったのは押しつぶされそうになったこと」と答える鬼の返答が可笑しい噺。
　これらの噺の内「冥王訪名医」は『笑《え》顔《がお》はじめ』（天明二年刊・一七八二）にそのまま翻訳され、「又（巨卵）」は

『正直咄大鑑《しょうじきばなしおおかがみ》』（貞享四年刊・一六八七）「無想の馬薬」に改作され、「頌屁」の前半部は閻魔王を遊女に換えて多くの類話が造られている。「魔王反」は噺にこそ採り入れられていないが先に記した『焰魔王物語』を思い起こさせる内容となっており、注目される。

笑話本に描かれていると考えれば当然のことかも知れないが、これら『笑府』に描かれる閻魔王は、亡者の運命を握る恐怖の大王というイメージが薄い。亡者の願いをうらやましがり、亡者の追従を真に受け、亡者の機転をありがたがる。猿・虱の願いを聞き届け、反乱を起こして簡単に降伏してしまい、その後部下の鬼達の心配をもしているのである。身近な存在の閻魔王の姿が『笑府』にはある。笑話を構成するキャラクターとして閻魔王が認識されていることが知れよう。こうした描かれ方は、貞享以降の噺本に描かれる閻魔王像と同種のものと考えて良いように思われるのである。

ところで、『笑府』をはじめとする中国笑話本と噺本との関係については武藤禎夫の論考及び数々の著作が備わり、それらの報告によって、近世初期から噺本が中国笑話の影響を少なからず受けていたことが知られている。本格的な中国笑話の受容については明和五年（一七六八）以降相次いで刊行された『笑府』抄訳本をはじめとする漢文体の噺本の刊行以降であることは、安永期（一七七二〜八一）以降の江戸小咄本に含まれる多くの中国笑話を原話とする類話の存在一つを取り上げても明らかである。ただ、その本格的受容が明和期に突然始まったのではないことも、明和期以前の噺本中に中国笑話の類話が存在していることから明らかなのである。近世小説と『笑府』の関係について佐伯孝弘は「其磧気質物と噺本」[4]の中で其磧気質物《きせきかたぎもの》と『笑府』との関係を明らかにし、明代笑話の享受について明和年間の『笑府』抄訳本刊行以前からもう少し広い範囲で考えるべきと論じている。江島其磧《えじまきせき》が『笑府』を利用していたことが明らかになったことで、其磧の手がけた噺本の扱いについても注意が必要であろう。其磧噺本と『笑府』との関係については直接類話を指摘することは出来ないものの、其磧の噺本『咲顔福の門《えがおふくのかど》』(享保一七年刊・一七三二)には安永期の小咄を思わせる短い噺が多数あり、さらに全ての噺が体言止めで終わるなど、その影響を考えて良いと思われる点がある。更に注目すべきは、こうした形態の噺が其磧独自のものでなく享保期(一七一六〜三六)辺りの噺本に散見するということである。(5) なお慎重に考察を試みる必要があると思われるが、こうした噺の流行の一因に中国笑話の影響を考えてよいように思われる。

噺に於ける閻魔王像の変化を中心に、噺本の変遷についても考察を試みた。噺本に描かれる閻魔王像の変化については、大きくは、文学史の流れ——仮名草子から浮世草子へ——に象徴される如く噺の中世的説話的文学からの脱却、地獄遍歴物浮世草子などの続刊に見られる当時の読者の地獄へに関心の高さなどにその理由を求めるべきであろう。ただ、こうした要因の他に近世笑話が確立して行く段階で、明代の中国笑話の影響を受けた可能性についても考慮すべきである。その一つの例証が今回取り上げた閻魔王の噺なのである。

(1)『噺本大系』東京堂出版、一九八七年刊。以下の噺本の引用は特に注を付さない限り本書によった。
(2)叢書江戸文庫16『仏教説話集一』国書刊行会、一九九〇年刊
(3)檜谷昭彦・石川俊一郎「『軽口こらへ袋』解題・翻刻」『藝文研究』第四八号、一九八六年三月
(4)佐伯孝弘「其磧気質物と噺本」『國語と國文学』七三−一二、一九九六年一二月
(5)鈴木久美「前期噺本の表現スタイルについての一考察」早稲田大学教育学部『学術研究(国語・国文学編)』四八号、二〇〇〇年二月

六　享保末期の吉原と遊里情報

丹羽謙治

一　享保末期の吉原細見《よしわらさいけん》とその板元

享保二〇年（一七三五）春刊行の『吉原細見三好鶯《さんこうどり》』（以下、『三好鶯』）[1]は、享保一二年（一七二七）以来の久々の鱗《うろこ》形屋《がたや》板細見である。享保一二年という年は、現在知られる限り初めて横本型冊子本細見が出現した年にあたり、鱗形屋板と伊勢屋板が確認できる。鱗形屋はそれから八年の間、吉原細見の出版を行わなかった。この間、相模屋与兵衛（享保一三〜一四）、中村屋清次郎（同一三頃）、平野屋善六（同一六）、鶴屋喜右衛門（同一七〜二〇）、相模屋平助（同一七〜二〇）が版行しているが、いずれの板元も長続きすることはなく、細見の出版から手を引いている。今、享保一二年から元文年間（一七三六〜四〇）に至る吉原細見の出版状況[2]を表にまとめてみる（冊子のみでなく絵図形式の細見も加える）。

左の表は、あくまで現段階で知られる細見であるから、今後新たに発見される余地は充分ある。表を見て気が付くことは、この期間、いずれの年をとっても多くて三種の（三板元から）細見が、通常は平均して二種の細見が（二

	享保12	13	14	15	16	17	18	19	20	21（元文元）	元文2	3	4	5
伊勢屋	○													
鱗形屋	○								○○	○		○	○	○
中村屋		□（3）												
相模（与）		○	○											
鶴屋						○	○	○	○					
相模（平）						□＝	○＝	□＝	○＝					
三文字						（・）	○＝	（・）	（・）	（・）（・）＝	○○	○○	○＝	
平野屋					○		○			△○			○	
山本屋								△	△	○	○	○	○	○

※○は冊子型細見、□は絵図型細見、△は原本未見ながら加藤雀庵『新吉原細見記考』等で存在が察せられるものを示す。また＝は提携関係を示し、（・）は売所ないしは改所を示す。

板元から）が出されているということである。

相模屋与兵衛は湯島天神女坂下の本屋で、享保一〇年（一七二五）に絵図形式の細見を出している。また、野間光辰「近世遊女評判記年表」(4)によると、伊賀屋勘右衛門と小松屋傳四郎と相板で「吉原細見圖」を出版しているという。伊賀屋は元濱町の書肆で享保三年頃に絵図形式の細見を出しているし、享保一〇年には湯島天神女坂下の小松屋と相板で、絵図形式の細見を刊行している。享保一〇年の二つの絵図型細見をどう見るかは微妙な問題を孕む（すなわち、両者が競合的な関係にあったのか、それとも相互補完の関係にあったか）が、いずれにせよ、相模屋と小松屋は、同じ湯島の書肆であり地縁で結びつくと同時に、伊賀屋と組んで細見の版行を行ったと考えられ、それが相模屋の冊子型細見に繋がっているのである。

相模屋平介（助）は、神田新石町《しんこくちょう》の書肆で享保一七年（一七三二）六月刊の絵図型細見『男女川《みなのがわ》』を、吉原揚屋町の三文字屋《さんもんじや》又四郎の編集で出版しているが、翌一八年には三文字屋・平野屋小八と連名で『新板うきふねくさ』（冊子型細見）を刊行する。享保一六年に冊子型細見を刊行している平野屋善六と、平野屋小八はともに人形町の本屋であるから、両者は一族か縁者と考えてよいだろう（右の表では両者を区別していない）。すると、三者が協力して冊子型細見を出したことになる。しかし、この関係も長くは続かず、早くも享保一八年秋板『浮舟草』では、平野屋小八の名前が削られている。一方、相模屋平助の方も同二〇年閏三月『くるハ女良《じよろう》うき船草《ふねくさ》』をもって細見から撤退する。平野屋善六も同二一年の『続浮舟草』（未見、加藤雀庵による）を三文字屋とのコンビで刊行するが（元文二、三年は三文字屋又四郎が単独で刊行）、『菜の花』（元文四年春刊　一七三六）を最後として再び版行を見ることはない。

大傳馬三丁目の老舗鶴屋喜右衛門は、享保一七から二〇年春まで刊行するが、この期間以外は細見に関わっていない。

後に鱗形屋とともに細見の二大板元となる山本九左衛門について、現在確認できる最古の細見は、『所縁桜《ゆかりのさくら》』(享保二一年春刊　一七三六)であるが、江戸の細見蒐集家加藤雀庵《かとうじやくあん》が目堵した細見から、山九の細見出版時期が少し早まる可能性が出てきた(加藤雀庵の『高尾追々考』(5))。雀庵自身が見た細見は「はじめをはりやぶれうせたれば、発兌の年号をしるよしなし」というものであったが、三浦屋の太夫高尾の代数を考証するために、同店の遊女の名を書き抜いてくれているので、これにより板元と年代が考証可能になる。同店の遊女の序列は、次のとおりである。

〽高尾　〽山路　〽きよ浦　〽わかよ　〽志賀崎　…………

まず合印によってこの細見が山九のものであることがわかる(花咲一男『続江戸吉原図絵』参照)。鶴屋板享保一九年秋の細見では次のようになっている。

〽小むらさき　〽やまぢ　〽きよはし事　〽清うら　〽しかさき　〽あけまき

…………

一方、鱗形屋板享保二〇年春『三好鴬』ではどうか。

〽高尾　〽あげまき　〽山ぢ　〽わかよ　〽清うら　〽から崎　…………

こちらには、「志賀崎」が現れないこと、また一八年に身請けされた一〇代の高尾の後を受けて、一一代高尾が現れるのが一九年の後半であることから、雀庵の引用した細見が享保一九年後半の内容であることが判明する。山九が細見市場に参入したのは、この享保一九年後半まで遡《さかのぼ》ることになった(今後、山九版の享保二〇年の細見が現れる可能性が出てきたことになる)。

なお、表には掲げなかったが、江戸洒落本の祖とされる(6)『両巴《りようは》巵言《しげん》』、その版木を利用し細見を加えた『史林残《しりんざん》花《か》』、『両都《りようと》妓品《ぎひん》』は、享保一三年(一七二八)、一五年、一八年と、二、三年の間隔をあけて出されている。特に、享保一五年などは細見の刊行が確認できていない年にあたる。この年はハシカの大流行があった年である。[7]理由はともかく、細見刊行ができない状況を見計らっての刊行したものかもしれない。これらは吉原の妓楼の主（蔦屋庄二郎）が序文を寄せていることから、[8]遊女屋を中心とした独自の動きとして注目されるものである。

さて、長々と享保の後半から元文にかけての吉原細見の板元の動きをたどってきたが、享保二〇年前後に大きな変化が生じていることがわかる。先述のように、享保二〇年に山九が細見刊行をしていたとすれば、この年には復活した鱗形屋細見、鶴屋細見、相模屋ほか二書肆の浮舟草系細見と、四つの系統の細見が並び立つという、いまだかつてない現象がおこったことになるのである。

二　下り女郎の実態

享保年間（一七一六〜三六）は、吉原にとっても曲がり角の時代であった。ひとつには、享保の改革によって廓内の取り締まりの強化をおこなわざるをえなくなったことがあげられる。享保一六年（一七三一）には、遊女屋の名題改めが行われているが、これは貞享二年（一六八五）以来、実に四六年ぶりのことであった。[9]また、貨幣の改鋳による揚代の改定や、遊女屋の格付けの変化など遊興に関する改定が行われたのもこの時期であり、細見もその動きに対応すべくめまぐるしく変化を遂げることになる。

一方では、先述のようなハシカの流行などがあり、客足が遠のいたことを受けてさまざまな催しが行われた。享保一八年、浅草寺の奥の藪を切り開いたの（浅草寺奥山の開基）に合わせて遊女が桜を植え、翌年の花に合わせて発句を奉納したが、[10]これなどは話題作りの最たるものといえよう。これより先、享保一一年に他界した中万字屋《なかまんじや》抱えの遊女玉菊《たまぎく》の追善のため、同一三年の盆に切子燈籠が下げられるようになり、周知のごとく、これは玉菊燈籠として吉原の風物のひとつとなっていった。

また、右のような吉原内外の変化のみならず、吉原の遊女自体が変化していくのがこの時期である。花咲一男『続江戸吉原絵図』収載の「吉原年表稿」には、「享保十五年（一七三〇）島原からの下り女郎吉原に現れる」とし、蜀山人《しょくさんじん》（大田南畝《おおたなんぽ》）の『一話一言《いちわいちげん》』の記事を引用して、島原からの下り遊女について考証している。今試みに、享保一八年春板細見『うきふねくさ』から、下り女郎を抜き出して見よう。

江戸町一丁目	山口や七郎右衛門	ゆふきり	山ふき
同	万字や又右衛門	さきやう	うたき
角町	角山口や助左衛門	まきゝぬ	かしわて
同	一ともへや市右衛門	大しう	
同	かぎや宇兵衛	みよしの	きんさん
同	たまや庄助	たかま	
同（河岸）	ゐの蔦や吉兵衛	美さき	おのへ

細見からは一二人の下り女郎を確認することができたが、これらの中には、『吉原評判開産記』[11]（享保二〇年刊〈推定〉一七三五）で評判される遊女もいた。

上上吉　まきぎぬ　すみ丁角　山口介右衛門内

▲御名もめづらし、しこなしハ京の風ぞく、物ごしハしやんとしてあひ有、客の悦ぶ一ふして一座もよほす酒もりハ、しんぞわすられませぬ。

上上吉　　きんざん　　すみ丁　かぎや卯兵へ内

▲此者京より下らせ給ひ、まひの手のよさ、一中ふしにあわせての所作、上るりなら、御きりやうなら、すんと役者の下り子とみへます。座はいわ、京めきて一興のもてなし也。

上上吉　　みよし野　　すみ丁　かぎや卯兵へ内

▲京の風そく共みへまするか、江戸の客衆にもまれてはりつよく、御きりやうりゝしく、かたいおやちさまても子共衆にいけん被入ませ。

第一に、下り女郎を入れた妓楼は、江戸町一丁目と角町の妓楼に限られていることが注目される。また、山口屋七郎右衛門と角山口屋助右衛門という、同じ屋号をもつ有力な店が行っているのも特徴的である。

しばらく、下り女郎を採用した主要な店について眺めてみる。

江戸町一丁目の二店は、享保一八年当時、中の町を入って右側の奥、名主西田又左衛門の両隣という位置関係にある。山口屋は、『芳原《よしわら》細見図』（貞享年間刊　一六八四〜八八）にも格子女郎を抱える店として見え、太夫・格子を置く、吉原でも屈指の伝統と格式を誇る大店である。享保初年には、太夫四人、格子一七人を抱え、三浦屋四郎左衛門に次ぐ勢力を示している。(12)しかし、『吉原丸鑑《よしわらまるかがみ》』（享保五年刊　一七二〇）には、山口屋抱えの太夫三人（白糸・初菊・音羽）の花代を格子並に引き下げるように揚屋から「わりなく」要求されたことが明らかにされている。享保の貨幣改鋳など経済的変動のあおりをうけてか、この頃から、山口屋は徐々に左前になっていき、ついに寛保初年

（一七四一）には退転に至っている。山口七郎右衛門にとっては、下り女郎を受け入れるのは商売巻き返しの一手段という意味合いが大きかったのではないかと推定される。一方、万字屋は散茶《さんちゃ》女郎を抱える中流の店で、享保一四年と推定される相模屋板の細見に、江戸町一丁目左側（山口屋のはす向かい）に初めて見え、その後、同一八年頃山口屋の奥に移転している（享保二一年に西田又左衛門が遊女屋として復活すると万字屋はまたもとの位置に戻っている。西田屋はもと万字を商標にしていたこともあるので、この万字屋又右衛門は西田屋の縁者の可能性もある）。(13)

角町の角山口屋助右衛門は、中之町から入ってすぐ左にある。比較的大きな店で、享保八年の『新吉原細見図』では角町の右側角に「山口屋又兵衛」と見え、同一二年頃代替わりをしたものか、一二年細見には「与兵衛」、十四年には「助右衛門」となっている。同町の年寄を務める家でもある。

先述の『さくらかゞみ』では、遊女の発句を、山口屋は二〇句（やり手の一句を含む）、万字屋は一三句（下り女郎の左京・わかな・江川も出句）も掲出していた。全三〇九句、一店平均四・五句ということを考えると、その多さが際立って見えよう。

これら下り女郎は、吉原全体の遊女の数からすれば、ごく小さな比重を占めるにすぎないものだが、それぞれの店のなかでは上位に位置づけられており、京下りの遊女ということで店の宣伝にひと役買ったものと思われる。

三　「三ヶ津色里さいけん」の計画

そもそも、先述の『両都妓品』（享保一八年刊　一七三三）にしても、この島原からの下り女郎の件を念頭におけば、なぜわざわざ島原の見取り図を入れる必要があったのか、理解できるのではないか。すなわち、吉原の客に京下りの遊女を売りこむための喧伝ということを想定できないだろうか、ということである（同書にも下り女郎の記載がある）。京島原の見取り図はともかくとして、『両都妓品』というからには、島原の名寄せがないと形にならないのは確かであろう。しかし、以下に見るように三都遊里の（遊里情報における）大掛かりな提携が計画されていたことを思えば、結果的にバランスを欠くとしても企画自体決して不自然なものではない。

この時期に京島原のみならず、大坂新町の遊女の名寄せを合わせた細見が計画されつつあったことは、冒頭に記した鱗形屋板の、享保二〇年春の細見『三好鴬』に明らかである。先述のように鱗形屋としては八年ぶりの細見出版であった。本書には表紙の中央に大きな題簽が貼られ、合印や挿絵などにも意匠を凝らしてあり、板元の意気込みが伝わってくるものとなっている。本書の巻頭には二種の板元の口上（後者には「わかい衆がしら五兵衛」を描いた挿絵が入る）が、それぞれ半丁ずつ掲げられている。少々長い文章であるが、全文を次に引用する（適宜句読点を補う）。

扨お断り申上まする。こんど新板三ヶ津色里さいけんいだしまするはづにござりますれども、遠路ゆへ京大坂遅々仕まする。さきだつてかんばんにておしらせ申上候処、おなぐさみまぬけ致まするゆへ、まづ江戸斗御覧に入まする。京大坂ハ江戸着次第近日そう〳〵後日に致おめにかけませう。御ちそうのため、まづ三ヶ津太夫名付直段、御めにかけまする。弥後日おもとめ御らん下されませふ。

扨おきやく様かたへ申上ます・日をおつて此さと何れともにはんじやう仕・太夫かうしハ申に及ばず・しん金ぶつ付ふしみ丁・つほねにいたるまで・別して大慶に存たてまつります・わけてお断申ますハ・私のまハしかたにおもふ事かなハねバこそ・うきよせうぢから・こざります・さとすゝめ・らく介さまと申かたのおはなしに・すぎしよ・忝も・九郎介いなりの御むそうをかうふり・神ちよくにいはく・われ此里に年久しく・九郎す

とあをがれ。あまねくすいもぶすいもわれをしらぬきやくハなし。世ニ細けん有とハいへども。千変万化にてとう時の女郎のふうがなる事をしらず。皆人猶もすいにいたらんとおもハゝ。此さとのかハりをしらずんバ有べからず。よつてあらたにめづらしき。おもひ付を入。花洛東武難波の遊美をくわへいださバ。弥よし原はんぜうせん有がたき御つげをうけしらくさまの御物語に。まかせこんど新板ハ大かた人さまのごぞんじのわけハ。さりましてかなめの所斗に。京大坂をくわへまして。新細見をおめにかけます。すなはち合印ハ。左之通でござります。みなさまちかふおよりなされて。ごゑんをむすばれませふ㊤

鱗形屋は、「新板三ヶ津色里さいけん」を出す予定でその旨宣伝しておいたが、京都と大坂の情報が遅延しているので発行できない、そこで「三ヶ津太夫名付直段」を載せる、とことわっている。では、「新板三ヶ津色里さいけん」とはいかなるものであったのか。現在当該細見を確認することができない（刊行されなかった可能性が高いが）ということを前提として、それがどのような形態の冊子であったかを考えてみる。まず、京・江戸・大坂それぞれの細見を一冊ずつセットで売り出す計画であったと推定できそうである。ちょうど、役者評判記がそうであるように。一方、『三好鵆』の丁付は、「甲、乙、八、九、十……」となっている。「甲、乙」の二丁には、三都の太夫の道中姿を描いた絵と値段付けが置かれている。これが、序文にいう「三ヶ津太夫付直段」に相当するものであることは明らかであろう。本文が第八丁から始まるのはその前七丁分に予定されていた何かがあったと考えるべきであろう。あるいは、この七丁の紙面に、二都の遊女の名寄せ（網羅することは到底できないから、太夫・天神・囲といった主だった遊女に限っての名寄せ）を置く趣向だったかとも推測される。

結局、役者評判記のような三冊本か、従来の冊子型の吉原細見に上方の情報を増補した一冊本かということになるが、後者であるならば、『両都妓品』で試みられようとした相乗り型の細見の発展形態と言えるし、前者であるならば『両都妓品』をさらに拡大した大規模な計画であったと位置づけられる。

四　八文字屋《はちもんじや》と遊女名寄せ

そもそも三都を対象にした細見の計画は、決して目新しいものではない。その昔、遊女名寄せ（女郎名寄せ）という形で、三都はもとより地方の主な遊里の名寄せまで作られていた時代があった。江島其磧《きせき》の編述による『けいせい色三味線』（元禄十四年刊　一七〇一）に付けられて以来、これに倣っていくつかの浮世草子に名寄せが付けられた。また、付録としてだけでなく、名寄せを纏め挿絵をいれて出版されることもあった。香川大学附属図書館神原文庫蔵の『女郎なよせ』(14)は夙に著名である。これは伝本が稀であり、どのようにして編集され、どのように流布したのかなど、分からないことが多いのが実情であるが、どこか類板の雰囲気を漂わせている本である。(15)

それはさておき、『色三味線』が好評をもって世に迎えられ、その後所謂「三味線もの」と呼ばれる一群の書が現れた。その中には遊女名寄せを収載するものもあった。享保に入っても、新刊本、改題本を問わず、このような書物が刊行されていたのである。(16)

享保二年　　『けいせい折居鶴《おりすえづる》』　　中嶋又兵衛刊
享保三年正月『けいせい新色三味線』（元禄一五年刊『遊里様太鼓《ゆうりさまだいこ》』の改題改竄本）
享保七年正月『けいせい卵子酒《たまござけ》』（宝永六年刊『遊女懐中洗濯《ゆうじょふところせんだく》』の改題改竄本）
享保一一年九月『けいせい手管《てくだ》三味線』（享保二年刊『けいせい折居鶴』の改題本）

享保一七年三月『けいせい哥《うた》三味線』　八文字屋八左衛門刊

先述したように、京島原の遊女を吉原の地に迎えるという企画は現実に行われ、客は京の花を江戸で見ることができるようになった。そうした文化東漸の流れを受けて、鱗形屋が上方遊里の情報源として期待したのは、やはり八文字屋であったのはほぼ間違いない。

鱗形屋は「元文以後の八文字屋の江戸における売捌所」[17]であるが、八文字屋が『けいせい伝受紙子《でんじゆかみこ》』を『忠臣《ちゆうしん》金短冊《こがねのたんざく》』と改題し、内容にも手を加えて出版しようとした際に、相板元となっているのが注目される。享保一七年（一七三二）一〇月豊竹座で『忠臣金短冊』が上演されたが、その人気に合わせて刊行が企画され、刊年記に従えば「享保二十年二月」刊、その後同年五月に京都の町奉行から絶板を言い渡された。享保二〇年という年は、赤穂浪士の三三回忌にあたる年で（命日は二月四日）、『金短冊』の刊行もこれを当て込んだものであったことは明白である。また、江島其磧作『傾城腰越状《けいせいこしごえじよう》』が京都で差し構いになったのをうけて、鱗形屋が八文字屋の代わりに板元になり、元文二年（一七三七）に『風流東海硯《ふうりゆうとうかいすずり》』として出版にこぎつけたことが明らかになっている[18]。まさに機を見るに敏、八文字屋の面目躍如たるものがある。先行研究で明らかにされているように、享保末年には浮世草子の刊行に関して鱗形屋と八文字屋との提携が成立していたと考えられるが、先に見たように遊里情報の交換（具体的には細見の編集・刊行）に関しても提携の話が具体的に進んでいたのである。

芝居を基盤にしながら板元としての実力を蓄えた八文字屋は、筆力のある作者・絵師を抱え、斬新な企画で出版界に勢力を張った。八文字屋の刊行する書物は娯楽性を追求する。当時、庶民の娯楽の最たるものは、「芝居」であり「遊里」であるが、八文字屋はそれらに関連づける形で「小説・絵本」という虚構世界を娯楽として浮上させ

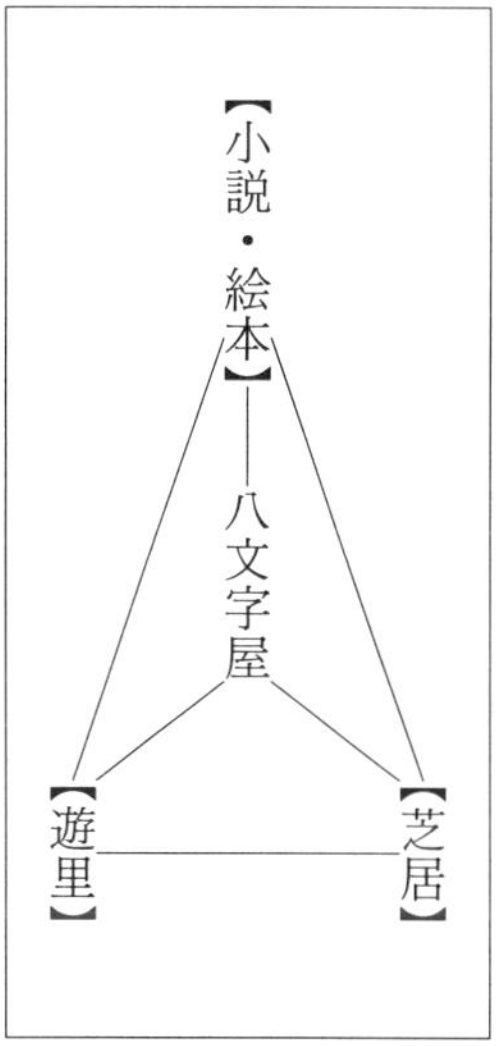

た。八文字屋はこの三者を結びつけ、数々の趣向を凝らして読者を楽しませ喜ばせる演出をしてみせたわけである。

　浄瑠璃本などの刊行から起こった八文字屋は、その後役者評判記を刊行する。これは、三ヶ津とよばれた京・江戸・大坂の歌舞伎の評判を行うものであるが、芝居においては役者の移動が活発なことから、早く三都の芝居それぞれを同じ形式で書物としてまとめあげることには必然性があった。遊里においても、『色道大鏡《しきどうおおかがみ》』や『好色一代男』に見えるような全国の遊里を視野に収めるような視点（といっても三都の遊里が中心となっているのは否めないが）が存在した。八文字屋にも同様な視点があった。ただし、それは常にあったわけではなく、時代によって濃淡があった。

　八文字屋の刊行物からそのあたりの事情を窺ってみよう。

　諸国廓惣名寄之本、先年より出し置、其後改怠り候ニ付、近年心掛、不残委細ニ相改申度候へども、遠国所々ニ而候ゆへ、急ニハ相揃ひ不申候ニ付、一ヶ所づゝ追々新改出し申候、先都嶋原斗此度本出し申候……

（宝暦七年（一七五一）正月刊『一目千軒《ひとめせんげん》』巻末）

一　大坂新町惣寄の事ハ元禄年中に色三味線また色里案内といへる書に顕し、その後宝永年中に懐洗濯と号し改正しける。其以後、改怠しに、この四五年頻りに思ひ立、新改正して……（宝暦七年八月刊『澪標《みおづくし》』凡例）

全国の遊廓を対象としたり、三ヶ津の遊廓を統一的に扱ったりする出版物の元になっているのは、元禄の『けいせい色三味線』[19]『諸国色里案内』であり、八文字屋はそうした立場から惣名寄せを編集してきたのだが、地方遊里の情報を収集するのがむつかしいなどの理由で長い間編集を怠ってきたというのである。書肆八文字屋の中に諸国の遊里を視野において名寄せを刊行するという意識があったことは間違いないところであろう。また、芝居の世界ほどではないにしろ、とりわけ三都の遊里は浮世草子と結びついて重要であったはずである。

「三ヶ津色里さいけん」の出版は、まさに三都の遊女が同一の基準によって表記される『色三味線』以来の形式と、江戸独自に発達した細見の形式とが止揚される絶好の機会だった可能性がある。この時、「三ヶ津色里さいけん」は日の目を見なかったようだが、遊女の名寄せという遊里情報の発信に関して、統一的な視点から編集、刊行する最後の試みであったかも知れない。これ以後、幕末に見られる遊里番付のような出版物を例外として、遊里に関しては全国を視野に入れたものが見られなくなっていく。各遊廓はそれぞれ独自の形態の媒体によって遊里情報を発信していくことになるのである。

(1)　東京都立中央図書館加賀文庫蔵。表紙中央には角形原題簽が残るが大半は剝落、わずかに「吉」と「三」の文字と梅花の模様のみが確認できる。左肩に後補題簽を貼付、「吉原細見　享保二十年／山紅鴬（トリ）」と墨書するが、『山紅鴬』は『三好鴬』に修訂を加えて出板された別本である。

(2)　詳細は『吉原細見年表』（青裳堂書店、一九九六年）参照のこと。

(3)　二〇〇〇年一一月の『東京古典会下見展観大入札目録』に掲載。これは東京大学総合図書館蔵の写本『東都烟花圖』の原本と推定される。『入札目録』では「享保十五年頃刊」とするが、妓楼を比較すると、享保一二年（一七二七）板細見（伊勢屋板）

と享保一三年刊『両巴巵言』との間に位置する。例えば、江戸町一丁目右側の山口七郎右衛門の隣は、［享保一二版］和泉屋、［中村屋板］和泉屋であるのに対し、［両巴］では松本市右衛門である。

(4)『近世初期浮世草子年表』（青裳堂書店刊、一九八四年）所収。

(5)『鼠璞十種』上巻（中央公論社刊、一九七八年）所収。なお、雀庵自身は本細見を「享保十九年のものなるべし」としている。『吉原細見年表』では「享保二十年か」としたが、本文で考証したごとく「享保十九年の終わり頃」というのが正確かと思われる。

(6)『洒落本大成』（中央公論社、一九七八年）第一巻解題参照。

(7) 花咲一男『続江戸吉原絵図』（三樹書房刊、一九七九年）。

(8)『洒落本大成』第一巻解題参照。

(9) 塚田孝「吉原　遊女をめぐる人々」（『身分制社会と市民社会―近世日本の社会と法―』柏書房、一九九二年、所収）。

(10) この時、作成されたのが『さくらかゞみ』である。本書については木村三四吾『さくらかゞみ・新吉原細見』（私家版、一九七九年）解説参照のこと。

(11) 花咲一男編『享保末期吉原細見集』（近世風俗研究会刊、一九七六年）所収の複製による。なお、本評判記は二四丁以降が欠丁故、他の下り遊女の評判も掲載されていた可能性もある。なお、引用に際しては、句読点を補った。

(12) 天理図書館蔵『新改吉原細見花車』による。

(13) 享保三年頃刊の伊賀屋板細見。そもそも、貞享年間（一六八四〜八八）『芳原細見図』や元禄一四年（一七〇一）『吾妻里《あづまのさと》』（天理図書館蔵）で、山口七郎兵衛の紋も万字であり、山口屋、江戸町に存在した万字屋（喜兵衛）、西田屋又左衛門との間に、姻戚関係などを想定し得るように思われる。

(14) 先行の石川巌「花街文献考　第一編　細見と評判記」（『東京新誌』第四号、一九二六年一二月）、小野晋「『けいせい色三味線』と『女郎なよせ』について」（『近世文藝』第九号、一九六三年六月）。

(15) 神原文庫蔵本の刊記について、『当流増補番匠童《ばんじょうわらわ》』に付されている三都書肆連名の刊記であることを『吉原細見年表』に記しておいた。小野前掲論文でも言うように、この刊記を入れたのは後人の仕業である。なお、『色三味線』と『女郎なよせ』を仔細に比較してみると、いくつかの違いがあることがわかる。つまり、後者には遊里情報として正確さに欠ける部分がしばしば目につくということである。例えば、新吉原角町の「大まんじや庄三郎」を「大文字屋庄三郎」と誤刻、遊女の名についても、「さく花」（角丁まんじや勘兵衛内）を「さゝき」、「しのはら」（江戸新町三浦や清兵衛）を「しのつく」と誤刻するなど、杜撰《ずさん》さが目立つ。『色三味線』が『女郎なよせ』より正確であることは『武江新吉原図』（宝永四年（一七〇七）刊、天理図書館蔵）に照らすとよく理解できる。『女郎なよせ』が校正を経ないまま倉卒に出版されたことを物語るものであろう。

（16）　長谷川強『浮世草子考証年表』（青裳堂書店刊、一九八四年）、『八文字屋全集』第一巻（汲古書院刊、一九九二年）解題を参照した。

（17）　長谷川、前掲書。

（18）　長谷川、前掲書。

（19）　『色三味線』は当初の予定では三都の色道論を展開するはずであったが、後に地方遊里を舞台にする話が付け加えられたという（『新日本古典文学大系78　けいせい色三味線・けいせい伝受紙子・世間娘気質』長谷川強解説、岩波書店、一九八九年）。

『奇異雑談集』の成立

〈資料紹介〉『漢和希夷』

冨士昭雄

『奇異雑談集』の成立

序

『奇異雑談集《きいぞうたんしゅう》』は、近世怪異小説の嚆矢として文学史的に意義深い作品であり、一九五五年に吉田幸一氏により古典文庫・近世文芸資料『近世怪異小説』に翻刻された。また本作品に関する論文も少なくない。

ところで近年京都東寺宝菩提院《ほうぼだいいん》三密蔵から『奇異雑談集』に関する一古写本が発見された。これは大正大学の東寺の蔵書調査の際見出されたものである。同大学助教授山田昭全は「東寺宝菩提院合宿回顧」（『大正大学学報』27号、一九六六・11月）として東寺所蔵の国文関係の珍しい古書数点を報告された。その中に、平安時代書写の『白氏文集』巻四の断簡等と並んで、『漢和希夷《かんなきい》』という「奥書著者名を欠く江戸時代初期の写本」一冊があり、その一、二話の梗概が記されている。これは明らかに『奇異雑談集』所収の話であり、この旨を当時山田氏に伝えたところ、やがて翻刻されるとのことであった。しかるにこのたび右『漢和希夷』の活用の御快諾を得たので、これを翻刻紹介し、この『漢和希夷』と『奇異雑談集』諸本との関係、また『奇異雑談集』成立に関する問題等について考察したい。

一　『漢和希異』について

『漢和希夷』は、後掲の翻刻解題にも記すごとく、十話から成り、これはほゞ『奇異雑談集』の後半部に相当する。主な話には、『剪燈新話《せんとうしんわ》』の「金鳳釵記《きんぽうさいき》」「牡丹燈記《ぼたんとうのき》」の翻訳二話、『祖庭事苑《そていじえん》』から訳出した干将莫耶《かんしようばくや》の話がある。また文中に典拠を示していないが、本書第七話は、刊本『奇異雑談集』巻五の(二)「塩竈火焔《しほがまくはゑん》の中《うち》より狐《きつね》のばけるを見し事」に当たり、これは『法苑珠林《ほうおんじゆりん》』からの翻案と思える。

それは津の国塩屋で、冬の夜塩焼きの男が塩釜で火をくべていると、夜ふけに若い女が子を抱き火にあたりに来た。その内、男がかまどの下の炎を通して女の方を見ると、狐が雁を膝の上にのせてあたっているのである。しかしかまどの上から見ると女である。男は腹を立て、火のおきをつきかけると、女は驚き狐の鳴き声を残して逃げて行った。後に雁を落してあったので、男は翌日市に売りに行く。途中で小男に呼び止められ、雁を二百文（刊本では五百文）に売り帰宅するが、袋をあけると馬の骨であったという話である。

一方、『法苑珠林』巻四十二、感応縁「晋時有狸作人婦怪」は次の通りである。（『唐代叢書』所収の話は以下と少し字句の異同あり）

晉海西公時、有一人母終、家貧無以葬、因移柩深山、於其側志孝結墳晝夜不休、將暮有一婦人抱兒來寄宿、轉夜孝子作未竟、婦人毎求眠、而於火邊睡、乃是一狸抱一烏鷄、孝子因打殺、擲後坑中、明日有男子來問細小、昨行遇夜寄宿、今爲何在、孝子云、止有一狸卽已殺之、男子曰、君枉殺吾婦、何得誣言狸、狸今何在、因共至坑、視狸已成婦人死在坑中、男子因縛孝子付官、應償死、孝子乃謂令曰、此實妖魅、但出獵犬則可知魅、令因問獵事能別犬否、答云、性畏犬、亦不別也、因放犬、便化爲老狸、則射殺之視、婦人已還成狸。

即ち、『法苑珠林』の方は、女が児を抱き火にあたりに来たが、実は狸で鶏を抱いていたことが露顕するという筋である。唐山種で先の狐の話と同巧異曲の内容であるので、これが先の『漢和希夷』の話の典拠となったものと考えられる。

このように『漢和希夷』は、その題名に明示するごとく、大半の話が中国文学の翻訳ないしは翻案に成ることは注目すべきである。特に、本書第十話の干将莫耶《かんしょうばくや》の話では、『孝子伝』『医学源流』『玉海』を引用しており、著者の漢学の教養の深さをしのばせるものがある。吉田幸一の『奇異雑談集』の解題(1)によると、『医学源流』は『剪燈新話』と同じ頃渡来したばかりの書籍で、後に元和七年（一六二一）版の古活字本等が出ている。また『玉海』『孝子伝』は既に平安時代に伝来しているが、吉田によると、現存の『孝子伝』の内、干将莫耶（その子眉間尺《みけんじゃく》）の話の見えるものは、陽明文庫蔵本と京大蔵本のみであるという。そうすると、『漢和希夷』の作者は、新渡来の『剪燈新話』を含めて、これら中国の書籍に触れ得た、漢学の造詣の深い人物であったようだ。しかも本書が東寺に現存することは、本書の文辞に仏教臭の濃いものがあることと(2)相まって、その作者は真言宗の好学にして文才のある僧侶であったと推測される。

『漢和希夷』は、後出の翻刻にみられるように、書き込みがあったり、漢文臭の濃い生硬な文体が挿まれていて、きわめて草稿本的な特徴・体裁を帯びた写本である。

二　『奇異雑談集』の諸本

『奇異雑談集』刊本の諸本については、吉田幸一の解題(3)に詳しいが、その後吉田により小汀利得《おばまりとく》(補注)所蔵の古写本が紹介された[4]。また中村幸彦により島原の松平文庫所蔵の古写本が報告された[5]。その上、前述の『漢和希夷』の他、未紹介の無窮会所蔵古写本もあるので、ここに『奇異雑談集』の写本・刊本諸本について改めて整理しておく。

　学界未紹介の古写本に無窮会所蔵本がある。無窮会本は、同図書館平沼文庫所蔵。大本二冊の写本で、縦二十三・六糎、横十六・九糎、錦布地九曜地紋入表紙、金泥地見返し、本文鳥の子紙、胡蝶装。題簽中央「奇異雑談集上（下）」。内題「奇異雑談内少々巻上（下）」。上巻、墨付七十六丁、下巻、墨付七十二丁。漢字平仮名まじり文。振り仮名は片仮名表記である。

　その外形（内題・外題・目録・丁移り・行移り等）及び内容（本文文辞・話柄・説話構成等）の上で、まったく後述の小汀利得所蔵本と同種の写本である。所収説話は、小汀本と同じく刊本に比べて五話多い。字形のくずし方に一・二相違はあるものの、無窮会本と小汀本とはきわめて酷似し、いわば姉妹の関係にあるといえる。両書の成立年代の前後は今にわかに定めがたい。しかし同種の古写本といえるので、本稿の次章では両書をしばらく「無窮会本」の称呼で用いることにする。

　小汀利得所蔵古写本については吉田幸一の詳細な解題がある[6]。今、諸本を考察する都合引用させていただくと次の通りである。

　小汀利得蔵、写本「奇異雑談集」上下二帖、胡蝶装、竪七寸六分横四寸四分（23×16.3㎝）、表紙本文とも鳥の子の共紙、題簽は「奇異雑談集上」「奇異雑談下《ママ》」とあり、内題は「奇異雑談内少々巻上」「奇異雑談内少々巻下」とある。上巻は四折八十二丁、墨付七十四丁、下巻は四折八十丁、墨付七十二丁より成る。

小汀本には柳亭《りゅうてい》種彦《たねひこ》の識語、黒川《くろかわ》真頼《まより》等の蔵書印がある。吉田は次のように述べている。

本書は種彦旧蔵本であつたこと、種彦が既に板本と比校してその異同や五話の多いことに気がついてゐたことが知られるが、種彦が本書の書写年代を天正頃と見たのはやゝ遡って見過ぎて居り、書体から見て本文は明暦寛文頃と見るべきであろう。

小汀本については右の吉田の解説に従うべきである。

他に松平文庫所蔵古写本がある。これは長崎県島原市公民館松平文庫所蔵。縹《はなだ》色《いろ》行成《こうぜい》表紙の写本、大本二冊。縦二十七・四糎、横二十・一糎。題簽左肩「寄《ママ》異雑談集上（下）」。内題「奇異雑談内少々巻上（下）」。漢字平仮名まじり文、振り仮名及び句読点まったくなし。島原初代藩主松平忠房の蔵書印あり。貞享・元禄期（一六八四〜一七〇四）筆写の写本と推定される。

松平文庫本は、小汀本・無窮会本と同系の写本で、やはり刊本より五話多い。本文に振り仮名表記がないので、刊本の底本には用いられなかったものと思われる。

以上の無窮会本・小汀本・松平文庫本は、刊本に比べて所収説話は五話多いので、これらを広本といってよい。また東寺本『漢和希夷』は、『奇異雑談集』のほぼ後半部に当たる草稿本的な写本なので、いわば『奇異雑談集』の異本ともいえよう。

三　古写本二種と刊本の比較

東寺本『漢和希夷』と、『奇異雑談集』の古写本（無窮会本・小汀本・松平文庫）や刊本との関係について考察してみる。便宜的に古写本は無窮会本で代表させ、その関係を図示すれば左の通りである。

東寺所蔵古写本『漢和希夷』	無窮会所蔵古写本『奇異雑談集』	貞享四年刊本『奇異雑談集』
㈠（東寺本・第九話）＝原話「牡丹燈記」	（巻下・第十四話・目録に章題不載分）	（巻六・㈠「女人死《し》後《ご》男《おとこ》を棺《くわん》の内《うち》へ引込《ひきこみ》ころす事）
○丫鬟《ヒンツラ》《アクワン》の童女一人双頭ノ牡丹灯ヲ肩《カタ》ニ挑《カカ》ケテ前《サキ》へ行ク後ニ窈《ヨウ》《ヲク》《フカク》。窕《テウ》《サマ》《ウルワシ》タル美女一人 従《シタカテ》 西ノ方《タ》ニ静ニ過行ケリ （原話）見一丫鬟挑雙頭牡丹燈前導。一美人隨後。	○丫鬟《アクハン》《ビンツラ》の童女《トウニヨ》一人ありて双頭の牡丹灯《ホタントウ》をかたにかゝけてさきにゆけば後に窈窕《ヨウテウ》《ミヤビカ》たる美女《ビヂヨ》一人したがつて西にゆく	○丫鬟《あくはん》《びんづら》の童女《とうによ》一人ありて双頭《さうとう》の牡丹灯《ぼたんとう》をかたにかゝげて。さきにゆけば後《あと》に。窈窕《ようぢよう》《みやびやか》たる美女《びぢよ》一人したがつて。西《にし》にゆく。
○喬生ハ差《サシ》凭《ヨ》テ……美女 諾《ウケコウ》 氣色アリ （原話）生卽趨前揖之……女無難意。	○喬生よろこんでさしよりて……女すなはちうけがふ《ウナツク》	○喬生よろこんで。さしよりて……女すなはちうけがふ。
○女ノ手ヲ……引入レ丫鬟ノ童女ハ端《ハシ》ノ間《マ》ニ居シ美女ヲ中堂《ナカノマ》ニ請シ入レケレハ不計《フケイ》ノ佳遇《カグウ》ト云ナリ帳ヲ垂レ薫《ニヲヒ》ヲ施《ホトコ》シ双レ枕《ヲ》合歡甚タ極ム世ニ無《キ》レ比《タクヒ》之多情《ナサケ》也 （原話）生與女携手至家。極其歡昵。自以爲巫山洛浦之遇不是過也。	○女の手をとりて我家に引て入り金蓮《キンレン》をばはしのまに居《キヨ》せしめ女を中堂《ナカノマ》に請《シヤウ》じいるゝ也はからさるの佳遇《カグウ》とて帳《トハリ》をたれ枕《マクラ》をならべはなはだ歡悦《クハンエツ》をきはむ世にたぐひなき多情《セイ》なり	○女の手をとりて。我家に引て入り。金蓮をばはしのまに居《きよ》せしめ。女を中堂《なかのま》に請《しやう》じいるゝなり。はからざる佳遇《かぐう》とて。帳《とばり》をたれ枕《まくら》をならべ。はなはだ歡悦《くはんゑつ》をきはむ。世にたぐひなき多情《たせい》なり。
○……新枕不可忘《ル》ニ重テ忍ヒ來ラントテ鷄鳴ニ臨テ出去リヌ其ヨリ夜々ニ	○こよひのにゐまくらわするべからす鳥なき天《ソラ》あくるといふて出さるなり	○こよひのにゐまくらわするへからす。鳥《とり》なき天《そら》あくるといふて。出さるな

來テ朝々ニ去ル事半月ニ及フ
（原話）天明辭別而去。及暮則又至。如是者將半月。

○粉《フン》粧《サウ》《コヲヌリヨソヲウ》[夕]ル髑《トク》髏
（原話）一粉粧髑髏

○麗卿之柩トアリ前ニ双頭ニ牡丹灯ヲ掛《カケ》下タニ一リノ丫鬟ノ童女ヲ立タリ
（原話）麗卿之柩。柩前懸一雙頭牡丹燈。燈下立一明器婢子。

喬生《キヨセイ》ゆめのさめたるがごとくにして人とかたる事なくよろこびたのしめり夜にいたりて美女《ビヂヨ》またきたるこれより夜《ヨナ》〳〵にきたり朝《アサナ》〳〵にさることまさに半月《ハンゲツ》ならんとす

○粉《コ》をぬりよそほひしたる髑髏《ドクロ》《サレカウベ》の女一人

○麗卿《レイケイ》の柩《ヒツギ》と云々前《マエ》に双頭《サウトウ》の牡丹灯《ボタントウ》をかけ下に一の丫鬟《アクハン》の童女《ドウニヨ》を立たり

り。喬生《きやうせい》ゆめのさめたるがごとくして。人とかたる事なく。よろこびたのしめり。夜にいたりて美女《びぢよ》またきたる。これより夜《よな》〳〵にきたり。朝《あさな》〳〵にさること。まさに半月《はんげつ》ならんとす。

○粉《こ》をぬりよそほひしたる。髑髏《どくろ》《されかうべ》の女一人。

○麗卿《れいけい》の柩と云々。前《まへ》に双頭の牡丹灯《ぼたんとう》をかけ。下に一の丫鬟《あくはん》の童女《どうによ》を立たり。

(二)（東寺本・第五話）

○此人平生ノ行儀恭《ツツシミ》謙《ヘリクタリ》而不レ飾《カサヲ》窮困《キウコンニシテ》而不レ諂《ヘツラハ》妄《リニ》不《ス》ニ談笑《セ》一顔《ハ》□自和順《ス》(1)（飲酒謬《テモ》不レ犯《セ》多□《ヲ》施不レ貪《ホラ》）(2)（出《ルニ》無《ク》ニ褻晴《ケハン》一行《クニ》無《シ》ニ[卜]《モツルル》扈従《コシヤウ》一）(3)（請用嫌《キライ》ニ結構《ヲ》一）(4)（草庵掃《ヒテ》奇麗《キレイ》也勤行無《ク》ニ懈怠一念佛無《シ》ニ休《ヤスム》時《キ》一）

（巻下・第六話　ただし目録では「五」、「四條のばうもん烏丸《カラスマル》西光庵《サイクハウアン》の事」）

○此人平生《ヘイゼイ》の行儀《ギヤウギ》実容《ジツヨウ》なり恭《ツツシミ》謙《ヘリクタリ》ておごらす窮困《キウコン》にしてへつらはずみだりなることをかたらす笑頭《エメルカヲ》をのつから和順《ワジユン》す(4)（草庵《サウアン》をきれいにはき佛檀《ブツダン》をしゆせうにかざる勤行《コンギヤウ》けだいなく念佛やすむときなし）(3)（請用《シヤウヨウ》にけつかうをきらひ）(1)（酒《サケ》を一滴《テキ》ものまず嚫金《シンキン》《フセ也》おほくむさほら

（巻四・(六)「四条の西光庵五三昧を廻りし事」）

○此人平生《へいぜい》の行儀實容《じつよう》なり。恭《つつしみ》謙《へりくだり》ておごらず。窮困《きうこん》にしてへつらはず。みだりなることをかたらす。笑顔《ゑめるかほ》をのづから和順《わじゆん》す。草庵《さうあん》をきれいにはき。仏檀《ぶつだん》をしゆせうにかざる。勤行《ごんぎやう》けだいなく。念仏やすむときなし。請用《しやうよう》にけつかうをきらひ。酒《さけ》を一滴《てき》ものまず。嚫金《しんきん》をおほくむさぼら

	ず）月忌《グハツキ》日《ヒ》をかへず(2)（出るに 褻晴《ケハレ》なく行《アリク》に扈従《コセウ》《トモ》なし）	ず。月忌日《ぐはつきひ》をかへず。出るに褻晴《けはれ》な く。行《ありく》に扈従《こせう》なし。
(三)（東寺本・第一話） 一　天正二年ノ事 越後ノ國上田《ヘタ》ノ庄ニ雲東庵ト云寺 ノ長老檀那ニ庄内ナル人死ス引導 …… ○導師ノ氣分強精ノ驗《シ》也 ○彼師雅意ニ任テ只不レ苦シト勤メテノ事ナリト 云々	（巻下・第一話「越後《エチコ》上田《ウヘタ》の庄《シヤウ》にて葬《サウ》の時 雲雷《ウンライ》きたりて死人《シヒト》をとる事」） 一　ある人かたりていはくゑちごの國 上田《ウヘタ》の庄《シヤウ》に寺《テラ》あり雲東庵《ウントウアン》とかうす その檀那《ダンナ》庄内《シヤウナイ》の人死《シ》すその長老《チヤウラウ》 いんだうをなす ○長老のきぶん強精《ガンジヤウ》なり ○長老雅意《ガイ》にてくるしからしたゝ葬《サウ》 をせよといはれてかくのことく也	（巻四・㈠「越後上田《ゑちごうへた》の庄《しやう》にて葬《さう》の時雲雷《ときうんらい》 きたりて死人《しびと》をとる事」） ○ある人かたりていはく。ゑちごの國 上田《うへた》の庄《しやう》に寺あり。雲東庵《うんとうあん》とがうす。 その檀那庄内《だんなしやうない》の人死す。その長老 いんだうをなす。 ○長老のきぶん強精《がんじやう》なり。 ○長老雅意《がい》にて苦《くる》しからじ。たゞ葬 をせよといはれかくのごとく也
(四)（東寺本・第四話） 一　東山靈山正法寺ノ開山國阿上人ハ 晩《ヲクレタル》　出家也 ○（話の結び）奇特多キ事縁起ニ具ニ 有之	（巻下・第五話　ただし目録では章題な し） 一　因《チナミ》にきく靈山正法寺《リヤウゼンシヤウボウジ》の開山國阿《カイサンコクア》 上人《シヤウニン》は晩出家《バンジユツケ》なり ○きどくおほき事縁起《エンギ》につまびらか也 右内婦土葬《ナイフドサウ》いけの事姑獲《コクハク》とおなし きゆへにこゝにしるすもし毎《マイ》日三 銭《セン》ほとこす事これなくは姑獲《コクハク》とな るべきものなり	（巻四・㈤「國阿《こくあ》上人發心由來《ほつしんゆらい》の事」） ○靈山《りやうせん》正法寺《ぼうじ》開山《かいさん》。國阿上人は晩出《ばんしゆつ》 家《け》なり。 ○きどくおほき事。縁起《えんぎ》につまびらか なり 右内婦土葬以下《ないふどさういげ》の事姑獲《こくはく》とおなじ きゆへにこゝにしるす。もし毎《まい》日 三銭《せん》ほどこす事これなくは。姑獲《こくはく》 となるべきものなり

さて右の表㈠で三者を比較すると――

東寺本は、原話「牡丹燈記」の「一丫鬟」を「丫鬟《ヒンツラ》《アクワン》ノ童女一人」と訳出しているが、この部分は無窮会本には「丫鬟《アクワン》《ビンヅラ》の童女《トウニヨ》一人」とあり、刊本では「丫鬟《あくはん》《びんづら》の童女《とうによ》一人」となっている。また東寺本は原話の「一粉粧髑髏」を「粉《フン》粧《サウ》《コヲヌリヨソヲフ》タル髑《トク》髏」と訳しているが、無窮会本には「粉《コ》をぬりよそほひしたる髑髏《ドクロ》《サレカウベ》の女一人」とあり、刊本では「粉《こ》をぬりよそほひしたる髑髏《どくろ》《されかうべ》の女一人」となっている。このようにみてくると、東寺本・無窮会本・刊本の三者がきわめて密接な交渉のあることが指摘できる。

さらに顕著な例では、東寺本には原話にない表現を補って訳出している条がある。例えば表の㈠では、「丫鬟ノ童女ハ端《ハシ》ノ間《マ》ニ居シ美女ヲ中堂《ナカノマ》ニ請シ入レケレバ不計《フケイ》ノ佳遇《カグウ》ト云ナリ……」の条がそれで、無窮会本では「不計《フケイ》ノ佳遇」を「はからさるの佳遇《カクウ》」と改めているほか、東寺本と同じ叙述がなされている。また刊本は無窮会本の叙述をそのまま踏襲している。このように三者は同系統の内容をもち、一方から他方に書写伝承されたものと考えられ、それは表では上段から下段への方向であったといえる。

次に右の表㈡でみると――

東寺本は漢文体で叙述がなされているが、無窮会本ではこれをほぼ踏襲し平仮名まじりの文に改めている。即ち、表㈡で指示したごとく、(1)(2)(3)(4)の叙述の順が、無窮会本では(4)(3)(1)(2)と叙述が替ってはいるものの、全文の語彙・文辞の上では東寺本に準拠していることがわかる。また刊本は無窮会本の片仮名による振り仮名表記を平仮名に改めたほかおおむね同文である。このように右の表㈡でみれば、無窮会本あるいは刊本のごとき平仮名まじり文から、東寺本のごとき漢文体が書写・成立したとはとうてい考えられない。

さらにまた東寺本が古態を存している証左として次のような例もある。東寺本では説話の背景の年代をかなり精しく述べているが、無窮会本ではこれを略したり、朧化しており、説話をより文学化しようとする傾向が認められる。例えば、右表の㊂のように、東寺本は冒頭部に「天正二年ノ事」と傍書して始まるのに対し、無窮本ではそれを削り、代りに「ある人がかたりていはく」という語句を巻頭に挿入している。なおこれが刊本にも同じく継承される。また右表には提出しなかったが、東寺本第三話は、冒頭に「天文六年ノ事ナルニ」と傍書するが、無窮会本では冒頭には「ある人かたりていはく」を挿入し、少し後文で事件の背景を「天文五六年のころほひ」とやや朧化《ろうか》して説明している。

四　古写本と刊本の系譜

『奇異雑談集』の刊本は、天理図書館所蔵貞享四年刊本が刊記・挿絵等を具備した現存唯一の善本である。天理本と他の無刊記の刊本とを比べると、巻一の四「古堂《ふるだう》の天井《てんじやう》に女を磔《はつけ》にかけをく事」の本文挿絵で、天理本では磔《ハリツケ》の絵があるのに対し、無刊記本には磔の部分を削除している。ただし、天理本には序文はない。なお古典文庫本は、吉田幸一所蔵の無刊記本を底本にしているので、巻一の四の挿絵には磔の部分が削られている。鈴木重三の御示教によると、『和漢三才図会《わかんさんさいずゑ》』の場合など、正徳から享保頃（一七一一〜三六）にかけて幕府の制禁によってか磔等の挿絵を削除するようになる例があるとのことである。その点先に吉田幸一が『奇異雑談集』の解題で、無刊記本の内、「巻末に広告不載」の方は宝永から享保初め頃刊行か、「巻末に広告掲載」する方は享保末から元文初め頃出板かと述べられた推定は、ほぼ正しいことがわかる。(7)

さて無窮会本等の古写本と刊本との説話流用・踏襲の関係は、既に小汀《おばま》本に関して吉田幸一が指摘されたところと同じである。(8)即ち、刊本は古写本に比べて所収説話は五話少ない。その説話摂取の状況は次の通りである。

（写本）	（刊本）
上巻（第一～五、七章）→	巻一（六話）
上巻（第八～十、十二～十五章）→	巻二（七話）
上巻（第十六～十九、二十一章）→	巻三（五話）
下巻（第一～九章）→	巻四（九話）
下巻（第十～十三章）→	巻五（四話）
下巻（第十四、十五、十八章）→	巻六（三話）

上のように説話の構成、順序を比較すると、刊本は古写本をかなり忠実に継承していることがわかる。古写本から刊本に採録されなかった五話（上巻の第六・十一・二十章、下巻の第十六・十七章）は、その内容が他の章の話と類話であったり、単なる語源を説く話であったりするので、刊本の編者（序文によれば板行者）が割愛したものらしい。そうして刊本の直接の底本となったのは、小汀本ないしは無窮会本であったといえる。

以上の諸本の関係を図示すると次のようになる。

㈠写本

東寺本 ―― ｛小汀本／無窮会本｝ ―― 松平文庫本

㈡刊本

貞享四年刊本 ―― 無刊記本（巻末に広告不載） ―― 無刊記本（巻末に広告掲載）

五　『奇異雑談集』の成立事情

『奇異雑談集』の成立年代については、早くから漠然と室町時代末期とみられていたが、一九五五年に目加田《めかた》さくをは天文年間（一五三二～五五）成立を説き、[9] 同年吉田幸一は刊本の内部徴証から天文十五年から二十年頃までの成立と推定した。[10] ところが一九五七年長澤規矩也は、本書の成立は近世に入ってからではなかろうかと反論した。[11]

次いで一九五九年吉田幸一は小汀本を紹介し、これを底本として刊本が出たものと説くが、小汀本の書写年代を明暦・寛文頃（一六五五〜七三）と推定している。[12] また一九六二年中村幸彦は、長澤の近世初期成立説の妥当な旨を述べ、従来の天文年間成立説との新旧二説の折衷説を出した。[13] それは『奇異雑談集』の大部分はやや前に成立し、最後の『剪燈新話』に拠る話は、別人が『剪燈新話句解《くげ》』が新渡来した後に付け加えたのではなかろうかというのである。その別人は松平文庫に写本の伝わった点からみても早くこの句解本を入手し得た林羅山かその周辺の人ではなかったかという。さらに同年のこと太刀川清は、別途から本書の近世初期成立を説いた。[14] 本書巻四の㈣「産女《うぶめ》の由来《ゆらい》の事」に『本草綱目』を引用している点を指摘し、『本草綱目』が渡米し流布する期間などを考慮に入れると、天文年間成立とは考えられないという。また長澤が後人の仮託かと疑問視した[15]本書巻二の㈦中の「予が父中村豊前守《ぶぜんのかみ》云々」という作者の出自を示す条が、そのまゝ『近江国輿地志略《おうみのくによちしりやく》』（享保十九年成立）所引の「佐々木家記」と同文であり、「佐々木家記」の伝存は不明であるが、この書の成立後参考にしたものかとも述べている。

以上のように『奇異雑談集』の成立年代は、最近では近世初期という考え方が強く出ている。

またその作者については、刊本の序文及び本文（巻二の㈦）から江州佐々木屋形幕下《ばっか》中村豊前守の子息と判明するが、定かでない。目加田さくをは、仏教語の多用から僧侶としたし、[16] 長澤規矩也は、中村豊前守の子息とするのに疑問視した。[17] 中村幸彦は、林羅山かその周辺の人の手の加わった可能性もあり、作者は二人以上で、本書が編著としての性格のあることを指摘している。

本書の成立について、太刀川清は本書（刊本）の説話を次のごとき四条列に分けて考察する。[18] ㈠作者中村某関係の話で、文明年中とか話の年代も明らかで、江州や越中の話に限られる（十話）。㈡「ある人かたりていはく」で始まり、事件の年代は不明で、越後や下総など京より遠隔の地の説話（十話）。㈢㈠及び㈡系列に入らない本朝譚で、京を中心とする話が多い（十三話）。㈣唐土譚の翻訳（五話）。そうして、第一の系列は近世初期本書成立の際他から流用したもので、文中の一人称の表現は必ずしも作者その人とすることはないとする。第二・三の系列は、作者の直接の見聞によったもので、作者は『本草綱目』を引く教養もあり、第四系列の唐土譚の翻訳もなしたのであろうという。

このように、中村や太刀川は、本書が同一作者の手に成るものでなく、成立年代を異にした説話群を編述して成ったものとして、成立年代及びその作者について論及しているのはきわめて示唆的である。中でも太刀川が『奇異雑談集』の内容を四系列に分類して考察した点には注目される。ただし太刀川の説く四系列にわたって東寺本所収の説話があるので、東寺本の出た現在、その所説は再考の要があろう。

さて私も『奇異雑談集』は同一作者の手に成るものではなく、成立を異にしたいくつかの説話群が編著の形である時期にまとめられたものであると考えている。その根拠は東寺本という草稿本的性格の異本が現存することである。今、『奇異雑談集』の成立についてあえて仮説を立てることを許していただくならば、それは次のようになろうか。ここでは写本を主に考察する。刊本は、前述のように、板行者が写本中から五話を削り、序文を加えて公刊したものであるから今は問題にしない。

㈠東寺本所収の説話とは異種の本朝譚。ただし後掲㈣の説話を除く。写本二十五話、刊本では二十一話ある。事件の背景が応仁、文明、明応、天文等中世末で仏教臭の濃い説話群である。作者は中村豊前守の子息某なる僧か。

成立時は天文年頃であろうか。

㈡東寺本所収の説話と同種で、その影響下にあるもの。唐山種の説話を主とする。写本の下巻（第一〜三、五〜七、十一、十三〜十五章）十話。刊本も十話（巻四の一〜三、五〜七、巻五の二・四、巻六の一・二）。これは東寺の僧侶の手に成り、『剪燈新話』の翻訳があるので、一応近世初期の成立とみる。ただし、澤田瑞穂によると、『新話』は文明十四年（一四八二）以前に渡来した証左があるので、[19]室町末成立の可能性も残されている。また句解本は文禄・慶長の頃（一五九二〜一六一五）渡来したようで、和刻本では慶長年間に『新話』の古活字本が、元和年間に句解本の古活字版が出ている。東寺本で「新渡ニ剪燈新話ト云書アリ」と記しているので、近世にしてもかなり早い時期の成立といえよう。

㈢東寺本とは異種の唐土譚。写本の下巻第十六・十七章の二話。刊本では巻六の三の一話。内容、文体からいって、先の第二群にきわめて近い環境の下に成立したものと考える。

㈣明らかに新しい要素のある説話。写本の上巻第十三章、下巻第四章の二話。刊本では巻二の五と巻四の二話。これら『本草綱目』を引用する話は、『本草綱目』の伝来、流布以後の成立といえる。具体的には、寛永十四年（一六三七）以後となる。この群の話もやはり漢学の教養のある者の手に成るものである。

以上のごとく一応四群に分けられるが、広本『奇異雑談集』の成立は、上記四群の単なる融合、合成に成るものではない。第二群の説話を東寺本『漢和希夷』と比較検討すると、東寺本をおおよその骨組としながら、かなり増補改変の跡が認められる。例えば、無窮会本の下巻第五章は東寺本第四話を踏襲しながら、『本草綱目』所載の「姑獲」を参照した注記を新しく付け加えている。即ち、一応第二群に分類した説話にも第四群のごとき新しい要素を含むものがあり、成立事情の複雑なことを考慮に入れるべきである。

結び

東寺本『漢和希夷』の出現、また無窮会本の存在で、『奇異雑談集』の成立に関して様々な問題が出て来た。先ず東寺本が、『奇異雑談集』後半部の草稿本的性格の書であることが判明した。従って『漢和希夷』は『剪燈新話』の本邦初訳という記念すべき書でもある。訳出の上での特殊な訓みや原文にない叙述が、そのまま無窮会本等に影響していることは、『奇異雑談集』の作者及びその環境等に関してきわめて示唆的である。少なくとも『漢和希夷』は東寺関係の僧侶の手に成るものといってよい。その成立年代は未詳であるが、「新渡ニ」にあるので『剪燈新話』の渡来後間もない頃であろう。

無窮会本は、小汀本とまったく同種の書で、にわかに両書成立の前後を定めがたい。この両書系統の本を底本とし、話柄の重複する五話を削って出たのが刊本である。

広本『奇異雑談集』の作者は、東寺本のごとき草稿本を二つ以上下敷きにして、現存の写本のごとき体裁にまとめ、また新しい注記を添加して作品として完成させたものと思われる。無窮会本は浄書本のごとき立派な写本である。『奇異雑談集』の東寺本に拠らない部分に、説話者の友人として「宝幢院の宗珍」「大徳寺の正首座」「常楽寺の栖安軒琳公」「靈雲」「午松齋宗珠」等の名が載っているのは、説話者——作者の身分をうかゞわせるものがある。いわば編述、編著者ともいえる『奇異雑談集』の作者は、『漢和希夷』の行われた範囲を考慮に入れると、新渡の漢籍にも触れ得た、京都東寺所縁の僧侶であろうと考えられる。

(1) 吉田幸一編『近世怪異小説』(近世文芸資料3・古典文庫、一九五五年)
(2) この点に関しては、目加田さくを「奇異雑談集の語彙について」(『文芸と思想』18号、一九五五年七月)が参考になる。
(3) (1) 参照。
(4) 吉田幸一「『奇異雑談集』の古写本に見える新説話」(『言語と文芸』3号、一九五九年三月)。

（5）（4）参照。
（6）中村幸彦他二氏「備前島原松平文庫（二）」（『文学』30巻1号、一九六二年一月）八六ページ。
（7）（1）参照。
（8）（4）参照。
（9）（2）参照。
（10）（1）参照。
（11）長澤規矩也「怪談全書・奇異雑談集についての疑問」（『愛知大学文芸論叢』13巻14号、一九五七年三月）。
（12）（4）参照。
（13）（6）参照。
（14）太刀川清「奇異雑談集成立考」（信州大学『可里婆禰《かりばね》』創刊号、一九六二年二月）。
（15）（11）参照。
（16）（2）参照。
（17）（11）参照。
（18）（14）参照。
（19）澤田瑞穂「剪燈新話の舶載年代」（『中国文学月報』第35号、一九三八年二月）
（補注）　小汀利得所蔵の古写本『奇異雑談集』は、現在吉田幸一所蔵となっている。

（備考）　本論文並びに「〈資料紹介〉漢和希夷」は、もと『駒澤国文』九号（一九七二年五月）に掲載したが、本書のテーマにより再録。なお、『奇異雑談集』の刊本及び無窮会本は、近年朝倉治彦等編『假名草子集成』21巻、東京堂出版、一九九八年に収録。また高田衛編、岩波文庫『江戸怪談集（上）』（一九八九年）に抄録。

〈資料紹介〉

『漢和希夷』

解題

京都市、東寺宝菩提院《ほうぼだいいん》所蔵。写本、横本一冊。縦十三・五糎、横二十・八糎内外。胡蝶装。表紙本文と共紙。外題、「漢和希夷《(かんなきい)》」。二十八丁。墨付二十七丁。第十五、十六、十七丁一部欠損あり。本文一筆、筆者未詳。全十話。

本書の内容は、近世奇異小説の嚆矢をなす『奇異雑談集《きいぞうたんしゅう》』（古写本は上下二冊、貞享四年刊本は六巻六冊）のほぼ後半部の内容に当たる。主な話では、『剪燈新話』の「金鳳釵記《きんぽうさいのき》」及び「牡丹燈記《ぼたんとうのき》」の翻訳二話、『祖庭事苑』の干将《かんしょう》莫耶《ばくや》の話の翻訳一話がある。また文中に典拠を示していないが、本書第七話は、刊本『奇異雑談集』巻五の㈡「塩《しお》竈《がま》火焰《くはゑん》の中《うち》より狐《きつね》のばけるを見し事」に当たり、前掲論考のように、これは『法苑珠林』の翻案である。このように本書の大半部の話が中国文学の翻訳あるいは翻案に成ることは注目される。また前掲論考のごとく、本書は『奇異雑談集』成立を説明する上できわめて有益な資料である。また本書が東寺より発見されたことは、その筆者及びその行われた背景等に関して、示唆的な興深い資料といえる。

今回本書の翻刻をお許し下さった東寺、並びに山田昭全氏に深く謝意を表する。

凡例

原文をできるだけ忠実に翻刻するように努めたが、翻刻に当たって次のような方針をとった。

一　漢字は、旧字体とすることを原則とした。従って異体・略体の漢字は旧字体に改めた。ただし、原文の表記で現行の字体と同じものは残した。(例) 双・灯など。

二　仮名づかい、振り仮名、送り仮名、清濁等は、原文通りにした。

三　本文の行移りは原文通りにした。

四　本文の丁移りは原文通りにした。本文の丁移りは、各丁の終りに』印をもって示し、その下に該当する実丁数を、( ) の中に入れて記した。例えば、一丁表は (1オ)、一丁裏は (1ウ) とした。

五　原文が破損等により判読不能な場合は、□を用いて示した。ただし推読しうる場合は、その文字を□の中に記した。

六　原文が破損等により判読不能でその字数が明らかでない場合は、おおよその字数分を〔　〕で示した。なお一行分以上判読不能の場合は、例えば、〔十行分欠損〕のように記した。

一　天正二年ノ事
越後ノ國上田《ヘタ》ノ庄ニ雲東庵ト
云寺ノ長老檀那ニ庄内ナル人死ス
引導葬所ニ到テ俄ニ雷電
太《タ》鳴テ人頭ヲ破《ワ》ルカ如シ大雨
盆ノ水ヲ傾ルカ如ク降下火《アコ》ノ
松明《タイマツ》覆《ヲホヘ》トモ消ントスル時ニ黒
雲一村龕ノ上ニ落下テ蓋《フタ》ヲ
刎除《ハネノケ》テ死人ヲ摑《ツカン》テ上ルヲ長老松明ヲ
捨テ丶走リ掛テ死人ノ足ニ取付ク
事トモセス猶引テ□ヲ長老
手ヲ不レ放《サ》固〔　〕付テ共ニ空」（1ウ）
昇ル事一丈ハカリ横《ヨコ》ニ行事四
五間シテ死人ヲ落セリ長老モ
地ニ落テ氣ヲ失ヲ人々抱キ助《タスケ》テ
死人ヲ龕ニ納メ入レケレハ天漸
霽《ハレ》テ長老モ本氣ニ復《ブク》シテ
下火如法ニ遂畢ヌ導師ノ
氣分強精ノ驗《シ》也其邊ニ
高山アリ黒雲繫《カヽ》ル時ニ動《ヤヽモスレハ》
火車來ル事有リ人々此由
申シタリシニ彼師雅意ニ任テ
只不《ジト》レ苦《シ》勸メテノ事ナリト云々」（2オ）

一　下總ノ國ニテ或ル山家《サト》ヲ行脚《アンキヤ》ノ
僧日暮テ小家ニ立寄リ
一宿ヲ借ルニ人ノ愁歎ノ聲
有テ怪《アヤ》シミケレハ家主出□テゝ
僧ヲ呼ンテ語ケルハ宿ヲ参ラセン
但唯今ヲヤニテアル人死シ候
卒爾ナカラ引導ヲ憑申サンハ
イカニト云ケレハ僧サヤウノ事
コソ沙門ノ役ニテ候トテ請セ
ラレケリ死人ヲ棺ニ入レ蓋ヲ
キセイマタ縄カラケモナク端ノ間《マ》ニ」（2ウ）
置テ御僧ハ程近ク候ヒテ
廻向ノ讀經憑存ル也内衆各

數日看病ニ夜ヲネス候間マト
ロミ候葬禮ハ明日ノ事トテ
皆臥ニケリ僧モ少シヘタテヽ
安坐シテ廻向事靜リテ後
死人棺ニ動キ出テヽ棺ノ蓋ヲ
擡《モタケ》テ脇ニ置キ起揚《ヲキアカ》テ新キ帽子《ホウシ》
深クキセタルヲ手ヲ以テ脱《ヌイ》テ脇ニ
置テ僧ヲ一目見テ棺ノハタニ
取付キ足ヲ出シテ棺ヨリ靜ニ」（3オ）
走出ケリ僧モ物スコクテ
内衆ヲ起シ告ケント思シガ
若吾《レ》ニ取付事アラハト思ヒテ
暫ク靜マテ（ママ）見ルニ死人又
僧ノ方ヲ一目見テ靈供ノ
ソハニ寄リ右ノ手ニ飯ヲツカンテ
大口ニ食フ事フタツカミシテ
又靜ニ棺ニ入リ帽子ヲ取テ
モトノ如クカツキ棺ノ蓋ヲヲホウ
テ靜マリヌ時ニ僧内衆ヲ
呼起シテ上ノ趣ヲ語ケレハ蘇生《ヨミカヘリ》」（3ウ）
ニテコソトテ棺ヲ開テ見ルニ
身ニ温《アタヽマ》リ氣モナク固《カタ》マリテ
アリナカラ右ノ手ニ飯《イヽ》ツブ多ク
付テ靈供ノ飯モ減シケリ
希代ノ事ニ申セリ

一　天文六年ノ事ナルニ
伊豆ノ國筥根權現ノ傍ニ
火金《ヒカネ》ノ地藏トテアリ駿河ノ
府中ノ屋形衆ニ朝日名《アサイナ》孫
八郎ト云人アリ其隣之家ニ左衛門ト
云地下人アリ伊豆ノ三島ニ所用
有テ四五日逗留ノ間權現ニ
參詣シ地藏エ參り看經《カンキン》」（4オ）
暫クシケル内ニ彼朝日名孫
八郎ノ女中人ヲモツレスシテ
參詣アリ見ルニ瘦衰ヘテ

色青白ク物アハレナル姿也
左衛門佛前近クアル間タ語ヲ
カケ申サント思ヘルガ吾カ近キヲ
一目モ見スシテ通《トヲ》ラレケルヲ
不審ニ思ヒ居タリ時ニ地藏ノ
錫杖ノ聲高ク聞ヘテ佛ノ
際《キワ》ニハ人モナシ不審千萬ニテ
アル内ニ天俄ニカキ曇リ雷
電マ近クシテ黒雲地ニサカルト」（4ウ）
見レバ雲中ヨリ火車出來タテ（ママ）
彼ノ女性ノ行トヲル後ニ至ルト
覺キニ雲中ヨリ鬼神現シ
雷電ノ餘韻ヒヽキ渡テ彼
女性ヲ摑《ツカミ》アケテ火車ニ引キ載《ノ》セ
堂ノ前ヘナル谷ノ方ニ至ルト思フ
時分雷電ノ落ルカ如クドウト
鳴テ後天漸々ニ晴レケリ左衛門
怖《ヲソロ》シク膽ヲケシヤウ〳〵ニ靜リテ

後地藏堂ノ別當ニ往テ只今ノ
不思議ノ事御覽候哉ト問ケレハ
別當カヤウノ事ハ此處ニ度々ノ」（5オ）
事也雨ノフル日或ハ黄昏物
スコキ折節ハ姿ハ不レ見足音
ハカリ啼[キ]悲ムモアリ或ハ馬ニ騎テ
トヲル音モアリ前《マヘ》ナル谷ハ無間ノ
谷ト申也今ノ女性ハ生《イキ》タル
者ニハアラス幽靈ト覺シキスカタ
見ツルナリ此山ノ奥ニモ地獄谷ト
テ熱湯涌《ワキ》カヘリ硫黄ノ出ル處
アリ是モ地獄ト申傳ヘタリト
具ニ語レリ左衛門サテハ此女房
ノ死去ニテコソ候ラメ我等カ
隣家ノ事ニテ候弔《トフラ》ウテ
參ラセラレ候ヘト申テ後ニ府中ニ」（5ウ）
歸リ先ツ朝日名ノ所ニ行テ
尋キケハ女中死去ニテ中陰

ノ由申ケリサテハ此事申
サデハトテ愁涙ノ中ヘ入リテ
件ノ姿ヲ語ケレハ又皆魂ヲ
消シテ歎《ナケ》カレケリ逢見候ハ
今日六日ニナリ候ト語リケレバ
明日ハ初七日也サテハ死去ノ
日ノ事ソトテ俄ニ弔ヒニ趣ヲ
企テ彼地藏堂ノ別當ヱモ香
典ヲ送テ亡者ノ廻向ヲ憑ミ
ケリ其邊の人々サヽヤキアヒ」（6オ）
申ケレハ彼内儀コソ平生
慳貪放逸ニテ後生ノ恐モ
ナク供佛施僧ノ志ヲハ終ニ
見サル事ナレハサレハ地獄ニ
落ラレケルヨト怖レアヒケリ

一　東山靈山正法寺ノ開山
國阿上人ハ晩《ヲクレタル》出家也
播州橋崎《ハシサキ》ノ庄ノ領主ニテ

『漢和希夷』（冨士）

橋崎國明《クニアキラ》トテ後ハ相國
鹿苑寺殿ニ奉公ス其宿
蓮臺野ノ邊ニアリ伊勢ノ國
丹羽《ニフ》ノ庄御對治之時橋崎」（6ウ）
出陣ス在陣ノ間ニ留守ノ
内婦ノ懐妊シナカラ大病ヲ受テ
死ス蓮臺野ニ送テ土葬ス
即使者在陣ノ處ヱ告ケ來ル
陣頭不便ニテ作善ヲ營ムニ
不及其廻向ノ爲ニ毎日三
錢ツヽ非人ニ施ス或時取亂ス
事アテ（ママ）両日間斷ス後ニ開陣
終テ家ニ歸リ彼亡婦ノ塚ニ
行テ燒香念佛スルニ塚ノ下ニテ
赤子ノ啼聲ヲリ〳〵聞ヘケリ
怪《アヤシ》ミテ暫ク聞ク處ニ其二町ハカリ」（7オ）
南ニ茶屋アリ亭主走リ來テ
申ケルハ是ハ橋崎殿ニテ候カ

『漢和希夷』
此間不思議ノ事ノ候程ニ馳
参リテ候去ヌル廾四五[日]比ヨリ
幽霊カト覚シキ女人毎日三錢ヲ
持テ茶屋ニ來テ餅ヲ買テ
此野邊ヲ指テ歸候カ半町
ハカリ行テハ消テ不レ見候但
毎日時剋モ違ヘス参候ガ
中ニ二日斷アリト語リケリ
橋崎驚キ悲ンテサテ吾カ婦ノ
亡魂カ吾カ非人ニ與ヘシ錢ヲ」（7ウ）
持テ此塚ヨリ出ル事疑ナシ
イカサマニモ赤子ノ聲ハアヤシキニ
掘《ホリ》テ見ントテホラセケレハ赤子
母ノ腹ヨリ生《ウマレ（ママ）》レタリト見ヘテ堅
固ニテアリケリ則是ヲ取挙《アケ》テ
茶屋ノ亭主ニ遣《ツカハシ》 養育シテ
見ヨトテ橋崎持レタル武具
太刀カタナ具足甲ヲモ皆
ソヘテ取セケリ但母ノ死骸ハ
爛壊シタリケレハ本ノ如ク土ヲ
カケ埋メタリケリ只其母子ヲ
思ヘル執心ノ亡魂人相ニ化シテ」（8オ）
今日迄子ヲ養ト覚ヘテ橋崎
涙ヲ流シ歸宅シテ則公方エイト
マノ事ヲ申請テ關東藤澤ニ
下タリ出家シテ國阿彌陀佛ト
號シ大道心佛神ニ通シテ奇特
多キ事縁起ニ具ニ有之

一　京ノ四條ノ坊門烏丸ニ西阿彌陀
佛ト云時《ジ》宗一人アリ従ニ幽霊一新キ
布ヲ布施ニ得ル事アリ此人
平生ノ行儀 恭《ツヽシミヘリクタリ》 謙 而不レ飾《カサラ》
窮因《キウコンニシテ》而不レ諂《ヘツラハ》 妄《リニス》不ニ談笑一《セ》
顔自和《ハ〔 〕》順《ス》飲酒謬《テモ》 不レ犯《セ》
多施ヲ不レ貪《ホラ》出ルニ無ニ褻晴《クケハレ》一」（8ウ）
行《クニ》無《シ》ニ扈従《コシヤウ》《トモツルヽ》一請用 嫌《キライ》ニ結構《ヲ》一

草庵掃《ヲヒテ》 奇麗《キレイ》也勤行無《ク》二
懈怠一念佛無《シ》二休《ヤスム》 時《キ》一常《ニ》
浄教寺ニ來入シテ安心決定ノ法
門ヲ聞ク高聲念佛清皓《セイカウ》殊
勝ニシテ一番ニ出座ス談義ノ時ハ
先ツ西阿彌陀佛ノ念佛ヲ聽聞
セントテ人群集ス〇無縁ノ靈魂ヲ《応仁ノ乱中ニ京中死人多シ》
弔《トフラ》ハントテ其比三年ノ間《タ》五
三昧ヲ廻テ各罷物《ハフツ》處〔 〕ニテ念佛
一二百遍ツヽ唱ヘテ曉歸庵ス
〇毎夜不レ懈也《雨雪シキリナル時ハ留マリ其外ハ》漸ク三年ニ
滿ツ時分有ル夜西院ノ地藏堂ノ」（9オ）
北堤ノ上三町程行テ松ノ茂〔 〕
ヨリ闇夜更テ少女ノ聲ニテ
是レ進《マイラ》セント云故ニ誰ソト問ヘハ
又音モセス形モ不《ス》レ見イカサマ
是ハ幽靈ノ聲ト覺ヘテ左ノ
手ヲ指出シテ見レハ布ノ切《キレ》ト覺テ

懸ニケリ其後ハ影モ見ヘサル
間鉦鼓ヲ敲《タヽキ》頻ニ念佛シテ過ニケリ
家ニ歸リ明ケテ見レハ歴然トシテ
新キ布也幽靈ヨリ布施ヲ得
タルヲ力《ラ》ニテ又三年如レ前《ク》[ノ]此行ヲ
修スル也[年]八十二マテ無病息災
ニテ兼テ自《ミ》ラ死期ヲ知テ其
日行水シテ經 帷《カタヒラ》ヲ著《キ》彼《ノ》布ヲ」（9ウ）
帽子ニ著《キ》西方ニ向テ無始曠〔 〕
劫六根罪障皆悉懺悔身心
清淨悲願教主西方彌陀
決定來迎往生極樂ト唱テ
念佛數百遍閑カニ唱ヘテ亂ルヽ
事ナシ漸々ニ撞木弱《ヨハ》リ稱名
沈ム弟子助音念佛シケレハ
禪定ニ入ルカ如シテ息絶又末世
如レ此往生稀ナル歟不肖《ノ》故ニ
世ニ無レ聞《シルコト》 但京中此事 羨《ウラヤメ》リ

一　三條東ノ洞院ノ東頰《ツラ》ニ鳥《リ》屋アリ昔ヨリ久キ鳥屋也亭主常ニ持《テ》ニ黏黐竿《トリサシサヲヲ》ニ野山ヲ翔《カケ》リ諸鳥ヲ取テ籠ニ入レ或ハ飼《カヒ》鳥《ノ》」（10オ）爲ニ賣リ或ハ鷹ノ餌又ハ頸ヲ拈《ネチ》テ朝夕料理ノ爲《タメ》ニ賣ル事歳積リテ漸ク八十ニ及ヘリ凡生ケル者《ノ》ハ皆生ヲ惜ム事重シ一ツノ衆生ヲ殺《コロ》スヲモ佛《ケ》第一ニ誡《イマシメヘ》玉リ況ヤ一世ノ殺罪　幾《イクハク》ノ悪業ソ于白髪ニ及テ或時淨教寺《ニ》參リタル次《テ》ニ我等モ髪剃《ホッタイ》ノ望アルヨシ申ト云ヘトモ只有増ニテ過ヌ明應二年ノ秋病ヲ受テ死ス妻カ淨教寺入道ノ有増ヲ聞テ置ク故ニ子息ヲ彼寺へ參ゼテ御僧一人結縁ニト望ケレハ」（10ウ）長老ヨリ僧二人遣ハサレケリ沐浴事終テ一人ノ僧凭《ヨッ》テ剃刀ヲ頂ニ當テヽ流轉三界中恩愛不能斷棄恩入無爲眞實報恩者ノ清信士度人經ノ文ヲ唱ヘテ剃刀ヲタテケレハ頭ノ毛ノ根ニ砂ノ如クナル物有テ剃刀不《ス》レ行其状《カタチ》麥粒《ムキツフ》ヲ植ヘタルカ如シ固《キ事》　石ノ如シ寄《リ》逢看《ヒレ》ハ悉《ク》小鳥ノ喙《クチハシ》　也人皆驚怖シテ只白髪ヲ引キ揚ケテ中《チウ》ニ刈《カツ》テ取置ケリ現ニ因果ノ感スル事ハ諸鳥ノ念力歟トテ恐レヌ人ハナカリケリ」（11オ）

一　津ノ國兵庫ノ西ニ鹽屋ト云所アリ○庄内ノ有ル《冬ノ夜ノ事ナルニ》鹽屋ニ男一人鹽屋ニ居テ鹽ヲヤク鹽釜ノ長ケ五六尺ナルニ釜ノ口兩方ニアリ男一方ニ居テ臥ナカラ鹽木ヲ投クヘ燒ニケリ夜フケテ若キ

女房ノ聲ニテ鹽屋ノ戸口ニ來テ
火當《アタ》ラント云フヲ見レハ子ヲ
一人抱《イタ》ケリ男ナニトナク彼方《アナタ》ノ
口ヘ行テ火ニ當ルヘシト云フ女房
悦テ火ニ當ル男ネナカラ釜ノ
下《タ》ヲ見徹《トヲ》シテ火焰ノ中ヨリ」（11ウ）
見レハ狐《キツネ》カ一ツノ雁《カン》ヲ持テ膝ノ
上ニテ摩捋《ナテサスル》也不思議ニ思ヒテ
起《ヲキ》テ釜ノ上ヨリ見レハ女房ニテ子ヲ
膝ノ上ニ抱ケリ男サテハ狐妖《ハケ》テ
吾《エ》ヲタラスト思フテ釜ノ下ノヲキヲ
柄振《フリ》ト云物ニテ一度ニ闊《クワシ》ト突《ツキ》懸
レハ驚テニケ去ル男アレハトテ遂テ
出ケレハ雁ヲ墮《ヲト》シテ狐ノ聲ヲナシテ
遙ニ去テ失《ウセ》ニケリ男雁ヲ拾《ヒロフ》テ
夜明ケテ家ニ持歸リ件ノ事ヲ
語リケリ則此雁ヲ市ニ出シテ
可《シ》賣トテ腰《コシ》ニ入レテ須磨ノ」（12オ）

『漢和希夷』（冨士）

市ニ行ントシテ道四五町行ケレハ
小男一人路次ニ立テ是ヲ待テ
イツクヱ御出ソト問フ是ハ市ヱ
雁賣リニト答フ小男ノ云ヘルハ
某ハ憑タル人ノ用トテ雁ヲ買ニ
行クナリ實ニ雁ナラハ見セ候ヘト
申ケリ何方モ同シ事ナルヘシ可《シ》レ
レ（ママ）賣トテ取出シケレハ料足二百文
買フテ互ニ別レヌ買主家ニ
歸リテ袋ヨリ錢ヲ取出ケレハ
馬ノ骨二キレニテ有ケリ。〇但再ヒ狐ノ妖タル也
加様ノ事世ニ多シ然レトモ火」（12ウ）
炎ノ中ニハ眞實ヲ見ル事不
思議也眞言ニ護摩ヲ焼キ火
輪觀ヲ作シ禪法ニ丹霞焼《タクト》ニ
木佛《ヲ》ニ云リ可思々々

一　新渡ニ剪燈《セントウ》ノ新話《シンワ》ト云書アリ
剪燈ノ夜話ト云フニ對シテ

『漢和希夷』

名付ル書也剪燈ハ蠟燭ノ
心《ン》ヲ剪テ深更ニテ語ルト云名也
奇異ノ古事ヲ集メタル也中ニ
金鳳釵《キンホウシヤノ》（ママ）記ト云物ヲ載セタリ
釵ハ簪《カンサシ》　也金ヲ以テ鳳凰ヲ作リ
付タルカンサシ也元朝大徳」（13オ）
年中ニ揚州ニ呉防禦《コホウギヨ》ト云
者アリ又崔《サイ》郎君ト云〇《官》人アリ
防禦ト知音ニテ常ニ善シ防
禦ニ女子二人アリ四歳二歳也
姉《アネ》ヲハ興娘《コウニヤウ》ト云　妹《イモト》ヲハ慶《ケイ》娘
ト云ヘリ崔君ニ男子一人アリ
五歳也崔君防禦カ嫡
女ト契約ス兩人カ内婦聞テ
各喜ンテ領掌ス崔君ガ内
婦堅約ノ驗《シ》ニトテ金鳳釵
ヲ作ラセ彼嫡女ニ送リケリ」（13ウ）
其後崔君遠國ノ知府ニ

任《ニン》セラレテ俄ニ家ヲ改メテ一族
皆遷《ウツリ》行テ興娘十八歳ニ
成マテ便信不通ナリ方々ヨリ
所縁ノ語ヒアリト云ヘトモ堅約ヲ
重ンシテ不レ伺《ウケアハ》　世人皆興娘美
容ニシテ富榮ニ足レリ惜ヒ哉
薄命ニシテ夫縁ナキ事ヲト云ヘリ
嫡女血氣時至リ思ヲ思ヘル
心切《セツ》ナルニヤ氣積テ年十九ニシテ
正月ノ初ニ死去セリ父母一族
歎クニ力不レ及唐ノ法ニハ死人モ」（14オ）
平生ノ如クシテ好衣装束シテ襪《シタウス》
マテ調ヘ柩《ヒツキ》ニ納テ野寺ニ送（ママ）リ也
柩ハ棺ヨリモ長ク身ノ臥シ長《ケ》
ニシテ黒漆《シツ》ニヌリ蓋ヲモ堅クヌリ
釘付ニスル也興娘カ死骸ヲ柩ニ
納ルヽ時母彼金鳳釵ヲ持テ對シテ
云ハク是ハ汝カ男ノ家ノ物也

トテ髪ニサシテ蓋ヲ合セ中陰ノ
後古堂ニ送リヌ中陰過テ後
彼戀シカリシ崔君カ男□□《尋》
レリ呉防禦ニ對シテ聟舅《ムコシウト》ノ
禮儀ヲナシテ後《チ》語テ云ハク」（14ウ）
父崔君宣徳府ノ知府ニ□
古郷雖レ不レ忘所司ニ隙無シ□
路便リヲ絶〔　　〕
〔九行分欠損〕」（15オ）
〔八行分欠損〕
アトニ金ノ〔　　〕
崔歌拾ヒ取〔　　〕
也何人ノ落セルヤラン明日主《ヌシ》〔　〕
尋テ渡ント思テ別家ニ歸〔　　〕」（15ウ）
夜更テ戸ヲ叩《タタク》聲アリ〔　　〕
〔十一行分欠損〕」（16オ）
〔九行分欠損〕
金榮ト云者アリ夜〔　　〕

日ヲ經テ彼レカ本ヱ尋〔　　〕
金榮我主君トテ〔　　〕」（16ウ）
御ヲ忝クス忻《キン》悦ノ餘〔　　〕
造リ資財衣食《イショク》ヲ〔　　〕
〔十行分欠損〕」（17オ）
〔十行分欠損〕
トモナフ事匹夫〔　　〕
アラス若シ過《スキン》ジヲ諫《イサメ》〔　　〕」（17ウ）
歸來ヲ免《メン》シ玉ハヽ後縁ヲ偕老ニ
遂《トケ》シメ玉ヘト云ケリ防禦聞テ
崔歌〔　〕皆虚ナリ我□慶娘ハ
□□□明ニ塚ニ上テ□□テヨリ
□臥□轉側《トコカヘシモ》人ヲ□□麋粥《ビジュク》モ
口ヲ禁シテ今ニ本服ナシ何事ヲ
云ヘルソトトカメケレハ崔歌カ云ハク
其コソ不審ノ仰ナレ慶娘ハ
船中ニ留メ置キヌ人ヲシテ舁《アケ》テ
迎ヘ□ンヤトテ家童ヲ伴《トモナフ》テ

行テ舟中ヲ見ルニ船ニ到テ後
女房消テ不レ見家童崔歌ヲセメテ」(18オ)
此妖怪《ヨウクワイ》ヲ刺《トカム》崔歌モ俄ニ驚テ
回テ防禦ニ彼金鳳釵ヲアタヘテ
去年以來ノ事ヲ具ニ語ル時《キ》
防禦 釵《カンサシ》ヲ見テ是ハ姉ノ興娘
カ髪ニサシ柩ニ納タル物也ト彌アヤ
シミケレハ病ニ沈タル慶娘床ヲ起テ
父ノ前ニ來テ拜テ云ハク興娘不幸ニシテ
〔　〕育ヲ離レ遠ク荒野ニ
棄〔　〕ルト云ヘトモ崔君〔　〕縁イマタ
不レ斷〔　〕來テ日來ノ〔　〕ヲ
遂ク我特《コトニ》妹ヲ愛スル故崔
歌ト夫婦ノ縁ヲ相續セシメンカ」(18ウ)
爲ニ彼形を借ヘリ崔歌ニアヘリ
若吾カ言ニ從《シタカ》ハン時ハ病即
痊《イヘン》若我言ヲ用ヒナクハ令〔　〕
〔　〕其身ハ慶娘〔　〕

語〔　〕娘ナリ又云ク我〔　〕
モ罪〔　〕冥官ノ拘《カヽハリ》モ非スト云□
來テ一旦ノ婚縁ヲ遂ケ□テ故ニ
崔歌カ手ヲ取テ汝チニ別レノ□
歎キアリト云ヘトモヨシ慶娘ト
夫婦ヲ遂テ吾如クセハ我恨□
ナシ敢ヘテ別人ニウツル事ナカレトテ
地ニ臥《フシ》暫ク死セリ湯茶ヲ面ニ
灌キケレハ時ヲ移シテ甦《ヨミカヘリ》病已《ニ》去テ」(19オ)
本ノ慶娘カ言語ニ成レリ
但去年以來ノ事ヲ問フニ嘗《カツテ》不レ知
父母則崔歌ニ縁ヲ續カシム崔
歌興娘カ情ヲ感シテ彼金鳳
釵ヲ銀二十鋌《テイ》ニ賣テ燒香
蠟燭紙錢弊(マヽ)帛等ヲ調
瓊華《ケイクワ》觀ト云寺ニ詣□弔《トフラ》□□
〔　〕道士ヲ憑三日三□カ弔ヲ
ス〔　〕興娘來テ云ク〔　〕□ト

受テ幽魂放タシメリ〔　　〕
云ヘトモ深ク感ス妹カ性柔和也
宜ク見届ヨト云テ去リヌ後ニ」(19ウ)
崔歌慶娘夫婦ノ語ヒ厚フシテ
偕老ニ及ヘリトカヤ

一　剪灯《ノ》新話ニ双頭ノ牡丹燈(ママ)ノ
記(ママ)○ト云物ヲ載タリ牡丹ノ枝ノ頭《ハシ》ニ
花二ツ相双ヒタル形ヲ灯籠《トヲロ》ニハリ
タル也唐ニハ三元下降《ケカウ》ノ日ト云テ
一年ニ三度天帝天降《アマクタリ》人間ノ善悪
業ヲ記スルヲ祭ル也正月十五日
ヲ上元ト云此夜ヲ元宵トモ元夕《セキ》トモ
云也七月十五日ヲ中元十月
十五日ヲ下元ト云上元ノ夜殊ニ家々ニ
燈ヲ明シテ天帝ヲ祭ル也即七
月否《ヒノ》卦十五日ニ靈鬼ヲ祭日ニ當ル也」(20オ)
元朝《ノ》末至正年中ノ事ナルニ明州ノ
鎮明嶺《メイレイ》ノ下《モト》ニ喬生《ケウセイ》ト云者アリ

妻ニヲクレテ鰥《ヤモメ》ニテ閑居スルニ正月
十五夜諸人灯爐ヲ見テ遊行ス
喬生獨リ門ニタヽスミケレハ夜半過ニ
月ノ明《アカキ》ニ丫鬟《ヒンツラ》《アクワン》ノ童女ノ一人双
頭ノ牡丹灯ヲ肩《カタ》ニ挑《カヽ》ケテ前《サキ》ヘ行ク
後ニ窈窕《ヨウテウ》タル美女一人從《シタカテ》□西ノ
方《タ》ニ靜《ヲク》《フカク》ニ過《サマ》《ウルワシ》行ケリ年ナラハ十七八ニテ
紅ノ裙《モスソ》翠袂《ミトリノタモトニ》装束ケタカ□緩《ユルク》
歩ミテ容儀ノ優美《ユウビ》言語ニ言ヘカラズ
喬生見テ心《ロ》惑ヒケレハ半町ハカリ
跡ニ従《シタカ》テシタヒ行ケルニ美女忽ニ喬」(20ウ)
生ヲ見テ微〔　〕晒シテ云ハク舊《モト》見シ人ニ
非ス月下《カ》ニ初テ見ル舊《モト》知レル心チニ
似タリト云聲愛シツヘシ喬生差凭《サシヨ》テ
我家程近シ來テ休《ヤスミ》玉ハンヤト云ヘハ
美女　諾《ウケコウ》　氣色アリ女ノ手ヲ取テ
引入レ丫鬟ノ童女ハ端《ハシ》ノ間《マ》ニ
居シ美女ヲ中堂《ナカノマ》ニ請シ入レケレハ不《フ》

計《ケイ》ノ佳遇《カグウ》ト云ヘリ帳ヲ垂レ薫《ニヲヒ》ヲ施《ホトコ》シ
双レ枕ヲ合歡甚《タ》極ム世ニ無《キ》レ比《タクヒ》之
多情《ナサケ》也因ニ其姓名ヲ問ヘハ姓ハ符氏《フウチ》
名ハ麗卿《レイケイ》字《アサナ》ハ芳叔《ハウシユク》則チ故奉化《コホウクワ》
州判《ハン》ノ女《ムスメ》也童幼ヲハ金蓮ト云フ
吾レ父母一族ニヲクレ先キノ夫《ト》早ク
去テ便リ無シ只金蓮ヲ給仕セシメ居《□》」（21オ）
湖《ミ□□》[西]《ミノ》ニ寄ス今宵月明《コヨヒケツメイ》ノ興ニ
乗シ故人ヲ思テ灯爐ヲ祭ル次テニカリ
ソメニ立出タリ新枕不可忘《ル》ニ重テ
忍ヒ來ラントテ鶏鳴ニ臨テ出去リヌ
其ヨリ夜々ニ來テ朝々ニ去ル事半
月ニ及フ喬生天ノアタヘル思ヒシテ
人ニ語ル事ナシ隣家ノ老翁知テ怪《アヤシミ》
壁《カヘ》ノ穴ヨリ窺《ウカヽ》ヒケレハ粉《フン》《コヲヌリヨソヲフ》　粧《サウ》[タ]ル髑《トク》
髏ト喬生ト灯下ニ並居ルヲ見ル
老翁大ニ驚テ明日喬生ニ告テ云ハク
嗚乎《アヽ》汝過《アヤマテリ》矣汝ハ至テ盛ナル陽氣
彼女ハ至テ穢《ケカラハシキ》　陰氣也汝今骸骨ノ
妖魅《ハケモノ》ト同ク坐シテ邪気ヲ不レ知汝今
ヨリ氣力日日ニ衰ヘ盡キ災難出キ」（21ウ）
侵《ヲカ》サム惜哉若年ノ身　遽《ニハカ□メ□ト》　冥途ノ
人ト成ルヘシト悲ヒ驚シ諫メケレハ喬
生始テ驚キ由來ヲ語ル老翁ノ云ク
彼《レ》湖ノ西ニ居ヲ寄《ヨ》スト云ハヽ尋テ知ヘシト
教ケレハ喬生則月湖ノ西ニ行キ長
堤《テイ》ノ上高橋ノ下往還シテ尋ルニ知レル人ナシ
暮天ニ湖心寺ニ入テ西ノ廊《ロウ》[架]《カ》ニ移《ウツツ》テ
行クニ末ニ臨ンテ小堂ノ内ニ柩《ヒツキ》アリ白
紙《シ》ニ名ヲ書テヲシタルヲ見レハ故奉化
符州判女麗卿之柩トアリ前ニ双
頭ノ牡丹灯ヲ掛《カケ》下《タ》ニ一リノ丫鬟ノ
童女ヲ立タリ其背《セナカ》ニ金蓮ノ二字
アリ喬生見テ身ノ毛堅チ走テ
寺ヲ出後《ロ》ヲ顧《カヘリ》（ママ）ス歸テ老翁ニ語ル
翁（ママ）カ云ハク疑ナシ玄妙觀ノ魏法師ハ」（22オ）

政開府《セイクワンフ》ノ王眞人ノ弟子符ノ奇特
當時第一ノ聞ヘアリ汝明日行テ求ヨト
告テ其夜ハ老翁カ家ニ宿セシム明
且玄妙觀ニ詣スレハ法師見テ驚テ
曰ク妖氣《ハケモノヽキ》侵スコト甚タ深ク染ム
何《イカント》シテ此來《コヽニ》レルト云ヘリ喬生拜シテ
具ニ語ル法師朱ノ符二通ヲ授テ
一ヲハ門ニ置キ一ツハ座ニ置クヘシ相構ヘテ
再ヒ湖心寺ニ近ツク事ナカレト誡メテ
歸シヌ喬生受テ誡シテ教ヘノ如クスルニ
敢テ怪ミナシ女房再ヒ不レ來一月餘ノ
後知《チ》音ニ語テ云ク我符ノ威力ニテ
災殃ナシ衮繡橋《コンシウケウ》ノ邊ニ友ヲ問ント」(22ウ)
云テ○《不レ行》久シ。《今》行テ乃《スナハチ》歸ラント語テ家ヲ
出ヌ其後日ヲ經《ヘ》テ不レ歸知音
怪テ衮綉《シウ》橋ニ行テ友ノ家ヲ問ヘハ
喬生數日以前コヽニ來テ酒ヲ飲テ
醉中ニ歸ル但湖心寺ノ路ヲ行ト
見シ後ハ不レ知《ト》云ヘリ知音怪ンテ
湖心寺ニ行テ尋レハ彼柩《ヒツキ》ノ蓋《フタ》ノ
間《タ》ヨリ衣ノ裳《モスソ》少シ出タリ寺ノ僧ニ
ユヘヲ告テ柩ノ蓋ヲ開キ見レハ喬生
死シテ俯《ウツフキニ》シテ上ニアリ女ハ仰《アヲノキ》下《タ》ニ有テ女ノ
顔《カホ》ハ生《イケルカ》如シ寺僧驚テ曰ク是ハ
故奉化化判符君ノ女《ムスメ》ナリ年十七ニシテ
死シテ此《コヽ》ニ納ム年月ヲ算フルニ今十」(23オ)
二年也不レ意《ヲモハザリキ》如《ノ》レ是人妖怪《ヨウクワイ》トナリシ
事ヲトテ遂ニ二ノ屍《カハネ》ノ柩《ヒツキ》幷ニ金蓮ノ
人形ヲ西門ノ外ニ送テ埋メリ其後ハ
空曇リ月クラキ宵ニハ往々ニ喬
生ト女ト手ヲ携《タツサヘ》テ同行シ童女
双頭花ノ灯爐ヲ挑ケテ行ヲ見ルコト
多シ遇フ者《ノ》ハ輒《スナハチ》重病ヲ得テ
寒熱往來《ヲコリサメ》スル祈ルニ功徳ヲ以テシ
祭ルニ牢醴《ラウレイ》《牛肉アマサケ》ヲ以テス其砌リ○《衆》人魏
法師ニ逢テ是ヲ訴レハ法師ノ曰《ク》

我符ハ淺キヲ治ス幽靈ノ祟《タヽリ》ヲ聞クニ
深シ吾《レ》カ止ムヘキ處ニ非ス吾聞ク
四明山ノ頂ニ鐵冠道人ト云アリ」（23ウ）
行力嚴重ニシテ鬼神ヲ降伏ス行テ
求ヨト教ユ衆人葛藤ヲ採《ト》リ嶮《ケン》
崖《カイ》ヲ度《ワタリ》テ頂ニ至レハ道人草庵ニ
几《ヲシマツキ》ニ凭《ヨリ》テ坐ス童子傍《ラ》ニ鶴《ツル》ヲ愛ス
衆人庵下ニ拜シテ上《カミ》ノ故ヲ告テ符ヲ
乞ヒ治ヲ悕《ネカフ》道人ノ曰ク山林ノ陰士
焉《イツクンソ》 奇特アラン君カ輩聽過《キヽアヤマ》テ
來レルカト云テ不《ス》レ受衆ノ中ニ魏法
師ノ教ヲ語ル者アリ道人釋然トシテ云ク
老夫山ヲ不レ下《ルラ》コト六十年今玄妙觀
ノ小子饒《ネフ》舌ニ口ヲ聞テ吾カ出行ヲ
煩スト云テ卽童子ト山ヲ下ル行
歩輕ク健《スクヤカニ》シテ湖心寺ノ西ノ門外ニ」（24オ）
至テ一丈西《ヨ》方ニ壇ヲ結テ席《ロ》ヲ延《ノヘ》テ
端坐ス符ヲ書テ焚《タケハ》レ之符《ヲフ》ノ使者

數輩烟中ニ化現ス是道人ノ護
法神也其吏《ツカハシメ》 黄ナル帽子錦ノ襖《ヲホコロモ》
金ノ冑《ヨロヒエリモノ》 雕シタル戈《ホコ》執《モ》テ長《ケ》一丈
餘ナリ壇下ニ屹立《キツト》テヽ面々ハ身ヲ
屈シ頭《ヘ》ヲ低《タレ》テ道人ノ命ヲ待ツ道
人命シテ曰ク此間《コヽモト》ニ邪氣ノ祟《リ》アリ
人民多ク煩ム汝カ輩ハ知ルヘシ駈《カケ》出シテ
此《コヽ》ニ到レト云フ吏《ツカワシメ》 卽往クト見レハ枷《クヒカセ》
鎖《クサ》リヲ用テ三人ノ幽靈ヲ將來《ヒキイ》テ
鞭ヲ以テ打ツニ無《キ》レ量血《ハカリチ》流レ出ツ道
人言《コト》ヲ以テ訶責《カシヤク》スル事良久シ三人」（24ウ）
皆伏シテ諾《ウケカイツヽシンテ》 處 屈シテ曰肯《クアヘテ》
再ヒ不《シ》レ能レ作《スコト》レ 祟《リヲ》 ト云テ拜シ去テ
不《ス》レ現《セ》道人使者共ニ去ル事電ノ
如シ衆人喜ンテ鴻恩ヲ謝セントテ
翌日山ニ昇レハ草庵ノミ有テ道
人ナシ玄妙觀ニ行テ魏法師ニ 謁《エツスレハ》
啞《ア》《ヲシ》ニシテ不レ言《モノイハ》ニ蓋シ鐵冠道人ノ作ス

贓重テ邪氣ノ祟リ永ク休スル也
一　祖庭事苑ニ干将鏌（ママ）耶ノ由來アリ
昔楚國ノ大（ママ）　裏ニ鐵ノ柱アリ夏ノ
炎熱太《タシキ》　時《キ》官女爲レ寒《ニヒヤサンカ》レ身《ヲ》
抱《イタク》二鐵柱《ヲ》一毎レ抱作《クス》二抱《ク》レ夫之想《ヒヲ》一」（25オ）
念想積テ懐妊ス遂ニ産《ウメリ》二一ツノ
鐵丸《ヲ》一楚王靈《レイ》氣ヲ察シテ丸
鐵ヲ用テ°鍛冶　干將ニ命シテ令レ作《ム》レ劔《ヲ》
干將彼鐵ヲ用テ雌雄双劔ヲ作ル
釼已ニ成テ其雌劔ノ一ヲ楚王ニ獻シ
雄劔ヲ掠《カスム》王納《ルニ》二劔匣《ノハコニ》一夜々《ニ》匣ノ
内ニ悲鳴ノ聲アリ王怪ンテ[群]臣ニ問フ
臣カ曰劔必ス有二雌雄《ノ》一此劔
雌《メ》獨《リ》思《テ》レ雄《ヲ》鳴ク者也ト王大ニ怒テ曰
干將ニ可レ有二雄劔一乞《コフ》レ出《セト》レ之《ヲ》干將怖《レテ》
知《テ》レ可《シト》レ被レ殺以《テ》二雄劔《ヲ》一藏《クス》屋《ノ》柱《ノ》内《ニ》一
幼少ノ子アリ干將囑《アツラヘ》　我妻《カ》莫《ノ》耶《ニ》二」（25ウ）
我子《カ》眉間尺謂面大事也成人《イヽヲク》ノ時可レ示《ト》レ之

曰テ詩一首ヲ書テ遺《ノコ》ス果シテ干將
[受]二王《テ》命一被《ヲ》レ殺《ル》後ニ諸人詩ヲ見ニ
不レ得レ意《ヲ》二詩ノ文ニ曰《ク》
日出《ツ》二北戸《ニ》一　南山其松《ノ》
松生《ス》二於石《ニ》一　劔在《リ》其中《ニ》一
眉間尺十五歳母乃語テ詩ヲ與フ
子思惟シテ剖《ホリテ》レ柱得《ヲエタリ》レ劔《ヲ》此事世ニ聞フ
王聞テ其劔ヲ乞フ尺抱《テ》レ劔遠《ヲク》
逃《ノカル》　王宣《シテ》二旨　于國土《ニ》一有《ラハル》下得《ニ》二眉間尺《ヲ》一
者上厚ク褒セント尺モ亦日夜ニ思フ
報《セント》二　父讎《ノアタ》於王《ニ》一尺逢《フ》レ客《ニ》客《ノ》曰《ク》
吾ハ甑山人也我能爲《ク》レ汝《ニ》令《カメン》レ報《セ》二」（26オ）
父讎《ノアタヲ》一尺喜ンテ曰《ク》我父無レ辜《ツミ》
枉《マゲ》テ被《ル》二罪科《ヲ》一君今恵念アリトモ
如何ンカ可レ成《ス》乎客曰《ノク》當《ニ》レ得《ウ》二
汝頭《カヘ》　并《ニ》劔《ヲ》一乎《ヤ》ト尺乃自《チミ》刎《ヘキハネ》テ
レ頸《ヲ》劔共ニ與フ客得テ王城ニ
到《テ》○奏シテ曰ク我ハ甑山人也持《テ》二眉間尺《カ》

首《ヲ》㆒來ル王喜シテ見ント云フ甑
人ノ曰憒《クリ》ノマナシリ有リ願クハ烹《ニテ》
㆑之備《ヲソナヘント》㆓　叡覧《ニ》㆒王遂ニ出《ス》㆑鼎《カナヘヲ》　甑人
烹《ルニ》㆒首《ヲ》數日生色不㆑變《セ》甑人
詒《アサムイテ》㆑　王《ヲ》曰《ク》烹ル事久シ未《ス》㆑爛《タヾレ》請《コ》フ
王來テ臨ミ覧《ミ玉へ》王卽臨テ鼎中ヲ
見ルニ甑人用《モテ》㆓彼劍《ヲ》㆒於㆑後《ロニ》討《ウツ》㆓王頭《ノヲ》㆒」（26ウ）
鼎中ニシテ二首相齧《カム》甑人恐《レテ》㆓尺《カ》
不㆑勝《ルヲカタ》㆒乃《チ》自刎《ハネテ》㆑頭《ヲ》入《リ》㆑鼎《ニ》助《ク》㆑尺《ヲ》
三頭相齧テ久シ其二劍遂失《ニヌ》
孝子傳ニモ見たり又醫學源流ヲ
按スルニ晉《ノ》醫師張華能知《クル》㆓天文
地理《ヲ》㆒夜見《ルル》㆓紫氣《ヲ》㆒從《リ》㆑地上《テ》㆑天《ニ》
至《ル》㆓斗牛間《ノニ》㆒告《ク》㆓之預章雷《ヲヨノ》煥《クワンニ》㆒
雷煥亦知《ル》㆓天文地理《ヲ》㆒人也俱登《ニテ》㆓
高樓《ニ》㆒夜見《ルル》㆓彼氣《ヲ》㆒雷煥曰《カク》
是寶劍之氣《ノキナリ》從《リ》㆓豐城《ホウシヤウ》縣之地㆒
上㆑天至《ニル》㆓斗牛間《ノニ》㆒者也雷煥卽《チ》

掘《ルコト》㆓豐城縣獄基《ノコクキヲ》㆒四丈餘ニシテ而
得《タリ》㆓一石函《ノハコヲ》㆒中有《ニリ》㆓双劍㆒銘《ニ》一ヲハ」（27オ）
曰《フ》㆓龍泉《ト》㆒二《ヲハ》曰《フ》㆓太阿《ト》㆒其《ノ》一張《ヲ》
華送《ニルニ》時雷煥カ曰《ク》靈異之《ノ》
物當《ハマサニヘシト》化去《シル》㆒一ヲハ雷煥自佩《ラヲフ》張華
死シテ劍失ヌ雷煥死シテ後其子佩《ニ》□
彼劍《ヲ》㆒過《ルニ》㆓延平津河邊《ノカヲ》其劍
脇《ノ》間ヨリ自ラ抜ケ出テヽ躍《ヲト》テ入㆑水《ニ》人ヲ
以テ求《ルニ》㆑之兩龍相燒《マトフテ》長數《ケ》丈
也懼《レテ》而休《ヤミ》又雷煥之言當《アタレリ》矣
又玉海巻百五十一《ノノ》ヲ見ルニ張華《カ》
曰《ク》龍泉太阿者《ト》詳《スルニ》㆓其劍文《ヲ》㆒
乃《チ》干將也ト云ヘリ註ニ曰ク汝南西平《ショノ》
縣有《ニリ》㆓龍泉水《ノ》㆒淬《アラフニ》刀劍《ヲ》㆒特堅《ニ》ニシテ
利《トシ》汝南卽《ハチノ》楚分野故題《ナリニス》」（27ウ）
□泉《ト》㆒也太阿處名《ハノ》也故題《ニト》㆑之
云ヘリ祖庭事苑ノ甑人ノ注ニ詳也云云」（28オ）

（以上）

●編者紹介

冨士昭雄（ふじ　あきお）

1931年、ソウル生れ、茨城県出身。東京大学大学院修士課程修了。東京大学助手、名古屋大学講師・助教授、駒澤大学教授を経て、現在駒澤大学名誉教授。日本近世文学専攻。
主著：『対訳西鶴全集』（共編）全16巻（明治書院）、新日本古典文学大系76『好色二代男等』・同77『西鶴置土産等』（共編）（岩波書店）、新編日本古典文学全集『井原西鶴集(4)』（共編）（小学館）。

江戸文学と出版メディア――近世前期小説を中心に

2001年10月31日　初版第１刷発行
2003年９月30日　　　第２刷発行

著者(代表)　冨士昭雄

装幀　右澤康之
発行者　池田つや子
発行所　有限会社笠間書院
東京都千代田区猿楽町2-2-5［〒101-0064］
電話　03-3295-1331　fax　03-3294-0996

NDC分類：913.51

ISBN4-305-70237-1

印刷・製本：藤原印刷

email：kasama@shohyo.co.jp

執筆者一覧

（掲載順）

入口《いりぐち》敦志《あつし》　1962年福岡県生、九州大学大学院修了、国文学研究資料館助手。「『竹斎』考」（『語文研究』70号）ほか。

大澤《おおさわ》　学《まなぶ》　1958年埼玉県生、早稲田大学大学院修了、京華女子中学高等学校教諭。「『北条五代記』寛永版の訂正」（『江戸文学研究』新典社）ほか。

深沢《ふかさわ》秋男《あきお》　1935年山梨県生、法政大学卒業、昭和女子大学教授。『可笑記大成－影印・校異・研究－』（共編著、笠間書院）ほか。

柳沢《やなぎさわ》昌紀《まさき》　1964年東京都生、慶應義塾大学大学院修了、中京大学助教授。「太平記講釈と『太閤記』」（『説話文学研究』36号）ほか。

菊池《きくち》庸介《ようすけ》　1971年栃木県生、学習院大学大学院修了、宇都宮短大附属高校非常勤講師。「田宮坊太郎物実録考」（『近世文芸』70号）ほか。

花田《はなだ》富二夫《ふじお》　1949年鹿児島県生、熊本大学大学院修了、大妻女子大学教授、博士（文学）。『八文字屋本全集』（共編、汲古書院）ほか。

湯浅《ゆあさ》佳子《よしこ》　1965年宮崎県生、二松学舎大学大学院修了、東京学芸大学助教授。「『南総里見八犬伝』と聖徳太子伝」（『近世文芸』71号）ほか。

小二田《こにた》誠二《せいじ》　1961年千葉県生、学習院大学大学院修了、静岡大学助教授。「平井権八伝説と実録・読本」（『日本文学』43巻２号）ほか。

矢野《やの》公和《きみお》　1943年東京都生、東京大学大学院修了、東京女子大学教授、博士（文学）。『雨月物語私論』（私家版）『虚構としての『日本永代蔵』』（笠間書院）ほか。

中嶋《なかじま》　隆《たかし》　1952年長野県生、早稲田大学大学院修了、早稲田大学教授、博士（文学）。『初期浮世草子の展開』（若草書房）ほか。

篠原《しのはら》　進《すすむ》　1949年栃木県生、青山学院大学大学院修了、青山学院大学教授。「瞿麦の記号学－『好色一代男』の表象」（『江戸文学』23号）ほか。

塩村《しおむら》　耕《こう》　1957年兵庫県生、東京大学大学院中退、名古屋大学大学院助教授。『古版大阪案内記集成』（和泉書院）ほか。

井上和人《いのうえかずひと》　1967年群馬県生、早稲田大学大学院修了、早稲田大学非常勤講師、博士（文学）。「『寛潤曽我物語』の素材」（『国文学研究』123集）ほか。

藤川雅恵《ふじかわまさえ》　1972年北海道生、青山学院大学大学院学生。「鷺水の〈近代〉－『御伽百物語』論－」（『日本文学』47巻6号）ほか。

杉本和寛《すぎもとかずひろ》　1965年大阪府生、東京大学大学院修了、東京芸術大学助教授、博士（文学）。「『傾城武道桜』成立の条件」（『国語と国文学』73巻5号）ほか。

佐伯孝弘《さえきたかひろ》　1962年佐賀県生、東京大学大学院修了、清泉女子大学助教授、博士（文学）。『八文字屋本全集』（共編、汲古書院）ほか。

神谷勝広《かみやかつひろ》　1961年愛知県生、名古屋大学大学院修了、同志社大学助教授、博士（文学）。『近世文学と和製類書』（若草書房）ほか。

和田恭幸《わだやすゆき》　1966年北海道生、東京都立大学大学院中退、国文学研究資料館助手。「咄之本の素材」（『講座日本の伝承文学』4・三弥井書店）ほか。

市古夏生《いちこなつお》　1947年東京都生、早稲田大学大学院修了、お茶の水女子大学教授、博士（文学）。『近世初期文学と出版文化』（若草書房）ほか。

倉員正江《くらかずまさえ》　1958年東京都生、早稲田大学大学院修了、日本大学助教授。『浮世草子時事小説集』（叢書江戸文庫31・国書刊行会）ほか。

江本《えもと》　裕《ひろし》　1936年鹿児島県生、早稲田大学大学院修了、大妻女子大学教授。『近世前期小説の研究』（若草書房）ほか。

島田大助《しまだだいすけ》　1963年広島県生、青山学院大学大学院博士後期課程単位取得退学、豊橋創造大学助教授。「噺本に見る巻頭巻末話の変遷」（『日本文学』47巻10号）ほか。

丹羽謙治《にわけんじ》　1962年愛知県生、東京大学大学院博士課程単位取得後退学、鹿児島大学助教授。『吉原細見年表』（共著、青裳堂書店）ほか。

人名・書名・事項 索引

【凡例】

○ここに採集したのは、幕末までの人名・書名の固有名詞、並びにそれぞれの論旨や特質と関係の深い事項（専門用語・学術用語）である。ただし、各論のキーワードと思える語が中心ゆえ、必ずしも網羅的な採録ではない。
○人名は、作中の登場人物名は除く。ただし、歴史上著名な人物の場合はこの限りではない。
○書肆《しょし》名（例、「八文字屋《はちもんじや》」）は、必要に応じ人名と事項の両方に立項した。
○人名は号も含む。同一人物が姓名と号で重複して立項されている場合は、一方を空見出しとした。
○専門用語は、「版木」「偽書」「代作者」といった書誌学・出版に関する語に関しては、やや多めに採った。
○ページ数は、同一論文内で当該項目の記述が続く場合、最初の箇所のページ数のみを示した。但し、同一論文内であっても何ページも離れて再び出る時は、改めて示した。
○読み方の定まらない語は、より一般的と思われる方の読みで立項したが、一部両方の読みで立項したものもある。

《人 名 篇》

【あ】

【い】

【う】

《書 名 篇》

【あ】

【い】

【う】

【え】

【お】

【か】

【さ】

【し】

【す】

【せ】

【そ】

【た】

【ゆ】

【よ】

【ら】

【り】

【る】

【ろ】

【わ】

《事 項 篇》

【あ】

【い】

【う】

【え】

【お】

【か】

【き】

【く】

の会員以外の方にも一部寄稿をお願いしました。玉稿をお寄せ下さった方々、そして第一に、編者の労をお取り下さった上に序論と御自身の論考を賜った先生に、改めて御礼申し上げます。なお、執筆者各位に対しては、早い方は昨年秋に原稿を頂戴しながら諸般の事情により刊行が遅れてしまいましたことを、お詫びします。

冨士先生には、今後益々御健勝で御研究をお進めなさいますよう、一同心よりお祈り申し上げます。また、後学を変わらず御教導下さいますよう、お願い申し上げます。

なお、本書の編集方針として、一般読者の便宜を考え、元号に西暦を添えること、近代以降は元号でなく西暦表記にすること、近世以前の人名・書名などの固有名詞のうち難読と思われる語にルビを添えること等の形式の統一をはかり、また、研究者への敬称・敬語は全て省かせて頂きました。関係各位に御無礼の段は、御諒承願います。

最後に、本書の刊行を快く引き受けて下さった笠間書院の社長池田つや子氏と、編集等でお世話になった同社編集長橋本孝氏ほかの方々に、深く感謝致します。

二〇〇一年九月

刊行発起人

江本　裕　倉員正江　佐伯孝弘

篠原　進　杉本和寛　花田富二夫

（五十音順）

あとがき

冨士昭雄先生は、二〇〇一年二月四日に、めでたく古稀をお迎えになりました。

先生は東京大学大学院を出られて後、駒場の東京大学教養学部助手を経て、名古屋大学、そして駒澤大学で多年に亘り教鞭を執られ、この三月に定年で御退職になられました。仮名草子・浮世草子を御専門にされ、近世文学会の熱心な会員でもあられる先生は、学会や研究会などの場で長年後進の指導に努めて来られました。『対訳西鶴全集』（明治書院）を始めとする御編著や御論文を通しても学恩を蒙る後学の多いのは、言うまでもありません。

先生は毎月青山学院大学で例会を行っている浮世草子研究会にも、積極的に参加して下さっています。先生が時に発表担当者以上に熱心に御参会され、会に参加する若手の院生達に見せるべく地図等の資料を持参なさることもしばしばで、まさに先生の後進指導に対する御熱意とお人柄を示しています。こうした日頃の学恩に少しでも報いようと、浮世草子研究会の有志が中心になって、先生の古稀を記念する論集の議が起こり、やはり先生が熱心に参加されている仮名草子研究会（毎月大妻女子大学で例会）のお仲間も一緒に、ということになりました。質実謙虚でいらっしゃる先生は、この企画を固辞されました。しかし、再三我々が懇願し、記念論集と書名に掲げないことを条件に先生の御承諾を得、更に編者となって頂きました。

仮名草子研究会と浮世草子研究会のメンバーが中心ゆえ、各論文の扱うジャンルはほぼ定まるものの、もう一つ全体を貫く有意義なテーマが欲しいということで、「出版メディア」を統一テーマとし、それに関する問題意識をどこかに含む形で論の執筆を呼びかけました。先生の御意向で、テーマに即して内容を充実させるべく、両研究会